中国古典文学丛书

东坡乐府笺

[宋]苏轼／著
[清]朱孝臧／编年
龙榆生／校笺
朱怀春／校点

上海古籍出版社

图书在版编目(CIP)数据

东坡乐府笺 /（宋）苏轼著；（清）朱孝臧编年；龙榆生校笺；朱怀春标点. —上海：上海古籍出版社，2017. 8

（中国古典文学丛书〔简体版〕）

ISBN 978-7-5325-8555-7

Ⅰ. ①东… Ⅱ. ①苏… ②朱… ③龙… ④朱… Ⅲ. ①宋词—选集②宋词—注释 Ⅳ. ①I222. 844

中国版本图书馆 CIP 数据核字(2017)第 186483 号

中国古典文学丛书〔简体版〕

东坡乐府笺

［宋］苏　轼　著

［清］朱孝臧　编年

龙榆生　校笺

朱怀春　标点

上海古籍出版社　出版

（上海瑞金二路 272 号　邮政编码 200020）

（1）网址：www. guji. com. cn

（2）E-mail：gujil@guji. com. cn

（3）易文网网址：www. ewen. co

上海世纪出版股份有限公司发行中心发行经销

江阴金马印刷有限公司印刷

开本 890×1240　1/32　印张 13. 125　插页 2　字数 259,000

2017 年 9 月第 1 版　2017 年 9 月第 1 次印刷

印数：1—5,100

ISBN 978-7-5325-8555-7

I·3198　定价：55. 00 元

序

先师龙榆生教授是举世公认的词学大师，早年所著唐宋名家词选、晚年所著词学十讲，皆广为流传，一印再印。特别是前者，自一九三四年由上海开明书店付梓后，迄今在祖国大陆及香港不断再版，共约二十次之多。唯其东坡乐府笺，自一九三六年由商务印书馆以线装二册排印问世以后，在大陆仅印过一次，在台湾也仅印过三次，且由于众所周知的原因，大陆读者都难得一见，以致治东坡词者，一卷难求，实在令人憾怅。

可是现在好了，在出版界素负盛名的上海古籍出版社即将推出龙先生东坡乐府笺的新式标点本，这无疑是当代词坛的一件盛事！

在此书付印之前，上海古籍出版社朱怀春同志约我撰写一篇序。我觉得通常是长辈为晚辈写序，很少有晚辈为长辈作序的先例；而弟子为老师作序则更少见。因此婉谢再三，迟迟不敢动笔。可是怀春同志坚执不允，并说："你是最适合写这篇序的人选。"实在推辞不了，只好勉为其难，诚惶诚恐，说说我跟龙先生学词的一些体会，借以告慰先生的在天之灵，并就教于方家。

龙先生治词，不像今天流行的那样多重“体制外的研究”。他既谈词人的风格、词史的演进、词与时代之关系，而更重“体制内的研究”。他对词这种特殊的艺术形式，独具只眼，别有会心。由于善于倚声填词，因此论词时常言人之所不能言，不像有些人那样夸夸其谈，却只是“隔靴搔痒”。在讲授作品时，他多从音乐性入手，解剖词的艺术结构和抒情功能。如在讲授词学十讲时，他便开宗明义地说：“词不称‘作’，而称‘填’，因为它受到声律的严格约束，不像散文可以自由抒写。它的每一曲调都有固定形式，而这种特殊形式，是经过音乐的陶冶，在句读和韵位上都和乐曲的节拍恰相谐会，有它整体的结构，不容任意破坏的。”〔一〕接着，先生便沿着音乐性这根主线，讲解词是怎样从唐人近体诗演化为曲子词、词中的四声阴阳、词中韵位的疏密与表情的关系以及“领格字”的安排与妙用等等，并结合具体作品，作层层深入、细致入微的分析。一九五七年东坡乐府笺重版时，先生仍以音乐性作为指导思想，在此书“序论”中说：“一般所说的词，宋人也把它叫做乐府。它是依据唐宋以来新兴曲调从而创作的新体诗，是音乐语言和文学语言紧密结合的特种艺术形式。这种‘倚声填词’的新形式，从唐五代以迄北宋仁宗朝的作家柳永，积累了许多的经验，把长短句的新体诗完全音乐化了。”那么，曾被李清照讥为“长短不葺之诗”的东坡词，是否有音乐性呢？对此，先生发表了非常辩证的看法。他说：“所谓‘横放杰出’、自是曲中‘缚不住’的东坡词，不等于说他全不讲音乐。”他既肯定东坡词中不乏音乐性很强的作品，又说东坡能自歌阳关曲,并以此曲与王维的渭城曲逐字对勘,细辨平仄,觉得连四声都不肯轻易出入。正由于掌握音乐性这把尺子,先生在笺东坡乐府时,才能明辨何者为诗,何者为词。如刚才提到的阳关曲,从形式上看,与平起格的七言绝句相似;而瑞鹧鸪(城头月落尚啼乌)这首词,则似七言八句的律诗,因此从宋代施元之开始,至清代王文诰,都把它当作诗收入东坡诗集。直到朱祖谋的东坡乐府和先生的东坡乐府笺,才确定二者为词。

然而对东坡乐府中格律不严的问题,先生也不讳言。但他认为这正是东坡对发展词体的一大贡献。他说:"东坡词既以开拓心胸为务,摆脱声律束缚,遂于一代词坛上,广开方便法门。"〔二〕至此,这被视为艳科的小词,便能"无意不可入,无事不可言"〔三〕,词境日益拓展,冲破了倚红偎翠的局限,可以用来反映个人的政治理想,描写祖国的山川风物。而伤今、吊古、狩猎、悼亡、赠友、怀乡等等题材,在东坡乐府中更是屡见不鲜。因此四库全书总目提要这样评价苏轼:"词自晚唐五代以来,以清切婉丽为宗,至柳永而一变,如诗家之有白居易;至苏轼而又一变,如诗家之有韩愈,遂开南宋辛弃疾等一派。"

这一派在词史上通常称之为豪放派,如明人张綖诗余图谱凡例云:"词体大略有二:一体婉约,一体豪放。婉约者欲其词情酝藉,豪放者欲其气象恢弘,盖亦存乎其人,如秦少游之作,多是婉约;苏子瞻之作,多是豪放。"虽然人们多称苏轼为豪放派词人,但龙师榆生却不这样认为。他说:"坡词虽有时清丽舒徐,有时横放杰出,而其全部风格,当以近代词家王鹏运拈出'清雄'二字,最为恰当。"〔四〕在合论苏辛风格时又指出:"辛以豪壮，苏以清雄，同源异流，亦未容相提并论。”〔五〕细玩“清雄”二字，盖指苏词既有清丽、清切、清婉、清华、清雅、清旷的一面，也有雄放、雄豪、雄俊、雄壮、雄奇的一面；而二者又常常交相融会，难以截然分开。以“清雄”二字定格苏词，这就避免了后世将豪放词引入粗豪叫嚣的歧途，保持了词这种文体“情韵兼胜”的艺术特色。

先生之所以以“清雄”定格苏词，盖出于刚柔相济的考虑。晚清冯煦在为朱祖谋（一名孝臧，号彊村）东坡乐府作序时指出：“世第以‘豪放’目之，非知苏辛者也……词有二派，曰刚与柔。毗刚者斥温厚为妖冶，毗柔者目纵轶为粗犷，而东坡刚亦不吐，柔亦不茹。缠绵芳悱，树秦柳之前旃；空灵动荡，导姜张之大辂。”即以一向被称为豪放词的杰出代表作念奴娇赤壁怀古而言，其中既有“大江东去”一泻千里的豪迈气势，也有“江山如画，一时多少豪杰”的深沉惋叹；既有“公瑾当年，小乔初嫁了”的绰约风姿，也有词人自己“早生华发”的对影自怜。奇思壮彩，深情苦调，相互交织，变幻无端。说它豪放，有之而不尽然；说它婉约，藏之却不外露。若以“清雄”许之，庶几得之。在我看来，所谓“清雄”，恰如有的学者所说，“实际上就是对于‘阴柔之美’和‘阳刚之美’这两个互相矛盾的风格之间既对立又统一的辩证关系的形象说明”〔六〕。其原乃在于“刚柔相济”，“刚亦不吐，柔亦不茹也”。

龙先生虽然在国步艰难、世事蜩螗之际，政治上走过一点弯路，但他的爱国之心始终未泯。即使在汪伪时期，也曾于一九四四年暑假中与张东荪、许宝骙等进步人士，密谋策动伪军郝鹏举向我军投诚〔七〕。他的治词，也有从爱国思想出发的。一九三七年编著唐五代宋词选时，他就曾在导言中说过："为了时代的关系和顾及读者方面的程度，特从各家的全集里提取'声情并茂'而又较易理解的作品，并且侧重所谓豪放一派，目的是想借这个最富于音乐性而感人最深的歌词来陶冶青年们的性灵，激扬青年们的志气，砥砺青年们的情操，一方面对于这种声调组织，得着相当的修养训练，可以进一步去创造一种宜于现代的新体歌词。"〔八〕这里标举"豪放一派"，乃是为了抗日的需要，"激扬青年们的志气"，与日寇作斗争，与往日单纯的评东坡词的艺术特色并非出于同一想法。

在东坡乐府中，固然多"随物赋形"之作，"嬉笑怒骂之词"，"不自缘饰"，行文自然。但由于苏轼博览群书，淹通经史，也不免受到当时风气的影响，或以文字为诗，或以议论为词。清人周济就曾说过："东坡每事俱不十分用力，古文书画皆尔，词亦尔。"〔九〕所谓"事"，乃指事典。事典中既有古典，含典章文物、辞语出处等等；亦有今典，则包括当代有关的人和事。事典也称故实、典实。用事典的作品，可以丰富其信息量，启发读者的联想。因此宋人常以之作为词的一项审美标准，如李清照词论批评秦观词时就说："秦即专主情致，而少故实，譬如贫家美女，虽极妍丽丰逸，而终乏富贵态。"苏轼则不然，其词常多故实，如上引之念奴娇赤壁怀古，多用三国事。而洞仙歌则就蜀主孟昶与花蕊夫人纳凉摩诃池上故事敷衍而成。其水龙吟赠赵晦之吹笛侍儿、贺新郎(乳燕飞华屋)等，也都有本事，有待于考核。此类甚多，若不通过笺注，就难以读懂。因此为东坡乐府作笺，就很有必要了。龙师是全面笺注东坡乐府的第一人，有开创之功，值得治词者好好学习，并永远纪念。

我们说先生此举有开创之功，当然不是绝对的。准确地说，这本著作应是有所继承,也有所发展,谓之“开创”,只是就其笺注的全面性而言。先生在此书后记中谈到它的来历:“曩从上虞罗子经先生假得南陵徐氏旧钞傅幹注坡词残本,取校毛氏汲古阁本、王氏四印斋影元延祐本、朱氏彊村丛书编年本,时有胜义,而所注典实,多不标出原书,因博稽群籍,更依朱本编年,作为此笺。”也就是说,先生主要是在宋人傅幹注坡词和晚清朱祖谋彊村丛书本的基础上完成他的笺注的。既成之后,请他的好友夏承焘校证。夏氏提了一些意见,并为之作序,曰:“榆生此笺,繁征博稽,十倍旧编,东坡功臣,无俟乎扬赞。”先生前辈同乡夏敬观也为之作序,认为东坡诗前人多有编年笺注,“独其词别本单行,未有从事编注者。归安朱沤尹侍郎(祖谋)始为之校订编年,刊之彊村丛书中。吾友万载龙君榆生……复取沤尹所编本,考证笺注,精核详博,靡溢靡遗”。以上二序,可谓真知先生者。

现在先生遗著得以再版,予不敏,得以滥竽充数,为此赘言,非敢称序,权作生刍,以为清酌之奠。先生泉下有知,能予指正否?门人徐培均丙戌清明于海上岁寒居。

徐培均

【注释】

〔一〕见词学十讲第一讲,福建人民出版社一九八八年版第一页。着重点为引者所加,下同。

〔二〕苏辛词派之渊源流变，见龙榆生词学论文集，上海古籍出版社一九九七年版二七二页。

〔三〕清刘熙载词概，见中华书局词话丛编本三六九〇页。

〔四〕东坡乐府综论，见上海古籍出版社龙榆生词学论文集一九九七年版二五八页。

〔五〕同上二六三页。

〔六〕程千帆、莫砺锋苏轼的风格论，载成都师范大学学报一九八六年第一期。

〔七〕张晖龙榆生先生年谱，学林出版社二〇〇一年版一三五至一三七页。

〔八〕唐五代宋词选，商务印书馆一九三七年版。

〔九〕介存斋论词杂著，词话丛编本，中华书局一九八六年版一六三三页。

标点整理说明

龙榆生先生是我国著名的词学专家，其所著东坡乐府笺为近代整理校释苏轼词集的开山之作，影响深远。近年来苏轼词集整理成绩斐然，先后出版了数种专著，其中多有引用、借鉴龙笺者。东坡乐府笺仍是当今研读苏轼词集不可或缺的文本。此书自二十世纪五十年代由商务印书馆重版以来未曾再印，学者、读者难得一见。今据商务印书馆一九五八年排印线装本，依照上海古籍出版社中国古典文学丛书体例重新标点整理，各项处理条列如下。

一、原书明显排印错讹和异体字径予改正。龙笺引用前人著作多以节录；征引前人诗文，文字与今所见者或有异同；龙笺词头与正文或有不完全对应处：为保持原貌，整理时未作改动。

二、龙笺征引前人诗文，篇名或标或不标；前注复见后文者，曰见某卷某阕，然该阕之首句或出或不出。整理时为统一体例，凡未出篇名、首句者皆予补出，并加( )标示，以便读者。部分征引诗文来源不明者，未能考知确切篇名，即保留原貌。

三、龙笺征引前人诗文偶有错讹者，于必要时加按语说明。讹字加( )标示，正字、补字加[ ]标示。

四、龙笺卷下题“朱彊村先生编年圈点”。朱氏编年，仍按原书以“朱注”标出。原有圈点未予保留。

限于学识，标点难臻善美，不当之处，敬请读者批评指正。

朱怀春

二〇〇九年五月

目　录

序论

我们祖国的诗歌，自诗经以来，绵历二千数百年之久，不断产生着丰富多彩的新形式。这些新形式的产生，最初都是经过劳动人民的辛勤创作，和音乐有着不可分割的关系。但是发展到了相当时期，它就会脱离母体而独立生存，开拓它的广大园地，在诗歌史上特放异彩。苏轼在长短句歌词上的伟大贡献，就是一个最好的例证。

一般所说的词，宋人也把它叫作乐府。它是依附唐、宋以来新兴曲调从而创作的新体诗，是音乐语言和文学语言紧密结合的特种艺术形式。这种“倚声填词”的新形式，从唐、五代以迄北宋仁宗朝的作家柳永，积累了许多的经验，把长短句的新体诗完全音乐化了。五、七言近体诗进一步发展以后，由于不断的音乐陶冶，不期然而然地会有“句读不葺”（李清照说）的长短句的新体格律诗的出现。苏轼看准了这个发展规律，也就不妨“一洗绮罗香泽之态，摆脱绸缪宛转之度”（胡寅酒边词序），从

"曲子"中解放出来,在词坛独树一帜,打开"以诗为词"(陈师道说)的新局面。这正好表示他的积极性和创造性,确是能够"指出向上一路,新天下耳目"(王灼碧鸡漫志卷二)的。

在"横放杰出"的东坡词派尚未崛兴之前,对长短句歌词形式的建立有很大功绩的,在晚唐则有温庭筠,"能逐弦吹之音,为侧艳之词"(旧唐书列传卷一百四十下);在北宋则有柳永,为教坊乐工所得新腔创作歌曲(避暑录话卷三)。这样,把唐、宋以来新兴歌曲的音乐语言和文学语言紧密结合起来了。一般不懂音律的诗人,有了这个定型的新形式,如令、引、近、慢等,就可以照着它们的固定形式,体会每一词牌的不同情调,"从心所欲"地来说作者自己所要说的话。温、柳二家的开创之功,是不容抹杀的。南宋爱国诗人陆游也曾说过:"飞卿南乡子八阕,语意工妙,殆可追配刘梦得竹枝。"(渭南文集卷二十七跋金奁集)。苏轼虽与柳永立于对立地位,但读到他的八声甘州"霜风凄紧,关河冷落,残照当楼",还不免要赞美一声:"此语于诗句,不减唐人高处。"(侯鲭录卷七)苏词的作风,固然脱尽了温、柳二家的羁绊;但对创调方面,如果没有温、柳在前为词坛广辟园地,那他也就很难写出这许多"无意不可入,无事不可言"(艺概卷四)的好词来。饮水思源,不能不在这里特提一下。

从九六〇年至一一二六年,就是所谓北宋时代。五代以来长期割据的分裂局面,到了宋太祖赵匡胤定都汴京(开封)以后,中国复归于统一。人民经过长期的休养生息,社会经济也渐渐繁荣了起来。孟元老东京梦华录序谈到当日汴京的繁盛情形,是:"新声巧笑于柳陌花衢,按管调弦于茶坊酒肆。"都市繁华达到这样的程度,就为新声歌曲创造了发荣滋长的必要条件。柳词所以为当时广大人民所喜爱，是有它的社会基础的。可是统治阶级的粉饰太平，掩盖不了当时的阶级矛盾。宰相吕蒙正就曾说起："都城，天子所在，士庶走集，故繁盛至此。臣尝见都城外不数里，饥寒而死者甚众。"(宋史卷二百六十五)人民遭受到这样凄惨的境遇，有良心的诗人，是不能熟视无睹的。加上仁宗朝(一〇二三——一〇六三)对西夏用兵的累遭惨败，民族矛盾因之日益加深。富有爱国主义思想的诗人如苏轼、黄庭坚等，就把西夏这个敌国刻刻放在心上，而有"甘心赴国忧"的雄图。不但苏词有"会挽雕弓如满月，西北望，射天狼"(江城子猎词)的豪语，连黄庭坚谪贬黔中时，还把"静扫河西"(山谷词洞仙歌泸守王补之生日)寄希望于他的朋友。这些情况，反映到诗人们的思想感情上，是不容许再像柳永那样，把生活圈子局限在"浅斟低唱"的"偎红倚翠"中了。"关西大汉，铁绰板，铜琵琶，唱大江东去"(吹剑录)，恰好是适应时代要求，发挥了苏轼的创造性，用来打开南渡诸爱国词人的新局面，这不是什么偶然的。

苏轼是一个"奋厉有当世志"(墓志铭)的文人。虽然他的政治见解偏向保守，和王安石立于反对地位，但他毕竟具有爱国思想，而且是站在人民一边的。他到处兴修水利，抑制豪强，连在谪贬黄州和惠州、琼州时，都和农民相处得很好，并不把个人遭遇戚戚于怀。这是何等坦荡的胸襟，何等壮阔的抱负！他自己说："作文如行云流水，初无定质，但当行于所当行，止于所不可不止。虽嬉笑怒骂之词，皆可书而诵之。"(宋史卷三百三十八本传)他的散文和诗、词，风格都是一贯这样的。苏辙替他作的墓志铭，提到他的思想发展，最初是留意于贾谊、陆贽的政论；后来又爱好庄子，说是："吾昔有见于中，口未能言；今见庄子，得吾心矣！"终乃深契于佛教的禅宗，"参之孔、老，博辩无碍"。他的思想无疑还有消极的一面，但他在实际行动中，关心人民的痛苦，所以能够在颠连困苦的谪贬生活中，得到广大群众的同情和敬爱。同时他的胸襟开阔，不介怀于个人的得失，不以一时挫抑动摇他的心志，一直抱着积极精神来追求现实和真理。像那最为广大读者所传诵不衰的作品，如赤壁赋及水调歌头中秋词，都是这种思想感情的表现。他的创作方法是"随物赋形"，做到"非有意于文字之为工，不得不然之为工"(遗山文集卷三十六新轩乐府引)。所谓"满心而发，肆口而成"，所谓"不自缘饰，因病成妍"。(同上)就是说他不过分注意文字的雕琢，而作品中贯串着真实的思想感情。这是从多方面的学养和实际生活的体验中得来的。

所谓"横放杰出，自是曲中缚不住"的东坡词，不等于说他全不讲究音律。王灼说："东坡先生非心醉于音律者。"(碧鸡漫志卷二)陆游说："先生非不能歌，但豪放，不喜裁剪以就声律耳。"(历代诗余卷一百十五)这都只是说明苏词不肯牺牲内容来迁就形式，千万不可误解，认为学习苏词可以破坏格律。破坏格律，就不能够算作长短句歌词；死守格律而不能够充实内容，那也就会失却它的文学价值。陆游曾经听到晁以道说起："绍圣初，与东坡别于汴上，东坡酒酣，自歌古阳关。"(同上)我们再看他自己写的阳关曲"暮云收尽溢清寒，银汉无声转玉盘。此生此夜不长好，明月明年何处看"，把来和王维的渭城曲"渭城朝雨浥轻尘，客舍青青柳色新。劝君更尽一杯酒，西出阳关无故人"逐字对勘，连四声都不肯轻易出入。他在黄州，檃栝陶渊明归去来辞作哨遍，明明说道："使就声律，以遗[董]毅夫。使家僮歌之,时相从于东坡,释耒而和之,扣牛角而为之节。”(东坡乐府卷二)这难道不是作者重视词的音律的最好证明吗?南宋以后所谓“豪杰之词”,自侪于苏、辛一派,如陈亮、刘过、刘克庄等,虽然集子中也有些“壮颜毅色”、“可以立懦”的佳作,但是充满了生硬字面,读来格格不易上口,失掉了词的音乐性,这是不能借口学苏而自护其短的。

当柳七乐章风靡一世的时候,苏轼挺身而出,指出向上一路,和他对抗。虽然他的朋友和学生如陈师道、张耒、晁补之等,都不但不敢明目张胆地起来拥护他的主张,而且还是抱着怀疑态度,但他自己却凭着满腔的“逸怀浩气”,只管“我自用我法”地不断写作。这也证明他是确有远见卓识,看准了长短句歌词的发展道路,才有勇气这样坚持到底的。风气一开,于是他的学生黄庭坚、晁补之跟着他走了,他的后起政敌叶梦得也仿效起他的作风来了。北宋末、南宋初期,所有诗人志士,于丧乱流离中,往往借这个长短句歌词来发抒爱国思想,以及种种悲愤激越的壮烈怀抱,有如岳飞的满江红,张孝祥的六州歌头,张元幹的贺新郎、石州慢等,以至陈与义、朱敦儒、韩元吉、向子諲、杨万里、范成大、陆游、陈亮、刘过等的某些作品,几乎没有一个不受东坡影响的。这个“横放杰出”的词风,一方面也推向北方发展,有如金代作家吴激、蔡松年等,以及元好问中州集中所录诸作家,也很少不是苏词的流派。辛弃疾怀抱“喑呜鸷悍”(刘辰翁辛稼轩词序)的雄才,突骑渡江,以恢复中原自任;同时把移植金国的苏词种子,挟以俱南,于原有基础上作进一步的发展。所谓“稼轩敛雄心,抗高调;变温婉,成悲凉”(周济宋四家词选序论)。苏词发展到了稼轩，于是文学史上所大书特书的“苏辛词派”才得正式建立，从而使这个特种艺术形式充实了它的内容，不妨脱离音乐而独立生存，为长短句歌词延长了七八百年的生命。宋末作家如刘克庄、文天祥、刘辰翁等，金末作家如元好问，以讫清代作家如陈维崧、吴伟业、曹贞吉、顾贞观、蒋士铨、王鹏运、文廷式、朱祖谋等，虽然因了作者的身世不同而异其造诣，都或多或少地受到东坡词格的熏陶，在一些代表作品中，还凛然有它的生气。穷源竟委，苏轼在词学上的地位，是不可动摇的。

二十二年前，我曾从南陵徐积余先生借得旧钞傅幹注坡词残本，并依朱彊村先生编年本东坡乐府重加排比笺释，写定为东坡乐府笺三卷。初版刚出，遇到日本侵略者来犯，传本遂稀。兹因各方要求，略为订补，并增苏辙所撰墓志铭及各家对苏词的评语，仍托商务印书馆重印。试论苏词的特点和它的影响所及，以供参考。不当的地方，希望读者随时指正。

一九五七年九月十四日，龙榆生写于上海

序 一

诗文集非出手定，为后人所辑录者，往往次序凌猎，读者不得寻迹相证，以窥其旨，于是乎有编年；摘藻遣词，字有来历，校正讹舛，必详其源，于是乎有笺注。东坡诗前有百家王注，毗陵邵长蘅、海宁查慎行、桐乡冯应榴、仁和王文诰踵起编年校补，可谓备矣。独其词别本单行，未有从事编注者。归安朱沤尹侍郎，始为之校订编年，刊之彊村丛书中。吾友万载龙君榆生，好学深思，以能诗词，先后教授于厦门、上海诸大学。暇日复取沤尹所编本，考证笺注，精核详博，靡溢靡遗。夫词于文章，先辈所视为小道也。然以古例今，街巷讴谣，辅轩所采，士夫润色，升歌庙堂，三百篇亦周代之词耳。古今文字嬗降，诗变为五七言，又变而为词，为南北曲，愈近则愈切于民俗国故。词莫盛于赵宋，乐章、片玉，几乎家弦户诵。东坡在当时，异军特起，孤抱幽忧，托于风人微旨，宜榆生好之笃而考订之勤也。比集朋辈为沤社，月课一词，座中榆生年最少，著述最矜慎。笺方毕，赍稿就予，殷殷求益。予不能有助于榆生也，因为序言以归之。新建夏敬观。

序 二

昔李东阳论坡诗，谓汉魏以前，诗格简古，不得著细事长语。杜诗稍为开辟，韩一衍之，苏再衍之，于是情与事无不可尽。此说也，予以为尤合于论坡词。盖诗至玉川、遒翁，纵横奇诡，已非杜、韩所能牢笼，虽坡无以远过。若其词横放杰出，尽覆花间旧轨，以极情文之变，则洵前人所未有。撷其粗迹，凡有数创焉。杜、韩以议论为诗，宋人推波以及词，若山谷、圣求、坦庵、竹斋诸家之论禅，重阳、丹阳、磻溪、清庵诸羽流之论道，以及稼轩、中庵、方壶、西崖之论文，徐鹿卿、陆墙东之论政，枝歧蜕嬗，溯其源实出于坡之如梦令、无愁可解，仲淹、半山，未足比数。此其一也。曹公谢客，好摭经子入诗，在词则坡之醉翁操、西江月、浣溪沙为其权舆。后来龙洲、竹斋之用语、孟，稼轩、方壶之用诗、骚，清庵、虚靖之用易、老，以及方壶衣絮之取义淮南，芦川稷雪之数典诗疏，虽落言筌，无嫌质实。乐府指迷以不用经典为清真冠绝者，非可持绳诸贤不羁之驾。此其二也。汤衡序于湖词，谓元祐诸公嬉弄乐府，寓以诗人句法，发自坡公。此殆指水调歌头之檃栝韩诗，定风波之裁成杜句。他如以归去来辞谐哨遍，以山海经协戚氏，合文入乐，尤坡之创制。继起如石林、阳春、遯庵、道园、后村、竹山，皆有括渊明、李、杜之诗，马迁、苏、欧之文。吾乡林正大风雅遗音且裒为专集，固近绪余，亦见创格。此其三也。荆公、子野始稍稍具词题，然寂寥短语，引意而止。坡之西江月、满江红、定风波，皆系详序，水龙吟一章，尤斐然长言，自成体制。效之者稼轩、明秀、遗山、秋涧、蘋洲，皆二百余字，方是间之哨遍，明秀之雨中花，皆逾三百字，白石且以四百数十字序征招。诗人制题之风，浸淫及词，撢其朔亦必及坡。此其四也。要之，令词自晏、欧以降，其势渐穷，耆卿阐其变于声情，东坡肆其奇于文字，昔之以莹冰晖露、不著迹象为尚者，至是泮为江河而沛然莫御，盖自凝而散，合其道于诗文矣。四端旨要，无以逾此。虽云禁囿既开，横流亦滥，其功罪未可遽论，然此岂暖姝拘墟之徒所当容议哉？榆生此笺，繁征博稽，十倍旧编，东坡功臣，无俟乎扬赞。委为弁言，聊举碎义，祈为读坡词者之一助。若云管窥筐举，未览其全，则詹詹固无所逃难也。一九三四年十月，永嘉夏承焘敬序。

东坡先生墓志铭

予兄子瞻谪居海南。四年春正月，今天子即位，推恩海内，泽及鸟兽。夏六月，公被命渡海北归。明年，舟至淮浙，秋七月，被病，卒于毗陵。吴越之民相与哭于市，其君子相与吊于家。讣闻四方，无贤愚皆咨嗟出涕，太学之士数百人，相率饭僧惠林佛舍。呜呼，斯文坠矣，后生安所复仰！公始病，以书属辙曰："即死，葬我嵩山下，子为我铭。"辙执书哭曰："小子忍铭吾兄！"

公讳轼，姓苏氏，字子瞻，一字和仲。世家眉山。曾大父讳杲，赠太子太保。妣宋氏，追封昌国太夫人。大父讳序，赠太子太傅。妣史氏，追封嘉国太夫人。考讳洵，赠太子太师。妣程氏，追封成国太夫人。公生十年，而先君宦学四方，太夫人亲授以书，闻古今成败，辄能语其要。太夫人尝读东汉史，至范滂传，慨然太息。公侍侧，曰："轼若为滂，夫人亦许之否乎？"太夫人曰："汝能为滂，吾顾不能为滂母耶？"公亦奋厉有当世志。太夫人喜曰:“吾有子矣!”比冠,学通经史,属文日数千言。

嘉祐二年,欧阳文忠公考试礼部进士,疾时文之诡异,思有以救之。梅圣俞时与其事,得公论刑赏,以示文忠。文忠惊喜,以为异人,欲以冠多士,疑曾子固所为。子固,文忠门下士也。乃置公第二。复以春秋对义居第一。殿试中乙科,以书谢诸公。文忠见之,以书语圣俞曰:“老夫当避此人,放出一头地。”士闻者始哗不厌,久乃信服。丁太夫人忧,终丧。五年,授河南福昌主簿。文忠以直言荐之秘阁,试六论。旧不起草,以故文多不工。公始具草,文义粲然,时以为难。比答制策,复入三等。除大理评事,签书凤翔府判官。长吏意公文人,不以吏事责之,公尽心其职,老吏畏服。关中自元昊叛命,人贫役重,岐下岁以南山木筏自渭入河,经砥柱之险,衙前以破产者相继也。公遍问老校,曰:“木筏之害,本不至此。若河、渭未涨,操筏者以时进止,可无重费也。患其乘河、渭之暴,多方害之耳。”公即修衙规,使衙前得自择水工。筏行无虞,乃言于府,使得系籍。自是衙前之害减半。

治平二年,罢还,判登闻鼓院。英宗在藩闻公名,欲以唐故事召入翰林,宰相限以近例,欲召试秘阁。上曰:“未知其能否,故试。如苏轼有不能耶?”宰相犹不可。及试二论,皆入三等,得直史馆。丁先君忧,服除,时熙宁二年也。王介甫用事,多所建立。公与介甫议论素异,既还朝,置之官告院。四年,介甫欲变更科举,上疑焉,使两制三馆议之。公议上,上悟曰:“吾固疑此,得苏轼议,意释然矣。”即日召见,问何以助朕。公辞避久之,乃曰:“臣窃意陛下求治太急,听言太广,进人太锐。愿陛下安静以待物之来,然后应之。”上竦然听受,曰:“卿三言,朕当详思之。”介甫之党皆不悦，命摄开封推官，意以多事困之。公决断精敏，声闻益远。会上元有旨市浙灯，公密疏旧例无有，不宜以玩好示人。即有旨罢。殿前初策进士，举子希合，争言祖宗法制非是。公为考官，退拟答以进，深中其病。自是论事愈力，介甫愈恨。御史知杂事者，乃诬奏公过失，穷治无所得。公未尝以一言自辩，乞外任避之，通判杭州。是时四方行青苗、免役、市易，浙西兼行水利、盐法。公于其间常因法以便民，民赖以少安。高丽入贡，使者凌蔑州郡，押判使臣皆本路管库，乘势骄横，至与钤辖亢礼。公使人谓之曰："远夷慕化而来，理必恭顺，今乃尔暴恣，非汝导之，不至是也。不悛当奏之。"押伴者惧，为之小戢。使者发币于官吏，书称甲子，公却之曰："高丽于本朝称臣，而不禀正朔，吾安敢受？"使者亟易书称熙宁，然后受之。时以为得体。吏民畏爱，及罢去，犹谓之学士而不言姓。

自杭徙知密州，时方行手实法，使民自疏财产以定户等，又使人得告其不实。司农寺又下诸路，不时施行者以违制论。公谓提举常平官曰："违制之坐，若自朝廷，谁敢不从？今出于司农，是擅造律也，若何？"使者惊曰："公姑徐之。"未几，朝廷亦知手实之害，罢之。密人私以为幸。郡尝有盗窃发而未获，安抚转运司忧之，遣一三班使臣，领悍卒数十人入境捕之。卒凶暴恣行，以禁物诬民，入其家争斗至杀人，畏罪惊散，欲为乱。民诉之，公投其书不视，曰："必不至此。"溃卒闻之少安。徐使人招出，戮之。

自密徙徐，是岁河决曹村，泛于梁山泊，溢于南清河，城南两山环绕，吕梁、百步扼之，汇于城下。涨不时泄，城将败，富民争出避水。公曰："富民若出，民心动摇，吾谁与守？吾在是，水决不能败城。"驱使复入。公履屦杖策，亲入武卫营，呼其卒长，谓之曰："河将害城，事急矣，虽禁军，宜为我尽力。”卒长呼曰：“太守犹不避涂潦，吾侪小人效命之秋也。”执梃入火伍中，率其徒短衣徒跣，持畚锸以出，筑东南长堤，首起戏马台，尾属于城。堤成，水至堤下，害不及城，民心乃安。然雨日夜不止，河势益暴，城不沉者三板。公庐于城上，过家不入，使官吏分堵而守，卒完城以闻。复请调来岁夫，增筑故城，为木岸，以虞水之再至。朝廷从之。讫事，诏褒之。徐人至今思焉。

徙知湖州，以表谢上。言事者擿其语以为谤，遣官逮赴御史狱。初公既补外，见事有不便于民者，不敢言，亦不敢默视也，缘诗人之义，托事以讽，庶几有补于国。言者从而媒孽之。上初薄其过，而浸润不止，至是不得已从其请。既付狱，必欲置之死，锻炼久之不决。上终怜之，促具狱，以黄州团练副使安置。公幅巾芒屩，与田父野老相从溪谷之间，筑室于东坡，自号东坡居士。五年，上有意复用，而言者沮之。上手札徙汝州，略曰：“苏轼黜居思咎，阅岁滋深，人材实难，不忍终弃。”未至，上书自言有饥寒之忧，有田在常，愿得居之。书朝入，夕报可，士大夫知上之卒喜公也。会晏驾，不果复用。

至常，以哲宗即位，复朝奉郎，知登州。至登，召为礼部郎中。公旧善门下侍郎司马君实及知枢密院章子厚，二人冰炭不相入。子厚每以谑侮困君实，君实苦之，求助于公。公见子厚曰：“司马君实时望甚重。昔许靖以虚名无实，见鄙于蜀先主，法正曰：‘靖之浮誉，播流四海，若不加礼，必以贱贤为累。’先主纳之，乃以靖为司徒。许靖且不可慢，况君实乎？”子厚以为然，君实赖以少安。既而朝廷缘先帝意欲用公，除起居舍人。公起于忧患，不欲骤履要地，力辞之，见宰相蔡持正自言。持正曰：

"公徊翔久矣,朝中无出公右者。"公固辞,持正曰:"今日谁当在公前者?"公曰:"昔林希同在馆中,年且长。"持正曰:"希固当先公耶?"卒不许。然希亦由此继补记注。

元祐元年,公以七品服入侍延和,即改赐银绯。二月,迁中书舍人。时君实方议改免役为差役。差役行于祖宗之世,法久多弊。编户充役不习,府官吏虐使之,多以破产,而狭乡之民,或有不得休息者。先帝知其然,故为免役,使民以户高下出钱,而无执役之苦。行法者不循上意,于雇役实费之外,取钱过多,民遂以病。若量出为入,毋多取于民,则足矣。君实为人,忠信有余而才智不足,知免役之害而不知其利,欲一切以差役代之。方差官置局,公亦与其选,独以实告,而君实始不悦矣。尝见之政事堂,条陈不可,君实忿然。公曰:"昔韩魏公刺陕西义勇,公为谏官,争之甚力,魏公不乐,公亦不顾。轼昔闻公道其详,岂今日作相,不许轼尽言耶?"君实笑而止。公知言不用,乞补外,不许。君实始怒,有逐公意矣,会其病卒乃已。时台谏官多君实之人,皆希合以求进,恶公以直形已,争求公瑕疵。既不可得,则因缘熙宁谤讪之说以病公。公自是不安于朝矣。

寻除翰林学士。二年,复除侍读。每进读,至治乱盛衰、邪正得失之际,未尝不反复开导,觊上有所觉悟。上虽恭默不言,闻公所论说,辄首肯喜之。三年,权知礼部贡举。会大雪苦寒,士坐庭中,噤不能言。公宽其禁约,使得尽其技。而巡铺内臣伺其坐起,过为凌辱,公以其伤动士心,亏损国体,奏之。有旨送内侍省挞而逐之,士皆悦服。尝侍上读祖宗宝训,因及时事,公历言今赏罚不明,善恶无所劝沮;又黄河势方西流,而强之使东；夏人寇镇戎，杀掠几万人，帅臣掩蔽不以闻，朝廷亦不问。事每如此，恐浸成衰乱之渐。当轴者恨之。公知不见容，乞外任。四年，以龙图阁学士知杭州。时谏官言前宰相蔡持正知安州，作诗借郝处俊事以讥刺时事，大臣议逐之岭南。公密疏，言朝廷若薄确之罪，则于皇帝孝治为不足；若深罪确，则于太皇太后仁政为小累。谓宜皇帝降敕，置狱逮治，而太皇太后内出手诏赦之，则仁孝两得矣。宣仁后心善公言而不能用。公出郊，未发，遣内侍赐龙茶、银合，用前执政恩例，所以慰劳甚厚。

及至杭，吏民习公旧政，不劳而治。岁适大旱，饥疫并作，公请于朝，免本路上供米三之一，故米不翔贵。复得赐度僧牒百，易米以救饥者。明年方春，即减价粜常平米，民遂免大旱之苦。公又多作馇粥药剂，遣吏挟医分坊治病，活者甚众。公曰："杭水陆之会，因疫病死比他处常多。"乃裒羡缗，得二千，复发私橐，得黄金五十两，以作病坊，稍畜钱粮以待之，至于今不废。是秋复大雨，太湖泛溢，害稼。公度来岁必饥，复请于朝，乞免上供米半。又多乞度牒，以籴常平米并义仓所有，皆以备来岁出粜。朝廷多从之，由是吴越之民复免流散。

杭本江海之地，水泉咸苦，居民稀少。唐刺史李泌始引西湖水作六井，民足于水，故井邑日富。及白居易复浚西湖，放水入运河，自河入田，所溉至千顷。然湖水多葑，自唐及钱氏，岁辄开治，故湖水足用。近岁废而不理，至是湖中葑田积二十五万余丈，而水无几矣。运河失湖水之利，则取给于江潮，潮浑浊多淤，河行阛阓中，三年一淘，为市井大患，而六井亦几废。公始至，浚茅山、盐桥二河，以茅山一河专受江潮，以盐桥一河专受湖水。复造堰闸，以为湖水畜泄之限，然后潮不入市。且以余力复完六井，民稍获其利矣。公间至湖上，周视良久，曰："今欲去葑田，葑田如云，将安所置之？湖南北三十里，环湖往来，终日不达，若取葑田积之湖中，为长堤以通南北，则葑田去而行者便矣。吴人种菱，春辄芟除，不遗寸草。葑田若去，募人种菱，收其利以备修湖，则湖当不复湮塞。"乃取救荒之余，得钱粮以贯石数者万，复请于朝得百僧度牒，以募役者。堤成，植芙蓉杨柳其上，望之如图画，杭人名之苏公堤。

杭僧有净源者，旧居海滨，与舶客交通牟利，舶至高丽，交誉之。元丰末，其王子义天来朝，因往拜焉。至是源死，其徒窃持其画像附舶往告，义天亦使其徒附舶来祭。祭讫，乃言国母使以金塔二祝皇帝、太皇太后寿。公不纳，而奏之曰："高丽久不入贡，失赐予厚利，意欲来朝，以未测朝廷所以待之薄厚，故因祭亡僧而行祝寿之礼，礼意鲜薄，盖可见矣。若受而不答，则远夷或以怨怒；因而厚赐之，正堕其计。臣谓朝廷宜勿与知，而使州郡以理却之。然庸僧猾商，敢擅招诱外夷，邀求厚利，为国生事，其渐不可长，宜痛加惩创。"朝廷皆从之。未几，高丽贡使果至。公按旧例，使之所至，吴越七州，实费二万四千余缗，而民间之费不在，乃令诸郡量事裁损。比至，民获交易之利，而无侵扰之害。

浙江潮自海门东来，势如雷霆，而浮山峙于江中，与渔浦诸山犬牙相错，洄洑激射，岁败公私船不可胜计。公议自浙江上流地名石门，并山而东，凿为运河，引浙江及溪谷诸水二十余里以达于江。又并山为岸，不能十里，以达于龙山之大慈浦，自浦北折抵小岭，凿岭六十五丈，以达于岭东古河，浚古河数里以达于龙山运河，以避浮山之崄。人皆以为便。奏闻，有恶公成功者。会公罢归，使代者尽力排之，功以不成。公复言三吴之水潴为太湖，太湖之水溢为松江以入海。海日两潮，潮浊而江清，潮水尝欲淤塞江路，而江水清驶，随辄涤去，海口常通，则吴中少水患。昔苏州以东，公私船皆以篙行，无陆挽者。自庆历以来，松江大筑挽路，建长桥以扼塞江路，故今三吴多水。欲凿挽路为千桥以迅江势。亦不果用，人皆恨之。公二十年间再莅此州，有德于其人，家有画像，饮食必祝，又作生祠以报。

六年，召入为翰林承旨，复侍迩英。当轴者不乐，风御史攻公。公之自汝移常也，受命于宋，会神考晏驾，哭于宋，而南至扬州。常人为公买田，书至，公喜作诗，有“闻好语”之句，言者妄谓公闻讳而喜，乞加深谴。然诗刻石有时日，朝廷知言者之妄，皆逐之。公惧，请外补，乃以龙图阁学士守颍。先是，开封诸县多水患，吏不究本末，决其陂泽，注之惠民河，河不能胜，则陈亦多水。至是又将凿邓艾沟与颍河并，且凿黄堆，注之于淮，议者多欲从之。公适至，遣吏以水平准之，淮之涨水高于新沟几一丈，若凿黄堆，淮水顾流浸州境，决不可为。朝廷从之。郡有宿贼尹遇等数人群党惊劫，杀变主及捕盗吏兵者非一。朝廷以名捕不获，被杀者噤不敢言。公召汝阴尉李直方，谓之曰：“君能擒此，当力言于朝，乞行优赏。不获，亦以不职奏免君矣。”直方退，缉知群盗所在，分命弓手往捕其党，而躬往捕遇。直方有母年九十，母子泣别而行，手戟刺而获之。然小不应格，推赏不及，公为言于朝，请以年劳改朝散郎阶，为直方赏。朝廷不从。其后吏部以公当迁，以符会考，公自谓已许直方，卒不报。

七年，徙扬州。发运司旧主东南漕法，听操舟者私载物货，征商不得留难。故操舟者富厚，以官舟为家，补其弊漏，而周船夫之乏困，故其所载，率无虞而速达。近岁不忍征商之小失，一切不许，故舟弊人困，多盗所载以济饥寒，公私皆病。公奏乞复故，朝廷从之。未阅岁，以兵部尚书召还，兼侍读。是岁亲视南郊，为卤簿使，导驾入太庙。有贵戚以其车从争道，不避仗卫，公于车中劾奏之。明日，中使传命，申敕有司严整仗卫。寻迁礼部，复兼端明殿、翰林侍读二学士。高丽遣使请书于朝，朝廷以故事，尽许之。公曰："汉东平王请诸子及太史公书，犹不肯予，今高丽所请有甚于此，其可予之乎？"不听。公临事必以正，不能俯仰随俗，乞守郡自效。

八年，以二学士知定州。定久不治，军政尤弛，武卫卒骄惰不教，军校蚕食其廪赐，故不敢何问。公取其贪污甚者，配隶远恶，然后缮修营房，禁止饮博。军中衣食稍足，乃部勒以战法，众皆畏服。然诸校多不自安者，有卒史复以赃诉其长，公曰："此事吾自治则可，汝若得告，军中乱矣。"亦决配之，众乃定。会春大阅，军礼久废，将吏不识上下之分。公命举旧典，元帅常服坐帐中，将吏戎服奔走执事。副总管王光祖自谓老将，耻之，称疾不出。公召书吏作奏，将上，光祖震恐而出。讫事，无敢慢者。定人言："自韩魏公去，不见此礼至今矣。"北戎久和，边兵不试，临事有不可用之忧，惟沿边弓箭社兵与寇为邻，以战射自卫，犹号精锐。故相庞公守边，因其故俗，立队伍将校，出入赏罚，缓急可使。岁久法弛，复为保甲所挠，渐不为用。公奏为免保甲及两税折变科配，长吏以时训劳。不报，议者惜之。

时方例废旧人，公坐为中书舍人日草责降官制，直书其罪，诬以谤讪，绍圣元年，遂以本官知英州，寻复降一官。未至，复以宁远军节度副使安置惠州。公以侍从齿岭南编户，独以少子过自随。瘴疠所侵，蛮蜑所侮，胸中泊然，无所蒂芥。人无贤愚，皆得其欢心，疾苦者畀之药，殒毙者纳之窾，又率众为二桥以济病涉者，惠人爱敬之。居三年，大臣以流窜者为未足也，四年，复以琼州别驾安置昌化。昌化非人所居，食饮不具，药石无有。初僦官屋以庇风雨，有司犹谓不可，则买地筑室，昌化士人畚土运甓以助之，为屋三间。人不堪其忧，公食芋饮水，著书以为乐。时从其父老游，亦无间也。

元符三年，大赦，北还。初徙廉，再徙永，已乃复朝奉郎提举成都玉局观，居从其便。公自元祐以来，未尝以岁课乞迁，故官止于此，勋上轻车都尉封武功县开国伯，食邑九百户。将居许，病暑，暴下，中止于常。建中靖国元年六月，请老，以本官致仕，遂以不起。未终旬日，独以诸子侍侧，曰："吾生无恶，死必不坠，慎无哭泣以怛化。"问以后事，不答，湛然而逝，实七月丁亥也。公娶王氏，追封通义郡君，继室以其女弟，封同安郡君，亦先公而卒。子三人，长曰迈，雄州防御推官，知河间县事。次曰迨，次曰过，皆承务郎。孙男六人，箪、符、箕、籥、筌、筹。明年闰六月癸酉，葬于汝州郏城县钓台乡上瑞里。

公之于文，得之于天。少与辙皆师先君，初好贾谊、陆贽书，论古今治乱，不为空言。既而读庄子，喟然叹息曰："吾昔有见于中，口未能言，今见庄子，得吾心矣。"乃出中庸论，其言微妙，皆古人所未喻。尝谓辙曰："吾视今世学者，独子可与我上下耳。"既而谪居于黄，杜门深居，驰骋翰墨，其文一变，如川之方至，而辙瞠然不能及矣。后读释氏书，深悟实相，参之孔、老，博辩无碍，浩然不见其涯也。先君晚岁读易，玩其爻象，得其刚柔、远近、喜怒、逆顺之情，以观其词，皆迎刃而解。作易传，未完，疾革，命公述其志。公泣受命，卒以成书，然后千载之微言，焕然可知也。

复作论语说，时发孔氏之秘。最后居海南，作书传，推明上古之绝学，多先儒所未达。既成三书，抚之曰："今世要未能信，后有君子当知我矣。"至其遇事所为诗、骚、铭、记、书、檄、论、撰，率皆过人。有东坡集四十卷，后集二十卷，奏议十五卷，内制十卷，外制三卷。公诗本似李、杜，晚喜陶渊明，追和之者几遍，凡四卷。幼而好书，老而不倦，自言不及晋人，至唐褚、薛、颜、柳，仿佛近之。

平生笃于孝友，轻财好施。伯父太白早亡，子孙未立，杜氏姑卒未葬，先君没，有遗言。公既除丧，即以礼葬姑。及当可荫补，复以奏伯父之曾孙彭。其于人，见善称之如恐不及，见不善斥之如恐不尽，见义勇于敢为而不顾其后，用此数困于世，然终不以为恨。孔子谓伯夷、叔齐古之贤人，曰："求仁而得仁，又何怨？"公实有焉。铭曰：

苏自栾城，西宅于眉。世有潜德，而人莫知。猗与先君，名施四方。公幼师焉，其学以光。出而从君，道直言忠。行险如夷，不谋其躬。英祖擢之，神考试之。亦既知矣，而未克施。晚侍哲皇，进以诗书。谁实间之，一斥而疏。公心如玉，焚而不灰。不变生死，孰为去来。古有微言，众说所蒙。手发其枢，恃此以终。心之所涵，遇物则见。声融金石，光溢云汉。耳目同是，举世毕知。欲造其渊，或眩以疑。绝学不继，如已断弦。百世之后，岂无其贤。我初从公，赖以有知。抚我则兄，诲我则师。皆迁于南，而不同归。天实为之，莫知我哀！

弟苏辙撰

东坡词评　/龙榆生辑录

宋陈师道后山诗话

退之以文为诗，子瞻以诗为词，如教坊雷大使之舞，虽极天下之工，要非本色。今代词手，惟秦七、黄九尔，唐诸人不迨也。

宋胡仔苕溪渔隐丛话前集卷四十二引王直方诗话

东坡尝以所作小词示无咎、文潜，曰："何如少游？"二人皆对曰："少游诗似小词，先生小词似诗。"

渔隐丛话后集卷二十六

苕溪渔隐曰：后山诗话谓退之以文为诗，子瞻以诗为词，如教坊雷大使之舞，虽极天下之工，要非本色。余谓后山之言过矣。子瞻佳词最多，其间杰出者，如“大江东去，浪淘尽、千古风流人物”赤壁词，“明月几时有，把酒问青天”中秋词，“落日绣帘卷，庭下水连空”快哉亭词，“乳燕飞华屋，悄无人，桐阴转午”初夏词，“明月如霜，好风如水，清景无限”夜登燕子楼词，“楚山修竹如云，异材秀出千林表”咏笛词，“玉骨那愁瘴雾，冰肌自有仙风”咏梅词，“东武南城，新堤固，涟漪初溢”宴流杯亭词，“冰肌玉骨，自清凉无汗”夏夜词，“有情风万里卷潮来，无情送潮归”别参寥词，“缺月挂疏桐，漏断人初静”秋夜词，“霜降水痕收，浅碧鳞鳞露远洲”重九词。凡此十余词，皆绝去笔墨畦径间，直造古人不到处，真可使人一唱而三叹。若谓以诗为词，是大不然。子瞻自言平生不善唱曲，故间有不入腔处，非尽如此。后山乃比之教坊司雷大使舞，是何每况愈下，盖其谬耳。

渔隐丛话后集卷三十三引晁无咎评本朝乐章

东坡词，人谓多不谐音律，然居士词横放杰出，自是曲中缚不住者。

渔隐丛话后集卷三十三引李清照评语

晏元献、欧阳永叔、苏子瞻，学际天人，作为小歌词，直如酌蠡水于大海，然皆句读不葺之诗耳。

宋王灼碧鸡漫志卷二

东坡先生以文章余事作诗，溢而作词曲，高处出神入天，平处尚临镜笑春，不顾侪辈。或曰长短句中诗也。为此论者，乃是遭柳永野狐涎之毒。诗与乐府同出,岂当分异。若从柳氏家法,正自不分异耳。晁无咎、黄鲁直皆学东坡,韵制得七八。黄晚年间放于狭邪,故有少疏荡处。后来学东坡者,叶少蕴、蒲大受亦得六七,其才力比晁、黄差劣。苏在庭、石耆翁,入东坡之门矣,短气跼步,不能进也。

长短句虽至本朝盛,而前人自立与真情衰矣。东坡先生非心醉于音律者,偶尔作歌,指出向上一路,新天下耳目,弄笔者始知自振。今少年妄谓东坡移诗律作长短句,十有八九不学柳耆卿则学曹元龙,虽可笑,亦毋用笑也。

宋胡寅题酒边词

词曲者,古乐府之末造也。古乐府者,诗之傍行也。诗出于离骚楚词,而离骚者,变风变雅之怨而迫、哀而伤者也,其发乎情则同,而止乎礼义则异。名之曰曲,以其曲尽人情耳。方之曲艺犹不逮焉,其去曲礼则益远矣。然文章豪放之士,鲜不寄意于此者,随亦自扫其迹,曰谑浪游戏而已也。唐人为之最工者。柳耆卿后出,掩众制而尽其妙,好之者以为不可复加。及眉山苏氏,一洗绮罗香泽之态,摆脱绸缪宛转之度,使人登高望远,举首高歌,而逸怀浩气超然乎尘垢之外,于是花间为皂隶,而柳氏为舆台矣。

宋陆游渭南文集卷二十八跋东坡七夕词后

昔人作七夕诗,率不免有珠栊绮疏惜别之意,惟东坡此篇居然是星汉上语,歌之曲终,觉天风海雨逼人。学诗者当以是求之。

清康熙御选历代诗余卷一百十五引陆游说

世言东坡不能歌,故所作乐府多不协律。晁以道谓绍圣初,与东坡别于汴上,东坡酒酣,自歌阳关曲。则公非不能歌,但豪放不喜剪裁以就声律耳。试取东坡诸词歌之,曲终觉天风海雨逼人。

宋刘辰翁须溪集卷六辛稼轩词序

词至东坡,倾荡磊落,如诗如文,如天地奇观,岂与群儿雌声学语较工拙?然犹未至用经用史,牵雅颂入郑卫也。

宋张炎词源卷下杂论

东坡词如水龙吟咏杨花、咏闻笛,又如过秦楼(榆案:现行东坡词未见此调)、洞仙歌、卜算子等作,皆清丽舒徐,高出人表,哨遍一曲檃栝归去来辞,更是精妙,周、秦诸人所不能到。

金王若虚滹南遗老集卷三十九诗话

晁无咎云:眉山公之词短于情,盖不更此境耳。陈后山曰:宋玉不识巫山神女,而能赋之,岂待更而后知,是直以公为不及于情也。呜呼,风韵如东坡而谓不及于情,可乎?彼高人逸士正当如是,其溢为小词,而间及于脂粉之间,所谓滑稽玩戏,聊复尔尔者也。若乃纤艳淫媟,入人骨髓,如田中行柳耆卿辈,岂公之雅趣也哉?公雄文大手,乐府乃其游戏,顾岂与流俗争胜哉?盖其天资不凡,辞气迈往,故落笔皆绝尘耳。

金元好问遗山文集卷三十六新轩乐府引

唐歌词多宫体，又皆极力为之。自东坡一出，情性之外不知有文字，真有“一洗万古凡马空”气象。虽时作宫体，亦岂可以宫体概之？人有言乐府本不难作，从东坡放笔后便难作。此殆以工拙论，非知坡者所以然者。诗三百所载小夫贱妇幽忧无聊赖之语，时猝为外物感触，满心而发，肆口而成者尔，其初果欲被管弦，谐金石，经圣人手以与六经并传乎？小夫贱妇且然，而谓东坡翰墨游戏，乃求与前人角胜负，误矣。自今观之，东坡圣处，非有意于文字之为工，不得不然之为工也。坡以来山谷、晁无咎、陈去非、辛幼安诸公，俱以歌词取称，吟咏情性，留连光景，清壮顿挫，能起人妙思，亦有语意拙直，不自缘饰，因病成妍者，皆自坡发之。

明王世贞艺苑卮言

子瞻“与谁同坐，明月清风我”，“明月几时有，把酒问青天”，快语也；“大江东去，浪淘尽、千古风流人物”，壮语也；“杏花疏影里，吹笛到天明”（榆案：此二句为陈与义临江仙词，王氏误记），又“高情已逐晓云空，不与梨花同梦”，爽语也。其词浓与淡之间也。

清王士禛花草蒙拾

山谷云：东坡书挟海上风涛之气。读坡词，当作如是观。琐琐与柳七较锱铢，无乃为髯公所笑。

清周济宋四家词选序论

苏、辛并称，东坡天趣独到处，殆成绝诣，而苦不经意，完璧甚少。稼轩则沉著痛快，有辙可循，南宋诸公无不传其衣钵，固未可同年而语也。

周济介存斋论词杂著

人赏东坡粗豪，吾赏东坡韶秀。韶秀是东坡佳处，粗豪则病也。东坡每事俱不十分用力，古文、书尽皆尔，词亦尔。

清吴衡照莲子居词话卷四

苏、辛并称，辛之于苏，亦犹诗中山谷之视东坡也。东坡之大，与白石之高，殆不可以学而至。

清刘熙载艺概卷四词曲概

东坡词颇似老杜诗，以其无意不可入，无事不可言也。若其豪放之致，则时与太白为近。

太白忆秦娥声情悲壮，晚唐、五代惟趋婉丽，至东坡始能复古。后世论词者或转以东坡为变调，不知晚唐、五代乃变调也。

东坡定风波云："尚余孤瘦雪霜姿。"荷华媚云："天然地、别是风流标格。"雪霜姿、风流标格，学坡词者便可从此领取。

东坡词具神仙出世之姿，方外白玉蟾诸家，惜未诣此。

清王鹏运半塘未刊稿

北宋人词，如潘逍遥之超逸，宋子京之华贵，欧阳文忠之骚雅，柳屯田之广博，晏小山之疏俊，秦太虚之婉约，张子野之流丽，黄文节之隽上，贺方回之醇肆，皆可模拟得其仿佛，唯苏文忠之清雄，敻乎轶尘绝迹，令人无从步趋。盖霄壤相悬，宁止才华而已，其性情、其学问、其襟抱，举非恒流所能梦见。词家苏、辛并称，其实辛犹人境也，苏其殆仙乎！

清陈廷焯白雨斋词话卷一

苏、辛并称，然两人绝不相似。魄力之大，苏不如辛；气体之高，辛不逮苏远矣。东坡词寓意高远，运笔空灵，措语忠厚，其独至处，美成、白石亦不能到。昔人谓东坡词非正声，此特拘于音调言之，而不究本原之所在，眼光如豆，不足与之辩也。

词至东坡，一洗绮罗香泽之态，寄慨无端，别有天地。水调歌头、卜算子雁、贺新凉、水龙吟诸篇，尤为绝构。

太白之诗，东坡之词，皆是异样出色，只是人不能学，乌得议其非正声？

近人冯煦宋六十一家词选例言

兴化刘氏熙载所著艺概，于词多洞微之言，而论东坡尤为深至，如云：东坡词颇似老杜诗，以其无意不可入，无事不可言也。若其豪放之致，则时与太白为近。又云：东坡定风波云："尚余孤瘦雪霜姿。"荷华媚云："天然地、别是风流标格。"雪霜姿、风流标格，学东坡词者便可从此领取。又云：词以不犯本位为高，东坡满庭芳"老去君恩未报，空回首，弹铗悲歌"，语诚慷慨，然不若水调歌头"我欲乘风归去，又恐琼楼玉宇，高处不胜寒"，尤觉空灵蕴藉。观此可以得东坡矣。

近人沈曾植菌阁琐谈

东坡以诗为词，如雷大使之舞，虽极天下之工，要非本色。此后山谈丛语也。然考蔡絛铁围山丛谈，称上皇在位，时属升平，手艺之人有称者，棋则有刘仲甫、晋士朋，琴则有僧梵如、僧全雅，教坊琵琶则有刘继安，舞有雷中庆，世皆呼之为雷大使，笛则孟水清。此数人者，视前代之技皆过之。然则雷大使乃教坊绝技，谓非本色，将外方乐乃为本色乎？

近人王国维人间词话卷上

东坡之词旷，稼轩之词豪，无二人之胸襟而学其词，犹东施之效捧心也。

读东坡、稼轩词，须观其雅量高致，有伯夷、柳下惠之风。白石虽似蝉蜕尘埃，然不免局促辕下。

苏、辛词中之狂，白石犹不失为狷。

近人夏敬观手批东坡词

东坡词如春花散空，不著迹象，使柳枝歌之，正如天风海涛之曲，中多幽咽怨断之音,此其上乘也。若夫激昂排宕,不可一世之概,陈无己所谓如教坊雷大使之舞,虽极天下之工,要非本色,乃其第二乘也。后之学苏者惟能知第二乘,未有能达上乘者,即稼轩亦然。

东坡永遇乐词云:"统如三鼓,铿然一叶,黯黯梦云惊断。夜茫茫,重寻无处,觉来小园行遍。"此数语可作东坡自道圣处。

予既重校二十年前所纂东坡乐府笺,随录诸家对苏词之总评若干则,以便参考。其有未备,容俟续编。一九五七年九月十日,龙榆生记于上海寓庐之葵倾室。

东坡乐府笺卷一

壬　子

年谱：神宗熙宁五年壬子，先生年三十七，在杭州通判任。

浪淘沙

昨日出东城，试探春情。墙头红杏暗如倾。槛内群芳芽未吐，早已回春。　　绮陌敛香尘，雪霁前村。东君用意不辞辛。料想春光先到处，吹绽梅英。

【校】

傅注本及四印斋景元延祐本俱无。　毛本题作“探春”。

【朱注】

王文诰苏诗总案：熙宁五年壬子正月，城外探春作。　又曰：此倅杭作，而年无所考，首载于此。今从其说。

南歌子　八月十八日观潮

海上乘槎侣，仙人萼绿华。飞升元不用丹砂，住在潮头来处渺

天涯。　　雷辊夫差国，云翻海若家。坐中安得弄琴牙。写取余声归向水仙夸。　傅注本卷五

【朱注】

王案：壬子八月十八日作。

【笺】

乘槎　博物志：近世有人居海上，每年八月，见海槎来不违时，赍一年粮，乘之到天河。见妇人织，丈夫饮牛，问之不答。遣归，问严君平。某年某月日，客星犯牛斗，即此人也。又云：天河与海通。

萼绿华　真诰（运象第一）：萼绿华者，自云是南山人。女子，年可二十许，颜色绝整。以晋穆帝升平三年十一月十日，夜降羊权家，自此往来。后赠权诗、火浣布、金条脱。访问，曰："是九疑山得道女罗郁也。"李商隐诗（无题二首）："闻道阊门萼绿华，昔年相望抵天涯。"

潮头来处　列子（汤问）：渤海之东不知几亿万里，有大壑焉，实为无底之谷。其中有五山，一曰岱舆，二曰圆峤，三曰方壶，四曰瀛州，五曰蓬莱。而五山之根无所连著，常随潮上下往来。

雷辊　广韵：辊，古本切，音衮。六书故：辊，转之速也。　傅注：今余杭乃吴王夫差之故国。雷辊，言其潮声如雷。

云翻　庄子秋水：北海若曰："井蛙不可以语于海者，拘于虚也。"司马注：若，海神。　傅注：云翻，言其潮势如云。

弄琴牙　傅注：弄琴牙，伯牙也，而善抚琴。古者抚琴亦谓之弄。司马相如饮卓氏而弄琴。乐府解题：伯牙学琴于成连，三年不成。成连云："吾师方子春，今在东海中，能移人情。"乃与伯牙俱往。至蓬莱山，留伯牙曰："子居习之，吾将迎子。"刺船而去，旬日不返。伯牙延望无人，但闻海涛汹涌，山林窅冥，怆然叹曰："先生移我情矣！"乃援琴而歌，作水仙操。曲终，成连回，刺船迎之而还，因而鼓琴妙绝天下。今水仙操乃伯牙之所作。

癸　丑

年谱：熙宁六年癸丑，先生年三十八，在杭州通判任。运司又差先生往润州，出秀州。

行香子　过七里濑

一叶舟轻，双桨鸿惊。水天清、影湛波平。鱼翻藻鉴，鹭点烟汀。过沙溪急，霜溪冷，月溪明。　重重似画，曲曲如屏。算当年、虚老严陵。君臣一梦，今古空名。但远山长，云山乱，晓山青。　傅注本卷七

【校】

元本题阙。"水"误"冰"。　毛本题作"七里滩"。"虚"、"空"二字互误。此从傅注本。

【朱注】

傅藻纪年录：甲子十二月，同泗州太守游南山，过十里滩作。王案据地类编癸丑二月，谓自新城放棹桐庐，过严陵濑作。又曰：诗文事实均无经由渐江踪迹，惟新城水出渐江，樯楫所通，或由此放棹桐庐，未可知也。案词正赋子陵故事，王说较合，从之。下阕疑同时作。

【笺】

七里濑　一统志严州府：七里濑一名七里滩，在桐庐县严陵山西。元和郡县志：在建德县东四十里。寰宇记：七里濑即富春渚也。叶梦得避暑录：七里滩两山耸起壁立，连亘七里，土人谓之泷。

严陵　后汉书逸民列传：严光字子陵，会稽余姚人。少有高名，与光武同游学。及光武即位，光乃变名姓，隐身不见。帝令以物色访之。后齐国上言：有一男子，披羊裘钓泽中。帝疑其光，遣使聘之。三反而后至，除为谏议大夫，不屈。乃耕于富春山。后人名其钓处为严陵濑焉。李贤注：顾野王舆地志曰：七里滩在东阳江下，与严陵濑相接，有严山。桐庐县南有严子陵渔钓处，今山边有石，上下可坐十人，临水，名为严陵钓坛也。

空名　韩偓诗(招隐)："时人未会严陵志，不钓鲈鱼只钓名。"　傅注引滕白严陵钓台诗："只将溪畔一竿竹，钓却人间万古名。"

祝英台近

挂轻帆，飞急桨，还过钓台路。酒病无聊，攲枕听鸣橹。断肠簇簇云山，重重烟树，回首望、孤城何处？　　间离阻，谁念萦损襄王，何曾梦云雨。旧恨前欢，心事两无据。要知欲见无由，痴心犹自，倩人道、一声传语。

【校】

傅注本、元本俱无。　毛本题作"惜别"。

【笺】

襄王　宋玉高唐赋：昔者楚襄王与宋玉游于云梦之台，望高唐之观，其上独有云气。玉曰:"昔者先王尝游高唐,怠而昼寝,梦见一妇人,曰:'妾巫山之女也,为高唐之客。闻君游高唐,愿荐枕席。'王因幸之。去而辞曰:'妾在巫山之阳,高丘之阻,旦为朝云,暮为行雨,朝朝暮暮,阳台之下。'旦朝视之如言。故为立庙,号曰朝云。"

瑞鹧鸪

寒食未明至湖上,太守未来,两县令先在。

城头月落尚啼乌,朱舰红船早满湖。鼓吹未容迎五马,水云先已漾双凫。　　映山黄帽螭头舫,夹岸青烟鹊尾炉。老病逢春只思睡,独求僧榻寄须臾。

【校】

傅注本、元本俱无。　毛本无题,从诗集补。　诗集"朱舰"作"乌榜","漾"作"扬","岸"作"道"。

【朱注】

案诗集并载此词,编癸丑。

【笺】

五马　汉官仪:四马载车,此常礼也。惟太守出则增一马,故曰五马。程氏演繁露:五马未详所出,疑始于毛诗"良马五之"。郑注:周礼:州长建旃。汉太守比州长,御五马,故云。

双凫　后汉书方术传:王乔者,河东人也。显宗世为叶令。乔有神术,每月朔望,常自县诣台朝。帝怪其来数而不见车骑,密令太史伺望之。言其临至,辄有双凫从东南飞来。于是候凫至,举罗张之,但得一只舄焉。

黄帽　汉书佞幸传：邓通以濯船为黄头郎。文帝尝梦欲上天不能，有一黄头郎推上天。觉而之渐台，以梦阴求推者郎，见邓通，梦中所见也。注：刺船之郎皆着黄帽，故名。

又 观潮

碧山影里小红旗，侬是江南蹋浪儿。拍手欲嘲山简醉，齐声争唱浪婆词。　　西兴渡口帆初落，渔浦山头日未攲。侬欲送潮歌底曲，尊前还唱使君诗。　傅注本卷十二

【校】

傅注本及元本题并阙。从毛本。

【朱注】

王案：熙宁癸丑八月十五日观潮作。是日与陈襄同游，故落句及之。

【笺】

蹋浪儿　孟郊送澹公诗："侬是清浪儿，每蹋清浪游。笑伊乡贡郎，蹋土称风流。"

山简　晋书山涛传：涛子简，字季伦。性温雅，有父风。永嘉三年，出镇襄阳。优游卒岁，唯酒是耽。诸习氏，荆土豪族，有佳园池。简每出游嬉，多之池上，置酒辄醉，名之曰高阳池。时有童儿歌曰："山公出何许，往至高阳池。日夕倒载归，酩酊无所知。时时能骑马，倒着白接䍦。举鞭向葛疆，何如并州儿？"疆家在并州，简爱将也。

浪婆　孟郊诗（送澹公）："铜斗饮江酒，手拍铜斗歌。侬是蹋浪儿，饮则拜浪婆。脚蹋小船头，独速舞转莎。笑伊渔阳掺，空持文章多。闲倚青竹竿，白日奈我何。"

西兴渔浦　傅注：西兴、渔浦，皆吴地。　清一统志：西兴渡在浙江萧山县西十二里。本名西陵，为吴越通津。

送潮　傅注：唐陆龟蒙有迎潮、送潮曲。

临江仙　风水洞作

四大从来都遍满，此间风水何疑。故应为我发新诗。幽花香涧谷，寒藻舞沦漪。　借与玉川生两腋，天仙未必相思。还凭流水送人归。层巅余落日，草露已沾衣。　傅注本卷三

【朱注】

纪年录：癸丑八月作。　咸淳临安志：风水洞在杨村慈岩院，洞极大，流水不竭。顶上又一洞，立夏清风自生，立秋则止。

【笺】

四大　傅注：释氏以地、水、火、风为四大。

沦漪　诗魏风伐檀："河水清且沦漪。"毛传："小风(吹)水成文，转如轮也。"柳宗元南涧诗："羁禽响幽谷，寒藻舞沦漪。"

玉川　傅注：卢仝号玉川子，有茶诗云："惟觉两腋习习生清风。"

层巅二句　杜甫诗(西枝村寻置草堂夜宿赞公土室二首)："层巅余落日，草蔓已多露。"

甲　寅

年谱：熙宁七年甲寅，先生年三十九，在杭州通判任。纪年录：元日以事过丹阳，二十九日过毗陵。六月，自常润还。所至作诗。秋，捕蝗至浮云岭，又至於潜。九月，移知密州。十月，赴密州，早行马上作沁园春。十一月到任。

南乡子

晚景落琼杯。照眼云山翠作堆。认得岷峨春雪浪，初来，万顷蒲萄涨渌醅。　　春雨暗阳台。乱洒歌楼湿粉腮。一阵东风来卷地，吹回，落照江天一半开。　傅注本卷四

【校】

傅注本题作“黄州临皋亭作”。“渌醅”作“绿醅”，“春雨”作“暮雨”。　毛本题作“春情”。“春”作“暮”，“歌”作“高”。

【朱注】

纪年录：甲寅，润州作。

【笺】

琼杯　傅注：杨妃外传：贵妃进见，初处即授以合欢条脱紫琼杯。

岷峨　岷山在今四川松潘县北。峨嵋山在今四川峨嵋县西南。两山相对如蛾眉，故又名蛾眉。

蒲萄渌醅　傅注：李太白："遥看汉水鸭头绿，恰似葡萄初酦醅。"盖西域人每以葡萄酿酒。

阳台　注见本卷祝英台近"挂轻帆"阕。

乱洒歌楼　郑谷雪诗："乱飘僧舍茶烟湿，密洒歌楼酒力微。"

【附考】

案此词傅注本既作"黄州临皋亭作"，则当编辛酉，时先生年四十六，方寓居临皋亭也。朱刻既从纪年录编入甲寅，姑仍之，以待更考。

行香子　丹阳寄述古

携手江村，梅雪飘裙。情何限、处处消魂。故人不见，旧曲重闻。向望湖楼，孤山寺，涌金门。　寻常行处，题诗千首。绣罗衫、与拂红尘。别来相忆，知是何人。有湖中月，江边柳，陇头云。　傅注本卷七

【校】

毛本题作"冬思"。

【朱注】

纪年录：甲寅，自京口还，寄述古作。案词云"梅雪"，应是正月赴润州过丹阳时作。诗集查注：陈襄字述古，文惠公尧佐长子。咸淳临安志：熙宁五年五月，陈襄自陈州移知杭州。

【笺】

丹阳　一统志镇江府：丹阳县在府东南七十里。战国楚云阳邑，唐置县，属润州，宋属镇江府。

消魂　江淹别赋:“黯然销魂者,唯别而已矣。”

望湖楼　傅注:望湖楼、孤山寺、涌金门并在钱塘。诗集王注:图经:“望湖楼一名看经楼,乾德七年忠懿王钱氏建,去钱塘一里。”

孤山寺　白居易诗(钱唐湖春行):“孤山寺北贾亭西,水面初平云脚低。”一统志:孤山在钱塘县西二里,里外二湖之间,一屿耸立,旁无联附,为湖山胜绝处。亦曰孤屿。

涌金门　一统志:杭州府城周三十五里有奇,门十,正西曰涌金,西南曰清波,西北曰钱唐,皆近湖。

题诗千首　杜牧诗(登池州九峰楼寄张祐):“千首诗轻万户侯。”

罗衫拂尘　青箱杂记:寇莱公典陕日,与处士魏野同游僧寺,观览旧游,有留题处,公诗皆用碧纱笼之,至野诗则尘蒙其上。时从行官妓之慧黠者,辄以红袖拂之。野顾公曰:“若得常将红袖拂,也应胜着碧纱笼。”莱公大笑。

昭君怨　金山送柳子玉

谁作桓伊三弄,惊破绿窗幽梦。新月与愁烟,满江天。　欲去又还不去,明日落花飞絮。飞絮送行舟,水东流。　傅注本卷十二

【校】

毛本题作“送别”。　换头三字,元本作“人欲去”。今从傅注本,毛本同。

【朱注】

纪年录:甲寅,金山送柳子玉作。王案:甲寅二月,再送柳瑾作。　诗集查注:柳子玉名瑾,吴人,与王介甫同年。王文诰曰:瑾,丹徒人。其子仲远,中都公婿,公之妹婿也。公赴常润赈饥,瑾往监灵仙观,因附载以行。

【笺】

金山　诗集施注：南唐僧应之头陀岩记：金山昔名浮玉，因裴头陀江际获金，贞元二十一年，节帅李锜奏易名金山。

桓伊三弄　晋书(桓伊传)：伊字叔夏，善音乐，尽一字之妙，为江左第一。有蔡邕柯亭笛，常自吹之。王徽之赴召京师，泊舟青溪侧。素不与徽之相识，伊于岸上过，船中客称伊小字曰："此桓野王也。"徽之便令人谓伊曰："闻君善吹笛，试为我一奏。"伊是时已贵显，素闻徽之名，便下车，踞胡床，为作三调。弄毕，便上车去，客主不交一言。

醉落魄　离京口作

轻云微月，二更酒醒船初发。孤城回望苍烟合。记得歌时，不记归时节。　　巾偏扇坠藤床滑，觉来幽梦无人说。此生飘荡何时歇。家在西南，常作东南别。　傅注本卷九

【校】

傅注本及元本醉落魄有"醉醒醒醉"一首。毛本注："山谷老人云'醉醒醒醉'非东坡作。删去。"　"记得歌时"傅本、毛本并作"公子佳人"。

【朱注】

纪年录：甲寅作。

【笺】

京口　诗集查注：吴志：建安十四年，孙权谋拒曹操，始于吴迁京口，谓之京城。十六年徙居秣陵，而置京口镇。南徐志：京口旧名须口，即西浦也。一统志：京岘山在丹徒县东五里，京口因山得名。

蝶恋花　京口得乡书

雨后春容清更丽。只有离人，幽恨终难洗。北固山前三面水，碧琼梳拥青螺髻。　一纸乡书来万里。问我何年，真个成归计。回首送春拼一醉，东风吹破千行泪。

【校】

傅注本阙。　毛本题作"送春"。"后"作"过"，"回"作"白"。

【朱注】

纪年录：甲寅作。

【笺】

北固山　一统志：北固山在丹徒县北一里。梁大同十年，帝登望久之，曰："此岭不足资固守，然于京口实乃壮观。"乃改曰北顾。元和志：下临长江，其势险固，因以为名。寰宇记：山斗入江，三面临水。

少年游

润州作，代人寄远。

去年相送，余杭门外，飞雪似杨花。今年春尽，杨花似雪，犹不见还家。　对酒卷帘邀明月，风露透窗纱。恰似姮娥怜双燕，分明照，画梁斜。　傅注本卷十一

【校】

毛本题无下四字。此从傅本及元本。

【朱注】

纪年录：甲寅，代人寄远作。王案：甲寅四月，有感雪中行役作。公以去年十一月发临平，及是春尽犹行役未归，故托为此词。

【笺】

润州　元和郡县志：润州东有润浦口，因以名。一统志镇江府：隋开皇十五年置润州，唐天宝元年改丹阳郡。宋仍曰润州丹阳郡，开宝八年改镇江军。

余杭　一统志杭州府：隋置杭州，大业三年改曰余杭郡。宋仍曰杭州余杭郡。

邀明月　李白月下独酌诗："举杯邀明月，对影成三人。"

姮娥　淮南子（览冥训）：羿请不死之药于西王母，姮娥窃之，奔月宫。

照画梁　宋玉神女赋："月初出，照屋梁。"

卜算子

自京口还钱塘，道中寄述古太守。

蜀客到江南，长忆吴山好。吴蜀风流自古同，归去应须早。　还与去年人，共藉西湖草。莫惜尊前子细看，应是容颜老。　傅注本卷十二

【校】

元本无题。　毛本题作"感旧"。此从傅注本。

【朱注】

纪年录：甲寅，自京口还寄述古作。

【笺】

钱塘　一统志：秦置钱唐县，后汉省入余杭县，隋为余杭郡治。唐改"唐"曰

"塘",为杭州治。五代及宋初因之。

吴山　一统志杭州府:吴山在府城内西南隅,旧名胥山,上有子胥祠。

藉草　孙绰游天台山赋:"藉萋萋之纤草。"

江城子

陈直方妾嵇,钱塘人也,求新词,为作此。钱塘人好唱陌上花缓缓曲,余尝作数绝以纪其事。

玉人家在凤凰山。水云间,掩门闲。门外行人,立马看弓弯。十里春风谁指似,斜日映,绣帘斑。　多情好事与君还。闵新鳏,拭余潸。明月空江,香雾着云鬟。陌上花开春尽也,闻旧曲,破朱颜。

【校】

傅注本江城子作江神子,此阕无。　毛本题"求"作"丐"。"春尽"作"看尽"。

【朱注】

案诗集陌上花三首编癸丑,此词似为甲寅前在杭州作,酌编于此。

【笺】

陌上花　诗集陌上花三首并引云:游九仙山,闻里中儿歌陌上花。父老云,吴越王妃每岁春必归临安,王以书遗妃曰:"陌上花开,可缓缓归矣。"吴人用其语为歌,含思宛转,听之凄然。而其词鄙野,为易之云。"陌上花开蝴蝶飞,江山犹是昔人非。遗民几度垂垂老,游女长歌缓缓归。""陌上山花无数开,路人争看翠軿来。若为留得堂堂去,且更从教缓缓回。""生前富贵草头露,身后风流陌上花。已作迟迟君去鲁,犹教缓缓妾还家。"

凤凰山　傅注：凤凰山在钱塘。　一统志：凤凰山在仁和县南十里，与钱塘县接界。自唐以来州治在山右，宋建行宫，山遂环入禁苑。其顶砥平，可容万马，有宋时御教场。

立马看弓弯　古乐府日出东南隅行："观者见罗敷，下担捋髭须。少年见罗敷，脱巾着帩头。耕者忘其耕，锄者忘其锄。来归自相喜，但坐观罗敷。使君从南来，五马立踟蹰。"弓弯，谓美人足也。稼轩词（念奴娇　书东流村壁）："闻道绮陌东头，行人曾见，帘底纤纤月。"疑从坡词脱化。

十里春风　杜牧诗（赠别）："春风十里扬州路，卷上珠帘总不如。"

新鳏　书孔传：无妻曰鳏。释名：鳏，昆也。昆，明也。愁悒不寐，目恒鳏鳏然也。故其字从鱼，鱼目恒不闭者也。

香雾　杜甫诗（月夜）："香雾云鬟湿，清辉玉臂寒。"

【附考】

西湖游览志余：陈直方之妾嵇，本钱塘妓人也，乞新词于苏子瞻。子瞻因直方新丧正室，而钱塘人好唱陌上花缓缓曲，乃引其事以戏之，其词则江神子也。案志余引此词，惟"掩门闲"作"掩门关"，余并同。

又

湖上与张先同赋，时闻弹筝。

凤凰山下雨初晴。水风清，晚霞明。一朵芙蕖，开过尚盈盈。何处飞来双白鹭，如有意，慕娉婷。　　忽闻江上弄哀筝。苦含情，遣谁听。烟敛云收，依约是湘灵。欲待曲终寻问取，人不见，数峰青。　傅注本卷六

【校】

元本、毛本题下皆无“时闻弹筝”四字。此从傅注本。 瓮牖闲评引此词，“江上”作“筵上”。

【朱注】

案此词亦甲寅以前作。

【笺】

张先 谈钥吴兴志：张先字子野，乌程人，天圣八年进士。诗格清丽，尤长于乐府。晚岁优游乡里，常泛扁舟垂钓为乐，至今号“张公钓鱼湾”。仕至都官郎。卒年八十九，葬弁山多宝寺之右。有文集一百卷。石林诗话：张先郎中能为诗及乐府，至老不衰。居钱塘，苏子瞻作倅时，先年已八十余，视听尚精强，犹有声妓。子瞻尝赠以诗云：“诗人老去莺莺在，公子归来燕燕忙。”盖全用张氏故事戏之。先和云：“愁似鳏鱼知夜永，懒同蝴蝶为春忙。”极为子瞻所赏。俚俗多喜传咏先乐府，遂掩其诗声，识者皆以为恨云。

芙蕖 尔雅：荷，芙渠。郭注：别名芙蓉，江东呼荷。

白鹭 杜牧晚晴赋：“复引舟于深湾，忽八九之红芰。姹然如妇，敛然如女。堕蕊黦颜，似见放弃。白鹭潜来兮，邈风标之公子。窥此美人兮，如慕悦其容媚。”

哀筝 魏文帝与吴质书：“高谈娱心，哀筝顺耳。”通典：筝，秦声也。急就篇注：筝，瑟类。本十二弦，今则十三。

湘灵 傅注：湘灵，帝舜二妃娥皇、女英，帝尧之二女也。从舜南征三苗不返，道死沅湘之间，后世谓之湘灵。离骚、九歌有湘君、湘夫人者，即此也，故文选有“湘灵鼓瑟”之句。

曲终 唐钱起湘灵鼓瑟诗：“曲终人不见，江上数峰青。”

【附考】

墨庄漫录：东坡在杭州，一日游西湖，坐孤山竹阁前临湖亭上。时二客皆有服，预焉。久之，湖心有彩舟渐近亭前，靓妆数人，中有一人尤丽，方鼓筝，年且三十余，风韵娴雅，绰有态度。二客竞目送之。曲未终，翩然而逝。公戏作长短句云。

郑文焯手批东坡乐府：宋袁文瓮牖闲评记此词为刘贡父兄弟作，换头处作"忽闻筵上起哀筝"，此误作"江上"，盖后人因"江上数峰青"句而以意改之。不知此词本事，实于湖上遇小舟载佳人，自云慕公十余年，善筝，愿当筵献一曲，并赐以词为荣。词中所咏，皆当时事也。

案彊村丛书本张子野词有江城子两阕，特皆单调，当时与东坡同赋，不知系用何体。宋词散佚至多，深可惜也。

虞美人　有美堂赠述古

湖山信是东南美，一望弥千里。使君能得几回来，便使尊前醉倒更徘徊。　沙河塘里灯初上，水调谁家唱。夜阑风静欲归时，惟有一江明月碧琉璃。　傅注本卷八

【校】

傅注本题作"为杭守陈述古作"。　毛本题作"陈述古守杭，已及瓜代，未交前数日，宴僚佐于有美堂，因请贰车苏子瞻赋词。子瞻即席而就，寄摊破虞美人云"。"弥"作"须"，"更"作"且"。

【朱注】

纪年录：甲寅，述古将去作。王案：甲寅七月，陈襄将罢任，宴僚佐于有美堂作。　庚溪诗话：嘉祐初，梅公仪守杭，上特制诗宠赐，其首章曰："地有湖山美，东南第一州。"梅既到杭，遂筑堂山上，名曰有美。

【笺】

湖山　傅注：学士梅挚出镇钱塘，仁庙赐诗宠行，首句云："郡有东南美。"既到任，选胜地建堂，以写御诗，勒石，立名曰有美堂。

沙河塘　傅注：沙河塘，钱塘繁会之地。诗集王注：唐地理志：钱塘县南五里，有沙河塘。咸通二年，刺史崔彦曾开。昔潮水冲击钱塘江岸，至于奔逸入城，势莫能御，故开沙河以决之。河有三，曰外沙、中沙、里沙。

水调　碧鸡漫志：水调歌，理道要诀所载唐乐曲，南吕商，时号水调。予数见唐人说水调，各有不同，予因疑水调非曲名，乃俗呼音调之异名，今决矣。按隋唐嘉话，炀帝凿汴河，自制水调歌，即是水调中制歌也。世以今曲水调歌为炀帝自制，今曲乃中吕调，而唐所谓南吕商，则今俗呼中管林钟商也。脞说云：水调河传，炀帝将幸江都时所制，声韵悲切，帝喜之。乐工王令言谓其弟子曰："不返矣。水调河传，但有去声。"此说与安公子事相类，盖水调中河传也。明皇杂录云：禄山犯顺，议欲迁幸，帝置酒楼上，命作乐。有进水调歌者，曰："山川满目泪沾衣，富贵荣华能几时。不见只今汾水上，惟有年年秋雁飞。"上问："谁为此曲？"曰："李峤。"上曰："真才子。"不终饮而罢。此水调中一句七字曲也。白乐天听水调诗云："五言一遍最殷勤，调少情多似有因。不会当时翻曲意，此声肠断为何人。"脞说亦云：水调第五遍五言，调声最愁苦。此水调中一句五字曲。又有多遍，似是大曲也。乐天诗又云："时唱一声新水调，谩人道是采菱歌。"此水调中新腔也。南唐近事云：元宗留心内宠，宴私击鞠无虚日。尝命乐工杨花飞奏水调词进酒，花飞惟唱"南朝天子好风流"一句，如是数四。上悟，覆杯，赐金帛。此又一句七字。然既曰"命奏水调词"，则是令杨花飞水调中撰词也。外史梼杌云：王衍泛舟巡阆中，舟子皆衣锦绣，自制水调银汉曲。此水调中制银汉曲也。今世所唱中吕调水调歌，乃是以俗呼音调异名者名曲，虽首尾亦各有五言两句，决非乐天所闻之曲。河传唐词存者二，其一属南吕宫，凡前段平韵，后仄韵；其一乃今怨王孙曲，属无射宫。以此知炀帝所制河传不传已久。然欧阳永叔所集词内，河传附越调，亦怨王孙曲。今世河传乃仙吕调，皆令也。

琉璃　杜甫渼陂行："波涛万顷堆琉璃。"

【本事】

傅注：本事集云：陈述古守杭，已及瓜代，未交前数日，宴寮佐于有美堂。侵夜月色如练，前望浙江，后顾西湖，沙河塘正出其下。陈公慨然，请贰车苏子瞻赋之，即席而就。

诉衷情

送述古，迓元素。

钱塘风景古今奇，太守例能诗。先驱负弩何在，心已浙江西。

花尽后，叶飞时，雨凄凄。若为情绪，更问新官，向旧官啼。

傅注本卷八

【校】

傅注本、元本"浙"并误作"晢"。从毛本。　毛本"今"作"来"。

【朱注】

纪年录：甲寅作。王案：甲寅七月，杨绘自应天来代作。　诗集王注：杨绘字元素。查注：宋史：杨绘，绵竹人。神宗朝为御史中丞，出知亳州，历应天、杭州。

【笺】

太守能诗　傅注：白乐天为杭州太守，以诗名。初乐天为苏守，刘禹锡以诗寄乐天云："苏州太守例能诗，西掖吟来替左司。"

先驱负弩　汉书司马相如传：相如，成都人。持节使巴蜀，太守以下郊迎，县令负弩矢先驱，蜀人以为宠。

新官旧官　傅注：陈太子舍人徐德言之妻，后主叔宝之妹，封乐昌公主，才色冠绝。时陈政方乱，德言知不相保，谓其妻曰："君之才貌，国亡必入权豪之家，斯永绝矣。倘情缘未断，犹冀相见，宜有以信之。"乃破一照。人执其半，约曰："他日必以正月望日卖于都市，我当在，即以是日访之。"及陈亡，其妻果入越公杨素之家，宠嬖殊厚。德言流离，仅能至京，遂以正月望日访于都市。有苍头卖半照者，大高其价，人皆笑之。德言直引至其居，设食，具言其故。出半照以合之，仍题诗曰："照与人俱去，照归人不归。无复姮娥影，空留明月辉。"公主得诗，悲泣不已。素诘知之，怆然改容，即召德言，还其妻。仍三人共宴，命公主作诗以自解。诗曰："此日何迁次，新官对旧官。笑啼都不敢，方验作人难。"遂与德言归江南，竟以终老。案傅注出本事诗。

菩萨蛮

杭妓往苏迓新守杨元素，寄苏守王规甫。

玉童西迓浮丘伯，洞天冷落秋萧瑟。不用许飞琼，瑶台空月明。　　清香凝夜宴，借与韦郎看。莫便向姑苏，扁舟下五湖。

傅注本卷七

【校】

毛本题作"杭妓往苏"。"向"作"过"。

【朱注】

纪年录：甲寅作。　吴郡志：王诲字规父，熙宁六年以朝散大夫、司勋郎中知苏州。

【笺】

杭妓往苏迓新守　郑文焯手批东坡乐府：李东川有送人携妓赴任诗，此词又记杭妓往苏迓新守，是知唐宋时赴任迎任，皆有官妓为导之例。此风盖自元明已来，微论废绝，国朝且悬为厉禁，著之律条，并饮酒挟妓亦有罪已。古今风气之硕异如是。

玉童　李白诗（古风）："两两白玉童，双吹紫鸾笙。去影忽不见，回风送天声。"

浮丘伯　列仙传：浮丘伯本嵩山道士，后得仙去。

许飞琼　汉武帝内传：西王母乘紫云之辇，履玄琼之舄。下辇上殿，呼帝共坐，命侍女许飞琼鼓云和之簧。

瑶台　傅注：瑶台，昆仑之别名。李白清平调词："若非群玉山头见，会向瑶台月下逢。"

韦郎　韦应物诗（郡斋雨中与诸文士燕集）："兵备森画戟，宴寝凝清香。"云溪友议：韦皋少游江夏，止于姜使君之馆，有小青衣曰玉箫，常令承侍，因而有情。廉使陈常侍得韦季父书，发遣归觐，遂与玉箫言约，少则五载，多则七年来取。因留玉指环并诗遗之。至八年春不至，玉箫叹曰："韦家郎君一别七年，是不来矣。"

姑苏　史记河渠书赞：上姑苏，望五湖。吴越春秋：越进西施于吴，请退师。吴得之，筑姑苏台，游宴其上。

扁舟五湖　傅注：世说范蠡相越，平吴之后，因取西子，遂乘扁舟泛五湖而去。杜牧之杜秋娘诗："夏姬灭两国，逃作巫臣妻。西子下姑苏，一舸逐鸱夷。"

又

西湖席上，代诸妓送陈述古。

娟娟缺月西南落，相思拨断琵琶索。枕泪梦魂中，觉来眉晕重。华堂堆烛泪，长笛吹新水。醉客各西东，应思陈孟公。　傅注本卷七

【校】

傅注本题作“述古席上”。　毛本题作“代妓送陈述古”。“华”作“画”。此题从西湖游览志余。　元本题作“灵璧寄彭城故人”，朱刻因之，编入己未。察词中情意，似与代妓送述古较合，改编甲寅。

【笺】

相思　陶穀词（春光好）：“琵琶拨断相思调。”

新水　注见本卷虞美人“湖山信是东南美”阕。

陈孟公　后汉书（游侠传）：陈遵字孟公，好客，每大宴，宾客满堂，辄关门，取客车辖投井中。虽有急，终不得去。

【附考】

西湖游览志余：唐宋间郡守新到，营妓皆出境而迎。既出，犹得以鳞鸿往返，靦不为异。苏子瞻送杭妓往苏州迎新守菩萨蛮词云云，又西湖席上代诸妓送陈述古云云。此亦足觇一时之风气矣。

江城子　孤山竹阁送述古

翠蛾羞黛怯人看。掩霜纨，泪偷弹。且尽一尊，收泪听阳关。漫道帝城天样远，天易见，见君难。　画堂新创近孤山。曲阑干，为谁安。飞絮落花，春色属明年。欲棹小舟寻旧事，无处问，水连天。　傅注本卷六

【校】

傅注本"尊"作"樽","听"作"唱","漫"作"谩","新创"作"新缔"。 毛本题作"述古去余杭,为去思者作"。"听"作"唱","创"作"构"。

【朱注】

纪年录:甲寅,送述古赴南都作。王案:甲寅七月,与陈襄放舟湖上,宴于孤山竹阁作。 传灯录:乌窠禅师见秦望山有长松,枝叶繁茂,盘屈如盖,遂栖止其上。白居易出守兹郡,因入山礼谒。乃起竹阁于湖上,迎师居之。

【笺】

竹阁 白居易诗(宿竹阁):"晚坐松檐下,宵眠竹阁间。"咸淳临安志:白公竹阁,旧在广化寺柏堂之后。

霜纨 班婕妤怨歌行:"新织齐纨素,皎洁如霜雪。"

阳关 傅注:王维诗:"劝君更尽一杯酒,西出阳关无故人。"后人以为阳关曲唱之。

帝城天远 世说新语(夙惠):晋明帝数岁,坐元帝膝上。有人从长安来,元帝问洛下消息,潸然流涕。明帝问何以致泣,具以东渡意告之。因问明帝:"汝意谓长安何如日远?"答曰:"日远。不闻人从日边来,居然可知。"元帝异之。明日,集群臣宴会,告以此意,更重问之,乃答曰:"日近。"元帝失色曰:"尔何故异昨日之言邪?"答曰:"举目见日,不见长安。"

水连天 傅注:杜甫诗:"水天相与永。"胡曾诗:"黄金台上草连天。"

菩萨蛮 西湖送述古

秋风湖上萧萧雨,使君欲去还留住。今日漫留君,明朝愁杀人。 佳人千点泪,洒向长河水。不用敛双蛾,路人啼更多。

傅注本卷七

【校】

毛本题作“西湖”。“佳人”作“尊前”。

【朱注】

纪年录：甲寅，送述古赴南都作。

【笺】

洒向长河水　傅注：倦游录：令狐挺题相思河云：“只应自古征人泪，洒向空川作浪波。”江淹别赋：“别复别兮远山曲，去复去兮长河湄。”

清平乐　送述古赴南都

清淮浊汴，更在江西岸。红旆到时黄叶乱，霜入梁王故苑。秋原何处携壶，停骖访古踟蹰。双庙遗风尚在，漆园傲吏应无。

傅注本卷十二

【校】

傅注本“江西”作“西南”。　元本、朱本并无题。　毛本题作“秋词”。此从傅注本。

【朱注】

纪年录：甲寅，送述古作。

【笺】

清淮　水经：淮水出南阳平氏县胎簪山，东北过桐柏山。又东过原鹿县南，汝水从西北来流注之。又东北至九江寿春县东，颍水从西北来流注之。又东过寿春县北，肥水从县东北流注之。又东过当涂县北，又东过钟离县北。又东北至下邳淮阴县西,泗水从西北来流注之。又东至广陵淮浦县,入于海。

浊汴　汴渠故道有二,一为隋以后汴河故道。由前故道至商丘县治南改东南流,历安徽之宿县、灵璧、泗县,入淮。

梁王故苑　傅注:梁孝王都陈留,大治宫室。为东苑,方三百里,及景亳之间,中为雁池、兔园、鹤洲、凫渚焉。

双庙　傅注:唐张巡、许远。天宝之乱,二人守睢阳,力困城破,死于贼。列于忠义传。今睢阳有二祠,世谓之双庙。　案新唐书忠义传:大中时,图巡、远、霁云像于凌烟阁。睢阳至今祠享,号双庙云。傅注本此。

漆园傲吏　史记老庄申韩列传:庄周尝为蒙漆园吏,与梁惠王、齐宣王同时。楚威王闻庄周贤,使使厚币迎之,许以为相。庄周笑谓楚使者曰:"千金重利,卿相尊位也。子独不见郊祭之牺牛乎?养食之数岁,衣以文绣,以入太庙。当是之时,虽欲为孤豚,岂可得乎?子亟去,无污我。我宁游戏污渎之中自快,无为有国者所羁,终身不仕,以快吾志焉。"

南乡子　送述古

回首乱山横,不见居人只见城。谁似临平山上塔,亭亭,迎客西来送客行。　归路晚风清,一枕初寒梦不成。今夜残灯斜照处,荧荧,秋雨晴时泪不晴。　傅注本卷四

【校】

毛本"归"作"临"。

【朱注】

纪年录:甲寅,送述古作。王案:甲寅七月,追送陈襄移守南都,别于临平舟中作。

【笺】

临平 傅注：临平山在杭州。诗集查注：九域志：仁和县有临平镇。

南歌子

苒苒中秋过，萧萧两鬓华。寓身此世一尘沙，笑看潮来潮去了生涯。　　方士三山路，渔人一叶家。早知身世两聱牙，好伴骑鲸公子赋雄夸。　傅注本卷五

【校】

毛本题作“再用前韵”。“此”作“化”。

【朱注】

王案：甲寅八月十八日，江上观潮作。

【笺】

尘沙 傅注：内典：化佛以三千大千世界，其众犹微尘，其数犹恒河沙。

三山路 史记封禅书：蓬莱、方丈、瀛州，此三神山者，其传在勃海中，去人不远，患且至，则船风引而去。盖尝有至者，诸仙人及不死之药皆在焉。其物、禽兽尽白，而黄金、银为宫阙。未至，望之如云，及到，三神山反居水下。临之，风辄引去，终莫能至云。

一叶家 傅注：唐颜真卿为湖州刺史，以张志和舟敝，请更之。志和曰：“愿为浮家泛宅，往来苕霅间耳。”

聱牙 韩愈进学解：周诰殷盘，诘屈聱牙。傅注：聱牙，龃龉不合之谓。

骑鲸 杜甫诗(送孔巢父谢病归江东兼呈李白)：“若逢李白骑鲸鱼，道甫问讯今何如。” 傅注：骑鲸公子，谓李白。赋雄夸，则白所著大鹏赋是也。

泛金船 流杯亭和杨元素

无情流水多情客，劝我如相识。杯行到手休辞却，似轩冕相逼。曲水池上，小字更书年月。还对茂林修竹，似永和节。　纤纤素手如霜雪，笑把秋花插。尊前莫怪歌声咽，又还是轻别。此去翱翔，遍上玉堂金阙。欲问再来何岁，应有华发。　傅注本卷十一

【校】

傅注本调作“劝金船”，与子野词合。题作“和元素自撰腔，命名亦作泛金船”。“相识”作“曾识”，“似轩冕”句作“这公道难得”，“似永和节”作“永和时节”，“还对”作“如对”，“遍上”作“遍赏”。　毛本调同傅本，题作“和元素韵自撰腔命名”。余字并同傅本。　元本“节”上衍“时”字，从毛本删。

【朱注】

纪年录：甲寅，和元素。王案：甲寅九月，公以太常博士权知密州军州事，罢杭州通守任。杨绘饯别于中和堂，和韵作。案张子野有流杯堂唱和翰林主人元素自撰腔劝金船词，当是同作。中和堂在杭州，亭或近其地，非东武之流杯亭也。

【笺】

杯行到手　韩愈诗（赠郑兵曹）：“杯行到君莫停手。”

永和节　王羲之兰亭序：永和九年，岁在癸丑。暮春之初，会于会稽山阴之兰亭，修禊事也。群贤毕至，少长咸集。此地有崇山峻岭，茂林修竹，又有清流激湍，映带左右。引以为流觞曲水，列坐其次，虽无丝竹管弦之盛，一觞一咏，亦足以畅叙幽情。

玉堂金阙　傅注：汉武帝作玉堂于太液池南，去地二十丈。阙，门旁两观也，饰之以黄，故曰金阙。

【附录】

彊村丛书本张子野词补遗：流杯堂唱和翰林主人元素自撰腔劝金船词云：“流泉宛转双开窦，带染轻纱皱。何人暗得金船酒，拥罗绮前后。绿定见花影，并照与、艳妆争秀。行尽曲名，休更再歌杨柳。　光生飞动摇琼甃，隔障笙箫奏。须知短景欢无足，又还过清昼。翰阁迟归来，传骑恨留住难久。异日凤凰池上，为谁思旧。”案此阕与东坡作同和元素，而韵既不同，句度又复参差，岂自撰腔可随意偷声减字耶？附志于此，以俟知音者考定。

南乡子

和杨元素，时移守密州。

东武望余杭，云海天涯两渺茫。何日功成名遂了，还乡，醉笑陪公三万场。　不用诉离觞，痛饮从来别有肠。今夜送归灯火冷，河塘，堕泪羊公却姓杨。　傅注本卷四

【校】

傅注本“渺茫”作“杳茫”。　毛本题无下五字。

【朱注】

纪年录：甲寅，移守密，和元素。王案：甲寅九月，杨绘再饯别于湖上作。

【笺】

密州　苏辙超然台赋序：子瞻通守余杭，三年不得代。以辙之在济南也，求为东州守。既得请高密，五月乃有移知密州之命。一统志：莱州府高密县，后魏置高密郡，治高密。北齐徙郡治东武。隋属高密郡，唐属密州。

功成名遂　老子：功成名遂身退，天之道。

三万场　李白诗(襄阳歌):“百年三万六千日,一日须倾三百杯。”

痛饮　傅注:一说王孝伯云:“名士不可须奇才,但常得无事,痛饮,读离骚,可称名士。”

堕泪　晋书羊祜传:祜为荆州都督,卒,襄阳百姓于岘山祜平生游憩之所建碑立庙,岁时飨祭焉。望其碑者莫不流涕。杜预因名为“堕泪碑”。

又　和杨元素

凉簟碧纱厨,一枕清风昼睡余。睡听晚衙无个事,徐徐,读尽床头几卷书。　　搔首赋归欤,自觉功名懒更疏。若问使君才与气,何如,占得人间一味愚。　傅注本卷四

【校】

傅注本题无“杨”字,“睡听”作“卧听”,“个事”作“一事”,“气”作“术”。　毛本题作“自述”,余同傅本。

【笺】

归欤　论语(公冶长):子在陈,曰:“归与,归与。”

懒更疏　傅注:嵇叔夜不涉经学,性复疏懒。孔文举才疏意广,卒无成功。

又

梅花词,和杨元素。

寒雀满疏篱,争抱寒柯看玉蕤。忽见客来花下坐,惊飞,踏散

芳英落酒卮。　　痛饮又能诗，坐客无毡醉不知。花谢酒阑春到也，离离，一点微酸已著枝。　傅注本卷四

【校】

毛本“花谢”作“花尽”。

【朱注】

案二词题、调皆同前首，似是一时唱和之作。

【笺】

玉蕤　傅注：梅花缀树，葳蕤如玉。戎昱诗：“一树梅花白玉条。”

惊飞二句　皇甫冉诗：“繁蕊风惊散，轻红鸟踏翻。”（按：此承傅注。查全唐诗皇甫冉卷内无此诗。乃为王质诗，题为金谷园花发怀古，见全唐诗卷四八八。）

无毡　杜甫赠郑虔诗：“才名四十年，坐客寒无毡。”

浣溪沙

自杭移密守，席上别杨元素，时重阳前一日。

缥缈危楼紫翠间，良辰乐事古难全。感时怀旧独凄然。　璧月琼枝空夜夜，菊花人貌自年年。不知来岁与谁看。

【校】

傅注本阙。　元本浣溪沙有“风压轻云”一首，毛注是李后主作，删去。　毛本题作“菊节别元素”。“古”作“苦”。

【朱注】

纪年录：甲寅，答元素。

【笺】

璧月琼枝　陈书皇后传：后主与狎客共赋新诗，互相赠答，采其尤艳丽者以为曲词，被以新声。其曲有玉树后庭花、临春乐等，大指所归，皆美张贵妃、孔贵嫔之容色也。其略曰："璧月夜夜满，琼树朝朝新。"庄子：积石生树，名曰琼枝。其高一百二十仞，大三十围，以琅玕为之实。（按：此所引不见今本庄子。）

又

白雪清词出坐间，爱君才器两俱全。异乡风景却依然。
可恨相逢能几日。不知重会是何年。茱萸子细更重看。

【校】

傅注本阙。　毛本题作"重九"。

【朱注】

案韵同前首，疑同时答元素作也。

【笺】

白雪　宋玉对楚王问：其为阳春白雪，国中属而和者，不过数人而已。

茱萸　杜甫九日诗："明年此会知谁健，醉把茱萸子细看。"

南乡子

沈强辅雯上出犀丽玉作胡琴送元素还朝，同子野各赋一首。

裙带石榴红，却水殷勤解赠侬。应许逐鸡鸡莫怕，相逢，一点

灵心必暗通。 何处遇良工，琢刻天真半欲空。愿作龙香双凤拨，轻拢，长在环儿白雪胸。 傅注本卷四

【校】

傅注本题首有"公旧序"三字，"犀"字上有"文"字，于义为长，宜据补。 元本无题，此从毛本。

【笺】

逐鸡 抱朴子(内篇 登涉)：通天犀有一白理如线者，以盛米，置鸡群中，鸡欲往啄米，至则惊却。故南人名为骇鸡犀。得其角一尺以上，刻为鱼，衔以入水，水常开，方三尺，可得气息水中耳。欧阳修诗(代鸠妇言)："人家嫁鸡逐鸡飞。"

灵心 李商隐诗(无题)："身无彩凤双飞翼，心有灵犀一点通。"傅注误作李后主词。

双凤 傅注：杨妃外传：妃子琵琶，乃寺人白季贞使蜀还所进，用逻逤檀为之。木温润如玉，光耀可鉴。有金缕红文，蹙成双凤。弦乃末弥诃罗国所贡绿冰丝蚕也，光莹如贯瑟。

轻拢 傅注：乐天琵琶行："轻拢慢撚抹复挑。"

环儿 傅注：环儿，贵妃小字玉环也。凡作乐，若琴瑟类皆置而抚弦，惟琵琶则抱以按曲，故曰"长在环儿白雪胸"。

【附考】

郑文焯手批东坡乐府：此词题当分为二，以胡琴送元素还朝为第二题。集中采桑子慢题序：有胡琴者姿色尤好，三公皆一时英秀，景之秀，妓之妙，真为希遇云云。是胡琴为妓女可证。次阕过片所谓"粉泪怨离居"，即胡琴送元素之意。定风波送元素作，亦有"红粉尊前添懊恼"之句，可知胡琴为元素所眷已。朱云一赋胡琴，一送元素，误甚。至"犀丽玉"亦妓名，词中用典切，正可证托喻其人。本集中咏姬人名字并如是例。此"作"字即结束前题，断无咏作胡琴之理。况以玉作胡

琴，更与送元素无关。词中“良工”“琢刻”云云，皆喻言丽玉之天真，故下有“愿作龙香双凤拨”之语，益足征命题之义。且集中谓某出妓或侍姬某，亦词人恒例，岂可泥于“琢刻”等字，即谓其切“作”字，不亦死于句下乎？集中双荷叶，本耘老侍儿小(女)〔名〕，公即以为曲名，且词中以荷叶贴切，尤尽清妙之致。此犀丽玉并姓字亦曲曲写出，独何疑乎？

又

旌旆满江湖，诏发楼船万舳舻。投笔将军因笑我，迂儒，帕首腰刀是丈夫。　　粉泪怨离居，喜子垂窗报捷书。试问伏波三万语，何如，一斛明珠换绿珠。　傅注本卷四

【校】

傅注本、元本并无题。　毛本题作“赠行”。

【朱注】

案二词一赋胡琴，一送元素，所谓各赋一首也。元素典兵，史无明文。张子野送元素词云：“浴殿词臣亦议兵，禁中颇牧党羌平。”或当时有是命，寝而未行。

【笺】

楼船舳舻　傅注：汉武帝征南越、东瓯，始置楼船、戈船将军之号。建武时，尝以刘隆为楼船将军，副马援讨交趾。汉纪：舳舻千里。注：舳，船后也。舻，船前头也。

投笔　后汉书班超传：超字仲升，扶风平陵人。为人有志，不修细节。与母随兄固至洛阳，家贫，常为官佣书以供养，久劳苦。尝辍业投笔叹曰：“大丈夫无他志略，犹当效傅介子、张骞立功异域，以取封侯，安能久事笔砚间乎？”左右皆笑之。

超曰："小子安知壮士志哉！"

帕首腰刀　韩愈送郑尚书序：岭南节度为大府，其余四府亦各置帅，然大府帅或过其府，府帅必戎服，左握刀，右属弓矢，帕首袴靴迎于郊。及既至，大府帅入据馆，帅守若将趋拜，大府与之为让，至一至再，乃敢改服，以宾主见焉。

离居　礼记檀弓：子夏曰："吾离群而索居，亦已久矣。"

喜子　傅注：西京杂记云：蜘蛛集而百事喜，故俗以蜘蛛为喜子。

伏波　后汉书马援传：建武十七年，交阯女子徵侧及女弟徵贰反，攻没其郡。九真、日南、合浦蛮夷皆应之，寇略岭外六十余城。侧自立为王。于是玺书拜援伏波将军，缘海而进，随山刊道千余里，斩徵侧、徵贰，传首洛阳，峤南悉平。援奏言：西于县户有三万二千，远界去庭千余里，请分为封溪、望海二县。许之。

绿珠　傅注：岭表异录：绿珠井在白水双角山下。昔梁氏之女有容貌，石季伦为交趾采访使，以真珠三斛买之。梁氏之居，旧井存焉。耆老传云，汲饮此井者，生女必多美丽。闾里有识者以美色无益于时，遂以巨石填之。尔后虽时有产或端严，则七窍四肢多不完具。异哉！

定风波　送元素

今古风流阮步兵，平生游宦爱东平。千里远来还不住，归去，空留风韵照人清。　　红粉尊前添懊恼，休道，如何留得许多情。记取明年花絮乱，看泛，西湖总是断肠声。　傅注本卷四

【校】

傅注本"今"作"千"，"添"作"深"，"如何"作"怎生"。　毛本"休"作"知"，"取"作"得"，"看泛"五字作"须看泛西湖"。余同傅本。

【朱注】

案张子野送元素、送子瞻词，皆同此韵，当在二公过湖州时作。元素守杭未久即内召，子野词有“诏卷促归”语，与此词“千里远来还不住”情事正合。“明年花絮”，与子野之“黄莺相识晚”，又俱谓元素去之速也。

【笺】

阮步兵　晋书阮籍传：籍容貌瑰杰，志气宏放，傲然独得，任性不羁，而喜怒不形于色。本有济世志，属魏晋之际，天下多故，名士少有全者。籍由是不与世事，遂酣饮为常。及文帝辅政，籍尝从容言于帝曰：“籍平生曾游东平，乐其风土。”帝大悦，即拜东平相。籍乘驴到郡，坏府舍屏障，使内外相望，法令清简，旬日而还。帝引为大将军从事中郎。籍闻步兵营厨人善酿，有贮酒三百斛，乃求为步兵校尉。遗落世事，虽去佐职，恒游府内，朝宴必与焉。

【附录】

张子野词补遗定风波令次子瞻韵送元素内翰云：“浴殿词臣亦议兵，禁中颇牧党羌平。诏卷促归难自缓，溪馆，彩花千数酒泉清。　　春草未青秋叶暮，□去，一家行色万家情。可恨黄莺相识晚，望断，湖边亭上不闻声。”又再次韵送子瞻云：“谈辨才疏堂上兵，画船齐岸暗潮平。万乘靴袍曾好问，须信，文章传口齿牙清。　　三百寺应游未遍，□算，湖山风物岂无情。不独渠丘歌叔度，行路，吴谣终日有余声。”

减字木兰花

秘阁古笑林云：晋元帝生子，宴百官，赐束帛。殷羡谢曰：“臣等无功受赏。”帝曰：“此事岂容卿有功乎？”同舍每以为笑。余过吴兴，而李公择适生子三日会客，求歌辞。乃为作此戏之，举坐皆绝倒。

惟熊佳梦，释氏老君亲抱送。壮气横秋，未满三朝已食牛。犀钱玉果，利市平分沾四坐。多谢无功，此事如何著得侬。 傅注本卷九

【校】

傅注本题作“过吴兴，李公择生子三日会客，作此词戏之”。自“秘阁古笑林”至“岂容卿有功乎”移作后半阕小注，减去“同舍”一句，易为“世说亦云”四字。“亲”作“曾”，“著”作“到”。 毛本题及“曾”“到”二字并同傅本。

【朱注】

纪年录：甲寅作。王案：甲寅九月，访李常于湖州作。案公择，建昌人。

【笺】

李公择 淮海集李公择行状：神宗初，为右正言，力诋新法，落职，通判滑州。岁余复职，知鄂州，徙知湖州。迁尚书祠部员外郎，徙知齐州。诗集施注：公择知湖州，东坡以杭倅来会。

惟熊 诗小雅斯干：“大人占之，维熊维罴，男子之祥。”

食牛 尸子：“虎豹之驹，虽未成文，已有食牛之气。”杜甫徐卿二子歌：“徐卿二子生绝奇，感应吉梦相追随。孔子释氏亲抱送，尽是天上麒麟儿。大儿九龄色清澈，秋水为神玉为骨。小儿五岁气食牛，满堂宾客皆回头。”

犀钱 谓洗儿钱，以犀角为之者也。

利市 乾淳岁时记：腊月二十四日，市井迎傩，以锣鼓遍至人家乞求利市。

河满子 湖州寄南守冯当世

见说岷峨凄怆，旋闻江汉澄清。但觉秋来归梦好，西南自有长

城。东府三人最少,西山八国初平。　　莫负花溪纵赏,何妨药市微行。试问当垆人在否,空教是处闻名。唱着子渊新曲,应须分外含情。　傅注本卷八

【校】

傅注本题作"湖州作寄益守冯当世"。　毛本题作"湖州作"。

【朱注】

案宋史:熙宁六年,复熙、河、洮、岷、叠、岩等州。七年,平泸夷木征寇岷州,王韶败降之。词云"西山八国初平",当作于甲寅。　诗集查注:冯京字当世,江夏人。富郑公婿,谥文简。

【笺】

长城　傅注:唐李勣治并州十六年,以威肃闻。太宗尝曰:"炀帝不择人守边,劳中国筑长城以备虏。今我用勣守并,突厥不敢南,贤长城远矣。"

东府　元经:冬十月,城东府。薛氏传:城东府者,何尚书府也。自道子、元显分东府西府掌其事,至刘裕因之居东府。

西山八国　唐书韦皋传:皋字城武,京兆万年人。贞元初,代张延赏为剑南西川节度使,蛮部震服。于是西山羌女、诃陵、南水、白狗、逋租、弱水、清远、咄霸八国酋长,皆因皋请入朝,乃诏皋统押近界诸蛮,西山八国,加云南安抚使。

花溪　傅注:西蜀游赏,始正月上元日,终四月十九日,而浣花溪最为盛集。

药市　傅注:益州有药市,期以七月,四远皆集。其药物品甚众,凡三月而罢,好事者多市取之。

当垆　汉书司马相如传:相如与临邛令王吉饮富人卓王孙家,相如酒酣弄琴,卓氏女文君新寡,窃从户窥,心悦而好之,乃夜奔相如。相如乃与驰归成都,家徒四壁。久之,相如与俱之临邛,尽卖车骑,置一酒舍酤酒。令文君当垆,相如身着犊鼻裈,与佣保杂作,涤器于市。王孙耻之,诸公更谓王孙曰:"司马长卿故倦

游，虽贫而人材足依也，且又令客，奈何相辱如此？”王孙不得已，分与僮仆财物。文君乃与相如归成都，买田宅，而为富人矣。

子渊　傅注：汉王褒字子渊，蜀人。王襄为益州刺史，闻有俊才，请与相见。使褒作中和、乐职、宣布诗，选好事者，令依鹿鸣之声，习而歌之。下传而上闻，宣帝召见，悦之，擢褒为谏大夫，使侍太子。太子喜褒所为甘泉及洞箫颂，令后宫贵人左右皆诵读之。

菩萨蛮　**席上和陈令举**

天怜豪俊腰金晚，故教月向松江满。清景为淹留，从君都占秋。　　身闲惟有酒，试问遨游首。帝梦已遥思，匆匆归去时。

傅注本卷七

【校】

毛本题阙，词阙十四字。

【朱注】

案本集书游垂虹亭记：吾昔自杭移守高密，与杨元素同舟，而陈令举、张子野皆从吾过公择于湖，遂与刘孝叔俱至松江。词必是时作。

【笺】

腰金　殷芸小说：有客言志，一愿为扬州刺史，一愿多赀财，一愿骑鹤上升。其一人曰：“愿腰缠十万贯，骑鹤上扬州。”欲兼三者。

松江　傅注：吴松江也。　一统志：松江源出苏州府之太湖，自昆山县东南流入，经青浦县北二十里，北接太仓州嘉定县界。又东经上海县北，南与黄浦江合，又东入海，曰吴松海口。

遨游首　傅注：成都风俗，以遨游相尚。绮罗珠翠，杂沓衢巷，所集之地，行肆毕备，须得太守一往后方盛，土人因目太守为“遨头”云。

帝梦　尚书传：高宗梦得说，使百工营求诸野，得诸傅岩。

鹊桥仙　七夕送陈令举

缑山仙子，高情云渺，不学痴牛呆女。凤箫声断月明中，举手谢时人欲去。　客槎曾犯，银河波浪，尚带天风海雨。相逢一醉是前缘，风雨散飘然何处。　傅注本卷六

【校】

毛本题作“七夕”，“波”作“微”。

【朱注】

案本集王中甫哀词，施注原编丙辰七月五日。诗前叙云“哭中甫于密州”，则令举没矣。又祭陈令举文云：“余与令举别二年而令举没。”公以甲寅九月与令举访公择于湖州，六客之会，令举与焉。既过松江，令举匆匆归去，此词乃送之也。

【笺】

陈令举　一统志湖州府人物：陈舜俞字令举，乌程人。博学强记，登进士，又举制科第一。熙宁中，知山阴县。青苗法行，舜俞不奉令，上疏自劾，谪监南康军酒税，卒。苏轼为文哭之，称其学术才能，兼百人之器。

缑山仙子　列仙传：王子晋，周灵王太子也。好吹笙作凤鸣。游伊洛间，道士浮丘公接上山，三十余年。后来于山上告桓良曰：“我家七月七日，待我缑氏山。”至日果乘白鹤驻山头，望之不得到，举手谢时人而去。　案缑氏山在今河南偃师县南。

痴牛呆女　荆楚岁时记：天河之东有织女，天帝之子也。年年机杼劳役，织成云锦天衣。天帝怜其独处，许嫁河西牵牛郎，遂废织纴。天帝怒，责令归河东，唯每年七月七日夜渡河一会。卢仝诗（月蚀）："痴牛与呆女，不肯勤农桑。徒劳含淫思，夕旦遥相望。"

客槎　注见本卷南歌子"海上乘槎侣"阕。

风雨散　曹植诗："风流云散，一别如雨。"（按：此承傅注。查非曹植诗，乃王粲诗，题为赠蔡子笃，见文选卷二十三。）

阮郎归

一年三过苏，最后赴密州，时有问这回来不来，其色凄然。太守王规父嘉之，令作此词。

一年三度过苏台，清尊长是开。佳人相问苦相猜，这回来不来。　情未尽，老先催，人生真可咍。他年桃李阿谁栽，刘郎双鬓衰。　傅注本卷六

【校】

元本题下注云："一本名醉桃源。"　傅注本题作"苏州席上作"，"衰"作"摧"。毛本同傅本。

【朱注】

纪年录：甲寅，赴密过苏作。王案：甲寅十月，至金阊，饮于王诲席上作。

【笺】

王规父　见本卷菩萨蛮"玉童西迓浮丘伯"阕朱注。

苏台　傅注：姑苏台在苏州。越绝书曰：阖闾起姑苏台，三年聚材，五年乃

成，高可见五百里。余详本卷菩萨蛮(玉童西迓浮丘伯)注。

哈　唐韵：咍，呼来切，音痞。说文：蚩笑也。

刘郎　本事诗：刘尚书禹锡自屯田员外左迁朗州司马，凡十年，始征还。方春，作赠看花诸君子诗曰："紫陌红尘拂面来，无人不道看花回。玄都观里桃千树，尽是刘郎去后栽。"其诗一出，传于都下。有素嫉其名者，白于执政，又诬其有怨愤。他日见时宰，与坐，慰问甚厚。既辞，即曰："近有新诗，未免为累，奈何？"不数日，出为连州刺史。其自叙云："贞元十一年春，余为屯田员外，时此观未有花。是岁出牧连州，至荆南，又贬朗州司马。居十年，诏至京师，人人皆言有道士手植仙桃满观，盛如红霞，遂有前篇，以记一时之事。旋又出牧，于今十四年，始为主客郎中，重游玄都，荡然无复一树，唯兔葵燕麦动摇于春风耳。因再题二十八字，以俟后再游。"时大和二年三月也。诗曰："百亩庭中半是苔，桃花净尽菜花开。种桃道士归何处，前度刘郎今又来。"

醉落魄　苏州阊门留别

苍颜华发，故山归计何时决？旧交新贵音书绝，惟有佳人，犹作殷勤别。　离亭欲去歌声咽，潇潇细雨凉吹颊。泪珠不用罗巾裛，弹在罗衫，图得见时说。　傅注本卷九

【校】

傅注本"吹"作"生"，"衫"作"衣"。　毛本"衫"作"衣"，注云："一刻山谷。但'故山归计何时决'作'故乡归路无因得'。""颜"作"头"。

【朱注】

案此与前调疑同时作。

【笺】

阊门　一统志苏州府：阖闾城西，阊、胥二门。吴越春秋：阊门者，以象天门，通阊阖风也。阖闾欲破楚，楚在西北，故立阊门以通天气。复名破楚门。寰宇记云：吴城西门也。春申君改为阊门。

旧交新贵　汉书(郑当时传)：翟公云："一死一生，乃知交情。一贫一富，乃知交态。一贵一贱，交情乃见。"杜诗(狂夫)："厚禄故人书断绝，恒饥稚子色凄凉。"

菩萨蛮　润州和元素

玉笙不受珠唇暖，离声凄咽胸填满。遗恨几千秋，心留人不留。　他年京国酒，堕泪攀枯柳。莫唱短因缘，长安远似天。

傅注本卷七

【校】

傅注本"秋"作"愁"，误。"心"作"恩"，"堕"作"泫"。　毛本题作"感旧"，"心"、"堕"二字同傅本。

【朱注】

纪年录：甲寅，和元素。

【笺】

润州　见本卷少年游"去年相送"阕题注。

玉笙　李商隐诗(银河吹笙)："怅望银河吹玉笙。"傅注：陆罕笙诗："响合绛唇吹。"

攀柳　晋书桓温传：温自江陵北伐，行经金城，见少为琅邪时所种柳皆已十围，慨然曰："木犹如此，人何以堪！"攀枝执条，泫然流涕。

短因缘　太平广记(卷三四九韦鲍生妓)：鲍生者，有妾二人，遇外弟韦生有良马，鲍出妾为酒劝韦。韦请以马换妾，鲍许以抱胡琴者，仍命歌以送韦酒。既而妾又歌以送鲍酒，歌曰："风飐荷珠难暂圆，多生信有短因缘。西楼今夜三更月，还照离人泣断弦。"

长安远　注见本卷江城子"翠蛾羞黛怯人看"阕。

减字木兰花

赠润守许仲涂，且以郑容落籍、高莹从良为句首。

郑庄好客，容我尊前先堕帻。落笔生风，籍籍声名不负公。高山白早，莹骨冰肤那解老。从此南徐，良夜清风月满湖。　傅注本卷九

【校】

傅注本"清风"作"风清"。　东皋杂录引此词，"尊"作"楼"，"冰肤"作"柔肌"，"清风"作"风清"。　毛本题作"自钱塘被召，林子中作郡守，有会，坐中营妓出牒，郑容求落籍，高莹求从良，子中呈东坡，东坡索笔为减字木兰花书牒后，时用郑容落籍、高莹从良八字于句端也，兼赠润守许仲涂"。

【朱注】

纪年录：甲寅作。　诗集查注：许遵字仲涂，泗州人。神宗朝以大理寺请知润州。

【笺】

郑庄　傅注：郑当时字庄，为汉太子舍人。每五日洗沐，常置驿马长安诸郊，

请谢宾客，夜以继日，至明旦，常恐不遍。

堕帻　晋书庾峻传：峻子敳，字子嵩，为陈留相。参东海王越太傅军事，有重名，为搢绅所推，而聚敛积实，谈者讥之。时刘舆见任于越，人士多为所构，惟敳纵心事外，无迹可间。后以其性俭家富，说越令就换钱千万，冀其有吝，因此可乘。越于众坐中问于敳，而敳乃颓然已醉，帻堕机上，以头就穿取。徐答曰："下官家有二千万，随公所取矣。"舆于是乃服。越甚悦，因曰："不可以小人之虑，度君子之心。"

落笔生风　杜甫诗（寄李十二白二十韵）："笔落惊风雨。"李白诗（赠从弟宣州长史昭）："摇笔起风霜。"

籍籍　李白诗（赠韦秘书子春）："高名动京师，天下皆籍籍。"

高山白早　刘禹锡诗（苏州白舍人寄新诗有叹早白无儿之句因以赠之）："雪里高山头白早。"

莹骨冰肤　宋玉神女赋："温乎如莹。"庄子逍遥游："藐姑射之山有神人居焉，肌肤若冰雪，淖约若处子。"

南徐　傅注：南徐，润州也。晋元帝渡江，而淮北之地皆陷于胡。后幽、冀、青、并、兖、徐之流人相率过江，帝并侨立诸县以司牧之，各仍其旧号，而为南北之别矣。今润州乃南徐之地。

良夜　傅注：鬼仙诗："明月清风，良宵会同。"

【附考】

东皋杂录：东坡自钱塘被召，过京口，林子中作郡守，有宴会，座中营妓出牒，郑容求落籍，高莹求从良。子中命呈牒东坡，坡索笔题减字木兰花于牒后云云，暗用"郑容落籍、高莹从良"八字于句端也。一作润守许仲远。　案聚兰集作许仲涂，毛本题从此出。

南歌子　别润守许仲涂

欲执河梁手，还升月旦堂。酒阑人散月侵廊，北客明朝归去雁南翔。　　窈窕高明玉，风流郑季庄。一时分散水云乡，惟有落花芳草断人肠。　傅注本卷五

【校】

毛本题“润守”作“润州”。

【朱注】

案此词仍赋高、郑事，因类编之。

【笺】

河梁　李陵诗（与苏武三首）：“携手上河梁，游子暮何之。”

月旦　后汉书许劭传：劭字子将，汝南平舆人。与从兄靖俱有高名，好共核论乡党人物，每月辄更其品题。故汝南俗有月旦评焉。

窈窕二句　傅注：高明玉，莹也。郑季庄，容也。高莹、郑容，皆南徐之名妓。

水云乡　傅注：江南地卑湿而多沮泽，故谓之水云乡，亦谓之水国。

采桑子

润州甘露寺多景楼，天下之殊景也。甲寅仲冬，余同孙巨源、王正仲参会于此，有胡琴者姿色尤好。三公皆一时英秀，景之秀，妓之妙，真为希遇。饮阑，巨源请于余曰：“残霞晚照，非奇才不尽。”余作此词。

多情多感仍多病，多景楼中，尊酒相逢，乐事回头一笑空。　停杯且听琵琶语，细撚轻拢，醉脸春融，斜照江天一抹红。　傅注本卷十二

【校】

傅注本题作“润州多景楼与孙巨源相遇”。　毛本同傅本，惟“多”作“东”。

【朱注】

纪年录：甲寅，多景楼与孙巨源相遇作。　诗集王注：图经：甘露寺在北固山，唐宝历中，李德裕建，时甘露降此山，因以名之。又施注：孙巨源名洙，广陵人。在谏院时，王介甫行新法，巨源心知不可，恳乞补外，知海州。又王文诰注：公至扬州，与李公择书云：“涂中与完夫、正仲、巨源相会，所至辄作数剧饮笑乐，人生如此有几。”胡完夫坐封还李定词头落职，家在晋陵。王存字正仲，润州人。官左右史正言，知制诰，是时以事至家也。王注、查注脱去完夫，今补载。案完夫为胡宗愈字，题云“三公皆一时英秀”，盖指王、孙与胡也。

【笺】

多景楼　诗集查注：京口志：甘露寺有多景楼，中刻东坡熙宁甲寅与孙巨源辈会此赋采桑子词，碑石今尚存。清一统志：多景楼在今江苏北固山甘露寺内，北面大江，颇据形势。始建于宋郡守陈天麟，即唐临江亭故址。

尊酒相逢　韩愈诗(赠郑兵曹)：“尊酒相逢十载前，君为壮夫我少年。”

琵琶语　白居易琵琶行：“今夜闻君琵琶语。”

细撚轻拢　注见本卷南乡子“裙带石榴红”阕。

【附考】

诗集冯注引杨元素云：孙洙巨源、王存正仲，与东坡同游多景楼，京师官妓皆在，而胡琴者姿伎尤妙。三公皆一时英彦，境之胜，客之秀，伎之妙，真为希遇。酒阑，巨源请于东坡曰：“残霞晚照，非奇词不尽。”遂作采桑子，所谓“多情多感仍多病，多景楼中”是也。又傅氏注坡词引本事集云：润州甘露寺多景楼，天下之殊景。甲寅仲冬，苏子瞻、孙巨源、王正仲参会于此，有胡琴者姿色尤好。三公皆一时英秀，景之秀，妓之妙，真为希遇。饮阑，巨源请于子瞻曰：“残霞晚照，非奇才不尽。”子瞻作此词。案二说同出一源，虽字句颇有参差，然味其语意，必皆元素纪录之词。而王文诰注以三公为不可解，遽引胡完仲以足之，殊为可笑。元本如此标题，疑亦旁注混入，或他人引本事集为之，彊村本亦沿其谬。愚意此词题自当从傅注本为妥。

更漏子 送孙巨源

水涵空，山照市，西汉二疏乡里。新白发，旧黄金，故人恩义深。　海东头，山尽处，自古客槎来去。槎有信，赴秋期，使君行不归。　傅注本卷十二

【朱注】

纪年录：甲寅，送巨源作。王案：甲寅十月作。

【笺】

二疏　汉书疏广传：疏广、疏受，东海人。广为太子太傅，受为少傅。并乞骸骨归乡里，宣帝赐黄金二十斤，太子赠五十斤。公卿大夫、故人邑子设祖道，供帐东都门外，观者皆曰：“贤哉，二大夫！”广既归乡里，日与故旧宾客相与饮乐。问其家金余有几所，趣卖以共具，曰：“此圣主所以惠养老臣也。”于是乡党族人悦服焉。

客槎　注见本卷南歌子“海上乘槎侣”阕。

醉落魄 席上呈杨元素

分携如昨，人生到处萍飘泊。偶然相聚还离索。多病多愁，须信从来错。　尊前一笑休辞却，天涯同是伤沦落。故山犹负平

生约。西望峨嵋，长羡归飞鹤。 傅注本卷九

【校】

傅注本题无“杨”字。

【朱注】

纪年录：甲寅，离京口，呈元素作。

【笺】

萍飘 杜甫诗(秦州见敕目薛三璩授司议郎……凡三十韵)：“浩荡逐浮萍。” 傅注：萍无根，逐流而已，岂复有定居。

离索 注见本卷南乡子“旌旆满江湖”阕。

沦落 白居易琵琶行：“同是天涯沦落人，相逢何必曾相识。”

归飞鹤 搜神后记：丁令威学道于灵虚山，后化鹤归辽，集华表柱云：“有鸟有鸟丁令威，去家千年今始归。城郭如故人民非，何不学仙冢累累。”杜甫诗(卜居)：“归羡辽东鹤。” 傅注：韩溉咏鹤诗：“王孙若问归飞处，万里秋风是故乡。”

浣溪沙

赠陈海州。陈尝为眉令，有声。

长记鸣琴子贱堂，朱颜绿发映垂杨。如今秋鬓数茎霜。聚散交游如梦寐，升沉闲事莫思量。仲卿终不忘桐乡。

【校】

傅注本阙。 毛本题作“忆旧”，“忘”作“避”。

【朱注】

案诗集甲寅十月，次韵陈海州书怀诗：“酒醒却忆儿童事，长恨双凫去莫攀。”

自注:“陈尝令乡邑。”词当是同时作。

【笺】

鸣琴　说苑(政理):子贱宰单父,鸣琴而治。巫马期亦宰单父,以星出,以星入,日夜不处,以身亲之,而单父亦治。

朱颜　宋玉招魂:“美人既醉,朱颜酡些。”

桐乡　在今安徽桐城县北,春秋桐国地。汉书循吏传:朱邑字仲卿,庐江舒人。少时为舒桐乡啬夫,廉平不苛,以爱利为行,未尝笞辱人,存问耆老孤寡,遇之有恩,所部吏民爱敬焉。后官至大司农,病且死,属其子曰:“我故为桐乡吏,其民爱我,必葬我桐乡。后世子孙奉尝我,不如桐乡民。”及死,其子葬之桐乡西郭外。民果然共为邑起冢立祠,岁时祠祭,至今不绝。

沁园春

赴密州,早行,马上寄子由。

孤馆灯青,野店鸡号,旅枕梦残。渐月华收练,晨霜耿耿,云山摛锦,朝露漙漙。世路无穷,劳生有限,似此区区长鲜欢。微吟罢,凭征鞍无语,往事千端。　当时共客长安,似二陆初来俱少年。有笔头千字,胸中万卷,致君尧舜,此事何难。用舍由时,行藏在我,袖手何妨闲处看。身长健,但优游卒岁,且斗尊前。　傅注本卷十一

【校】

傅注本前半阕残。　毛本无题,“团团”作“漙漙”。

【朱注】

纪年录:甲寅十月作。王案:公时由海州赴密,不复绕道至齐一视子由,故其

词如此耳。

【笺】

子由　宋史苏辙传：辙字子由，年十九，与兄轼同登进士科。熙宁五年，授齐州掌书记。又三年，改著作佐郎。后以大中大夫致仕，筑室于许，号颍滨遗老。自作传万余言，不复与人相见，终日默坐，如是者几十年。政和二年卒，年七十四。追复端明殿学士。淳熙中，谥文定。辙性沉静简洁，为文汪洋淡泊，似其为人，不愿人知之，而秀杰之气终不可掩，其高处殆与兄轼相迫。所著诗传、春秋传、古史、老子解、栾城文集，并行于世。

野店鸡号　温庭筠商山早行诗："鸡声茆店月，人迹板桥霜。"

耿耿　小明也。谢朓诗（暂使下都夜发新林至京邑赠府同僚）："秋河曙耿耿。"

溥溥　露多貌。诗经（郑风野有蔓草）："野有蔓草，零露溥兮。"

世路二句　杜甫诗（绝句漫兴九首）："莫思身外无穷事，且尽生前有限杯。"

二陆　晋书陆机传：机字士衡，吴郡人。抗子。少有异才，文章冠世。抗卒，领父兵为牙门将。年二十而吴灭。太康末，与弟云俱入洛，造太常张华。华素重其名，如旧相识，曰："伐吴之役，利获二俊。"云字士龙，六岁能属文。性清正，有才理。少与机齐名，虽文章不及机，而持论过之，号曰"二陆"。年十六，吴平，入洛。机初诣张华，华问云何在，机曰："云有笑疾，未敢自见。"俄而云至，华为人多姿制，又好帛绳缠须，云见而大笑，不能自已。

万卷　杜甫诗（奉赠韦左丞丈二十二韵）："读书破万卷，下笔如有神。"

致君　孟子（万章上）：伊尹曰："吾安能使是君为尧舜之君哉？"杜甫诗（奉赠韦左丞丈二十二韵）："致君尧舜上，再使风俗淳。"

用舍二句　论语（述而）：用之则行，舍之则藏，惟我与尔有是夫。

优游二句　家语：优哉游哉，聊以卒岁。杜牧诗（按：此为牛僧孺诗席上赠刘梦得）："且斗尊前见在身。"

【附考】

遗山文集东坡乐府集选引：绛人孙安常注坡词，参以汝南文伯起小雪堂诗话，删去他人所作无愁可解之类五十六首，其所是正亦无虑数十百处，坡词遂为完本，不可谓无功。然尚有可论者，如"古岸开青葑"南柯子以末后二句倒入前篇。此等犹为未尽，然特其小小者耳。就中"野店鸡号"一篇，极害义理，不知谁所作，世人误为东坡，而小说家又以神宗之言实之，云神宗闻此词不能平，乃贬坡黄州，且言"教苏某闲处袖手，看朕与王安石治天下"。安常不能辨，复收之集中。如"当时共客长安，似二陆初来俱妙年。有胸中万卷，笔头千字，致君尧舜，此事何难。用舍由时，行藏在我，袖手何妨闲处看"之句，其鄙俚浅近，叫呼衒鬻，殆市驵之雄醉饱而后发之，虽鲁直家婢仆且羞道，而谓东坡作者，误矣。又前人诗文有一句或一二字异同，盖传写之久，不无讹谬，或是落笔之后，随有改定。而安常一切以别本为是，是亦好奇尚异之蔽也。就孙集录取七十五首，遇语句两出者，择而从之。自余"玉龟山"一篇，予谓非东坡不能作，孙以为古词，删去之，当自别有所据。姑存卷末，以候更考。丙申九月朔书于阳平寓居之东斋，元某引。

永遇乐

孙巨源以八月十五日离海州，坐别于景疏楼上。既而与余会于润州，至楚州乃别。余以十一月十五日至海州，与太守会于景疏楼上，作此词以寄巨源。

长忆别时，景疏楼上，明月如水。美酒清歌，留连不住，月随人千里。别来三度，孤光又满，冷落共谁同醉。卷珠帘、凄然顾影，共伊到明无寐。　　今朝有客，来从濉上，能道使君深意。凭仗清

淮，分明到海，中有相思泪。而今何在，西垣清禁，夜永露华侵被。此时看、回廊晓月，也应暗记。　傅注本卷七

【校】

傅注本题首有“公自序云”四字，“上”作“下”，“濉”作“淮”。　毛本题作“寄孙巨源”，“露”作“云”，余同傅本。

【朱注】

纪年录：甲寅，海州寄巨源作。　诗集施注：东坡与巨源既别于海州景疏楼，后登此楼，怀巨源作。王案：此词有“别来三度，孤光又满”，乃与巨源相别三月，而客至东武，为道巨源寄语，故作此词。时巨源以同修起居注、知制诰召还，计其必已自淮入京，故又有“而今何在，西垣清禁”及“此时看、回廊晓月”等句，道其锁宿之情事也。此词作于乙卯正月，确不可易。案词叙称巨源八月十五日坐别楼上，则词中“别来三度”，乃谓巨源之别海州，历九月、十月，至公至之十一月十五日恰为三度，非公与别三月也。仍从纪年录编甲寅。　名胜志：景疏楼在海州治东北。石刻云宋叶祖洽慕二疏之贤而建。疏广、疏受皆东海人也。本集次韵孙巨源诗：“高才晚岁终难进，勇退常年正急流。不独二疏为可慕，他时当有景孙楼。”自注：“巨源近离东海，郡有景疏楼。”

【笺】

海州　元和郡县志：海州，春秋鲁之东鄙，秦分薛郡为郯郡，汉改郯为东海郡，武德四年改海州。元丰九域志：淮南东路海州，治朐山县，东南至涟水军三百四十里，北至密州四百五十里。

景疏楼　傅注：今东武有景疏楼，有景慕之意也。二疏，东海人。　案：此亦以是词为在密州作，故臆说东武有景疏楼耳。

明月如水　杜甫诗(江月)：“江月光于水。”

月随人千里　鲍照月诗(玩月城西门廨中)：“三五二八时，千里与君同。”

别来三度　诗集次韵孙巨源寄涟水李盛二著作并见寄五绝自注云：“昔与巨

源、刘贡父、孙莘老相遇于山阳，自尔契阔，惟巨源近者复相遇于京口。”详朱注。

潍上　括地志：潍水首受浚仪县浪荡渠水，东经临虑县入泗。

西垣　傅注：中书省谓之西掖。刘桢诗：“谁谓相去远，隔此西掖垣。拘限清切禁，中情无由宣。”

露华　李白清平调：“春风拂槛露华浓。”

减字木兰花

空床响琢，花上春禽冰上雹。醉梦尊前，惊起湖风入坐寒。　　转关镬索，春水流弦霜入拨。月堕更阑，更请宫高奏独弹。

【校】

傅注本、毛本俱无。

【朱注】

本集公与蔡景繁书：朐山临海石室，信如所谕。某尝携家一游，时家有胡琴婢，就室中作濩索凉州，凛然有冰车铁马之声。案公于甲寅十一月至海州，是词疑赋胡琴婢事。

【笺】

转关镬索　石湖诗集复作韵记昨日坐中剧谈及赵家琵琶之妙呈王正之提刑二绝自注云：“正之云，转关六么、濩索梁州、历弦薄媚、醉吟商胡渭州，此四曲承平时专入琵琶，今不复有能传者。”白石道人歌曲醉吟商小品序：“石湖老人谓予曰：琵琶有四曲，今不传矣。曰濩索梁州、转关绿腰、醉吟商胡渭州、历弦薄媚也。”敖陶孙诗话：“乐谱琵琶曲有转关六么，取其声调谐婉。又有濩索梁州，谓其音节间繁。”

春水流弦　白居易琵琶行：“间关莺语花底滑，幽咽流泉水下滩。”

乙　卯

年谱：熙宁八年乙卯，先生年四十，到密州任。有后杞菊赋，其叙云：予仕宦十有九年，家日益贫。移守胶西，而斋厨索然。案：先生丁酉年登第，至是恰十九年矣。

蝶恋花　密州上元

灯火钱塘三五夜，明月如霜，照见人如画。帐底吹笙香吐麝，更无一点尘随马。　　寂寞山城人老也，击鼓吹箫，却入农桑社。火冷灯稀霜露下，昏昏雪意云垂野。

【校】

傅注本阙。　毛本“更无”句作“此般风味应无价”，“却”作“乍”，“稀”作“希”。

【朱注】

纪年录：乙卯作。王案：乙卯正月十五日作。

【笺】

上元　白六帖：正月十五日为上元。

香吐麝　说文：麝如小麋，脐有香。一名射父。刘遵诗（繁华应令）：“腕动香飘麝。”

尘随马　苏味道诗（正月十五夜）：“暗尘随马去。”

击鼓二句　谓社祭也。周礼(鼓人):"以灵鼓鼓社祭。"

江城子　乙卯正月二十日夜记梦

十年生死两茫茫。不思量,自难忘。千里孤坟,无处话凄凉。纵使相逢应不识,尘满面,鬓如霜。　　夜来幽梦忽还乡。小轩窗,正梳妆。相顾无言,惟有泪千行。料得年年肠断处,明月夜,短松冈。

【校】

傅注本阙。毛本无题。

【朱注】

纪年录:乙卯作。王案:词注谓公悼亡之作,考通义君卒于治平二年乙巳,至是熙宁八月乙卯,正十年也。　本集亡妻王氏墓志铭:治平二年五月丁亥,赵郡苏轼之妻卒于京师。其明年六月壬子,葬于眉之东北彭山县安镇乡可龙里先君先夫人墓之西北。

雨中花慢

初至密州,以累年旱蝗,斋素累月。方春牡丹盛开,遂不获一赏。至九月,忽开千叶一朵,雨中特为置酒,遂作。

今岁花时深院,尽日东风,轻扬茶烟。但有绿苔芳草,柳絮榆钱。闻道城西,长廊古寺,甲第名园。有国艳带酒,天香染袂,为我留连。　　清明过了，残红无处，对此泪洒尊前。秋向晚、一枝何事，向我依然。高会聊追短景，清商不假余妍。不如留取，十分春态，付与明年。　傅注本卷十一

【校】

傅注本题存词阙。调名无“慢”字，题首有“公”字，题末有“此词”二字。　元本调名亦脱“慢”字，“假”误作“暇”。从毛本。　毛本题作“初至密州，以旱蝗斋素者累月，方春牡丹盛开，不获一赏，至九月，忽开千叶一朵，雨中为置酒作”。“轻扬”作“荡漾”。

【朱注】

纪年录：乙卯九月作。

【笺】

累年旱蝗　诗集查注：水经注：扶淇之水，出西南常山。本集记略云：山不甚高大，而下临城中，如在山上。岁旱祷雨兹山，未尝不应。盖有常德者，故谓之常山。熙宁八年春夏旱，再祷焉，皆应如响，乃新其庙。熙宁九年七月，诏封常山神为润民侯。

柳絮榆钱　杜甫诗(送路六侍御入朝)：“不分桃花红胜锦，生憎柳絮白于绵。”施肩吾诗(戏咏榆荚)：“风吹榆钱落如雨，绕林绕屋来不住。”先生次韵田国博部夫南京见寄诗：“深红落尽东风恶，柳絮榆钱不当春。”

古寺　诗集玉盘盂小序：东武旧俗，每岁四月，大会于南禅、资福两寺，以芍药供佛。而今岁最盛，凡七千余朵，皆重跗累萼，繁丽丰硕。中有白花，正圆如覆盂，其下十余叶稍大，承之如盘，姿格绝异，独出于七千朵之上，云得之于城北苏氏园中，周宰相莒公之别业也。据此知此词所称城西古寺，南禅、资福，必居其一。

甲第　汉书(高帝纪下)：列侯居邑，皆赐大第室。注云：有甲乙次第，故曰甲第。

国艳天香　松窗杂录：明皇内殿赏牡丹，问侍臣牡丹诗谁为首。奏云，李正封诗曰："国色朝酣酒，天香夜染衣。"

清商　魏文帝燕歌行："援琴鸣弦发清商，短歌微吟不能长。"文选注引宋玉笛赋："吟清商，追流征。"

江城子　密州出猎

老夫聊发少年狂。左牵黄，右擎苍。锦帽貂裘，千骑卷平冈。为报倾城随太守，亲射虎，看孙郎。　酒酣胸胆尚开张。鬓微霜，又何妨。持节云中，何日遣冯唐。会挽雕弓如满月，西北望，射天狼。　傅注本卷六

【校】

毛本题作"猎词"。

【朱注】

纪年录：乙卯冬，祭常山回，与同官习射放鹰作。

【笺】

牵黄、擎苍　傅注：黄，黄狗也。苍，苍鹰也。　梁书张克传：克字延符，吴郡人。父绪，有名前代。克少时不持操行，好逸游。绪尝请假还吴，始入西郭，值克出猎，左手臂鹰，右手牵狗。遇绪船至，便放绁脱韝，拜于水次。绪曰："一身两役，无乃劳乎？"克跪对曰："克闻三十而立，今二十九矣，请至来岁而敬易之。"

锦帽貂裘　傅注：锦帽，锦蒙帽也。貂裘，貂鼠裘也。李白："绣衣貂裘明白雪。"古者诸侯千乘，今太守，古诸侯也，故出拥千骑。

倾城　汉书外戚传：李延年性知音，善歌舞，武帝爱之。每为新声变曲，闻者

莫不感动。延年侍上，起舞，歌曰：“北方有佳人，绝世而独立。一顾倾人城，再顾倾人国。宁不知倾城与倾国，佳人难再得。”上叹息，以为世无其人。平阳主因言延年有女弟，上乃召见之，实妙丽善舞，由是得幸。

孙郎　三国志吴志：二十三年十月，权将如吴，亲乘马射虎于庱亭。马为虎所伤，权投以双戟，虎却废，常从张世击以戈，获之。

鬓霜　王禹偁老将诗：“归来两鬓霜。”

冯唐　汉书冯唐传：唐事文帝，帝曰：“公何以言吾不能用颇、牧也？”唐对曰：“今臣窃闻魏尚为云中守，军市租尽以给士卒，出私养钱，五日壹杀牛，以飨宾客军吏舍人，是以匈奴远避，不近云中之塞。虏尝一入，尚帅车骑击之，所杀甚众。夫士卒尽家人子，起田中从军，安知尺籍伍符。终日力战，斩首捕虏，上功莫府，一言不相应，文吏以法绳之。其赏不行，吏奉法必用。愚以为陛下法太明，赏太轻，罚太重。且云中守尚坐上功首虏差六级，陛下下之吏，削其爵，罚作之。繇此言之，陛下虽得李牧，不能用也。臣诚愚，触忌讳，死罪！”文帝说，是日令唐持节赦魏尚，复以为云中守，而拜唐为车骑都尉。

天狼　楚辞九歌东君：“举长矢兮射天狼。”王逸注：天狼，星名，以喻贪残。晋书天文志：狼一星在东井南，为野将，主侵掠。

【附录】

诗集祭常山回小猎一首云：“青盖前头点皂旗，黄茅冈下出长围。弄风骄马跑空立，趁兔苍鹰掠地飞。回望白云生翠巘，归来红叶满征衣。圣明若用西凉簿，白羽犹能效一挥。”

水龙吟　赠赵晦之吹笛侍儿

楚山修竹如云，异材秀出千林表。龙须半翦，凤膺微涨，玉肌匀绕。木落淮南，雨晴云梦，月明风嫋。自中郎不见，桓伊去后，知孤负，秋多少。　　闻道岭南太守，后堂深、绿珠娇小。绮窗学弄，梁州初遍，霓裳未了。嚼徵含宫，泛商流羽，一声云杪。为使君洗尽，蛮风瘴雨，作霜天晓。　傅注本卷一

【校】

傅注本题作"咏笛村。公旧序云，时太守闾邱公显已致仕，居姑苏，后房懿卿者甚有才色，因赋此词云。赠赵晦之"。"嫋"作"袅"，"孤"作"辜"。　毛本题作"岭南太守闾邱公显致仕居姑苏，东坡每过必留连。尝言过姑苏，不游虎丘，不谒闾丘，乃二欠事，其重之如此。一日出其后房佐酒，有懿卿者甚有才色，善吹笛，因作水龙吟赠之"。案：此说出鹤林玉露。　贵耳录引此词，"桓伊"作"将军"，"梁州初遍"作"凉州初试"。

【朱注】

纪年录：乙卯作。案晦之名昶。

【笺】

楚山　傅注：今蕲州笛村，故楚地也。

龙须三句　傅注：笛制取良篺通洞之，若于首颈处则存一节，节间留纤枝，剪而束之，节以下若膺处则微涨，而全体皆要匀净。若汉书所谓生其窍厚均者，断两节间而吹之。审如是，然后可制。故能远可通灵达微，近可以写情畅神。谓之龙须、凤膺、玉肌，皆取其美好之名也。

木落三句　傅注：善吹笛者，必俟气肃天清，风微月亮，聊作一二弄，遂臻其妙。汉书诸侯王年表：北界淮濒，略衡、庐为淮南。初学记：淮南道者，禹贡扬州之域。又得荆州之东界，自淮以南，略江而西，尽其地也。曹植与吴质书：伐云梦之竹以为笛。周礼职方氏：荆州，其泽薮曰云瞢。瞢，模红切，与梦同。一统志：

云梦泽在天门县西。寰宇记：竟陵城西大泽，即古云梦。

中郎 傅注：蔡邕初避难江南，宿于柯亭之馆，以竹为椽。邕仰而眄之，曰："此良材也。"取以为笛，奇声独绝。历代传之至于今。邕尝为中郎将。 案后汉书注引张骘文士传曰：邕告吴人曰：吾昔尝经会稽高迁亭，见屋椽竹东间第十六可以为笛。取用果有异声。伏滔长笛赋序云：柯亭之观，以竹为椽。邕取为笛，奇声独绝也。与傅注微异。傅或别有所本。

桓伊 注见本卷昭君怨"谁作桓伊三弄"阕。

绿珠 傅注：绿珠，石崇家妓名也。素善吹笛。余详本卷南乡子(旌旆满江湖)注。

梁州二句 傅注：杨妃外传：梁州，乃开元间西凉州所献之曲也。其词则贵妃为之。天宝初，罗公远侍明皇中秋宴，公远奏曰："陛下能从臣月宫游乎?"命取桂枝杖，向空掷之为大桥，色如白金。上同行数十里，至大城阙，公远曰："此月宫也。"仙女数百，素衣飘然，舞于广庭中。上问："此为何曲?"曰："霓裳羽衣曲也。"上密记其声节，及回，即喻伶人象其音调，制为霓裳羽衣之曲。初遍者，今乐府诸大曲，凡数十解，于撷前则有排遍，撷后则有延遍。此谓之初遍，岂非排遍之首谓乎？ 案：傅说与碧鸡漫志所言微异。又今本太真外传无梁州词乃贵妃所作之说。

嚼徵二句 宋玉对楚王问："引商刻羽，杂以流徵，国中属而和者，不过数人。"

云杪 傅注：诸乐器中，唯笛有穿云裂石之声。

霜天晓 曲名有霜天晓角。

【附考】

贵耳录：东坡水龙吟咏笛词，传有八字谥："楚山修竹如云，异材秀出千林表"，此笛之质也；"龙须半翦，凤膺微涨，玉肌匀绕"，此笛之状也；"木落淮南，雨晴云梦，月明风袅"，此笛之时也；"自中郎不见，将军去后，知孤负，秋多少"，此笛之事也；“闻道岭南太守，后堂深、绿珠娇小”，此笛之人也；“绮窗学弄，凉州初试，霓裳未了”，此笛之曲也；“嚼徵含宫，泛商流羽，一声云杪”，此笛之音也；“为使君洗尽，蛮烟瘴雨，作霜天晓”，此笛之功也。嚼徵、含宫、泛商、流羽，五音已用其四，唯少一“角”字。末句作“霜天晓”，歇后一“角”字。

减字木兰花　送东武令赵昶失官归海州

贤哉令尹，三仕已之无喜愠。我独何人，犹把虚名玷搢绅。

不如归去，二顷良田无觅处。归去来兮，待有良田是几时？　傅注本卷九

【校】

傅注本“赵昶”作“赵晦之”，余同元本。　毛本题作“送东武令赵晦之”。

【朱注】

纪年录：乙卯作。

【笺】

海州　见本卷永遇乐“长忆别时”阕题注。

令尹　论语（公冶长）：令尹子文三仕为令尹，无喜色；三已之，无愠色。

搢绅　傅注：搢，笏。绅，大带也。“搢”或作“缙”。

二顷田　史记（苏秦列传）：苏秦曰：“使我有洛阳负郭田二顷，吾岂能佩六国相印乎？”

归去来兮　晋陶潜为彭泽令，解印去县，乃赋归去来辞。

丙　辰

年谱：熙宁九年丙辰，先生年四十一，在密州任。

蝶恋花

微雪，客有善吹笛击鼓者，方醉中，有人送苦寒诗求和，遂以此答之。

帘外东风交雨霰。帘里佳人，笑语如莺燕。深惜今年正月暖，灯光酒色摇金盏。　掺鼓渔阳挝未遍。舞褪琼钗，汗湿香罗软。今夜何人吟古怨，清诗未了冰生砚。　傅注本卷六

【校】

傅注本存目阙词。　毛本题作"密州冬夜文安国席上作"，"了"作"就"。

【朱注】

王案：丙辰春夜，文勋席上作。又曰：正月，迁祠部员外郎。案王说据毛本题也。后一首类编。

【笺】

雨霰　诗小雅頍弁："如彼雨雪，先集维霰。"

掺鼓渔阳　后汉书祢衡传：曹操闻衡善击鼓，乃召为鼓史。因大会宾客，阅

试音节。诸史过者,令脱其故衣,更著岑牟单绞之服。次至衡,衡方为渔阳掺挝,蹀躡而前,容态有异,声节悲壮,听者莫不慷慨。注:挝,击鼓杖也。掺挝,击鼓之法。

满江红

正月十三日,雪中送文安国还朝。

天岂无情,天也解、多情留客。春向暖、朝来底事,尚飘轻雪。君遇时来纡组绶,我应老去寻泉石。恐异时、杯酒复相思,云山隔。

浮世事,俱难必。人纵健,头应白。何辞更一醉,此欢难觅。不用向佳人诉离恨,泪珠先已凝双睫。但莫遣、新燕却来时,音书绝。 傅注本卷二

【校】

傅注本题夺"三"字,"遇时"作"过春","先"误"光"。 毛本题"文"作"姜","遇时"作"过春","老"作"归","寻"作"耽","复"作"忽","不用"作"欲","遣"作"追"。

【朱注】

案诗集,丙辰有立春日病中邀安国仍请率禹功同来诗二首。词疑作于是时。诗集合注:东坡全集有文安国席上作蝶恋花词,即庐江文勋也。倪涛六艺之一录载书史会要云:勋官太府寺丞,工篆书。

【笺】

组绶 说文:组,绶属,其小者以为冕缨。急就篇注:绶,受也,所以承受印环也。亦谓之璲。后汉舆服志:韨佩既废,秦乃以采组连结于璲,光明章表,转相结

受，故谓之绶。

新燕　傅注：燕子以秋分去，春分至。江文通诗："袖中有短书，愿寄双飞燕。"

殢人娇　戏邦直

别驾来时，灯火荧煌无数。向青琐、隙中偷觑，元来便是，共彩鸾仙侣。方见了、管须低声说与。　百子流苏，千枝宝炬，人间有、洞房烟雾。春来何事，故抛人别处。坐望断、楼中远山归路。

傅注本卷八

【校】

傅注本夺"荧煌"二字。　毛本次句作"满城灯火无数"。

【朱注】

案诗集，丙辰春有和邦直诗。施注：邦直名清臣，魏人。居高密时，以京东提刑按部至密也。又次韵李邦直感旧诗注：感旧诗有"入梦"、"还乡"之戏。东坡又为长短句云："谁教幽梦里，插他花。"亦此意也。

【笺】

邦直　诗集施注：李邦直，名清臣，魏人。七岁知诵书，日数千言。韩忠献公闻其名，妻以兄子。举进士，应材识兼茂科。欧阳公壮其文，廷对策入等，名声籍甚。以荐知太常礼院。从韩绛使陕西，坐贬出通判海州。还故官，提点京东刑狱。召为两朝国史编修官，同修起居注，知制诰，拜吏部尚书，擢尚书左丞。哲宗立，以资政殿学士出守三郡。徽宗立，入为门下侍郎，出知大名府。年七十一，薨。邦直早以词藻受知人主，为文简重宏放，然志于利禄，谋国无公心，一意欲取宰相，故操持悖谬，竟不如愿以死。后追治其罪，贬雷州司户。邦直居高密时，以京东提刑行部至密也。东坡晚年瘴海，仅得生还，推原祸本，实自邦直发之。

别驾 傅注：晋庾亮云："别驾任居刺史之半，安可非其人？"

青琐 傅注：汉武故事：西王母尝见帝于承华殿，东方朔从青琐窃窥之。青琐，谓青琐窗闼耳。汉书注：青琐者，刻为连琐文而青涂之。

彩鸾 傅注：传奇集：大和末，有书生文箫游钟陵，因中秋许仙君上升日，吴、蜀、楚、越士女骈集，生亦往焉。忽遇一姝，风韵出尘，吟诗曰："若能相伴陟仙坛，应得文箫驾彩鸾。自有绣襦并甲帐，琼台不怕雪霜寒。"生曰："吾姓名其兆乎？此必神仙之俦侣也。"夜四鼓，姝与三四辈独秉烛登山，生潜蹑其后。姝觉，回首曰："岂非文箫耶？"至绝顶，乃知其为女仙矣。彩鸾与生有夙契，遂同归钟陵，仅十载。后至会昌间，遂入越王山，各乘一虎，登仙而去。

流苏 傅注：倦游录：流苏者，乃盘线绘绣之球，五色错为之，同心而下垂者是也。今此谓流苏者，乃百子帐之流苏也，盖昔人以流苏系帐之四隅为饰耳。

宝炬 傅注：江淹灯赋："双流百枝，艳帐充庭。" 李贺诗（河阳歌）："蜜炬千枝烂。"

望江南 超然台作

春未老，风细柳斜斜。试上超然台上看，半壕春水一城花，烟雨暗千家。 寒食后，酒醒却咨嗟。休对故人思故国，且将新火试新茶，诗酒趁年华。 傅注本卷十二

【校】

毛本无题。

【朱注】

纪年录：乙卯，于超然台作望江南。案公于甲寅十一月至密州任。超然台记谓移守胶西，处之期年，园之北因城以为台者旧矣，稍葺而新之，时相与登览，放意肆志焉。词作于春，当属丙辰。后一首疑同时作，以类附焉。

【笺】

半壕　广韵：壕，城下池也。柳宗元诗："雁鸣寒雨下空壕。"（按：此非柳宗元诗，乃许浑诗，题为登故洛阳城，见全唐诗卷五三三。）

寒食　荆楚岁时记：冬节一百五日，即有疾风甚雨，谓之寒食，禁火三日。

思故国　杜甫诗（题衡山县文宣王庙新学堂呈陆宰）："思国延归望。"

新火　傅注：周官以季春出火，则寒食后乃其时尔，故曰"新火"。

又

春已老，春服几时成？曲水浪低蕉叶稳，舞雩风软纻罗轻，酣咏乐升平。　　微雨过，何处不催耕。百舌无言桃李尽，柘林深处鹁鸪鸣，春色属芜菁。　傅注本卷十二

【校】

傅注本"酣咏"作"酣歌"。　毛本题作"暮春"，"纻"作"苎"，"林"作"枝"。

【笺】

春服　论语（先进）：莫春者，春服既成，冠者五六人，童子六七人，浴乎沂，风乎舞雩，咏而归。

曲水　文选颜延年三月三日曲水诗序，李善注：韩诗曰：三月桃花水之时，郑国之俗，三月上巳，于溱、洧两水之上，执兰招魂，祓除不祥也。续齐谐记曰：晋

武帝问尚书挚虞曰:"三月曲水,其义何?"答曰:"汉章帝时,平原徐肇以三月初生三女,至三日而俱亡,一村以为怪,乃招携至水滨盥洗,遂因水以泛觞。曲水之义起于此。"帝曰:"若所谈非好事。"尚书郎束皙曰:"仲治小生,不足以知。臣请说其始。昔周公成洛邑,因流水以泛酒,故逸诗曰:'羽觞随流波。'又秦昭王三日置酒河曲,见有金人出奉水心剑曰:'令君制有西夏。'乃因其处立为曲水。二汉相沿,皆为盛集。"帝曰:"善。"赐金五十斤,左迁仲治为阳城令。

蕉叶　傅注:蕉叶,乃杯名耳。

纻罗　傅注:纻,枲属,可为缕布。纻罗,则纻之纤缟者。吴有白纻歌。

酣咏　宋之问诗(寒食还陆浑别业):"野老不知尧舜力,酣歌一曲太平人。"

催耕　周礼酂长、里宰:趣其耕耨。杜甫诗(洗兵马):"田家望望惜雨干,布谷处处催春种。"

百舌　虫荟:角舌,伯劳之一种,一名反舌。似伯劳而小,全体黑色,喙甚尖,色黄黑相杂,鸣声圆滑。人或畜之,至冬则死。杜甫百舌诗:"过时如发口,君侧有谗人。"无则百舌诗:"千愁万恨过花时。"

鹁鸪　傅注:鹁鸪,鸠也。杜甫诗:"鸣鸠乳燕青春深。"

芜菁　傅注:芜菁,本草以为蔓菁也。方春易盛,梗短叶大,连生地上,故诸葛亮所止,必令人种此,以其才出可食,其利亦博。今三蜀人呼蔓菁为诸葛菜。韩退之诗云:"黄黄芜菁花,桃李事已退。"

满江红

东武会流杯亭,上巳日作。城南有坡,土色如丹,其下有堤,壅邦淇水入城。

东武南城,新堤就、邦淇初溢。微雨过、长林翠阜,卧红堆碧。

枝上残花吹尽也，与君试向江头觅。问向前、犹有几多春，三之一。

官里事，何时毕？风雨外，无多日。相将泛曲水，满城争出。君不见兰亭修禊事，当时坐上皆豪逸。到如今、修竹满山阴，空陈迹。 傅注本卷二

【校】

傅注本题作“东武会流杯亭”，次句作“新堤畔涟漪初溢”，“微雨过”作“隐隐遍”，“翠阜”作“高阜”，“江头”作“江边”。 元本“郑”误“郑”。 毛本题同傅本，次句作“新堤固、涟漪初溢”，“微雨过”作“隐隐遍”，“翠”作“高”，“试”作“更”。

【朱注】

纪年录：丙辰上巳日，流觞于南禅小亭作。 诗集王注：援曰：水经注：郑淇之水出西南常山，东北流注潍。潍自箕县北径东武县西北流，合郑淇之水。汉琅琊有扶县，盖“郑”与“扶”同音。名胜志：诸城县有柳林河，出石门山，流径县西北，入于郑淇。密人为上巳祓除之所。

【笺】

东武 傅注：东武，密州。详本卷南乡子（东武望余杭）注。

曲水 荆楚岁时记：三月三日，都人并出水渚，为流杯曲水之饮。余详本卷望江南（春已老）注。

兰亭 晋王羲之兰亭序：“向之所欣，俯仰之间，已为陈迹，犹不能不以之兴怀，况修短随化，终期于尽。”余详本卷泛金船（无情流水多情客）注。

水调歌头

丙辰中秋，欢饮达旦，大醉，作此篇，兼怀子由。

明月几时有，把酒问青天。不知天上宫阙，今夕是何年。我欲乘风归去，惟恐琼楼玉宇，高处不胜寒。起舞弄清影，何似在人间。　　转朱阁，低绮户，照无眠。不应有恨，何事长向别时圆。人有悲欢离合，月有阴晴圆缺，此事古难全。但愿人长久，千里共婵娟。　傅注本卷一

【校】

毛本“惟”作“又”。

【朱注】

王宗稷年谱：丙辰作。

【笺】

明月二句　李白诗（把酒问月）：“青天有月来几时，我今停杯一问之。”

今夕　杜甫诗（今夕行）：“今夕何夕岁云徂。”

乘风　傅注：列子：随风东西，犹木叶干壳，竟不知我乘风耶？风乘我耶？

琼楼　傅注：唐段成式云，翟天师尝于江上望月，或曰：“此中竟何有？”翟笑曰：“可随吾指观之。”忽见月规半天，琼楼金阙满焉，顷刻不复见。

不胜寒　傅注：明皇杂录：八月十五夜，叶静能邀上游月宫，将行，请上衣裘而往。及至月宫，寒凛特异，上不能禁。静能出丹二粒进，上服之，乃止。

起舞　李白月下独酌诗：“我歌月徘徊，我舞影零乱。”

有恨　傅注：唐诗：“月如无恨月长圆。”

阴晴圆缺　傅注：公中秋寄子由诗云：“尝闻此宵月，万里同阴晴。”

千里　谢庄月赋：“美人迈兮音尘绝，隔千里兮共明月。”

【评】

张炎词源：此词清空中有意趣，无笔力者未易到。

王闿运湘绮楼词选:“人有”三句,大开大阖之笔,他人所不能。

郑文焯手批东坡乐府:发端从太白仙心脱化,顿成奇逸之笔。湘绮诵此词,以为此全字韵,可当三语掾,自来未经人道。

【附考】

坡仙集外纪:苏轼于中秋夜宿金山寺,作水调歌头寄子由云云。神宗读至“琼楼玉宇”二句,乃叹曰:“苏轼终是爱君。”即量移汝州。

铁围山丛谈卷三:歌者袁绹,乃天宝之李龟年也,宣和间供奉九重。尝为吾言:东坡公昔与客游金山,适中秋夕,天宇四垂,一碧无际,加江流澒涌,俄月色如昼。遂共登金山山顶之妙高台,命绹歌其水调歌头曰:“明月几时有,把酒问青天。”歌罢,坡为起舞而顾问曰:“此便是神仙矣。”吾谓文章人物,诚千载一时,后世安所得乎?

画堂春 寄子由

柳花飞处麦摇波,晚湖净,鉴新磨。小舟飞棹去如梭,齐唱采菱歌。　　平野水云溶漾,小楼风日晴和。济南何在暮云多,归去奈愁何。

【校】

傅注本、毛本俱无。

【朱注】

案颍滨遗老传,张文定知淮阳,以学官见辟,从之三年,授齐州掌书记,复三年。考子由以癸丑九月自陈至齐,迨丙辰九月,三年成资罢任,即以上书还京。词必于是时寄之,故有“济南”、“归去”等语。前段则追述辛亥七八月同游陈州柳湖事。

【笺】

济南　一统志：济南府，禹贡青州之域。周为齐地，秦属齐郡，汉初分置济南郡，后魏改曰齐州，宋初曰齐州济南郡。

江城子

前瞻马耳九仙山。碧连天，晚云闲。城上高台，真个是超然。莫使匆匆云雨散，今夜里，月婵娟。　　小溪鸥鹭静联拳。去翩翩，点轻烟。人事凄凉，回首便他年。莫忘使君歌笑处，垂柳下，矮槐前。

【校】

傅注本、元本俱无。

【朱注】

纪年录：丙辰十二月，东武道中作。王案：丙辰十月，晚登超然台望月作。又曰：十一月告下，以祠部员外郎移知河中府。　名胜志：卢山在诸城县东南四十五里。又二十五里为九仙山，高耸摩空，常有仙人居之。

【笺】

马耳　先生雪后书北台壁诗："试扫北台看马耳，未随埋没有双尖。"水经注：马耳山高百丈，上有二石并举，望齐马耳，故世取名焉。陈沂山东志：马耳山在诸城县西南六十里。

九仙　诗集次韵周邠寄雁荡山图："九仙今已压京东。"自注："将赴河中，密迩太华，九仙在东武，奇秀不减雁荡也。"一统志青州府：九仙山在诸城县西南九十里,潮河出此。山势高耸摩空,尝有仙人居之。

超然　子由超然台赋叙略云:子瞻守高密,因其城上之废台而增葺之,以告辙曰:"将何以名之?"辙曰:"天下之士,奔走于是非之场,浮沉于荣辱之海,嚣然尽力而忘反,亦莫自知也。而达者哀之,非以其超然不累于物耶?老子曰:'虽有荣观,燕处超然。'试以'超然'名之,可乎?"乃为之赋云云。

联拳　谢庄玩月诗:"水鹭足联拳。"杜甫漫成一绝:"沙头宿鹭联拳静,船尾跳鱼拨剌鸣。"

又　东武雪中送客

相从不觉又初寒。对尊前,惜流年。风紧离亭,冰结泪珠圆。雪意留君君不住,从此去,少清欢。　转头山上转头看。路漫漫,玉花翻。云海光宽,何处是超然。知道故人想念否,携翠袖,倚朱阑。

【校】

傅注本阙。　毛本题作"冬景","不住"作"且住","上"作"下","云"作"银"。

【朱注】

纪年录:丙辰十二月,东武雪中送章传道作。案诗集,乙卯有游卢山次韵章传道诗。

【笺】

转头山　一统志青州府:转头山在诸城县南四十里。

云海　诗集雪后书北台壁:"冻合玉楼寒起粟,光摇银海眩生花。"蔡卞曰:此句不过咏雪之状,妆点楼台如玉楼,弥漫万象若银海耳。据此,"云海"宜从毛本作"银海"为是。

丁　巳

年谱：熙宁十年丁巳，先生年四十二。正月，自密州至京师。四月后赴徐州任。

南乡子　席上劝李公择酒

不到谢公台，明月清风好在哉。旧日髯孙何处去，重来，短李风流更上才。　秋色渐摧颓，满院黄英映酒杯。看取桃花春二月，争开，尽是刘郎去后栽。　傅注本卷四

【校】

傅注本"好"作"安"。

【朱注】

纪年录：丁巳，过齐，时公择守齐，席上作。　诗集查注：李公择，神宗初为右正言，力诋新法，落职，通判滑州，徙知齐州。东坡离密，正公择知齐州时也。

【笺】

谢公台　傅注：谢公台在维扬。

髯孙　三国志(吴书吴主传裴松之注)：张辽问吴降人："向有紫髯将军，长上短下，是谁？"答曰："是孙会稽仲谋也。"

短李　傅注：唐李绅为人短小精悍，于诗最有名，时号“短李”。初孙莘老、李公择及公同会，至是惟公择在焉。

刘郎　注见本卷阮郎归“一年三度过苏台”阕。

阳关曲　答李公择

济南春好雪初晴，才到龙山马足轻。使君莫忘霅溪女，还作阳关肠断声。　傅注本卷九

【校】

诗集“曲”作“词”，“才”作“行”，“还”作“时”。　傅注本、元本题俱脱“答”字，毛本同。从诗集补。毛本“还”作“时”。

【朱注】

案诗集并载此词，编丁巳，从之。　诗集翁注：王文简曰，济南郡城东七十里龙山镇，即水经注巨合城也。施注：公择先知湖州，自湖移济南，故东坡以“霅溪女”戏之。

【笺】

霅溪　诗集王注：霅溪在湖州。一统志湖州府：霅溪在府治南，即诸水所汇也。寰宇记：在乌程县东南一里，自浮玉山曰苕溪，自铜岘山曰前溪，自天目山曰余不溪，自德清县前北流至州南兴国寺前曰霅溪，凡四水合为一溪，东北流四十里入太湖。字书云：霅者，四水激射之声也。

阳关　李商隐诗（赠歌妓二首）：“断肠声里唱阳关。”

【附考】

案：冯注诗集卷十五有阳关词三首，王注：次公曰，三诗各自说事，惟是皆可

歌之,故曰阳关三绝。按王立之诗话云,先生作彭门守时,过齐州李公择,中秋席上赋一绝云云。其后山谷在黔南,令以小秦王歌之。次公谓先生名之为阳关三绝,则必用"西出阳关无故人"之声歌之矣。王立之说恐非也。盖赠张继愿言戏马台,则在徐州所赠也;答李公择云"济南春好雪初晴",则自是春初之作,岂可便指为过齐州作耶?意者三诗先生皆以阳关歌之,乃聚为一处,标其题曰阳关三绝。榴案:此段注自"按"字以下似另出一手,引次公语以驳王立之诗话者,然无从考别矣。

郑文焯手批东坡乐府:是阕第三句第五字,以入声为协律,盖昉于"劝君更尽一杯酒"也。

蝶恋花　暮春别李公择

簌簌无风花自堕。寂寞园林,柳老樱桃过。落日有情还照坐,山青一点横云破。　　路尽河回人转柁。系缆渔村,月暗孤灯火。凭仗飞魂招楚些,我思君处君思我。

【校】

傅注本阙。　元本阙题,从毛本。　毛本"堕"作"亸","有"作"多","人"作"千"。

【朱注】

纪年录:丁巳作。

【笺】

簌簌　元稹连昌宫词:"风动落花红簌簌。"

楚些　楚辞招魂句尾,皆用"些"字为语助,故词人沿称"楚些"。梦溪笔谈:今夔、陕、湖、湘,凡禁咒句尾皆称"些",乃楚人旧俗。

殢人娇 小王都尉席上赠侍人

满院桃花，尽是刘郎未见。于中更、一枝纤软。仙家日月，笑人间春晚。浓睡起、惊飞乱红千片。　　密意难传，羞容易变。平白地、为伊肠断。问君终日，怎安排心眼？须信道、司空自来见惯。傅注本卷八

【校】

傅注本“难传”作“难窥”，“易变”作“易见”。　毛本题无“小”字，余同傅本。

【朱注】

王案：丁巳二月，告下，以尚书祠部员外郎直史馆，徙知徐州军州事。三月二日寒食，与王诜饮于四照亭上作。案纪年录，丁巳三月一日，与王诜会四照亭，有倩奴者求曲，遂作洞仙歌、喜长春与之。元本、毛本皆无此二词，疑喜长春为殢人娇别名。今据王说编丁巳，而以洞仙歌列于次焉。

【笺】

小王都尉　宋史本传：王诜字晋卿，能诗善画。尚蜀国长公主，官至留后。

刘郎　傅注：续齐谐记：汉明帝永平中，剡县有刘晨、阮肇入天台山采药，迷失道路。望山头有一桃树，共取食之。下山，得涧水，饮之。又见蔓菁从山后出，次有一杯流出，中有胡麻饭屑。二人因过水，行一里许，又度一山，出大溪。见二女颜容绝妙，唤刘、阮姓名如有旧。问：“郎等来何晚也。”因邀过家，床帐帷幔，非世所有。又有数仙客，将三五桃至，云：“来庆女婿。”各出乐器作乐。二人就女家止宿，行夫妇之礼。住半年，天气和适，常如二三月，百鸟哀鸣，求归甚切。女曰：“罪根未灭，使君等如此。”送刘、阮从此山洞口去。乡里怪异，验得七代子孙。却欲还女家，寻山路不获。至太康八年，失二人所在。又刘禹锡诗：“玄都观里桃千树，尽是刘郎去后栽。”见本卷阮郎归“一年三度过苏台”注。

乱红　傅注：张舜民调笑词："潺潺流水武陵溪，洞里春长日月迟。红英满地无人到，此度刘郎去路迷。"

平白地　傅注：李白越女词："东阳素足女，会稽素舸郎。相看月未堕，白地断肝肠。"

司空见惯　本事诗(情感)：刘尚书禹锡罢和州，为主客郎中，集贤殿学士。李司空罢镇在京，慕刘名，尝邀至第中，厚设饮馔。酒酣，命妙妓歌以送之。刘于席上赋诗曰："鬖髻梳头宫样妆，春风一曲杜韦娘。司空见惯浑闲事，断尽江南刺史肠。"李因以妓赠之。

洞仙歌

江南腊尽，早梅花开后。分付新春与垂柳。细腰肢、自有入格风流，仍更是，骨体清英雅秀。　永丰坊那畔，尽日无人，谁见金丝弄晴昼。断肠是飞絮时，绿叶成阴，无个事、一成消瘦。又莫是东风逐君来，便吹散眉间，一点春皱。　傅注本卷五

【校】

傅注本题作"咏柳"。　毛本题同傅本，"谁"作"惟"。

【朱注】

案毛本题与纪年未合，然细绎词意，与殢人娇词略同，非止赋物也。

【笺】

细腰肢　杜甫诗(绝句漫兴九首)："隔户垂杨弱袅袅，恰如十五女儿腰。"

永丰坊　傅注：白乐天集有河南卢贞和乐天诗序云：永丰坊西南角园中有垂柳一株，柔条极茂。白尚书曾赋诗，传入乐府，流遍京都。近有诏旨，取两枝植于

禁苑，乃知一顾增十倍之价，非虚语也。白诗曰："一树春风千万枝，嫩于金色软于丝。永丰西角荒园里，尽日无人属阿谁？"卢诗曰："一树依依在永丰，两枝飞去杳无踪。玉皇曾采人间曲，应逐歌声入九重。"

眉间 傅注：辛寅逊柳诗："才闻暖律先开眼，直待和风始展眉。"

阳关曲 中秋作

暮云收尽溢清寒，银汉无声转玉盘。此生此夜不长好，明月明年何处看？ 傅注本卷九

【校】

傅注本题作"中秋作，本名小秦王，入腔即阳关"。 毛本同傅本，惟"阳关"下尚有"曲"字。 元本脱"即阳关曲"四字。

【朱注】

纪年录：戊午作，是年在徐州。案本集书彭城观月诗云：余十八年前中秋与子由观月彭城，作此诗，以阳关歌之。今复此夜，宿于赣上，方迁岭表，独歌此曲，聊复书之。公南迁过赣，在绍圣甲戌，上推至丁巳为十八年。若云戊午中秋，子由已在南京迁判任矣。今改编丁巳。

【笺】

玉盘 李太白诗（古朗月行）："小时不识月，唤作白玉盘。"

【评】

郑文焯手批东坡乐府：不字律，妙句天成。

【附考】

诗集查注：慎案诗话总龟，谓东坡作彭城守时过齐州李公择，中秋席上作绝

句“暮云收尽溢清寒”云云。此诗与前一首似是同时作。以愚考之，先生过济南在本年正月，有诗载卷首，四月赴徐州，未尝在齐州过中秋也。

水调歌头

余去岁在东武，作水调歌头以寄子由。今年子由相从彭门百余日，过中秋而去，作此曲以别。余以其语过悲，乃为和之，其意以不早退为戒，以退而相从之乐为慰云。

安石在东海，从事鬓惊秋。中年亲友难别，丝竹缓离愁。一旦功成名遂，准拟东还海道，扶病入西州。雅志困轩冕，遗恨寄沧洲。　岁云暮，须早计，要褐裘。故乡归去千里，佳处辄迟留。我醉歌时君和，醉倒须君扶我，惟酒可忘忧。一任刘玄德，相对卧高楼。　傅注本卷一

【校】

傅注本题首有“公旧序云”四字，“为慰云”下多一“耳”字。

【朱注】

年谱：丁巳，有和子由水调歌头词。纪年录：丁巳，子由过中秋而别作。

【笺】

彭门　一统志：徐州府，禹贡徐州之域，古大彭氏国，春秋属宋为彭城邑，唐曰彭成郡，宋仍为徐州。

安石二句　晋书谢安传：安字安石，少有重名，栖迟东土，放情丘壑。安妻，刘惔妹也，既见家门富贵，而安独静退，乃谓曰：“丈夫不如此也。”安掩鼻曰：“恐不免耳。”及万黜废，安始有仕进志，时年已四十余矣。

中年丝竹　晋书王羲之传：谢安尝谓羲之曰："中年以来，伤于哀乐，与亲友别，辄作数日恶。"羲之曰："年在桑榆，自然至此。顷正赖丝竹陶写，恒恐儿辈觉，损其欢乐之趣。"

功成名遂　注见本卷南乡子"东武望余杭"阕。

东还二句　谢安传：安虽受朝寄，然东山之志，始末不渝，每形于言色。及镇新城，尽室而行，造泛海之装，欲须经略粗定，自江道还东。雅志未就，遂遇疾笃，上疏请量宜旋旆。诏遣侍中慰劳，遂还都。闻当舆入西州门，自以本志不遂，深自慨失，因怅然谓所亲曰："吾病殆不起乎！"

困轩冕　庄子(缮性)："今之所谓得志者，轩冕之谓也。轩冕在身，物之傥来寄也。"张九龄诗(商洛山行怀古)："避世辞轩冕，逢时解薜萝。"　傅注：一作"傲轩冕"。

沧洲　杜甫诗(奉赠卢五丈参谋琚)："辜负沧洲愿。"

褐裘　诗豳风七月："无衣无褐，何以卒岁。"杨子(法言寡见)："大寒然后索衣裘，不亦晚乎？"

忘忧　傅注：晋顾荣谓张翰曰："惟酒可以忘忧，但无如作病何耳。"

玄德　傅注：三国志：陈登字元龙。许汜曰："陈元龙湖海之士，豪气未除。"刘备谓汜曰："君言豪，宁有事耶？"汜曰："昔过下邳，见元龙。元龙无主客之意，久不与语，自上大床卧，使客卧下床。"备曰："天下大乱，望君有救世之意，而君求田问舍，言无可采，如小人，欲卧百尺楼，而卧君于地，何但上下床之间耶？"玄德，备字。

【附录】

子由徐州中秋作："离别一何久，七度过中秋。去年东武今夕，明月不胜愁。岂意彭城山下，同泛清河古汴，船上载凉州。鼓吹助清赏，鸿雁起汀洲。　坐中客，翠羽帔，紫绮裘。素娥无赖西去，曾不为人留。今夜清尊对客，明夜孤帆水驿，依旧照离忧。但恐同王粲，相对永登楼。”

朱孝臧案：此词为子由原作，元本、毛本题固甚明，王案于题首增“与”字，遂目为坡公自作。不知公词叙固谓子由作此曲以别也。

【附考】

诗集施注：子由逍遥堂会宿二首并引云：辙幼从子瞻读书，未尝一日相舍。既壮，将游宦四方，读韦苏州诗，至“那知风雨夜，复此对床眠”，恻然感之。乃相约早退，为闲居之乐。故子瞻始为凤翔幕府，留诗为别曰：“夜雨何时听萧瑟。”其后子瞻通守余杭，复移守胶西，而辙滞留于睢阳、济南，不见者七年。熙宁十年二月，始复会于澶、濮之间，相从来徐，留百余日。时宿于逍遥堂，追感前约，为二小诗云。　案：此引于词意足相映发，特并著之。

浣溪沙

赠闾丘朝议，时还徐州。

一别姑苏已四年，秋风南浦送归船。画帘重见水中仙。霜鬓不须催我老，杏丹依旧驻君颜。夜阑相对梦魂间。　傅注本卷十

【校】

傅注本阙题。　毛本“还”作“过”，“丹”作“花”。

【朱注】

纪年录：甲寅，再过苏，赠闾丘公显作。王案：丁巳八月，闾丘公显过彭城作。案公甲寅有苏州闾丘江君二家饮酒诗，至丁巳，故云“一别四年”也。　吴郡志：闾丘孝终字公显，郡人。尝守黄州。既挂冠，与诸名人耆艾为九老会。东坡经从，

必访孝终，赋诗为乐。

【笺】

姑苏　此泛指苏州也。元和郡县志：江南道苏州，禹贡扬州之地。周时为吴国，太伯初置城，在今吴县西北五十里，至阖闾始迁都于此。后汉顺帝永建四年，割浙江以东为会稽，浙江以西为吴郡。隋开皇九年，改为苏州，因姑苏山为名，南至杭州三百七十里。别见本卷菩萨蛮(玉童西迓浮丘伯)注。

南浦　江淹别赋："春草碧色，春水绿波，送君南浦，伤如之何。"

水中仙　傅注：湘中怨：郑生晨出，渡洛桥，遇艳丽，载而与俱，号曰氾人。居岁满，无以久留，生持泣留之不能，竟去。后十余年，生之兄为岳州刺史，上巳日与家徒登岳阳楼，望岳渚，张乐宴酣。生愁思，吟诗曰："情无限兮荡洋洋，怀佳期兮属三湘。"声未终，有画舻浮漾而来，中有彩楼，高百尺，其上施帷帐栏笼，画饰帏褰。有弹弦鼓吹者，皆神仙蛾眉，被服烟霞，裾袖皆广尺。中有一人起舞，含颦怨望，形类氾人，舞而歌曰："泝青春兮江之隅，拖湖波兮袅绿裾。荷拳拳兮未舒，非同归兮焉如。"舞毕，敛袖翔然，凝望楼中。纵观方临槛，须臾风涛崩怒，遂迷所往。

杏丹　神仙传：董奉居庐山，为人治病，重者种杏五株，轻者种一株，号董仙杏林。

夜阑　杜甫羌村诗："夜阑更秉烛，相对如梦寐。"

戊　午

年谱：元丰元年戊午，先生年四十三，在徐州任。二月，有旨赐钱二千四百一十万，起夫四千二十三人，及发常平钱米，改筑徐州外小城。乃即徐州城之东门为大楼，垩以黄土，名之曰黄楼。八月癸丑，楼成。九月庚辰，大合乐以落之。是年秦少游将入京应举，至徐谒见先生。黄鲁直以古风二首上先生。秦、黄二君奉教于先生始此。

临江仙　送李公恕

自古相从休务日，何妨低唱微吟。天垂云重作春阴。坐中人半醉，帘外雪将深。　　闻道分司狂御史，紫云无路追寻。凄风寒雨更骎骎。问囚长损气，见鹤忽惊心。　傅注本卷三

【校】

傅注本"更"误作"有"，元本同。从毛本。　毛本题作"冬日即事"，"忽"作"总"。

【朱注】

案诗集，元丰元年正月有送李公恕赴阙诗，词编戊午。　诗集施注：李公恕时为京东转运判官，召赴阙。公恕一再持节山东，子由亦有诗送行云："幸公四年持使节，按行千里长相见。"

【笺】

休务　徐坚初学记：汉律，吏五日得一休沐。言休息以洗沐也。世说：车武子为侍中，每休沐，与东亭诸人期共游集。案：休务即休沐。（按：龙笺引世说之

文乃承傅注，不见今本世说新语。见于宋叶廷珪海录碎事职官。）文同诗闲遣："掩门休务外，隐几坐忘中。"休务当为宋人语也。

低唱微吟　傅注：世传陶谷学士买得党太尉家故妓，过定陶，取雪冰烹团茶，谓妓曰："党家应不识此。"妓曰："彼粗人，安有此景。但能于销金暖帐下浅斟低唱，吃羊羔儿酒耳。"陶默然，愧其言。微吟，注见本卷雨中花慢"今岁花时深院"阕。

半醉　卢思道后园宴诗："欲眠衣先解，半醉脸逾红。"　傅注：韩愈诗："金钗半醉坐添春。"

紫云　本事诗（高逸）：杜牧为御史，分务洛阳。时李司徒罢镇闲居，声伎豪华，为当时第一，洛中名士咸谒见之。李乃大开筵席，当时朝客高流，无不臻赴。以杜持宪，不敢邀置。杜遣座客达意，愿与斯会。李不得已驰书。方对花独酌，亦已酣畅，闻命遽来。时会中已饮酒，女奴百余人，皆绝艺殊色。杜独坐南行，瞪目注视。引满三卮，问李云："闻有紫云者，孰是？"李指示之。杜凝睇良久，曰："名不虚得，宜以见惠。"李俯而笑，诸妓亦皆回首破颜。杜又自饮三爵，朗吟而起曰："华堂今日绮筵开，谁唤分司御史来。忽发狂言惊满座，两行红粉一时回。"意殊闲逸，傍若无人。

见鹤　庾信小园赋："龟言此地之寒，鹤讶今年之雪。"

浣溪沙

徐门石潭谢雨，道上作五首。潭在城东二十里，常与泗水增减，清浊相应。

照日深红暖见鱼，连村绿暗晚藏乌。黄童白叟聚睢盱。

麋鹿逢人虽未惯，猿猱闻鼓不须呼。归来说与采桑姑。 傅注本卷十

【校】

傅注本“徐门”作“徐州”，“村”作“溪”，“来”作“家”。 毛本题无“潭在”下十七字，余同傅本。

【笺】

石潭 诗集起伏龙行序：徐州城东二十里有石潭，父老云与泗水通，增损清浊，相应不差，时有河鱼出焉。元丰元年春旱，或云置虎头潭中，可以致雷雨。用其说，作起伏龙行。

泗水 一统志徐州府：泗水自山东鱼台县流入，径沛县城北，又径县东南至铜山县东北，循城而东，又东南入邳州界。

藏乌 古乐府：“暂出白门前，杨柳可藏乌。”

睢盱 易豫：“六三，盱豫，悔。迟，有悔。”孔疏：盱者，睢盱。睢盱者，喜悦之貌。傅注引唐韵：睢盱，仰目视也。睢音隳，盱音吁。

又

旋抹红妆看使君，三三五五棘篱门。相排踏破蒨罗裙。 老幼扶携收麦社，乌鸢翔舞赛神村。道逢醉叟卧黄昏。同前

【校】

傅注本“排”作“挨”，毛本同。

【笺】

蒨罗裙 傅注：蒨罗，红罗也。 案：“蒨”与“茜”通。史记货殖传：千亩卮茜。注：其花染缯赤黄也。

乌鸢翔舞　傅注：乌鸢以下有所搏食，故翔舞于其上。

又

麻叶层层檾叶光，谁家煮茧一村香。隔篱娇语络丝娘。　垂白杖藜抬醉眼，捋青捣䴵软肌肠。问言豆叶几时黄。同前

【校】

元本"捋"作"扶"。从傅、毛二本。

【笺】

檾叶　檾音顷。说文：枲属，从林，荧省声。尔雅翼：檾高四五尺，或六七尺，叶似苎而薄，实如大麻子。今人绩为布。或作"苘"。

络丝娘　尔雅翼：莎鸡以六月振羽作声，连夜札札不止，其声如纺丝之声，故一名梭鸡，一名络纬。今俗人谓之络丝娘。

垂白杖藜　杜诗(屏迹三首)："杖藜从白首。"

捋青捣䴵　䴵音尺沼切。急就篇师古注：今通以熬米麦谓之䴵。　傅注：䴵，干粮也。以麦为之，野人所食。汉书曰：小麦青青大麦枯。则青者已足捋，而枯者可为䴵矣。

又

簌簌衣巾落枣花，村南村北响缫车。牛衣古柳卖黄瓜。　酒困路长惟欲睡，日高人渴漫思茶。敲门试问野人家。同前

【校】

傅注本“牛衣”作“牛依”。

【笺】

缫车　傅注：即缫丝车也。“缫”与“缲”通，音骚。说文：绎茧出丝也。

牛衣　后汉书王章传注：牛衣，编乱麻为之。艇斋诗话：东坡在徐州作长短句云：“半依古柳卖黄瓜。”今印本作“牛依古柳卖黄瓜”，非。予尝见东坡墨迹作“半依”，乃知“牛”字误也。

又

软草平莎过雨新，轻沙走马路无尘。何时收拾耦耕身。　日暖桑麻光似泼，风来蒿艾气如薰。使君元是此中人。同前

【朱注】

纪年录：戊午作。

【笺】

耦耕　论语微子：长沮、桀溺耦而耕，孔子过之，使子路问津焉。郑注：耜广五寸，二耜为耦。

如薰　说文：薰，香草也。南方草木状：薰陆香出大秦。

又　徐州藏春阁园中

惭愧今年二麦丰，千歧细浪舞晴空。化工余力染夭红。　归去山公应倒载，阑街拍手笑儿童。甚时名作锦薰笼。

【校】

傅注本阙。 元本无题,“应”误作“因”。从毛本。 毛本“歧”作“畦”,“细”作“翠”。

【朱注】

纪年录:戊午,藏春阁作。

【笺】

千歧 汉书张堪传:堪为渔阳守,民歌之曰:“桑无附枝,麦秀两歧。张公为政,乐不可支。”

山公 注见本卷瑞鹧鸪“碧山影里小红旗”阕。

锦薰笼 天禄识余:瑞香一名锦薰笼,一名锦被堆。

又

缥缈红妆照浅溪,薄云疏雨不成泥。送君何处古台西。 废沼夜来秋水满,茂林深处晚莺啼。行人肠断草凄迷。

【校】

傅注本、毛本俱无。

【朱注】

案纪年录:戊午,送颜、梁,作浣溪沙。集中无是题,疑即是词。古台,戏马台也。颜、梁,谓颜复、梁吉。

【笺】

古台 诗集王注:次公曰,戏马台在徐州彭城县,项羽所筑。宋武建第舍,重九日引宾客登台赋诗。自春秋以来,乃用武之处。春秋郑伯取宋彭城,而汉高祖、项羽皆起于此。后汉吕布自下邳相持,筑城于彭城。　一统志:戏马台在铜山县南。

永遇乐

彭城夜宿燕子楼,梦盼盼,因作此词。

明月如霜,好风如水,清景无限。曲港跳鱼,圆荷泻露,寂寞无人见。紞如三鼓,铿然一叶,黯黯梦云惊断。夜茫茫、重寻无处,觉来小园行遍。　天涯倦客,山中归路,望断故园心眼。燕子楼空,佳人何在,空锁楼中燕。古今如梦,何曾梦觉,但有旧欢新怨。异时对、黄楼夜景,为余浩叹。　傅注本卷七

【校】

傅注本题作"公旧注云,夜宿燕子楼,梦盼盼,因作此词。一云徐州夜梦觉,登燕子楼作"。"清景"作"清光","铿"作"铮","处"上衍"觅"字。　元本题下云:"一云徐州夜梦觉,此登燕子楼作。"　毛本题无"彭城"二字,"紞如"作"沉沉","铿"作"飘","处"上衍"觅"字,"黄"作"南"。　郑文焯曰:燕子楼未必可宿,盼盼更何必入梦。东坡居士断不作此痴人说梦之题,亟宜改正。又曰:题当从王案云云。

【朱注】

王案:戊午十月,梦登燕子楼,翼日往寻其地作。

【笺】

彭城　诗集王注:次公曰,徐州彭城县,以彭祖而得名。按寰宇记,殷之贤臣彭祖,颛顼之元孙,至殷末寿七百六十七岁。今墓犹存,故邑号大彭。余详本卷水调歌头(安石在东海)注。

燕子楼　傅注：张建封镇武宁，盼盼乃徐府奇色，公纳之于燕子楼，三日乐不息。后别为新燕子楼，独安盼盼，以宠嬖焉。暨公薨，盼盼感激深恩，誓不他适。后往往不食，遂卒。　嗅吃集：唐张建封妾盼盼，誓节燕子楼，今在徐州州廨。

盼盼　白居易和燕子楼诗序：徐州张尚书有爱妓盼盼，善歌舞，雅多风态。予为校书郎时，游淮、泗间，张尚书宴予。酒酣，出盼盼佐欢。予因赠诗，落句云："醉娇胜不得，风袅牡丹花。"

明月如霜　傅注：李频月诗："看共雪霜同。"

紞如三鼓　晋书邓攸传：紞如打五鼓，鸡鸣天欲曙。紞，都感切，击鼓声。

铿然一叶　韩愈诗（秋怀诗十一首）："空阶一片下，铮若摧琅玕。"

梦云　注见本卷祝英台近"挂轻帆"阕。

故园心眼　杜甫诗（春日梓州登楼二首）："天畔登楼眼，随春入故园。"

梦觉　庄子（大宗师）："吾与汝，其梦未始觉者也。"

黄楼　傅注：公守徐州，河决澶渊，徐当水冲，而城几坏。水既去，公请增筑徐城。于是为大楼于城东门之上，垩以黄土，曰土实胜水，因名之黄楼。　一统志：黄楼在铜山县城东门，宋郡守苏轼建。

【评】

郑文焯手批东坡乐府：公以"燕子楼空"三句语秦淮海，殆以示咏古之超宕，贵神情，不贵迹象也。余尝深味是言，若发奥悟。昨赋吴小城观梅水龙吟，有句云："对此茫茫，何曾西子，能倾一顾。又水漂花出，无人见也，回阑绕，空怀古。"自信得清空之致，即从此词悟得法门。以视旧咏吴小城词，竟有仙凡之别。

【附录】

独醒杂志：东坡守徐州，作燕子楼乐章，方具稿，人未知之。一日，忽哄传于城中，东坡讶焉。诘其所从来，乃谓发端于逻卒。东坡召而问之，对曰："某稍知音律，尝夜宿张建封庙，闻有歌声，细听乃此词也，记而传之，初不知何谓。"东坡笑而遣之。

千秋岁 徐州重阳作

浅霜侵绿，发少仍新沐。冠直缝，巾横幅。美人怜我老，玉手簪金菊。秋露重，真珠满袖沾余馥。　坐上人如玉，花映花奴肉。蜂蝶乱，飞相逐。明年人纵健，此会应难复。须细看，晚来明月和银烛。　傅注本卷十二

【校】

傅注本"明月"作"月上"。　元本题作"重阳作徐州"，"露"作"霜"。从傅本。　毛本题作"湖州暂来徐州，重阳作"。"金"作"黄"，"满"作"落"，"明月"作"月上"。

【朱注】

纪年录：戊午九月作。

【笺】

冠巾二句　傅注：礼曰：古者冠缩缝，今也横缝。缩缝则直缝是也。晋志：汉末王公名士好服幅巾，盖裂取幅缣而横着之也。

花奴　傅注：羯鼓录：花奴，汝阳王琎小字也。善羯鼓，明皇极钟爱焉，尝曰："花奴姿质明莹，肌发光细，非人间人，必神仙谪堕也。"杜子美诗："红颜白面花映肉。"

明年人纵健　注见本卷浣溪沙"白雪清词出坐间"阕。

阳关曲 赠张继愿

受降城下紫髯郎，戏马台南旧战场。恨君不取契丹首，金甲牙旗归故乡。　傅注本卷九

【校】

傅注本、元本俱无题，从诗集补。　毛本题作“军中”。　诗集“南”作“前”，“旧”作“古”。

【朱注】

纪年录：戊午作。

【笺】

受降城　旧唐书(张仁愿传)：神龙三年，张仁愿于河北筑三受降城，首尾相应，以绝南寇之路。以拂云祠为中城，与东西两城相去各四百余里。北拓地三百余里，置烽堠一千八百所。自是突厥不敢度山放牧。元和郡县志：东受降城，汉云中郡地，在榆林县东北八里。中受降城，本汉五原郡地，今为天德军。西受降城，在丰州西北八十里，盖汉朔方郡地。

紫髯郎　注见本卷南乡子“不到谢公台”阕。

戏马台　太平寰宇记：戏马台在彭城县南三里。文集上神宗书曰：彭城三面阻水，独其南可通车马，而戏马台在焉。其高十仞，广袤百步。若用武之世，屯千人其上，凡战守之具，与城相表里，虽用十万人，未易取也。傅注：刘、项尝战此地，故曰“旧战场”。余详本卷浣溪沙(缥缈红妆照浅溪)注。

契丹　隋书(契丹传)：契丹之先，与库莫奚异种而同类，居黄龙之北。傅注：契丹，北虏号也。在汉谓之匈奴，在唐谓之契丹。

金甲牙旗　傅注：蔡文姬诗：“金甲耀朝阳。”曹子建诗：“高牙乃建。”盖高牙，大旗也，立于元帅帐前。诗集冯注：金甲，当用唐书李绩传振旅还，服金甲事。施注：文选潘安仁关中诗：“桓恒将军，高牙乃建。”注云：牙，牙旗也。兵书曰，牙旗，将军之旗。冯注：蔡琰诗：“金甲耀日光。”

己　未

年谱：元丰二年己未，先生年四十四，在徐州任。三月，自徐州移知湖州。四月二十九日，到湖州任。是岁，言事者以先生湖州到任谢表以为谤，七月二十八日，中使皇甫遵到湖追摄，八月十八日赴台，已而狱具。十二月二十九日，责授黄州团练副使，本州安置。是年，子由闻先生下狱，上书乞以见任官职赎先生罪，责筠州酒官。

江城子　别徐州

天涯流落思无穷。既相逢，却匆匆。携手佳人，和泪折残红。为问东风余几许，春纵在，与谁同？　　隋堤三月水溶溶。背归鸿，去吴中。回首彭城，清泗与淮通。欲寄相思千点泪，流不到，楚江东。

【校】

傅注本阙。　毛本题作“恨别”，“首”作“望”，“欲寄”作“寄我”。

【朱注】

纪年录：己未二月作。王案：己未三月，告下，以祠部员外郎直史馆知湖州军州事。留别田叔通、寇元弼、石坦夫作。

【笺】

隋堤　开河记：隋大业年，开汴河，筑堤，自大梁至灌口，龙舟所过，香闻百里。既过雍丘，渐达宁陵，水势紧急，龙舟阻碍。虞世基请为铁脚木鹅，验水深浅。

自雍州至灌口，得一百二十九浅处。今亦名隋堤。吴融诗（彭门用兵后经汴路）：“隋堤风物已凄凉。”

减字木兰花 彭门留别

玉觞无味，中有佳人千点泪。学道忘忧，一念还成不自由。如今未见，归去东园花似霰。一语相开，匹似当初本不来。 傅注本卷九

【校】

毛本题作“送别”。

【朱注】

案是词当与江城子词同时作。

【笺】

学道忘忧 汉书杨恽传：君子游道，乐以忘忧。

一念 傅注：释氏以邪心正性，皆生乎一念。

花似霰 傅注：梁元帝别诗：“昆明夜月光如练，上林朝花色如霰。朝花夜月动春心，谁忍相思今不见。”

西江月 平山堂

三过平山堂下，半生弹指声中。十年不见老仙翁，壁上龙蛇飞动。 欲吊文章太守，仍歌杨柳春风。休言万事转头空，未转头时是梦。 傅注本卷二

【校】

傅注本、元本题俱阙,从毛本。　傅注本"是"作"皆"。

【朱注】

王案:己未四月,同张大亨游平山堂。公倅杭、赴密、守湖,三过扬。熙宁辛亥,见欧阳公于汝阴,至是元丰己未,凡九年。词云"十年",举成数也。时鲜于侁自京东转运使移知扬州,此燕集平山堂主人也。　德洪石门题跋:东坡登平山堂,怀醉翁,作此词。张嘉父谓余曰:"时红妆成轮,名士堵立,看其落笔置笔,目送万里,殆欲仙去尔。"

【笺】

平山堂　傅注:欧阳文忠公守扬州,于僧舍建平山堂,颇得观览之胜。舆地纪胜:在大明寺侧。负堂而望,江南诸山拱列檐下,故名,为士女游观之所。

弹指　吕氏春秋:二十瞬为一弹指。(按:此所引不见今本吕氏春秋。)

老仙翁　傅注:老仙翁,谓文忠公也。文忠公墨妙多著于平山堂,"龙蛇飞动",言其笔势之腾扬如此。

文章太守　傅注:欧阳文忠公知滁州日,作亭琅琊山,自号醉翁,因以名亭。后守扬州,于僧寺建平山堂,甚得观览之胜,堂下手植柳数株。后数年,公在翰林,金华刘原父出守维扬,公出家乐饮饯,亲作朝中措词。议者谓非刘之才不能当公之词,可谓双美矣。词曰:"平山栏槛倚晴空,山色有无中。手种堂前杨柳,别来几度春风。　文章太守,挥毫万字,一饮千钟。行乐直须年少,樽前看取衰翁。"

万事转头空　白居易诗(自咏):"百年随手过,万事转头空。"

南歌子　湖州作

山雨萧萧过,溪风浏浏清。小园幽榭枕蘋汀,门外月华如水彩

舟横。　　苕岸霜花尽，江湖雪阵平。两山遥指海门青，回首水云何处觅孤城。　傅注本卷五

【校】

傅注本“萧萧”作“潇潇”，风作“桥”，毛本同。　傅注本“苕岸”作“苕圻”。毛本“苕”作“岧”。　朱孝臧曰：案“湖”疑“潮”误。

【朱注】

王案：己未五月十三日，钱氏园送刘㧑赴余姚作。　诗集施注：㧑赴余姚，公即席赋南柯子饯之，“山雨潇潇过”者是也。后题“元丰二年五月十三日吴兴钱氏园作”。今集中乃指他词为送行甫，而此词第云湖州，误也。案㧑字行甫，湖州人。集中有送刘寺丞赴余姚诗，即其人也。别有“日出西山雨”一首，题作送行甫赴余姚，即施注所谓他词者，疑与是词题互误。今编于次以待考，而题皆姑仍其旧云。

【笺】

湖州　一统志：湖州府，禹贡扬州之域。三国吴始于乌程置吴兴郡，唐置湖州，宋曰湖州吴兴郡。

月华如水　谢庄月赋：“柔只雪凝，圆灵水镜。连观霜缟，周除冰净。”

苕岸　寰宇记：苕溪在安吉县西南七十五里，北流径长兴县东四十五里，乌程县南五十步。以其两岸多生芦苇，故曰苕溪。

海门　傅注：钱塘江海门，两山对起。

又　送行甫赴余姚

日出西山雨，无晴又有晴。乱山深处过清明，不见彩绳花板细

腰轻。　尽日行桑野，无人与目成。且将新句琢琼英，我是世间闲客此闲行。　傅注本卷五

【校】

傅注本题作"送刘行甫赴余杭"。　毛本题作"和前韵"，以编于"雨暗初疑夜"一首后也。

【笺】

西山雨　王勃滕王阁诗："画栋朝飞南浦云，珠帘暮卷西山雨。"

无晴有晴　刘禹锡竹枝："东边日出西边雨，道是无晴还有晴。"

彩绳花板　傅注：秋千戏也。开元遗事：天宝宫中，至寒食节竞竖秋千，令宫嫔戏笑以为宴乐，帝呼为半仙之戏。

目成　楚辞九歌："满堂兮美人，忽独与余兮目成。"

闲客　杜牧诗(八月十二日得替后移居霅溪馆因题长句四韵)："景物登临闲始见，愿为闲客此闲行。"

又

雨暗初疑夜，风回便报晴。淡云斜照著山明，细草软沙溪路马蹄轻。　卯酒醒还困，仙村梦不成。蓝桥何处觅云英，只有多情流水伴人行。同前

【校】

傅注本"便"作"忽"，"仙村"作"仙材"。　毛本题作"寓意"，"便"作"忽"。

【笺】

斜照著山　梁朱超诗(对雨)："落照依山尽。"

卯酒　白居易诗(蔷薇正开春酒初熟因招刘十九张大夫崔二十四同饮):“明日早花应更好,心期同醉卯时杯。”

仙村　傅注:汉武内传:西王母曰:“刘彻好道,然形慢神秽,虽语之以至道,殆恐非仙材也。”故郭璞诗曰:“汉武非仙材。”　案:参同契:得长生,居仙村。先生诗亦云:“蓝舆西出登山门,嘉与我友寻仙村。”傅注作“仙材”,非是。

蓝桥　裴铏传奇:唐长庆中,有裴航秀才下第游襄汉,与樊夫人同舟。樊赠诗:“一饮琼浆百感生,玄霜捣尽见云英。蓝桥便是神仙宅,何必崎岖上玉京。”后经蓝桥驿,道渴,求浆,见女子云英,愿纳厚礼娶之。访得玉杵臼,更为捣药百日。仙姬迎航往一大第就礼,遂遣航将妻入玉峰洞中,饵绛雪琼英之丹,神化自在,超为上仙。

又

带酒冲山雨,和衣睡晚晴。不知钟鼓报天明,梦里栩然胡蝶一身轻。　　老去才都尽,归来计未成。求田问舍笑豪英,自爱湖边沙路免泥行。同前

【校】

傅注本“胡”作“蝴”。　毛本题作“再用前韵”。

【朱注】

案二首与前同韵,附编。

【笺】

钟鼓　杜甫诗(逼侧行赠毕曜):“睡美不闻钟鼓传。”

胡蝶　庄子齐物论:昔者庄周梦为胡蝶,栩栩然胡蝶也。自喻适志与,不知

周也。俄然觉，则蘧蘧然周也。不知周之梦为胡蝶与，胡蝶之梦为周与？周与胡蝶则必有分矣，此之谓物化。

老去　杜甫诗(寄彭州高三十五使君适虢州岑二十七长史参三十韵)："老去才虽尽，愁来兴甚长。"

归来　郑谷诗(兴州江馆)："向蜀还秦计未成。"

求田问舍　注见本卷水调歌头"安石在东海"阕。

沙路免泥　杜甫诗(到村)："碧涧虽多雨，秋沙先少泥。"

双荷叶　湖州贾耘老小妓名双荷叶

双溪月，清光偏照双荷叶。双荷叶。红心未偶，绿衣偷结。

背风迎雨流珠滑，轻舟短棹先秋折。先秋折。烟鬟未上，玉杯微缺。

【校】

傅注本存目阙词。　元本脱叠文"双荷叶"三字，误从"滑"字分段。并从毛本改补。　毛本无题，"流"作"泪"。　朱孝臧曰：案是调为忆秦娥，或公易以新名。

【朱注】

纪年录：己未作。　诗集查注：贾收字耘老，乌程人，所著有怀苏集。本集与耘老尺牍：念贾处士贫甚，乃作怪石枯木一纸，可令双荷叶收掌，须添丁长以付之也。

【笺】

双溪　谓苕、霅二溪也。

绿衣　诗卫风(绿衣)："绿兮衣兮，绿衣黄里。"

烟鬟　韩愈题炭谷湫祠堂诗："祠堂像侔真，擢玉纡烟鬟。"

玉杯　述异记：庐山上有三石梁，长数十丈，广不盈尺。吴猛将弟子登山，见一老公坐桂树下，以玉杯承甘露与猛，猛遍与弟子饮之。谢朓诗(金谷聚)："渠碗送佳人，玉杯邀上客。"

渔家傲 七夕

皎皎牵牛河汉女，盈盈临水无由语。望断碧云空日暮。无寻处，梦回芳草生春浦。　　鸟散余花纷似雨，汀洲蘋老香风度。明月多情来照户。但揽取，清光长送人归去。　傅注本卷三

【校】

傅注本"春浦"作"南浦"。　毛本无题。

【朱注】

案词有"汀洲蘋老"语，疑在湖州时作。公在湖州遇七夕，惟元丰己未也。

【笺】

皎皎二句　古诗："迢迢牵牛星，皎皎河汉女。河汉清且浅，相去复几许。盈盈一水间，脉脉不得语。"

碧云　选诗(江淹休上人怨别)："日暮碧云合，佳人殊未来。"

梦回芳草　谢灵运登池上楼诗："池塘生春草，园柳变鸣禽。"南史谢惠连传：惠连十岁能属文。灵运云："每有篇章，对弟惠连辄有佳句。"尝于永嘉西堂，诗思不就，忽梦见惠连，即得"池塘生春草"之句，大以为工。

鸟散　谢朓诗(游东田)："鱼戏新荷动，鸟散余花落。"

汀洲　宋玉风赋："夫风起于地，生于青蘋之末。"

明月　鲍照诗(拟明月何皎皎)："明月入我牖。"

揽取　陆机诗(拟明月何皎皎)："照之有余辉，揽之不盈手。"

庚　申

年谱：元丰三年庚申，先生年四十五。责黄州，自京师道出陈州，子由自南都来陈相见，三日而别。至岐亭，访故人陈慥季常，为留五日，赋诗一首而去。乃以二月一日至黄州，寓居定惠院，未久，迁临皋亭。

临江仙

龙丘子自洛之蜀，载二侍女，戎装骏马，至溪山佳处辄留数日，见者以为异人。其后十年，筑室黄冈之北，号曰静安居士，作此词赠之。

细马远驮双侍女，青巾玉带红靴。溪山好处便为家。谁知巴峡路，却见洛城花。　　面旋落英飞玉蕊，人间春日初斜。十年不见紫云车。龙丘新洞府，铅鼎养丹砂。　傅注本卷三

【校】

傅注本"作此词赠之"作"乃作临江仙以纪之"。　苕溪渔隐丛话"却见"作"却是"。

【朱注】

王案：己未八月，送御史台根勘。十二月，责授检校尚书水部员外郎，充黄州团练副使，本州安置。庚申正月，赠故人陈慥季常作。　诗集施注：陈季常名慥，少时慕朱家、郭解为人，稍壮，折节读书，晚乃遁于光、黄间。东坡至黄，季常数从

之游。

【笺】

龙丘子　诗集施注：陈季常名慥，父希亮，字公弼。其先自京兆迁于眉。公弼知凤翔，东坡始筮仕为签书判官，相从二年。公弼后家洛阳。季常少时慕朱家、郭解为人，稍壮，折节读书。晚乃遁于光、黄间，曰岐亭，不与世相闻，弃车马，徒步往来山中。环堵萧然，而妻子奴婢皆有自得之意。东坡在岐下识之，至黄，季常数从之游。既为公弼作传，又为季常作方山子传。

黄冈　唐书地理志：黄州齐安郡黄冈县，武德二年，省木兰县入焉。一统志：黄冈县，唐为黄州治，宋、元因之，明为黄州府治。

细马二句　李白诗（对酒）："吴姬十五细马驮，青黛画眉红锦靴。"

溪山　僧皎然诗"是山皆有寺，何处不为家。"（按：此承傅注。查全唐诗皎然卷内无此诗句，乃闽僧可士送僧诗句，见诗话总龟后集卷四十四所引西清诗话。）

巴峡路　陈子昂诗（初入峡苦风寄故乡亲友）："宁知巴峡路，辛苦石尤风。"

洛城花　傅注：牡丹花出洛阳者，为天下第一。

面旋　曾巩亳州雪诗："繁英飞面旋，艳舞起翩跹。"

玉蕊　傅注：唐长安唐昌观旧有玉蕊花，其花每发，若琼林瑶树。唐元和中，忽有女子，年可十七八，容色婉娩，从以二女冠、三小仆。既下马，以白角扇障面，直造花所，异香芬馥，闻于数十步之外。良久，令小仆取花数枝而出，举辔百余步，而轻风拥尘，随之而去。须臾尘灭，已在半天，方悟神仙之游。刘禹锡作诗云："玉女来看玉树花，异香先引七香车。攀枝弄雪时回首，惊怪人间日易斜。"出剧谈传。

紫云车　傅注：杜牧赠妓人张好好诗："聘之碧瑶佩，载以紫云车。"汉武外传：七月七日夜，帝于寻真台见王母乘紫云辇来。则紫云车，神仙事也。

龙丘　后汉书任延传：吴有龙丘苌者，隐居太末。掾吏白请召之，延曰："龙丘先生躬德履义，有原宪、伯夷之节，都尉扫洒其门犹惧辱焉，召之不可。"东阳记：

龙丘山有九石，特秀林表，色丹白，远望尽如莲花。龙丘苌隐居于此，因以为名。一统志：龙丘在黄冈县北一百二十里，宋陈慥居此，以地为号。

洞府　隋炀帝诗(步虚词二首)："洞府凝玄液，灵山体自然。"

铅鼎　金华玉女丹经：烹铅为砂，化砂为饼，化资玉液，实为通汁也。以饼归炉，收铅为砂，砂而复饼，终始数九。九，阳也。九九相乘，化之为砂。其不尔者，粉白可用，是为九转矣。

丹砂　史记封禅书：李少君言上曰："祀灶则致物，致物则丹砂可化为黄金。"

【评】

郑文焯曰：词句亦飘飘欲仙。

【附录】

苕溪渔隐丛话：东坡云：龙丘子自洛之蜀，载二侍女，戎装骏马，至溪山佳处辄留数日，见者以为异人。后十年，筑室黄冈之北，号静庵居士，作临江仙赠之云云。龙丘子即陈季常也。西清诗话云：季常自以为饱禅学，妻柳，颇悍忌，季常畏之，故东坡因诗戏之，有"忽闻河东狮子吼，拄杖落手心茫然"之句。观此，则知季常载二侍女以远游，及暮年甘于枯寂，盖有所制而然，亦可悯笑也。

西江月　黄州中秋

世事一场大梦，人生几度新凉。夜来风叶已鸣廊，看取眉头鬓上。　　酒贱常愁客少，月明多被云妨。中秋谁与共孤光，把盏凄然北望。　傅注本卷二

【校】

傅注本题作"中秋寄子由"，"盏"作"酒"。元本题阙，从毛本。　毛本"新"作"秋"。

【朱注】

王案：庚申八月十五日作。　渔隐丛话：古今词话：东坡在黄州，中秋对月独酌，作西江月词。聚兰集载此词，注曰"寄子由"，故后句云云。疑是在钱塘作，时子由为睢阳幕客。

【笺】

大梦　庄子(齐物论)：且有大觉，而后知此其大梦也。

人生二句　唐徐寅赋(人生几何赋)："落叶辞柯，人生几何。"

酒贱二句　韩愈诗(醉后)："人生如此少，酒贱且勤置。"潘阆诗(中秋无月)："西风妒秋月，浮云重叠生。"

共孤光　注见本卷水调歌头"明月几时有"阕。

【附录】

苕溪渔隐丛话：古今词话：东坡在黄州，中秋夜对月独酌，作西江月词云云。坡以谗言谪居黄州，郁郁不得志，凡赋诗缀词，必写其所怀，然一日不负朝廷。其怀君之心，末句可见矣。苕溪渔隐曰：聚兰集载此词，注曰"寄子由"，故后句云："中秋谁与共孤光，把酒凄凉北望。"则兄弟之情，见于句意之间矣。疑是在钱唐作，时子由为睢阳幕客。若词话所云，则非也。

定风波

十月九日，孟亨之置酒秋香亭。有双拒霜独向君猷而开，坐客喜笑，以为非使君莫可当此花，故作是篇。

两两轻红半晕腮，依依独为使君回。若道使君无此意，何为，双花不向别人开？　但看低昂烟雨里，不已，劝君休诉十分杯。

更问尊前狂副使，来岁，花开时节与谁来？　傅注本卷四

【校】

毛本题无“双”字。

【朱注】

纪年录：庚申，孟亨之置酒西风亭作。　诗集施注：孟亨之名震，东平人，举进士。东坡来黄州，君为倅。

【笺】

拒霜　本草：芙蓉一名拒霜，艳如荷花。八九月始开，故名拒霜。益部方物记：添色拒霜花，生彭汉蜀州，花常多叶，始开白色，明日稍红，又明日则若桃花然。

君猷　诗集施注：徐君猷名大受，东海人。东坡来黄州，君猷为守，厚礼之，无迁谪意。君猷秀惠列屋，杯觞流行，多为赋词。满去而殂，坡有祭文挽词，意甚凄恻。查注：王明清挥麈录云，徐得之君猷，阳翟人，韩康公婿也。知黄州日，东坡迁谪于郡，君猷周旋不遗余力。子端益，字辅之。案：施注与挥麈异，未详孰是，录存俟考。

辛　酉

年谱：元丰四年辛酉，先生年四十六，在黄州，寓居临皋亭。正月，往岐亭，访陈季常。先生至黄二年，日以困匮，故人马正卿哀其乏食，于郡请故营地，使躬耕其中。是岁始营东坡。

少年游

黄之侨人郭氏，每岁正月迎紫姑神，以箕为腹，箸为口，画灰盘中为诗，敏捷立成。余往观之，神请余作少年游，乃以此戏之。

玉肌铅粉傲秋霜，准拟凤呼凰。伶伦不见，清香未吐，且糠粃吹扬。　　到处成双君独只，空无数、烂文章。一点香檀，谁能借箸，无复似张良。

【校】

傅注本、元本俱无。

【朱注】

案本集子姑神记：余始来黄州，进士潘丙谓余曰："异哉！公之始受命，黄人未知也，有神降于侨人郭氏之第，曰：'苏公将至，而吾不及见也。'"其明年正月，神复降于郭氏，余往观之。公以庚申来黄，明年则辛酉也。

【笺】

紫姑神 异苑：世有紫姑神，云是人家妾，为大妇所嫉，每以秽事相次役。正月十五日，感激而死。故世人以其日作其形，夜于厕间迎之。李商隐诗(昨日)："昨日紫姑神去也，今朝青鸟使来赊。" 郑文焯曰：今南北犹有此箕神，能占休咎。

铅粉 沈约木兰诗："易却纨绮裳，洗却铅粉妆。"

伶伦 风俗通(声音)：昔黄帝使伶伦自大夏之西、昆仑之阴，取竹于嶰谷，生其窍厚均者，断两节而吹之，以为黄钟之管。案：汉书律历志"伶伦"作"泠纶"。

糠粃 庄子逍遥游："是其尘垢粃糠，将以陶铸尧舜者也。"玉篇：糠，谷皮也。粃，音比。说文：粃，不成粟也。

借箸 史记留侯世家：郦食其劝汉王立六国后，张良从外来谒汉王，方食，曰："子房前，客有为我计挠楚权者。"具以郦生语告于子房，曰："何如?"良曰："谁为陛下画此计者？陛下事去矣。"汉王曰："何哉?"张良曰："臣请借前箸为大王筹之。"集解张晏曰：求借所食之箸用指画也。

又 端午赠黄守徐君猷

银塘朱槛曲尘波，圆绿卷新荷。兰条荐浴，菖花酿酒，天气尚清和。　　好将沉醉酬佳节，十分酒、一分歌。狱草烟深，讼庭人悄，无吝宴游过。　傅注本卷十一

【校】

毛本"一"作"十"。

【朱注】

纪年录：辛酉端午作。王案：辛酉五月五日，过徐大受饮作。

【笺】

端午　风土记：仲夏端午，烹鹜、角黍。注：端，始也。

曲尘　白居易诗（春江闲步赠张山人）：“晴沙金屑色，春水曲尘波。红簇交枝杏，青含卷叶荷。”西溪丛话：刘禹锡诗：“龙池遥望曲尘丝。”按礼记“鞠衣”注：如鞠尘色。又周礼内司服“鞠衣”，郑氏云：黄桑服，如鞠尘色。乃知用“曲蘗”字非是。

兰浴　大戴礼记（夏小正）：五月五，蓄兰沐浴。

菖酒　荆楚岁时记：端午，以菖蒲一寸九节者泛酒，以辟瘟气。　傅注：近世五月五日，必以菖蒲渍酒而饮，谓之饮浴。

天气清和　选诗（谢灵运游赤石进帆海）：“首夏犹清和。”

酬佳节　杜牧诗（九日齐山登高）：“但将酩酊酬佳节。”

浣溪沙

十二月二日雨后微雪，太守徐君猷携酒见过，坐上作浣溪沙三首。明日酒醒，雪大作，又作二首。

覆块青青麦未苏，江南云叶暗随车。临皋烟景世间无。雨脚半收檐断线，雪床初下瓦跳珠。归来冰颗乱黏须。　傅注本卷十

【校】

傅注本题后有“时元丰五年也”六字。据此，是此词作于壬戌，惟别无旁证，仍依朱本从纪年录编辛酉。　傅注本、元本、毛本“雪床”并作“雪林”。从墨迹。毛本“跳”作“疏”。　傅注本“线”误“绝”。

【笺】

青青麦　庄子(外物):青青之麦,生于陵陆。韩愈诗(过南阳):“桑下麦青青。”

云叶随车　陈蔡凝春云诗(赋得春云处处生):“入风衣暂敛,随车盖转轻。作叶还依树,为楼欲近城。”杜甫诗(夏夜李尚书筵送宇文石首赴县联句):“雨稀云叶断。”

临皋　诗集查注:许端夫齐安拾遗云:夏澳口之侧本水驿,有亭曰临皋。名胜志:临皋馆在黄州朝宗门外,其上有快哉亭,县令张梦得建。子由记略云:亭之所见,南北百里,东西一舍。昼则舟楫出没于其前,夜则鱼龙悲啸于其下。西望武昌诸山,冈陵起伏,草木行列。烟消日出,渔父樵夫之舍,皆可指数。

雨脚　杜甫茅屋为秋风所破歌:“雨脚如麻未断绝。”

雪床　汪穰卿笔记言在张文襄幕,见苏文忠手书浣溪沙五首,“雪林初下瓦跳珠”句,“林”作“牀”,注:“京师俚语,霰为雪床。”

黏须　罗邺早行诗:“时整帽檐风刮顶,旋呵鞭手冻黏须。”(按:此承傅注。查全唐诗罗邺早行诗无此句,乃杜荀鹤诗,题为早发,见全唐诗卷六九二。)

又

醉梦昏昏晓未苏,门前轧辘使君车。扶头一盏怎生无?　废圃寒蔬挑翠羽,小槽春酒滴真珠。清香细细嚼梅须。　同前

【校】

傅注本“昏昏”作“醺醺”。　墨迹“挑”作“排”。　毛本“轧辘”作“辘辘”,“滴”作“冻”。

【笺】

扶头一盏　白居易诗(早饮湖州酒寄崔使君):“一榼扶头酒,泓澄泻玉壶。十分蘸甲酌,潋滟满银盂。”

寒蔬翠羽　杜甫诗(园官送菜):“青青佳蔬色,埋没在荒园。”又(行官张望补稻畦水归):“芊芊烟翠羽。”

小槽真珠　李贺诗(将进酒):“琉璃钟,琥珀浓,小槽酒滴真珠红。”

梅须　傅注:花香多在须间粉上。　杜甫诗(陪李金吾花下饮):“随意数花须。”

又

雪里餐毡例姓苏,使君载酒为回车。天寒酒色转头无。　荐士已闻飞鹗表,报恩应不用蛇珠。醉中还许揽桓须。　同前

【校】

墨迹“闻”作“曾”,注:“公近荐仆于朝。”

【朱注】

纪年录:辛酉,微雪作。

【笺】

餐毡　汉书苏武传:武使匈奴,胁使降,武不可。匈奴乃幽武,置大窖中,绝其饮食。天雨雪,武卧啮雪,与毡毛并咽之,数日不死。匈奴以为神。徙武北海上,使牧羝,羝乳乃得归。

鹗表　孔融荐祢衡表:鸷鸟累百,不如一鹗。

蛇珠　高诱淮南子注:隋侯见大蛇伤断,以药傅而涂之。后蛇于夜中衔大珠

以报之，因曰隋侯之珠。

桓须　晋书桓伊传：谢安女婿王国宝专利无检行，安恶其为人，每抑制之。及孝武末年，嗜酒好内，而会稽王道子昏蕾尤甚，惟狎昵谄邪，于是国宝谗谀之计，稍行于主相之间。而好利险诐之徒，以安功名盛极而构会之，嫌隙遂成。帝召伊饮宴，安侍坐。帝命伊吹笛，伊神色无迕，即吹为一弄。乃放笛云："臣于筝，分乃不及笛，然自足以韵合歌管，请以筝歌，并请一吹笛人。"帝善其调达，乃敕御妓奏笛。伊又云："御府人于臣必自不合。臣有一奴，善相便串。"帝弥赏其放率，乃许召之。奴既吹笛，伊便抚筝而歌怨诗曰："为君既不易，为臣良独难。忠信事不显，乃有见疑患。周旦佐文武，金滕功不刊。推心辅王政，二叔反流言。"声节慷慨，俯仰可观。安泣下沾衿，乃越席而就之，捋其须曰："使君于此不凡。"帝甚有愧色。

又

半夜银山上积苏，朝来九陌带随车。涛江烟渚一时无。　空腹有诗衣有结，湿薪如桂米如珠。冻吟谁伴撚髭须。　同前

【笺】

银山积苏　诗苑：刘师道雪诗："三千世界银成色，十二楼台玉作层。"列子（周穆王）：穆王游化人之宫，实以为清都紫微，钧天广乐，帝之所居。王俯而视之，其宫榭若累瑰积苏焉。

九陌随车　韩愈诗（咏雪赠张籍）："随车翻缟带，逐马散银杯。"

腹诗衣结　晋书隐逸传：董京能诗，逍遥吟咏，常宿白社中。时丐于市，得残碎缯絮，结以自覆，全帛佳绵，则不肯受。

薪桂米珠　战国策（楚策）：苏秦谓楚王曰："楚国食贵于玉，薪贵于桂。"晋张

景阳诗(杂诗十首):“尺烬重寻桂,红粒贵琼瑶。”

冻吟撚须　王维诗:“平旦东风骑蹇驴,旋呵冻手暖髭须。”(按:查全唐诗王维卷中无此诗句。苕溪渔隐丛话后集卷八载之,云是碑本子美画像上之诗,不见杜甫集中,必好事者为之。)卢延让苦吟诗:“吟安一个字,撚断数茎须。”

又

万顷风涛不记苏,雪晴江上麦千车。但令人饱我愁无。　翠袖倚风萦柳絮,绛唇得酒烂樱珠。尊前呵手镊霜须。　同前

【朱注】

纪年录:辛酉大雪,又作。

【笺】

不记苏　墨迹先生自注:“公田在苏州,今年风潮荡尽。”傅注:旧注云:“公有薄田在苏,今岁为风涛荡尽。”

翠袖二句　方干诗(赠美人四首):“翠袖低徊真蹀躞,朱唇得酒假樱桃。”

江城子

大雪,有怀朱康叔使君,亦知使君之念我也,作此以寄之。

黄昏犹是雨纤纤。晓开帘,欲平檐。江阔天低,无处认青帘。孤坐冻吟谁伴我,揩病目,撚衰髯。　使君留客醉厌厌。水晶盐,为谁甜。手把梅花,东望忆陶潜。雪似故人人似雪,虽可爱,有人嫌。

【校】

傅注本阙。

【朱注】

王案：辛酉十二月，雪中有怀朱寿昌作。　宋史：朱寿昌字康叔，扬州天长人。知鄂州，提举崇禧观。

【笺】

青帘　郑谷诗（旅寓洛南村舍）：“白鸟窥鱼网，青帘认酒家。”

厌厌　诗小雅湛露：“厌厌夜饮，不醉无归。”

水晶盐　北史崔浩传：帝语至中夜，赐浩缥醪酒十斛，水晶戎盐一两，曰：“朕味卿言，若此盐酒，故与卿同其味也。”李白题东溪公幽居诗：“客到但知留一醉，盘中只有水晶盐。”

满江红　寄鄂州朱使君寿昌

江汉西来，高楼下、蒲萄深碧。犹自带、岷峨雪浪，锦江春色。君是南山遗爱守，我为剑外思归客。对此间、风物岂无情，殷勤说。　江表传，君休读。狂处士，真堪惜。空洲对鹦鹉，苇花萧瑟。独笑书生争底事，曹公黄祖俱飘忽。愿使君、还赋谪仙诗，追黄鹤。　傅注本卷二

【校】

傅注本、元本“独笑”上有“不”字，“愿使君”句无“使”字。从毛本。

【朱注】

案是词当在黄州作，附编于此。

【笺】

蒲萄深碧　注见本卷南乡子“晚景落琼杯”阕。

岷峨二句　傅注：李白诗：“江带岷峨雪，川横山峡流。”盖峨嵋积雪，经春不消。郑谷峨嵋雪诗：“万仞白云端，经春雪未残。夏消江峡满，清照蜀楼寒。”杜子美诗：“朝来巫峡水，远逗锦江波。”注云：“锦江水与巫峡相通也。”杜诗：“锦江春色逐人来。”余详本卷南乡子(晚景落琼杯)注。

遗爱　春秋左氏传(昭公二十年)：子产，古之遗爱也。又(襄公十四年)：栾武子之德在民，如周人之思召公，爱其甘棠，况其子乎？

剑外　谓剑门外也。水经注：小剑戍西去大剑山三十里，连山绝险，飞阁通衢，谓之剑阁。杜甫诗(恨别)：“草木变衰行剑外，兵戈阻绝老江边。”

江表传　傅注：江表传载江左吴时事，多见汉末群雄角逐之义，三国志每引以为证也。

狂处士　后汉书文苑传：祢衡字正平，平原般人。少有才辩，而气尚刚傲，好矫时慢物。孔融既爱衡才，数称述于曹操，操喜，敕门者有客便通，待之极晏。衡乃着布单衣疏巾，手持三尺棁杖，坐大营门，以杖棰地大骂。吏白：“外有狂生，坐于营门，言语悖逆，请收案罪。”操怒，谓融曰：“祢衡竖子，孤杀之犹鼠雀耳。顾此人素有虚名，远近将谓孤不能容之。今送与刘表，视当何如。”于是遣人骑送之。表及荆州士大夫先服其才名，甚宾礼之。后复侮慢于表，表耻不能容，以江夏太守黄祖性急，故送衡与之。祖亦善待焉。衡为作书记，轻重疏密，各得体宜。祖持其手曰：“处士，此正得祖意，如祖腹中之所欲言也。”后黄祖在蒙冲船上大会宾客，而衡言不逊顺。祖惭，乃诃之。衡更熟视曰：“死公，云等道？”祖大怒，令五百将出，欲加棰，衡方大骂。祖恚，遂令杀之。

鹦鹉洲　傅注：衡死，埋于沙洲之上，后人因号其洲曰鹦鹉洲，以衡尝为鹦鹉赋故也。崔颢诗(黄鹤楼)：“晴川历历汉阳树，芳草萋萋鹦鹉洲。”李白赠江夏韦太守诗:“一忝青云客,三登黄鹤楼。顾惭祢处士,虚对鹦鹉洲。焚山霸气盛,寥落天地秋。”一统志:鹦鹉洲在江夏县西南二里。水经注:江之右岸当鹦鹉洲南。寰宇记:鹦鹉洲在大江中,与汉阳县分界。后汉黄祖为江夏太守,祖长子射,大会宾客,有献鹦鹉于此洲,故名。

飘忽　李白诗(淮阴书怀寄王宋城):“徘徊且不定,飘忽怅徂征。”

谪仙　本事诗(高逸):李太白初自蜀至京师,舍于逆旅。贺监知章闻其名,首访之。既奇其姿,复请所为文,出蜀道难以示之。读未竟,称叹者数四,号为谪仙。解金龟换酒,与倾尽醉,期不间日。由是称誉光赫。

黄鹤　李白赠韦使君诗(江夏赠韦南陵冰):“我且为君槌碎黄鹤楼,君亦为我倒却鹦鹉洲。赤壁争雄如梦里,且须歌舞宽离忧。”

东坡乐府笺卷二

壬　戌

年谱：元丰五年壬戌，先生年四十七，在黄州。寓居临皋亭，就东坡筑雪堂，自号东坡居士。三月，以事至蕲水。秋七月，与客泛舟游于赤壁之下。十月，又游之。

水龙吟

闾丘大夫孝终公显尝守黄州，作栖霞楼，为郡中绝胜。元丰五年，余谪居黄，正月十七日，梦扁舟渡江，中流回望，楼中歌乐杂作，舟中人言公显方会客也。觉而异之，乃作此曲，盖越调鼓笛慢。公显时已致仕，在苏州。

小舟横截春江，卧看翠壁红楼起。云间笑语，使君高会，佳人半醉。危柱哀弦，艳歌余响，绕云萦水。念故人老大，风流未减，空回首，烟波里。　　推枕惘然不见，但空江、月明千里。五湖闻道，扁舟归去，仍携西子。云梦南州，武昌东岸，昔游应记。料多情梦里，端来见我，也参差是。　傅注本卷一

【校】

傅注本题首有"公旧注云"四字，"终"作"直"，"郡"误"野"，"曲"作"词"，"盖越调鼓笛慢"六字阙，"东"作"南"。　毛本"终"作"直"，"盖越调鼓笛慢"六字阙，

"空"作"独","东"作"南"。

【朱注】

年谱:壬戌,梦扁舟望栖霞,作鼓笛慢。纪年录:壬戌作。荆州记:栖霞楼,宋临川康王义庆建。诗集施注:许端夫齐安拾遗云:栖霞楼在郡城最高处,江淮绝境也。

【笺】

闾丘大夫　见卷一浣溪沙"一别姑苏已四年"阕朱注。

鼓笛慢　康熙钦定词谱:水龙吟,姜夔词注无射商,俗名越调。吕渭老词名鼓笛慢。

翠壁　杜甫诗(涪城县香积寺官阁):"含风翠壁孤云细。"

半醉　注见卷一临江仙"自古相从休务日"阕。

危柱哀弦　宋史乐志:八音之中,革为燥湿所薄,丝有弦柱,缓急不齐,故二者其声难定。魏文帝诗(善哉行二首):"哀弦微妙,清气含芳。"杜甫诗(题柏大兄弟山居屋壁二首):"哀弦绕白雪,未与俗人操。"

绕云　列子(汤问):薛谭学讴于秦青,未穷青之技,自谓尽之,遂辞归。秦青弗止,饯于郊衢,抚节悲歌,声振林木,响遏行云。薛谭乃谢求反,终身不敢言归。

五湖三句　注见卷一菩萨蛮"玉童西迓浮丘伯"阕。

云梦二句　傅注:齐安在云梦泽之南。武昌,今江夏之地,又在大江之南岸。周礼夏官职方氏:正南曰荆州,其山镇曰衡山,其泽薮曰云梦。余详卷一水龙吟(楚山修竹如云)注。

参差　白居易长恨歌:"中有一人字太真,雪肤花貌参差是。"

【评】

郑文焯曰:突兀而起,仙乎,仙乎!"翠壁"句,奇崭不露雕琢痕。上阕全写梦境,空灵中杂以凄丽。过片始言情,有沧波浩渺之致。真高格也。"云梦"二句,妙能写闲中情景。煞拍不说梦,偏说梦来见我,正是词笔高浑不犹人处。读东坡先生词,于气韵格律,并有悟到,空灵妙境,匪可以词家目之,亦不得不目为词家。世每谓其以诗入词,岂知言哉? 董文敏论画曰:同能不如独诣。吾于坡仙词亦云。

江城子

陶渊明以正月五日游斜川,临流班坐,顾瞻南阜,爱曾城之独秀,乃作斜川诗,至今使人想见其处。元丰壬戌之春,余躬耕于东坡,筑雪堂居之。南挹四望亭之后丘,西控北山之微泉。慨然而叹,此亦斜川之游也。乃作长短句,以江城子歌之。

梦中了了醉中醒。只渊明,是前生。走遍人间,依旧却躬耕。昨夜东坡春雨足,乌鹊喜,报新晴。 雪堂西畔暗泉鸣。北山倾,小溪横。南望亭丘,孤秀耸曾城。都是斜川当日境,吾老矣,寄余龄。 傅注本卷六

【校】

傅注本"江城子"作"江神子",题首有"公旧注云"四字,"使人"作"彼人","春"误"新"。 元本"使"亦作"彼"。从毛本。

【朱注】

年谱:壬戌作。王案:壬戌二月作。

【笺】

斜川 陶潜游斜川诗序:辛丑正月五日,天气澄和,风物闲美,与二三邻曲同游斜川。临长流,望曾城,魴鲤跃鳞于将夕,水鸥乘和以翻飞。彼南阜者,名实旧

矣，不复乃为叹嗟。若夫曾城，傍无依接，独秀中皋。遥想灵山，有爱嘉名。欣对不足，率尔赋诗。悲日月之遂往，悼吾年之不留。各疏年纪乡里，以纪其时日。

雪堂　年谱：以东坡图考之，自黄州门南至雪堂四百三十步。雪堂问云：苏子得废圃于东坡之胁，号其正曰雪堂，以大雪中为之，因绘雪于四壁之间无容隙。其名盖起于此。

梦中三句　傅注：世人于梦中颠倒，醉中昏迷，而能在梦而了，在醉而醒者，非公与渊明之徒，其谁能哉？

鹊喜　傅注：乌鹊，阳鸟，先事而动，先物而应。汉武帝时，天新雨止，闻鹊声，帝以问东方朔。方朔曰："必在殿后柏木枯枝上，东向而鸣也。"验之果然。

余龄　韩愈诗（过南阳）："吾其寄余龄。"

定风波

三月七日，沙湖道中遇雨，雨具先去，同行皆狼狈，余独不觉。已而遂晴，故作此。

莫听穿林打叶声，何妨吟啸且徐行。竹杖芒鞋轻胜马，谁怕？一蓑烟雨任平生。　　料峭春风吹酒醒，微冷，山头斜照却相迎。回首向来萧瑟处，归去，也无风雨也无晴。　傅注本卷四

【校】

傅注本题首有"公旧序云"四字，"此"下有"词"字，"萧瑟"作"潇洒"。　元本题无"独"字，"蓑"作"莎"。从傅本。　毛本"萧瑟"作"潇洒"。

【朱注】

王案：壬戌，相田至沙湖，道中遇雨作。

【笺】

吟啸　晋书阮籍传：登山临水，啸咏自若。

竹杖芒鞋　无则诗："腾腾兀兀恣闲行，竹杖芒鞋称野情。"（按：此承傅注。全唐诗卷八二五收无则诗三首，未见此二句。又江湖小集卷二十二载李龏集句诗重寄，首句即"竹杖芒鞋称野情"，为无则诗句。）

一蓑烟雨　郑谷诗（钓翁）："来往烟波非定居，生涯蓑笠外无余。"魏野诗（暮春闲望）："何日扁舟去，江上负烟蓑。"

料峭　先生有诗（送范德孺）云："渐觉春风料峭寒。"

【评】

郑文焯曰：此足征是翁坦荡之怀，任天而动。句亦瘦逸，能道眼前景，以曲笔直写胸臆，倚声能事尽之矣。

浣溪沙

游蕲水清泉寺。寺临兰溪，溪水西流。

山下兰芽短浸溪，松间沙路净无泥。萧萧暮雨子规啼。　谁道人生无再少，门前流水尚能西。休将白发唱黄鸡。　傅注本卷十

【校】

东坡志林"门前"作"君看"。

【朱注】

王案：壬戌三月，与庞医游清泉寺，饮王羲之洗笔泉，徜徉兰溪之上作。　本集书清泉寺词：清泉寺在蕲水郭门外二里许，有王逸少洗笔泉，水极甘。下临兰溪，溪水西流。

【笺】

蕲水　太平寰宇记：淮南蕲春郡，领县四。其一蕲水，在州西北，本汉蕲春县地，唐武德四年，改曰兰溪，天宝中，改蕲水。

清泉寺　东坡志林：黄州东南三十里为沙湖，亦曰螺师店，予买田其间。因往相田得疾，闻麻桥人庞安常善医而聋，遂往求疗。安常虽聋而颖悟绝人，以指画字，不书数字，辄深了人意。予戏之曰："予以手为口，君以眼为耳，皆一时异人也。"疾愈，与之同游清泉寺。寺在蕲水郭门外二里许，有王逸少洗笔泉，水极甘。下临兰溪，溪水西流，予作歌云云。是日，剧谈而归。

松间　杜甫诗(到村)："碧涧虽多雨，秋沙先少泥。"独醒杂志：徐公师川尝言，东坡长短句有云"山下兰芽短浸溪，松间沙路净无泥"，白乐天诗云"柳桥晴有絮，沙路润无泥"。"净"、"润"两字，当有能辨之者。

子规　成都记：杜宇亦曰杜主，自天而降，称望帝。好稼穑，教人务农，至今蜀之将农者，必先祀杜主。望帝时以国相开明有治水功，因禅位焉。后望帝死，其魄化为鸟，名曰杜鹃，亦曰子规云。唐吴娘曲："暮雨萧萧郎不归。"

再少　古诗："花有重开日，人无再少年。"

白发黄鸡　白居易醉歌示妓人商玲珑："罢胡琴，掩秦瑟，玲珑再拜歌初毕。谁道使君不解歌，听唱黄鸡与白日。黄鸡催晓丑时鸣，白日催年酉前没。腰间红绶系未稳，镜里朱颜看已失。玲珑玲珑奈老何，使君歌了汝更歌。"

西江月

顷在黄州，春夜行蕲水中，过酒家，饮酒醉。乘月至一溪桥上，解鞍，曲肱醉卧少休。及觉已晓，乱山攒拥，流水锵然，疑非尘世也。书此语桥柱上。

照野弥弥浅浪，横空隐隐层霄。障泥未解玉骢骄，我欲醉眠芳草。　可惜一溪风月，莫教踏碎琼瑶。解鞍攲枕绿杨桥，杜宇一声春晓。　傅注本卷二

【校】

傅注本题作“公自序，春夜行蕲水山中，过酒家，故饮酒醉。乘月至一溪桥上，解鞍，曲肱少休。及觉已晓，乱山葱茏，不谓人世也。书此词桥柱上”。“野”误作“墅”，“风月”作“明月”。　元本题首有“公自序云”四字。　毛本题无“顷在黄州”、“醉卧”、“流水锵然”十字，“攒拥”作“葱茏”，“疑非尘世”作“不谓人世”，“语”作“词”，“隐隐”作“暧暧”，“层”作“微”，“风”作“明”，“一声”作“数声”。

【朱注】

年谱：壬戌三月作。

【笺】

弥弥　弥，密蚁切。弥弥，水流貌。诗经（邶风新台）：“河水弥弥。”

障泥　晋书（王济传）：王济善解马性，常乘一马，著连干障泥，前有一水，终不肯渡。济曰：“此必是惜障泥。”使人解去，便渡。故当时谓济有马癖。

醉眠　郑谷草诗（曲江春草）：“香轮莫辗青青破，留与愁人一醉眠。”

满江红

董毅夫名钺，自梓漕得罪，罢官东川。归鄱阳，过东坡于齐安。怪其丰暇自得，余问之，曰：“吾再娶柳氏，三日而去官。吾固不戚戚，而忧柳氏不能忘怀于进退也。已而欣然，同忧患若处富贵，吾是以益安焉。”命其侍儿歌其所作满江红。嗟叹之不足，乃次其韵。

忧喜相寻，风雨过、一江春绿。巫峡梦、至今空有，乱山屏簇。何似伯鸾携德耀，箪瓢未足清欢足。渐粲然、光彩照阶庭，生兰玉。

幽梦里，传心曲。肠断处，凭他续。文君婿知否，笑君卑辱。君不见周南歌汉广，天教夫子休乔木。便相将、左手抱琴书，云间宿。　傅注本卷二

【校】

傅注本题首有“杨元素本事曲集”七字，无“罢官东川”四字，“过”作“遇”，无“余问之”三字，“若处”作“如处”，“命其侍儿”作“乃令家童”，“嗟叹”上有“东坡”二字，“何似”误作“何以”。　毛本题无“罢官东川”、“余问之”七字，“嗟叹”上有“东坡”二字，“毅”作“义”，“梓”作“倅”，“过”作“遇”，“若”作“如”，“命其侍儿”作“乃令家童”，“粲”作“灿”。

【朱注】

王案：壬戌三月，和董钺。又曰：董义夫因朱寿昌纳交于公，不一年，以病没。见本集与蔡景繁书中。至公与朱蔡书及满江红词叙均作义夫，独哨遍词叙作毅夫。义略可通毅，似两用之者。

【笺】

巫峡梦　注见卷一祝英台近“挂轻帆”阕。

乱山　傅注：巫峡有十二峰，故云“乱山屏簇”。

伯鸾　后汉书逸民传：梁鸿字伯鸾，扶风平陵人。邻里势家慕其高节，多欲女之，鸿并绝不娶。同县孟氏有女，状肥丑而黑，力举石臼，择对不嫁，至年三十。父母问其故，女曰：“欲得贤如梁伯鸾者。”鸿闻而聘之。女求作布衣麻屦，织作筐缉绩之具。及嫁，始以装饰入门，七日而鸿不答。妻乃跪床下，请曰：“窃闻夫子高义，简斥数妇，妾亦偃蹇数夫矣。今而见择，敢不请罪。”鸿曰：“吾欲裘褐之人，可

与俱隐深山者尔。今又衣绮缟，傅粉墨，岂鸿所愿哉?”妻曰:“以观夫子之志耳。妾自有隐居之服。”乃更为椎髻，着布衣，操作而前。鸿大喜曰:“此真梁鸿妻也，能奉我矣。”字之曰德曜，名孟光。居有顷，妻曰:“常闻夫子欲隐居避患，今何为默默，无乃欲低头就之乎?”鸿曰:“诺。”乃共入霸陵山中，以耕织为业，咏诗书，弹琴以自娱。东出关，过京师，作五噫之歌。肃宗闻而非之，求鸿不得。乃易姓名，遂至吴，依大家皋伯通，居庑下，为人赁舂。每归，妻为具食，不敢于鸿前仰视，举案齐眉。伯通察而异之，曰:“彼佣能使其妻敬之如此，非凡人也。”乃方舍之于家。

箪瓢　论语(雍也):“一箪食，一瓢饮，在陋巷，人不堪其忧，回也不改其乐。贤哉回也。”

兰玉　晋书谢安传:安尝戒约子侄，因曰:“子弟亦何豫人家事，而正欲使其佳?”诸人莫有言者。谢玄答曰:“譬如芝兰玉树，欲使其生于庭阶耳。”安大悦。

心曲　诗秦风(小戎):“在其板屋，乱我心曲。”

文君婿　注见卷一河满子“见说岷峨凄怆”阕。闻见后录:东坡为董毅夫作长短句:“文君婿知否，笑君卑辱。”奇语也。文君婿犹虞姬婿云。今刻本者不知有自，改“文君细知否”，可笑耳。

汉广　诗汉广:“南有乔木，不可休思。汉有游女，不可求思。”

琴书二句　白居易庐山草堂记:“左手引妻子，右手抱琴书，终老于斯，以成就平生之志。清泉白石，实闻斯言。”秦系诗(山中奉寄钱起员外兼简苗发员外):“逸妻相共老烟霞。”

哨遍

陶渊明赋归去来，有其词而无其声。余既治东坡，筑雪堂于上，人俱笑其陋，独鄱阳董毅夫过而悦之，有卜邻之意。乃取归去来词，稍加檃栝,使就声律,以遗毅夫。使家僮歌之,时相从于东坡,释耒而和之,扣牛角而为之节,不亦乐乎?

为米折腰,因酒弃家,口体交相累。归去来,谁不遣君归?觉从前皆非今是。露未晞,征夫指余归路,门前笑语喧童稚。嗟旧菊都荒,新松暗老,吾年今已如此。但小窗容膝闭柴扉,策杖看孤云暮鸿飞。云出无心,鸟倦知还,本非有意。 噫!归去来兮,我今忘我兼忘世。亲戚无浪语,琴书中有真味。步翠麓崎岖,泛溪窈窕,涓涓暗谷流春水。观草木欣荣,幽人自感,吾生行且休矣。念寓形宇内复几时,不自觉皇皇欲何之。委吾心、去留谁计?神仙知在何处,富贵非吾志。但知临水登山啸咏,自引壶觞自醉。此生天命更何疑,且乘流、遇坎还止。 傅注本卷八

【校】

傅注本题首有"公旧序云"四字,"余"下无"既"字,"弃家"作"弃官"。 毛本"志"作"愿"。

【朱注】

纪年录:壬戌春,以渊明归去来辞檃栝为哨遍。

【笺】

哨遍 侯鲭录:东坡在昌化,负大瓢行歌田间,盖哨遍也。

归去来 陶潜归去来:归去来兮,田园将芜胡不归。既自以心为形役,奚惆怅而独悲。悟已往之不谏,知来者之可追。实迷途其未远,觉今是而昨非。舟遥遥以轻扬,风飘飘而吹衣。问征夫以前路,恨晨光之熹微。乃瞻衡宇,载欣载奔。僮仆欢迎,稚子候门。三径就荒,松菊犹存。携幼入室,有酒盈罇。引壶觞以自酌,眄庭柯以怡颜。倚南窗以寄傲,审容膝之易安。园日涉以成趣,门虽设而常

关。策扶老以流憩，时矫首而遐观。云无心以出岫，鸟倦飞而知还。景翳翳以将入，抚孤松而盘桓。归去来兮，请息交以绝游。世与我而相违，复驾言兮焉求。悦亲戚之情话，乐琴书以消忧。农人告余以春及，将有事乎西畴。或命巾车，或棹孤舟。既窈窕以寻壑，亦崎岖而经丘。木欣欣以向荣，泉涓涓而始流。善万物之得时，感吾生之行休。已矣乎，寓形宇内复几时，曷不委心任去留，胡为遑遑欲何之。富贵非吾愿，帝乡不可期。怀良辰以孤往，或植杖而耘耔。登东皋以舒啸，临清流而赋诗。聊乘化以归尽，乐夫天命复奚疑。

乘流遇坎　贾谊鹏鸟赋："乘流则逝兮，遇坎则止。"

渔家傲　赠曹光州

些小白须何用染，几人得见星星点。作郡浮光虽似箭。君莫厌，也应胜我三年贬。　　我欲自嗟还不敢，向来三郡宁非忝。婚嫁事稀年冉冉。知有渐，千钧重担从头减。

【校】

傅注本、元本俱无。

【朱注】

王案：壬戌六月，曹焕来谒。为渔家傲，使焕寄其父九章。　本集吊李台卿诗叙：曹光州演甫以书报其亡。查注：曹光州，曹焕九章之父。王文诰曰：本集记朱元经云：光州有朱元经道人者，百许岁。闻其死，故人曹九章适为光守，敛葬之。又记神清洞云：苏辙之婿曹焕。又栾城集祭曹演父文云：始于朋友，求我婚姻。匪我知公，我兄实知。以上合诗叙观之，皆曹光州名九章、字演甫之确证，而其子则焕也。

【笺】

染须　刘禹锡诗(与歌者米嘉荣):"近来时世轻前辈,好染髭须事后生。"

星星　宋书谢灵运传:何长瑜尝于江陵寄书与宗人何勗,以韵语序义庆府僚佐云:"陆展染鬓发,欲以媚侧室。青青不解久,星星行复出。"

三郡　先生历知密州、徐州、湖州,故云"三郡"。

定风波

元丰五年七月六日,王文甫家饮酿白酒,大醉。集古句作墨竹词。

雨洗娟娟嫩叶光,风吹细细绿筠香。秀色乱侵书帙晚,帘卷,清阴微过酒尊凉。　　人画竹身肥拥肿,何用?先生落笔胜萧郎。记得小轩岑寂夜,廊下,月和疏影上东墙。　傅注本卷四

【校】

傅注本题"家饮"二字倒。　元本题"五年"作"六年","娟娟"作"涓涓"。

【朱注】

年谱:壬戌,饮王文甫家作。纪年录:壬戌作。　诗集查注:王齐万,蜀人,时寓居武昌县。王文诰曰:齐万字子辩,乃齐愈字文甫之弟。其居在武昌之东湖,与伍洲相对。

【笺】

雨洗五句　杜甫严郑公咏竹诗:"绿竹半含箨,新梢才出墙。色侵书帙晚,阴过酒尊凉。雨洗娟娟静,风吹细细香。但令无翦伐,会见拂云长。"

拥肿　庄子逍遥游:惠子谓庄子曰:"吾有大树,人谓之樗,其大本拥肿而不中绳墨,其小枝卷曲而不中规矩。"注:拥肿,犹盘瘿。

萧郎　傅注：唐协律郎萧悦善画竹，举世无伦。白乐天尝为画竹歌曰："萧郎下笔独逼真，丹青已来惟一人。人画竹身肥拥肿，萧画茎瘦节节竦。"

洞仙歌

余七岁时，见眉山老尼，姓朱，忘其名，年九十岁。自言尝随其师入蜀主孟昶宫中。一日大热，蜀主与花蕊夫人夜纳凉摩诃池上，作一词，朱具能记之。今四十年，朱已死久矣，人无知此词者。但记其首两句，暇日寻味，岂洞仙歌令乎？乃为足之云。

冰肌玉骨，自清凉无汗。水殿风来暗香满。绣帘开、一点明月窥人，人未寝，攲枕钗横鬓乱。　　起来携素手，庭户无声，时见疏星渡河汉。试问夜如何？夜已三更，金波淡、玉绳低转。但屈指西风几时来，又不道流年，暗中偷换。　傅注本卷五

【校】

苕溪渔隐丛话引此词，"余"作"仆"，"眉山"作"眉州"，"九十岁"作"九十余"，"夜纳凉"作"夜起避暑"，"死"字下无"久"字，"但记"作"独记"，"两句"下有"云冰肌玉骨自清凉无汗"十字，"鬓"字上有"云"字，"但屈指"作"细屈指"。　傅注本题首有"公自序云"四字，"余"作"仆"，"山"作"州"，"岁"作"余"，"纳凉"作"起避暑"，"但"作"独"，"但屈指"作"细屈指"。　毛本题无"久"字、"云"字，"岁"作"余"，"纳凉"作"起避暑"，"但"作"独"，"三更"上衍"是"字。

【朱注】

案：公生丙子，七岁为壬午，又四十年为壬戌也。

【笺】

孟昶　十国春秋：后蜀主孟昶好学，为文皆本于理。居恒谓李昊、徐光溥曰："王衍浮薄，而好轻艳之词，朕不为也。"然昶亦工声曲，有相见欢词。

花蕊夫人　能改斋漫录：徐匡璋纳女于孟昶，拜贵妃，别号花蕊夫人，意花不足拟其色，似花蕊翾轻也。又升号慧妃，如其性也。王师下蜀，太祖闻其名，命别护送。陈无已云姓费，误矣。铁围山丛谈：国朝降下西蜀，而花蕊夫人又随昶归中国。昶至且十日，则召花蕊夫人入宫中，而昶遂死。昌陵后亦惑之。太宗在晋邸时，数数谏昌陵而不克，去。一日兄弟相与猎苑中，花蕊夫人在侧，晋邸方调弓矢引满，政拟走兽，忽回射花蕊夫人，一箭而死焉。

冰肌玉骨　"冰肌"注见卷一减字木兰花"郑庄好客"阕。杜甫徐卿二子歌："秋水为神玉为骨。"

钗横　欧阳修临江仙词："水晶双枕，傍有堕钗横。"

夜如何　诗小雅庭燎："夜如何其？夜未央，庭燎之光。"

玉绳　春秋元命苞：玉衡北两星为玉绳。谢朓诗（暂使下都夜发新林至京邑赠西府同僚）："金波丽鳷鹊，玉绳低建章。"

【评】

郑文焯曰：坡老改添此词数字，诚觉气象万千，其声亦如空山鸣泉，琴筑竞奏。

【附录】

苕溪渔隐丛话：漫叟诗话云，杨元素作本事曲，记洞仙歌云云。钱塘有老尼，能诵后主诗首章两句，后人为足其意，以填此词。余尝见一士人诵全篇云："冰肌玉骨清无汗，水殿风来暗香满。帘开明月独窥人，敧枕钗横云鬓乱。起来琼户启无声，时见疏星渡河汉。屈指西风几时来，只恐流年暗中换。"又东坡洞仙歌序云云。苕溪渔隐曰：漫叟诗话所载本事曲云钱塘一老尼，能诵后主诗首章两句，与东坡洞仙歌序全然不同，当以序为正也。

温叟诗话：蜀主孟昶令罗城上尽种芙蓉，盛开四十里。语左右曰："古以蜀为锦城，今观之，真锦城也。"尝夜同花蕊夫人避暑摩诃池上，作玉楼春词云："冰肌玉骨清无汗，水殿风来暗香满。绣帘一点月窥人，攲枕钗横云鬓乱。 起来琼户启无声，时见疏星渡河汉。屈指西风几时来，只恐流年暗中换。"

西溪丛话：孟蜀主水殿诗，东坡续为长短句。一云昶与花蕊夫人避暑摩诃池上所咏玉楼春词也。一云东坡少年遇美人，喜洞仙歌，又邂逅处景色暗相似，故檃栝稍协律以赠之也。然考东坡洞仙歌序云云，惟朱尼作宋尼，与诸本异。

古今词话：沈雄曰：东京人士檃栝东坡洞仙歌为玉楼春，以记摩诃池上之事。

味水轩日记：东坡墨跡行书洞仙歌词一首，字如当三钱大，丰茂多姿，全法徐季海。此词首语"冰肌玉骨，自清凉无汗"，旧传蜀花蕊夫人句，后皆坡翁续成之，豪华婉逸，如出一手，亦公自所得意者。染翰洒洒，想见其轩渠满志也。

念奴娇　赤壁怀古

大江东去，浪淘尽、千古风流人物。故垒西边，人道是、三国周郎赤壁。乱石崩云，惊涛裂岸，卷起千堆雪。江山如画，一时多少豪杰。 遥想公瑾当年，小乔初嫁了，雄姿英发。羽扇纶巾，谈笑间、强虏灰飞烟灭。故国神游，多情应笑我，早生华发。人间如梦，一尊还酹江月。 傅注本卷二

【校】

傅注本"崩云"作"穿空"，"裂"作"拍"，"酹"作"醉"。 毛本"穿空"、"拍岸"同傅本。 郑文焯曰：容斋续笔诗词改字一条，谓向巨原云，元不伐家有鲁直所书

东坡念奴娇，与今人歌不同者数处，如“浪淘尽”为“浪声沉”，“周郎赤壁”为“孙吴赤壁”，“穿空”为“崩云”，“拍岸”为“掠岸”，“多情应笑我早生华发”为“多情应是笑我生华发”，“如梦”为“如寄”。不知此本今何在也。案此从元祐云间本，唯“崩云”二字与山谷所录无异。汲古刻固作“穿空”、“拍岸”，此又作“裂岸”，亦奇。愚谓他无足异，只“多情应是”句，当从鲁直写本校正。又云：曩见陈伯弢斋头有王壬老读是词校字，改“了”为“与”，伯弢极倾倒。余笑谓此正是湘绮不解词格之证，即以音调言，亦哑凤也。

【朱注】

纪年录：壬戌七月作。

【笺】

赤壁　诗集王注：厚曰：周瑜以兵三万败曹公于赤壁山，在鄂州蒲圻县。援曰：赤壁在武昌之西也。查注：江夏辨疑云，江汉之间指赤壁者三焉，一在汉水之侧，竟陵之东；一在齐安郡之步下；一在江夏西南二百里。本集杂记云：黄州少西山麓斗入江中，石色如丹，相传所谓赤壁者，或曰非也。曹公败归由华容路，今赤壁少西对岸即华容镇，庶几是也。然岳州亦有华容县，未知孰是。

大江　傅注：汉书地理志：岷山，岷江所出，故为大江，至九江为中江，至徐陵为北江，盖一源而三目。尚书称岷山导江，东别为沱，又东至于澧，东迤北，会于淮。

浪淘　白居易浪淘沙词：“白浪茫茫与海连，平沙浩浩四无边。暮去朝来淘不住，遂令东海变桑田。”

周郎　吴志（周瑜传）：周瑜字公瑾，庐江舒人。长壮有姿貌。孙策与瑜同年，独相友善。策众已数万，亲自迎瑜，授建威中郎将。瑜时年二十四，吴中皆呼为周郎。曹公入荆州，刘琮举众降，曹公得其水军船及步兵数十万，将士闻之皆恐惧。时刘备为曹公所破，欲引南渡江，与鲁肃遇于当阳，遂共图计。因进驻夏口，遣诸葛亮诣权。权遂遣瑜及程普等，与备并力逆曹公，遇于赤壁。时曹公军众已有疾病，初一交战，公军败退，引次江北。瑜等在南岸。瑜部将黄盖曰："今寇众我寡，难与持久。然观操军方连船舰，首尾相接，可烧而走也。"乃取蒙冲斗舰数十艘，实以薪草，膏油灌其中，裹以帷幕，上建牙旗。先书报曹公，欺以欲降，又豫备走舸，各系大船后，因引次俱前。曹公军吏士皆延颈观望，指言盖降。盖放诸船，同时发火，时风盛火猛，悉延烧岸上营落，顷之，烟炎涨天，人马烧溺，死者甚众。军遂败退，还保南郡。备与瑜等复共追曹公。

小乔　吴志(周瑜传)：策欲取荆州，以瑜为中护军，领江夏太守，从攻皖，拔之。时得桥公两女，皆国色也，策自纳大桥，瑜纳小桥。江表传：策从容戏瑜曰："桥公二女虽流离，得吾二人作婿，亦足为欢。"

英发　吴志(吕蒙传)：孙权与陆逊论周瑜、鲁肃及蒙，曰："子明少时，孤谓不辞剧易，果敢有胆而已。及身长大，学问开益，筹略奇至，可以次于公瑾，但言议英发不及之耳。"子明，吕蒙字。

羽扇纶巾　蜀志：诸葛武侯与宣王在渭滨将战，宣王戎服莅事，使人视武侯，乘素车，葛巾毛扇，指麾三军，皆从其进止。宣王闻之，叹曰："可谓名士也。"傅注引，今本三国志无此节。晋书顾荣传：广陵相陈敏反，周玘与荣及甘卓、纪瞻潜谋起兵攻敏。荣发檄敛舟南岸，敏率万余人出，不获济，荣麾以羽扇，其众溃散。晋书谢万传：万早有时誉，简文帝作相，召为抚军从事中郎，着白纶巾，鹤氅裘，履版而前。既见，与帝共谈移日。

灰飞烟灭　闻见后录：东坡赤壁词"灰飞烟灭"之句，圆觉经中佛语也。李白赤壁歌："二龙争斗决雌雄，赤壁楼船扫地空。烈火初张燕云海，周瑜于此破曹公。"

神游　列子(周穆王)：化人曰："吾与王神游，形奚动哉?"

【附录】

吹剑录：东坡在玉堂日，有幕士善歌，因问："我词何如柳七?"对曰："柳郎中词，只合十七八女郎，执红牙板，歌‘杨柳岸晓风残月’。学士词须关西大汉，铜琵琶，铁绰板，唱‘大江东去’。”东坡为之绝倒。

艺苑卮言：昔人谓铜将军，铁绰板，唱苏学士“大江东去”，十八九岁好女子，唱柳屯田“杨柳岸晓风残月”，为词家三昧。然学士此词，亦自雄壮，感慨千古，果令铜将军于大江奏之，必能使江波鼎沸。至咏杨花水龙吟慢，又进柳妙处一层矣。

又 中秋

凭高眺远，见长空万里，云无留迹。桂魄飞来光射处，冷浸一天秋碧。玉宇琼楼，乘鸾来去，人在清凉国。江山如画，望中烟树历历。　　我醉拍手狂歌，举杯邀月，对影成三客。起舞徘徊风露下，今夕不知何夕。便欲乘风，翻然归去，何用骑鹏翼。水晶宫里，一声吹断横笛。

【校】

傅注本、元本俱无。

【朱注】

王案：壬戌八月十五日作。

【笺】

桂魄　参同契：阳神日魂，阴神月魂，魂之与魄，互为室宅。酉阳杂俎（天咫）：月中有桂，高五百丈，下有一人常斫之，树创随合。其人姓吴名刚，西河人。学仙有过，谪伐桂。王维诗（按此为王涯诗秋夜曲）：“桂魄初生秋露微。”

玉宇琼楼　注见卷一水调歌头“明月几时有”阕。

乘鸾　异闻录：开元中，明皇与申天师游月中，见素娥十余人，皓衣，乘白鸾，笑舞于广庭大桂树下，乐音嘈杂清丽。明皇归，制霓裳羽衣曲。集仙录：天使降时，鸾鹤千万，众仙毕集，高者乘鸾，次乘骐麟，次乘龙。

清凉国　陆龟蒙诗："溪山自是清凉国，松竹合封潇洒侯。"

狂歌四句　李白月下独酌诗："我歌月徘徊，我舞影零乱。醒时同交欢，醉后各分散。"余详卷一少年游"玉肌铅粉傲秋霜"注。

今夕何夕　诗唐风(绸缪)："绸缪束薪，三星在天。今夕何夕，见此良人。"

鹏翼　庄子逍遥游：鹏之背，不知其几千里也，怒而飞，其翼若垂天之云。

水晶宫　述异记：阖闾水晶宫，备极珍巧，皆出自水府。杜甫诗(曲江对酒)："水晶宫殿转霏微。"

横笛　梦溪笔谈(乐律一)：后汉马融所赋长笛，空洞无底，正似今之尺八。李善为之注云：七空，长一尺四寸。此乃今之横笛耳。青琐高议：唐庄宗最爱夜月，月夜自吹横笛数曲。

南乡子

重九涵辉楼呈徐君猷。

霜降水痕收，浅碧鳞鳞露远洲。酒力渐消风力软，飕飕。破帽多情却恋头。　　佳节若为酬，但把清尊断送秋。万事到头都是梦，休休。明日黄花蝶也愁。　傅注本卷四

【朱注】

纪年录壬戌作。

【笺】

水痕　杜甫诗(冬深)："寒水落依痕。"薛能诗："旧痕依石落，初冻著槎生。"

破帽　三山老人语录：从来九日用落帽事，东坡独云“破帽多情却恋头”，语为奇特，不知东坡用杜子美诗：“羞将短发还吹帽，笑倩旁人为整冠。”

佳节　注见卷一少年游“银塘朱槛曲尘波”阕。

是梦　潘阆诗（樽前勉兄长）：“须信百年都似梦，莫嗟万事不如人。”

蝶愁　郑谷十日菊诗：“节去蜂愁蝶不知，晓庭还绕折空枝。”先生九日次韵王巩云：“相逢不用忙归去，明日黄花蝶也愁。”

临江仙　夜归临皋

夜饮东坡醒复醉，归来仿佛三更。家童鼻息已雷鸣。敲门都不应，倚杖听江声。　长恨此身非我有，何时忘却营营。夜阑风静縠纹平。小舟从此逝，江海寄余生。　傅注本卷三

【校】

元本、毛本俱无题。从傅注本补。

【朱注】

王案：壬戌九月，雪堂夜饮，醉归临皋作。　避暑录：子瞻在黄州，与数客饮江上。夜归，江面际天，风露浩然，有当其意，乃作歌词，所谓“小舟从此逝，江海寄余生”者，与客大歌数过而散。翼日喧传子瞻夜作此词，挂冠服江边，拏舟长啸去矣。郡守徐君猷闻之惊且惧，以为州失罪人，急命驾往谒，则子瞻鼻鼾如雷，犹未兴也。然此语卒传至京师，裕陵亦闻而疑之。

【笺】

鼻息雷鸣　韩愈石鼎联句序：衡山道士轩辕弥明，与进士刘师服、校书郎侯喜联石鼎诗已毕，道士曰：“此皆不足与语，吾闭口矣。”即倚墙睡，鼻息如雷鸣。二

子怛然失色。

身非我有　庄子(知北游)：舜问乎丞曰："道可得而有乎?"曰："汝身非汝有也，女何得有夫道?"舜曰："吾身非吾有也，孰有之哉?"曰："是天地之委形也。"

营营　庄子(庚桑楚)：无使汝思虑营营。

縠纹　傅注：风息浪平，水纹如縠。选诗："风浪吹纹縠。"　刘禹锡竹枝词："江上春来新雨晴，瀼西春水縠纹生。"

小舟二句　高适诗(奉酬睢阳李太守)："寸心仍有适，江海一扁舟。"

减字木兰花

赠徐君猷三侍人，一妩卿。

娇多媚杀，体柳轻盈千万态。殢主尤宾，敛黛含颦喜又瞋。徐君乐饮，笑谑从伊情意恁。脸嫩肤红，花倚朱阑裹住风。

【校】

傅注本、元本俱无。

【笺】

体柳　注见卷一洞仙歌"江南腊尽"阕。

含颦　温庭筠照影曲："黄印额山轻为尘，翠鳞红稚俱含颦。"

又　胜之

双鬟绿坠，娇眼横波眉黛翠。妙舞蹁跹，掌上身轻意态妍。

曲穷力困，笑倚人旁香喘喷。老大逢欢，昏眼犹能子细看。

【校】

傅注本、元本俱无。

【笺】

双鬟　白居易诗(续古诗十首)："窈窕双鬟女，容德俱如玉。"

横波　傅毅舞赋："眉连娟以增绕兮，目流睇而横波。"

蹁跹　南都赋："翘遥迁延，蹩躠蹁跹。"

掌上身轻　赵飞燕外传：飞燕体轻，能为掌上舞。南史羊侃传：舞人张净琬，腰围一尺六寸，时人咸推能掌上舞。

香喘　欧阳炯浣溪沙词："兰麝细香闻喘息，绮罗纤缕见肌肤。此时还恨薄情无?"

又　庆姬

天真雅丽，容态温柔心性慧。响亮歌喉，遏住行云翠不收。
妙词佳曲，啭出新声能断续。重客多情，满劝金卮玉手擎。

【校】

傅注本、元本俱无。

【朱注】

王案：壬戌十二月，张商英过黄州，会于徐大受席上作。　春渚纪闻：张无尽过黄州，徐君猷有四侍人，适张夫人携其一往婿家为浴儿之会，无尽因戏语云："厥有美妾，良由令妻。"公即续之云："道得征章郑赵，姓称孙姜阎齐。浴儿于玉润之家，一夔足矣；侍坐于冰清之仄，三英粲兮。"既暮而张夫人还，其一还，乃阎姬也，最为徐所宠。

【笺】

遏云　注见本卷水龙吟“小舟横截春江”阕。

又　赠君猷家姬

柔和性气，雅称佳名呼懿懿。解舞能讴，绝妙年中有品流。眉长眼细，淡淡梳妆新绾髻。懊恼风情，春著花枝百态生。

【校】

傅注本、元本俱无。

【笺】

品流　南史王僧绰传：累迁尚书郎，参掌大选，究识流品，任举咸尽其分。

绾髻　梅尧臣诗（桓妒妻）：“妾初见主来，绾髻下庭隅。”

懊恼　宋书五行志：晋安帝隆安中，民忽作懊恼歌，其曲中有“草生可揽结，女儿可揽抱”之言。白居易诗（听竹枝赠李侍御）：“巴童蛮女竹枝歌，懊恼何人怨咽多。”

又　赠胜之

天然宅院，赛了千千并万万。说与贤知，表德元来是胜之。今来十四，海里猴儿奴子是。要赌休痴，六只骰儿六点儿。　傅注本卷九

【校】

傅注本题下多“乃徐君猷侍儿”六字。

【笺】

千千万万　杜牧晚晴赋：“闲草甚多，丛者束兮，靡者杳兮。仰风猎日，如立如笑兮，千千万万之容兮，不可得而状也。”

海猴　傅注：海猴儿，言好孩儿也。

骰儿　骰，音头，骰子，博陆彩具。傅注：六点儿，言没赛也。

西江月

送建溪双井茶、谷帘泉与胜之。徐君猷家后房，甚慧丽，自陈叙本贵种也。

龙焙今年绝品，谷帘自古珍泉。雪芽双井散神仙，苗裔来从北苑。　汤发云腴酽白，盏浮花乳轻圆。人间谁敢更争妍，斗取红窗粉面。　傅注本卷二

【校】

傅注本“徐君猷”上更有“胜之”二字，下无“慧”、“陈”二字，“粉面”作“白面”。　毛本题作“送茶并谷帘与王胜之”。郑文焯曰：题“胜之”下当是旁注。

【朱注】

诗集查注：茶事杂录：双井在宁州西三十里，黄山谷所居也。其南溪心有二井，土人汲以造茶，为草茶第一。方舆记：谷帘泉在南康府城西，泉水如帘，布岩而下，三十余派。陆羽品其味，为天下第一。

【笺】

龙焙　傅注：建溪龙焙出腊茶，天下奇特。　宋史地理志：建宁府建安县，有北苑茶龙焙监库，及石舍、永兴、丁地三银场。

谷帘　傅注：谷帘泉在今星子县。茶经：陆羽第水高下，有二十品，庐山谷帘水居第一。

雪芽　傅注：洪州双井出草茶绝品。　北苑贡茶录：茶芽凡数品，最上曰小芽，如雀舌鹰爪，以其劲直纤挺，故号芽茶。早春极少。轼诗（次韵完夫再赠之什某已卜居毗陵与完夫有庐里之约也）："雪芽为我求阳羡，乳水君应饷惠山。"

北苑　傅注：北苑即建州之龙焙。避暑录话：北苑茶正所产为曾坑，谓之正焙，非曾坑为沙溪，谓之外焙。二地相去不远，而茶种悬绝。沙溪色白过于曾坑，但味短而微涩，识茶者一啜，如别泾渭也。

云腴　傅注：唐陆龟蒙茶诗云："枉压云腴为酪奴。"时号茶为酪奴。

花乳　傅注：云腴、花乳，茶之佳品如此。曹邺茶诗："碧波霞脚碎，香泛乳花轻。"又丁谓诗："花随僧箸破，云逐客瓯圆。"

争妍　轼诗（次韵曹辅寄壑源试焙新芽）："从来佳茗似佳人。"

菩萨蛮　赠徐君猷笙妓

碧纱微露纤掺玉，朱唇渐暖参差竹。越调变新声，龙吟彻骨清。　夜阑残酒醒，惟觉霜袍冷。不见敛眉人，胭脂觅旧痕。

傅注本卷七

【校】

傅注本"纤掺"作"纤纤"，"彻"作"澈"，"胭"作"燕"。　毛本无题，"掺"作

“纤”，次句作“一曲云和湘水绿”，“阑”作“长”，“惟”作“顿”，“敛眉”作“意中”，“胭脂觅”作“新啼压”。

【朱注】

案四词皆在黄州作，以类编。

【笺】

纤掺玉　傅注：张祜客淮南幕中，赴宴时，杜紫微为支使，南座有属意之处，索骰子赌酒。牧微吟曰：“骰子逡巡裹手拈，无因得见玉纤纤。”祜应曰：“但知报道金钗落，仿佛还因露指尖。”　诗（魏葛屦）：“掺掺女手。”传：掺掺，犹纤纤也。

参差竹　沈约笙诗：“孤篆定参差。”

越调新声　傅注：水龙吟曲，乃越调也。汉书外戚传：李延年性知音，善歌舞，武帝爱之。每为新声变曲，闻者莫不感动。

龙吟　罗邺笙诗：“筠管参差排凤翅，月堂凄戚胜龙吟。最宜稍动纤纤玉，醉送当歌滟滟春。”

敛眉　韦庄女冠子词：“含羞半敛眉。”

醉翁操

琅琊幽谷，山川奇丽，泉鸣空涧，若中音会。醉翁喜之，把酒临听，辄欣然忘归。既去十余年，而好奇之士沈遵闻之往游，以琴写其声，曰醉翁操。节奏疏宕而音指华畅，知琴者以为绝伦。然有其声而无其辞，翁虽为作歌，而与琴声不合。又依楚词作醉翁引，好事者亦倚其辞以制曲，虽粗合韵度，而琴声为词所绳约，非天成也。后三十余年，翁既捐馆舍，遵亦没久矣。有庐山玉涧道人崔闲，特妙于琴，恨此曲之无词，乃谱其声，而请东坡居士以补之云。

琅然，清圜，谁弹？响空山，无言，惟翁醉中知其天。月明风露娟娟，人未眠。荷蒉过山前，曰有心也哉此贤。　　醉翁啸咏，声和流泉。醉翁去后，空有朝吟夜怨。山有时而童巅，水有时而回川，思翁无岁年。翁今为飞仙，此意在人间，试听徽外三两弦。

【校】

傅注本、元本、毛本俱无。从后集补。

【朱注】

王案：壬戌，为崔闲作。案词谱云，此本琴曲，所以苏词不载。自辛稼轩编入词中，后遂沿为词调。今遵此说补编。

【笺】

琅琊　欧阳文忠公集醉翁亭记：环滁皆山也。其西南诸峰，林壑尤美，望之蔚然而深秀者，琅琊也。

醉翁引　欧阳文忠公集醉翁吟：余作醉翁亭于滁州，太常博士沈遵，好奇之士也，闻而往游焉。爱其山水，归而以琴写之，作醉翁吟三叠。去年秋，余奉使契丹，沈君会余恩、冀之间。夜阑酒半，援琴而作之，有其声而无其辞，乃为之辞以赠之。其辞曰："始翁之来，兽见而深伏，鸟见而高飞。翁醒而往兮醉而归，朝醒而暮醉兮无有四时。鸟鸣乐其林，兽出游其蹊。咿嘤啁于翁前兮醉不知。有心不能以无情兮，有合必有离。水潺潺兮翁忽去而不顾，山岑岑兮翁复来而几时。风袅袅兮山木落，春年年兮山草菲。嗟我无德于其人兮，有情于山禽与野麋。贤哉沈子兮，能写我心而慰彼相思。"

琅然清圜　琅然，玉声。楚辞九歌："抚长剑兮玉珥，璆锵鸣兮琳琅。"杜诗(舟中)："今朝云影荡，昨夜月清圆。"

娟娟　杜甫诗(狂夫)："风含翠篠娟娟静，雨浥芙蕖冉冉香。"

荷蒉　论语(宪问)：子击磬于卫，有荷蒉而过孔氏之门者，曰："有心哉，击磬乎！"既而曰："鄙哉，硁硁乎！莫己知也，斯己而已矣。深则厉，浅则揭。"子曰："果哉,末之难矣。”

童巅　释名:山无草木曰童,若童子未冠然。

飞仙　十洲记:蓬莱山周回五千里,有圆海绕山,无风而洪波百丈,不可往来,惟飞仙能到其处耳。

【评】

黄庭坚豫章先生文集跋子瞻醉翁操曰:人谓东坡作此文,因难以见巧,故极工。余则以为不然。彼其老于文章,故落笔皆超逸绝尘耳。

郑文焯曰:读此词,髯苏之深于律可知。

【附录】

渑水燕谈录:庆历中,欧阳文忠公谪守滁州。有琅琊幽谷,山川奇丽,鸣泉飞瀑,声若环佩,公临听忘归。僧智仙作亭其上,公刻石为记,以遗州人。既去十年,太常博士沈遵,好奇之士,闻而往游。爱其山水秀绝,以琴写其声,为醉翁吟,盖宫声三叠。后会公河朔,遵援琴作之,公歌以遗遵,并为醉翁引以叙其事。然调不主声,为知琴者所惜。后三十余年,公薨,遵亦殁。其后庐山道人崔闲,遵客也,妙于琴理,常恨此曲无词,乃谱其声,请于东坡居士子瞻,以补其阙。然后声词皆备,遂为琴中绝妙,好事者争传。词不具录,“惟翁醉中”作“惟有醉翁”,“此贤”作“此弦”,下注“第二叠泛声同此”七字,“童巅”作“同巅”,“回川”作“回渊”。方其补词,闲为弦其声,居士倚为词,顷刻而就,无所点窜。遵之子为比丘,号本觉真禅师,居士书以与之云:二水同器,有不相入;二琴同手,有不相应。沈君信手弹琴而与泉合,居士纵笔作词而与琴会,此必有真同者矣。

卜算子　黄州定慧院寓居作

缺月挂疏桐,漏断人初静。谁见幽人独往来,缥缈孤鸿影。

惊起却回头，有恨无人省。拣尽寒枝不肯栖，寂寞沙洲冷。　傅注本卷十二

【校】

傅注本"慧"作"惠"，"谁见"下注云："一作时见，一作唯有。"　元本末句作"枫落吴江冷"。从傅本。　毛本题作"惠州有温都监女，颇有色，年十六，不肯嫁人。闻坡至甚喜，每夜闻坡讽咏，则徘徊窗下。坡觉而推窗，则其女逾墙而去。坡从而物色之，曰：'吾当呼王郎与之子为姻。'未几而坡过海，女遂卒，葬于沙滩侧。坡回惠，为赋此词"。

【朱注】

王案：壬戌十二月作。

【笺】

定慧院　诗集作定惠院。查注：名胜志：定惠院在黄冈县东南。

幽人　周易(履卦)："履道坦坦，幽人贞吉。"

孤鸿　张九龄感遇诗："孤鸿海上来，池潢不敢顾。"

寒枝　滹南遗老集诗话：东坡雁词云"拣尽寒枝不肯栖"，以其不栖木，故云尔。盖激诡之致，词人正贵其如此，而或者以为语病，是尚可与言哉？近日张吉甫复以"鸿渐于木"为辨，而怪昔人之寡闻，此益可笑。易象之言，不当援引为证也。其实雁何尝栖木哉？

沙洲　傅注：一作"枫落吴江冷"。唐崔信明美文章，郑世翼者亦自负。二人相遇江中，郑谓崔曰："闻公有'枫落吴江冷'，愿见其余。"崔出之，郑览未终，曰："所见不逮所闻。"投诸水，引舟而去。

【评】

黄庭坚曰：东坡道人在黄州时作，语意高妙，似非吃烟火食人语。非胸中有万卷书，笔下无一点尘俗气，孰能至此？

张惠言曰：此东坡在黄州时作。鲖阳居士云：缺月，刺明微也。漏断，暗时也。幽人，不得志也。独往来，无助也。惊鸿，贤人不安也。回头，爱君不忘也。无人省，君不察也。拣尽寒枝不肯栖，不偷安于高位也。寂寞沙洲冷，非所安也。此词与考槃诗极相似。

谭献曰：以考槃为比，其言非河汉也。此亦鄙人所谓作者未必然，读者何必不然。

郑文焯曰：此亦有所感触，不必附会温都监女故事，自成馨逸。

【附录】

能改斋漫录：东坡先生谪居黄州，作卜算子云云，“漏断”作“梦断”，其属意盖为王氏女子也，读者不能解。张右史文潜继贬黄州，访潘邠老，尝得其详，题诗以志之：“空江月明鱼龙眠，月中孤鸿影翩翩。有人清吟立江边，葛巾藜杖眼窥天。夜冷月堕幽虫泣，鸿影翘沙衣露湿。仙人采诗作步虚，玉皇饮之碧琳腴。”

古今词话：女红余志云，惠州温氏女超超，年及笄，不肯字人。闻东坡至，喜曰：“我婿也。”日徘徊窗外，听公吟咏，觉则亟去。东坡知之，乃曰：“吾将呼王郎与子为姻。”及东坡渡海归，超超已卒，葬于沙际。公因作卜算子词，有“拣尽寒枝不肯栖”之句。按词为咏雁，当别有寄托，何得以俗情傅会也。

吴礼部诗话：东坡贺新郎词“乳燕飞华屋”云云，后段“石榴半吐红巾蹙”以下皆咏榴，卜算子“缺月挂疏桐”云云，“缥缈孤鸿影”以下皆说鸿，别一格也。

癸　亥

年谱：元丰六年癸亥，先生年四十八，在黄州。

满庭芳

有王长官者，弃官黄州，三十三年，黄人谓之王先生。因送陈慥来过余，因为赋此。

三十三年，今谁存者？算只君与长江。凛然苍桧，霜干苦难双。闻道司州古县，云溪上、竹隖松窗。江南岸，不因送子，宁肯过吾邦。　　扱扱，疏雨过，风林舞破，烟盖云幢。愿持此邀君，一饮空缸。居士先生老矣，真梦里、相对残釭。歌声断，行人未起，船鼓已逢逢。　傅注本卷一

【校】

傅注本题首有“公旧序云”四字，无“黄州”二字，“扱扱”作“枞枞”。　毛本题无“黄州”二字，“声”作“舞”。

【朱注】

王案：癸亥五月，陈慥报荆南庄田，同王长官来作。

【笺】

苍桧　尔雅释木：桧，柏叶松身。

司州　傅注：按唐书地理志：武德三年，以黄陂县置南司州，七年州废。此言“司州古县”，谓黄陂也。

竹隖　说文：隖，小障也。唐韵：村隖也。与坞同。

摐摐　摐，七恭切。博雅：撞也。韩愈赠张籍诗（病中赠张十八）：“扶几导之言，曲节初摐摐。”

烟盖云幢　说文：幢，旌旗之属。释名：幢，童也，其貌童童也。韩愈诗（楸树）：“青幢紫盖立重重，细雨浮空作彩笼。”

空缸　广韵：罂，缸。韩愈诗（病中赠张十八）：“倾樽与斟酌，四壁堆罂缸。”

残釭　广韵：釭，镫也。谢脁诗（咏幔）：“但愿置樽酒，兰釭当夜明。”

逄逄　集韵：逄，音蓬，鼓声也。诗大雅（灵台）：“鼍鼓逄逄。”韩愈诗（病中赠张十八）：“不踏晓鼓朝，安眠听逄逄。”

【评】

郑文焯曰：健句入词更奇峰，此境匪稼轩所能梦到。不事雕凿，字字苍寒，如空岩霜干，天风吹堕颇黎地上，铿然作碎玉声。

水调歌头

黄州快哉亭赠张偓佺。

落日绣帘卷，亭下水连空。知君为我新作，窗户湿青红。长记平山堂上，攲枕江南烟雨，渺渺没孤鸿。认得醉翁语，山色有无中。　　一千顷，都镜净，倒碧峰。忽然浪起，掀舞一叶白头翁。

堪笑兰台公子，未解庄生天籁，刚道有雌雄。一点浩然气，千里快哉风。　傅注本卷一

【校】

傅注本题作“快哉亭作”，“渺渺”作“杳杳”，“认得”作“认取”。　毛本题同傅本。

【朱注】

纪年录：癸亥作。王案：癸亥六月，张梦得营新居于江上，筑亭，公榜曰“快哉亭”，作水调歌头。　栾城集黄州快哉亭记：清河张君梦得谪居齐安，即其庐之西南为亭，以览睹江流之胜，而余兄子瞻名之曰“快哉”。王文诰曰：梦得又字偓佺。

【笺】

水连空　朱湾诗（九日登青山）：“水将空合色。”李端诗（宿洞庭）：“白水连天暮。”

窗户青红　杜甫诗（越王楼歌）：“孤城西北起高楼，碧瓦朱甍照城郭。”

烟雨孤鸿　罗虬雁诗：“影沉江雨暝。”韦庄东湖诗：“何处最添诗客兴，黄昏烟雨乱蛙声。”

醉翁语　宋本醉翁琴趣外篇醉偎香词：“平山栏槛倚晴空，山色有无中。”醉偎香毛本作朝中措。详卷一西江月（三过平山堂下）注。

千顷三句　韩愈诗（奉酬卢给事云夫四兄……张十八助教）：“曲江千顷秋波净，平铺红蕖盖明镜。”李白诗（陪从祖济南太守泛鹊山湖三首）：“湖阔数千里，湖光摇碧山。”徐铉孺子亭记：平湖千亩，凝碧乎其下；西山万叠，倒影乎其中。

白头翁　江表传：会有白头鸟集殿前，孙权问：“此何鸟？”诸葛恪曰：“白头翁也。”张昭自以坐中最老，疑恪戏之，因曰：“恪欺陛下，未闻鸟名白头翁者。试使恪复寻白头母。”恪曰：“鸟名鹦母，未必有对。试使辅吴复求鹦父。”坐中皆笑。郑谷诗（淮上渔者）：“白头波上白头翁，家逐船移浦浦风。”

兰台公子 宋玉风赋：楚襄王游于兰台之宫，宋玉、景差侍。有风飒然而至，王乃披襟而当之，曰："快哉此风，寡人所与庶人共者邪？"宋玉对曰："此独大王之风耳，庶人安得而共之。"又："清凉雄风，清清泠泠，愈病析酲，发明耳目，宁体便人。此所谓大王之雄风也。庶人之风，中心惨怛，生病造热，中唇为胗，得目为蔑，啖齰嗽获，死生不卒。此所谓庶人之雌风也。"

庄生天籁 庄子齐物论：颜成子游曰："地籁则众窍是已，人籁则比竹是已，敢问天籁。"南郭子綦曰："夫吹万不同，而使其自已也，咸其自取，怒者其谁邪？"

浩然气 孟子(公孙丑上)："我知言，我善养吾浩然之气。其为气也，至大至刚，以直养而无害，则塞于天地之间。"

【评】

郑文焯曰：此等句法，使作者稍稍矜才使气，便流入粗豪一派。妙能写景中人，用生出无限情思。

蝶恋花 送潘大临

别酒劝君君一醉。清润潘郎，又是何郎婿。记取钗头新利市，莫将分付东邻子。 回首长安佳丽地。三十年前，我是风流帅。为向青楼寻旧事，花枝缺处余名字。

【校】

傅注本、元本俱无。 能改斋漫录"劝"作"送"，"又"作"更"。

【朱注】

案能改斋漫录载此词，谓是公在黄州送潘邠老省试作。疑在癸亥年。

【笺】

潘大临　诗集查注：张文潜宛丘集中潘大临文集序云：大临字邠老，故闽人，后家黄州。尝举于有司，无知其才而力振之于困者。后客死于蕲春。潘子真诗话：潘邠老，唐太仆卿季荀之后，衢之曾孙，鲠之子。寓居齐安，得句法于东坡。年未五十殁。

潘郎　晋书潘岳传：岳字安仁，举秀才为郎。少时常挟弹出洛阳道，妇人遇之者，皆连手萦绕，投之以果，遂满车而归。徐陵洛阳道乐府："潘郎车欲满，争奈掷花何。"

何郎　语林：何平叔晏美姿仪，面纯白，魏明帝疑其傅粉，夏日以汤饼食之，汗出，以朱衣拭面，色转皎然。韩偓诗(闲情)："何郎灯暗谁能咏，韩寿香焦亦任偷。"

利市　周易(说卦)：为近利，市三倍。余详卷一减字木兰花(惟熊佳梦)注。

东邻　宋玉登徒子好色赋："楚国之丽者，莫若臣东家之子。此女登墙窥臣三年，至今未许也。"

风流帅　抱朴子(外篇崇教)：行为会饮之魁，坐为博弈之帅。

青楼　曹植美女篇："青楼临大路，高门结重关。"王昌龄青楼曲："驰道杨花满御沟，红妆漫绾上青楼。"

【附录】

能改斋漫录："别酒送君"云云。右蝶恋花词，东坡在黄时，送潘邠老赴省试作也，今集不载。

醉蓬莱

余谪居黄州，三见重九，每岁与太守徐君猷会于栖霞楼。今年公将去，乞郡湖南。念此惘然，故作是词。

笑劳生一梦，羁旅三年，又还重九。华发萧萧，对荒园搔首。赖有多情，好饮无事，似古人贤守。岁岁登高，年年落帽，物华依旧。　此会应须烂醉，仍把紫菊红萸，细看重嗅。摇落霜风，有手栽双柳。来岁今朝，为我西顾，酹羽觞江口。会与州人，饮公遗爱，一江醇酎。　傅注本卷三

【校】

傅注本题无"州"、"楼"二字。毛本题作"重九上君猷"，"红"作"茱"。

【朱注】

年谱：壬戌重九作。纪年录：癸亥君猷将去作。

【笺】

君猷将去　诗集查注：予考本集代巢元修所作遗爱亭记云：东海徐君猷以朝散郎为黄州，每岁之春，与子瞻游安国寺，饮酒于竹间亭。公既去郡，寺僧请名，子瞻名之曰"遗爱"。据此则君猷之没，在去黄州之后，非终于黄也。但其去郡后踪迹无可考耳。

劳生　李白诗(春日醉起言志)："处世若大梦，胡为劳其生。"

羁旅　左传庄公二十二年：羁旅之臣。注：羁，寄也。旅，客也。

华发　傅注：唐褚遂良帖云："华发萧然。"盖贬长沙时也。公时贬黄，故云。

好饮无事　史记(陈轸传)：陈轸为楚使秦，过梁，欲见犀首，谢弗见。已乃见之。陈轸曰："公何好饮也?"犀首曰："无事也。"曰："吾请令公厌事可也。"　郑文焯曰：东坡诗中恒用无事酒，以此。

登高　续齐谐记：桓景随费长房学数年，房忽谓之曰："九月九日，汝家有大灾。可速去，令家人各作绛囊，盛茱萸系臂，登高山，饮菊花酒，祸乃可消。"景如其言，举家登高。夕还，见牛羊鸡犬等皆暴死。

落帽　世说(识鉴)：孟嘉为征西将军桓温参军事，温甚礼之。及九月九日，温宴龙门山，参寮毕至。有风吹嘉帽落，温令左右勿言，以观其举止也。

物华　卢思道美女篇："京洛多妖艳，余香爱物华。"

烂醉　杜甫诗(杜位宅守岁)："烂醉是生涯。"

紫菊红萸　西京杂记：九月九日，佩茱萸，饮菊花酒，令人长寿。

细看　注见卷一浣溪沙"白雪清词出坐间"阕。

摇落　宋玉九辩："悲哉秋之为气也，萧瑟兮草木摇落而变衰。"

手栽双柳　诗集徐君猷挽词："雪后独来栽柳处，竹间行复采茶时。"然则此语盖纪实也。

羽觞　陆机诗(拟今日良宴会)："四座感同志，羽觞不可算。"注：羽觞，置鸟羽于觞，以取急饮也。

醇酎　傅注：醇酎，三重酿酒也。黄石公记：昔者良将有馈箪醪者，投于河，令士逐流而饮之，三军皆告醉。

【评】

郑文焯曰：结处掉入苍茫，便有无限离景。

好事近　黄州送君猷

红粉莫悲啼，俯仰半年离别。看取雪堂坡下，老农夫凄切。明年春水漾桃花，柳岸隘舟楫。从此满城歌吹，看黄州阗咽。　傅注本卷五

【校】

傅注本、毛本题俱无"黄州"二字。

【朱注】

纪年录：癸亥，君猷将去作。王案：此词乃君猷置家于黄而去，故云“半年离别”也。

【笺】

红粉　谓官妓也。唐宋时，太守赴任离任，皆有官妓迎送。详卷一菩萨蛮(玉童西迓浮丘伯)注。

雪堂　傅注：公于东坡自作雪堂，耕于其下。见本卷江城子(梦中了了醉中醒)注。

春水桃花　汉书沟洫志：来春桃花水盛，必羡溢，有填淤反壤之害。王维桃源行：“春来遍是桃花水，不辨仙源何处寻。”

阗咽　梁书陶弘景传：永明十年，上表辞禄，诏许之。及发，公卿祖之，供帐甚盛，车马填咽。

西江月　重阳栖霞楼作

点点楼头细雨，重重江外平湖。当年戏马会东徐，今日凄凉南浦。　莫恨黄花未吐，且教红粉相扶。酒阑不必看茱萸，俯仰人间今古。　傅注本卷二

【校】

元本、毛本题俱作“重九”，无“栖霞楼作”四字。从傅注本。

【笺】

戏马东徐　傅注：东徐，彭城也。南史：宋武帝为宋公，在彭城，九月九日出项羽戏马台，至今相承，以为故事。余详卷一浣溪沙(缥缈红妆照浅溪)注。

南浦　注见卷一浣溪沙“一别姑苏已四年”阕。

俯仰今古　古乐府：“俯仰逝将过，倏忽几何间。”

【附记】

案：彊村本此词列在卷三，不编年，以当时未见傅本，不敢臆定故也。今据傅本题文与词中“戏马东徐”之语，断为先生谪居黄州三年间作，因为改编癸亥。

定风波

王定国歌儿曰柔奴，姓宇文氏，眉目娟丽，善应对，家世住京师。定国南迁归，余问柔：“广南风土应是不好？”柔对曰：“此心安处，便是吾乡。”因为缀词云。

常羡人间琢玉郎，天应乞与点酥娘。自作清歌传皓齿，风起，雪飞炎海变清凉。　万里归来年愈少，微笑，笑时犹带岭梅香。试问岭南应不好，却道，此心安处是吾乡。　傅注本卷四

【校】

傅注本题作“南海归赠王定国侍人寓娘”，“常”作“谁”，“自作”作“尽道”。元本题同傅本，“人”作“儿”，“酥”作“苏”。从毛本。　毛本“应乞与”作“教分付”，“年”作“颜”，“笑时”作“时时”。

【朱注】

案本集王定国诗集序云：定国以余故，贬海上三年。又次韵王巩南迁初归诗，施注编癸亥，词亦是年之作。　诗集施注：王巩字定国，文正公旦之孙，懿敏公素之子。从东坡学为文，东坡下御史狱，而定国亦坐累贬宾州监酒税，凡三年，亦几死，而无幽忧愤叹之意。张宗橚曰：柔奴或作寓娘，考柳州志，王巩侍儿柔

奴，与词叙同。

【笺】

定国南迁　诗集冯注：续通鉴长编元祐六年六月注载刘挚云：巩奇俊有文词，然不就规检，喜立事功，往往犯分，躁于进取。苏辙兄弟奖引之甚力。然好作议论夸诞，轻易臧否人物，其口可畏，以是颇不容于人。昔坐事窜南荒三年，安患难，一不戚于怀，归来颜色和豫，气益刚实。此其过人远甚，不得谓无入于道也。

柔奴　东皋杂录：王定国自岭表归，出歌者柔奴，劝东坡饮。坡问："广南风土应不好？"柔奴曰："此心安处，便是吾乡。"东坡喜其语，作定风波词以记之。"应乞与"作"教分付"。

琢玉点酥　傅注：琢玉郎，言其美姿容如玉也。点酥娘，言其如凝酥之滑腻也。

皓齿　杜甫诗(听杨氏歌)："佳人绝代歌，独立发皓齿。"

岭梅　六帖：庾岭上梅花，南枝已落，北枝方开，寒暖之候异也。杜甫诗(秋日荆南述怀三十韵)："秋水漫湘竹，阴风过岭梅。"

安处　白居易诗(四十五)："安处是吾乡。"(按：此承傅注。查白居易四十五诗云："安处即为乡。"又吾土诗云："身心安处为吾土。"

鹧鸪天

林断山明竹隐墙，乱蝉衰草小池塘。翻空白鸟时时见，照水红蕖细细香。　　村舍外，古城旁，杖藜徐步转斜阳。殷勤昨夜三更雨，又得浮生一日凉。　傅注本卷十一

【校】

傅注本题作"东坡调黄州时作此词，真本藏林子敬家"。　毛本题作"时谪

黄州”。

【朱注】

案公以甲子四月去黄,此词乃六月景事,酌编癸亥。

【笺】

杖藜　杜甫诗(绝句漫兴九首):“杖藜徐步立芳洲。”

浮生　杜甫诗(戏作俳谐体遣闷二首):“是非何处定,高枕笑浮生。”

【评】

郑文焯曰:渊明诗:“啸傲东轩下,聊复得此生。”此词从陶诗中得来,逾觉清异。较“浮生半日闲”句,自是诗词异调。论者每谓坡公以诗笔入词,岂审音知言者?

十拍子

白酒新开九酝,黄花已过重阳。身外傥来都似梦,醉里无何即是乡。东坡日月长。　　玉粉旋烹茶乳,金虀新捣橙香。强染霜髭扶翠袖,莫道狂夫不解狂。狂夫老更狂。　傅注本卷十二

【校】

傅注本“都是”作“都似”。　元本“粉”误作“尘”。从傅本。　毛本题作“暮秋”。

【朱注】

王案:癸亥九月作。

【笺】

九酝　西京杂记:汉制,宗庙八月饮酎,用九酝太牢,皇帝侍祠。以正月旦作

酒,八月成,名曰酎。一曰九酝,一名醇酎。唐中宗九日登高诗序:“陶潜盈把,既浮九酝之欢;毕卓持螯,须尽一生之兴。” 傅注:酒经云:空桑秽饭,酝以稷麦,以成醇醪,酒之始也。乌梅女𪍿,绿醹九投,澄清百品,酒之终也。今之醇酎,一名九酝。𪍿,胡板切。醹音乳。

傥来 庄子(缮性):物之傥来,寄也。

无何有 庄子逍遥游:庄子曰:“今子有大树,患其无用,何不树之于无何有之乡,广漠之野,彷徨乎无为其侧,逍遥乎寝卧其下。不夭斤斧,物无害者。无所可用,安所困苦哉?”

日月长 白居易诗(偶作二首):“无事日月长。”

玉粉二句 傅注:试茶诗有“黄金碾畔玉尘飞,碧玉瓯心素涛起”。金橙捣齑,以馔鱼脍用之。 欧阳修茶歌:“浮之白花如粉乳,乍见紫面生光华。”

染髭 注见本卷渔家傲“些小白须何用染”阕。

老更狂 杜甫诗(狂夫):“欲填沟壑惟疏放,自笑狂夫老更狂。”

南歌子

黄州腊八日饮怀民小阁。

卫霍元勋后,韦平外族贤。吹笙只合在缑山,同驾彩鸾归去趁新年。 烘暖烧香阁,轻寒浴佛天。他时一醉画堂前,莫忘故人憔悴老江边。 傅注本卷五

【校】

傅注本“同”误“闻”,“他时”作“他年”。 毛本题“腊”下有“月”字,“同”作“间”。

【朱注】

王案：癸亥，饮张梦得小阁作。

【笺】

腊八　月令通考：南方专用腊月八日灌佛。宋朝东京，于此月都城诸大寺作浴佛会，并送七宝五味粥，谓之腊八粥。譬喻经：佛腊月八日，降伏六师，投佛请死。言佛以法水洗我心垢，今我请僧洗浴以除身秽，仍为常缘。

怀民　东坡小品记承天夜游：十月十二夜，至承天寺寻张怀民，相与步于中庭。庭中如积水空明，水中藻荇交横，盖竹柏影也。

卫霍　潘岳西征赋："怀夫萧曹魏丙之相，辛李卫霍之将。"注：卫霍，谓卫青、霍去病也。

韦平　傅注：韦贤，其子元成。平当，其子晏。班史云：汉兴，惟韦、平父子至丞相。

缑山　注见卷一鹊桥仙"缑山仙子"阕。

彩鸾　裴硎传奇：钟陵西山有游帷观，每至中秋，车马喧阗。太和末，有书生文箫往观，忽遇一姝，甚丽，吟诗相引，至绝顶坦然之地。俄有仙童持天判曰："吴彩鸾以私欲泄天机，谪为民妻一纪。"姝乃与生下，归钟陵。余详卷一殢人娇（别驾来时）注。山海经：女床之山有鸟焉，其状如翟而五彩文，名曰鸾鸟，见则天下安宁。

浴佛　傅注：法云记：佛于周穆王二年癸未，年三十，将成道，以腊月八日浴，食乳粥等。

瑶池燕

闺怨，寄陈季常。

飞花成阵，春心困。寸寸，别肠多少愁闷。无人问，偷啼自揾，残妆粉。　　抱瑶琴、寻出新韵，玉纤趁，南风来解幽愠。低云鬟，眉峰敛晕，娇和恨。

【校】

元本、傅本俱无，从毛本及侯鲭录补。　毛本"来"作"未"。

【笺】

南风　史记五帝纪：舜作五弦之琴，以歌南风诗曰："南风之薰兮，可以解吾民之愠兮。"

眉峰　陈师道诗："眉耸三峰秀。"（按：查全宋诗陈师道卷中无此诗句。卷一一一六次韵无斁二首之一起句云："肩耸三峰峻。"疑龙先生误记。）

【附录】

侯鲭录东坡云：琴曲有瑶池燕，其词不协，而声亦怨咽。变其词作闺怨，寄陈季常去。此曲奇妙，勿妄与人云。案：先生在黄州，与季常往还最密，则此词亦居黄时作也。附编于此，以俟更考。

甲　子

年谱：元丰七年甲子，先生年四十九。在黄州。二月，与徐得之、参寥子步自雪堂至乾明寺。四月，乃有量移汝州之命。郡人潘邠老及弟大观俱以诗知名，多从先生游，先生去，以雪堂付之，邠老因以居焉。四月六日，别黄州，送先生者皆至于慈湖，陈季常独至九江。既到江州，因游庐山。取道兴国至高安，视子由。留十日，复往奉新。七月，过金陵。逼岁，到泗州。十二月十八日，浴雍熙塔下。除夜在泗州。

满庭芳

元丰七年四月一日，余将去黄移汝，留别雪堂邻里二三君子。会李仲览自江东来别，遂书以遗之。

归去来兮，吾归何处，万里家在岷峨。百年强半，来日苦无多。坐见黄州再闰，儿童尽楚语吴歌。山中友，鸡豚社酒，相劝老东坡。　　云何，当此去，人生底事，来往如梭？待闲看秋风，洛水清波。好在堂前细柳，应念我、莫翦柔柯。仍传语，江南父老，时与晒渔蓑。　傅注本卷一

【校】

傅注本题首有“公旧序云”四字，“去黄”作“自黄”，“邻里”作“邻曲”。　元本题“去”作“自”，“州”作“洲”，“酒”作“饮”，“此”作“远”。

【朱注】

纪年录：甲子作。王案：甲子三月，告下，特授检校尚书水部员外郎，汝州团

练副使,本州安置。 雪山集:杨元素起为富川,闻先生自黄移汝,欲顺大江逆西江适筠见子由,令富川弟子员李翔要先生道富川,满庭芳叙所谓“会李仲览自江南来”者是。

【笺】

去黄移汝 续通鉴长编:是年正月,责授黄州团练副使苏轼言汝州无田产,乞居常州。从之。元丰中,轼系御史狱,上本无意深罪之,遂薄其罪,以黄州团练副使安置。然上每怜之,一日语执政曰:“国史大事,朕欲俾苏轼成之。”执政有难色。上曰:“非轼,则用曾巩。”其后巩亦不副上意,上复有旨起轼,以本官知江州。中书蔡確、张璪受命,王震当词头,明日改承议郎,江州太平观。又明日,命格不下。于是卒出手札,徙轼汝州,有“苏轼黜居思咎,阅岁滋深,人材实难,不忍终弃”之语。轼即上表谢。前此京师盛传轼已白日仙去,上对左丞蒲宗孟叹息久之,故轼于表内有“疾病连年,人皆相传为已死;饥寒并日,臣亦自厌其余生”之句也。案:后魏汝北郡,齐改为汝阴,隋置汝州。今为河南临汝县。

岷峨 水经:岷山在蜀郡氐道县,大江所出。注:岷山,即渎山也,水曰渎水矣。又谓之汶阜。山在徼外,江水所导也。余详卷一南乡子(晚景落琼杯)注。

百年 列子(杨朱):杨朱曰:“百年寿之大齐,得百年者,千无一焉。设有一者,孩抱以逮昏老,几居其半矣。”韩愈诗(除官赴阙至江州寄鄂岳李大夫):“年皆过半百,来日苦无多。”

再闰 傅注:公作黄州安国寺记云:元丰二年,余自吴兴守得罪,为黄州团练副使。明年二月至黄州。与陈季常诗序云:余在黄州四年,余三往见季常。七年四月,余量移汝州。以是二者考之,则知公自元丰三年二月到郡,七年四月移汝州,其实在黄州四年零两月也。元丰三年闰九月,六年闰六月,则再闰可知。

楚语吴歌 汉书师古注:楚歌者,楚人之歌,犹吴歈越吟也。乐府有子夜吴歌。杜甫诗(秋野五首):“儿童学蛮语,不必作参军。”

社酒　韩愈诗(南溪始泛三首):"愿为同社人,鸡豚燕春秋。"

东坡　傅注:公在黄州,卜东坡以居。见本卷江城子(梦中了了醉中醒)题。

如梭　寇准诗(和倩桃):"将相功名终若何,不堪急景似奔梭。"

秋风洛水　吕洞宾诗(促拍满路花):"秋风吹洛水,落叶满长安。"

堂前细柳　傅注:公手植柳于东坡雪堂之下。

莫翦柔柯　诗经(召南甘棠):"蔽芾甘棠,勿翦勿伐,召伯所茇。"

江南父老　傅注:齐安在江北,与武昌对岸。公每渡江而南,历游武昌之地,故有"江南父老"之句。

【评】

郑文焯曰:使君抱负不凡。

西江月

姑熟再见胜之,次前韵。

别梦已随流水,泪巾犹裛香泉。相如依旧是臞仙,人在瑶台阆苑。　花雾萦风缥缈,歌珠滴水清圆。蛾眉新作十分妍,走马归来便面。　傅注本卷二

【校】

毛本注:"或刻山谷词。"

【朱注】

挥麈后录:徐君猷后房甚盛,东坡尝闻堂上丝竹,词中所谓"表德原来字胜之"者,所最宠也。东坡北归过南都,其人已归张乐全之子厚之恕矣。东坡复见之,不觉掩面号恸,妾乃顾其徒而大笑。东坡每以语人,为蓄婢之戒。案公去黄北

归过姑熟，在甲子七月。

【笺】

姑熟　今安徽当涂县，晋时置城戍守，后遂为重镇。元和郡县志：姑熟城以姑熟溪名。

香泉　杜甫诗（杜鹃）："泪下如迸泉。"赵嘏送僧诗："题诗片石侵云在，洗钵香泉覆菊流。"

臞仙　汉书司马相如传：相如见上好仙，因曰："上林之事，未足美也，尚有靡者。臣尝为大人赋，未就，请具而奏之。"相如以为列仙之儒，居山泽间，形容甚臞，此非帝王之仙意也，乃遂奏大人赋。

瑶台阆苑　傅注：瑶台、阆苑，皆昆仑之别名。　离骚："望瑶台之偃蹇兮，见有娀之佚女。"许敬宗诗（游清都观寻沈道士得清字）："风衢通阆苑，星使下层城。"

花雾　傅注：广记云：弱质纤腰，如雾蒙花。

歌珠　杜牧诗（羊栏浦夜陪宴会）："珠唱铺圆袅袅长。"

蛾眉　诗卫风（硕人）："螓首蛾眉。"

走马　汉书张敞传：敞无威仪，时罢朝会，过走马章台街，使御吏驱，自以便面拊马。又为妇画眉，长安中传张京兆眉妩。有司以奏敞，上问之，对曰："臣闻闺房之内，夫妇之私，有过于画眉者。"上爱其能，弗备责也。师古注：便面，所以障面，盖扇之类也。不欲见人，以此自障面，则得其便，故曰便面，亦曰屏面。今之沙门所持竹扇，上袤平而下圜，即古之便面也。

渔家傲

金陵赏心亭送王胜之龙图。王守金陵，视事一日，移南郡。

千古龙蟠并虎踞，从公一吊兴亡处。渺渺斜风吹细雨。芳草渡，江南父老留公住。　　公驾风车凌彩雾，红鸾骖乘青鸾驭。却讶此洲名白鹭。非吾侣，翩然欲下还飞去。　傅注本卷三

【校】

傅注本“风车”作“飞车”。　毛本“翩”作“翻”，余同傅本。

【朱注】

纪年录：甲子作。王案：甲子八月，与王益柔游蒋山作。　诗集施注：王胜之名益柔，河南人，枢密使晦叔子也。抗直尚气，喜论天下事。用荫入官，历知制诰直学士院，连守大郡。至江宁才一日，移守南郡。

【笺】

赏心亭　一统志：赏心亭在江宁县西下水门城上。桯史：王荆公罢相镇金陵，是秋江左大蝗，有人题诗赏心亭曰：“青苗免役两妨农，天下嗷嗷怨相公。惟有蝗虫感恩德，又随钧旆过江东。”荆公因饯客至亭，览之大不悦。据此则赏心亭固为当时饯别之地也。

胜之　东都事略：王益柔少力学，尹洙见其文，曰：“赡而不流，制而不窘，未可量也。”杜衍荐于朝，除集贤校理。苏舜钦以祠神会客事除名，益柔坐夺职。久之，为开封推官，历知制诰，迁龙图直学士，除秘书监。出知蔡、扬、亳州、江宁应天府。　诗集施注：东坡与胜之唱和，介甫时居金陵，数与坡游，叹息谓人曰：“不知更几百年，方有如此人物。”

龙蟠虎踞　诗集王注：寰宇记载诸葛亮谓吴大帝曰：“钟山龙蟠，石城虎踞，真帝王都也。”

兴亡处　傅注：金陵，汉末六朝所都，故云“兴亡处”。

斜风细雨　张志和渔父词：“青箬笠，绿蓑衣，斜风细雨不须归。”

风车　傅注：括地图曰：奇肱氏能为飞车，从风远行。汤时，西风吹奇肱车至

豫州,汤破其车,不以示民。十年,西风至,乃复使作车遣归,去王门四万里。又傅注:乘云、游雾、驾鹤、骖鸾,皆神仙之事。

红鸾青鸾　洽闻记:光武时,有大鸟,高五尺,五色备举而多青。诏问百僚,咸以为凤。太史令蔡衡对曰:"凡象凤者有五,多赤色者凤,多青色者鸾。此青者乃鸾,非凤也。"李贺诗(谢秀才有妾……贺复继四首):"铜镜立青鸾,燕脂拂紫绵。"曹唐游仙诗:"紫水风吹剑树寒,水边年少下红鸾。"

白鹭洲　一统志:白鹭洲在应天府西南江中。李白登金陵凤凰台诗:"三山半落青天外,二水中分白鹭洲。"

【附录】

侯鲭录:东坡自黄移汝,过金陵,见舒王,适陈和叔作守,多同饮会。一日游蒋山,和叔被召将行,舒王顾江山曰:"子瞻可作歌。"坡醉中书云云。("渡"作"路","风车"作"飞軿","彩"作"紫"。)和叔到任数日而去,舒王笑曰:"白鹭者得无意乎?"案:此与施注异,录以备考。

浣溪沙　席上赠楚守田待问小鬟

学画鸦儿正妙年,阳城下蔡困嫣然。凭君莫唱短因缘。　雾帐吹笙香袅袅,霜庭按舞月娟娟。曲终红袖落双缠。

【校】

傅注本阙。　毛本题作"赠楚守田待制小鬟"。

【笺】

鸦儿　杜牧诗(闺情):"娟娟却月眉,新鬓学鸦飞。"镏炳诗(暮春写怀四绝):"病目涂鸦不成字,粉盏香墨惜乌丝。"

阳城下蔡　宋玉登徒子好色赋："东家之子，增之一分则太长，减之一分则太短，着粉则太白，施朱则太赤。眉如翠羽，肌如白雪，腰如束素，齿如含贝。嫣然一笑，惑阳城，迷下蔡。"

短因缘　注见卷一菩萨蛮"玉笙不受珠唇暖"阕。

吹笙　皇甫松梦江南词："梦见秣陵惆怅事，桃花柳絮满江城。双髻坐吹笙。"

双缠　古乐府双行缠曲："新罗绣行缠，足趺如春妍。"

又

一梦江湖费五年，归来风物故依然。相逢一醉是前缘。　迁客不应常眊矂，使君为出小婵娟。翠鬟聊著小诗缠。

【校】

傅注本阙。　毛本"逢"作"从"。

【朱注】

纪年录：戊午，赠田楚州小鬟作。案戊午，公未尝至楚州。己未，自徐道楚，到湖州任。甲子，乞常，赴南都，再过楚州，中间谪黄五载，故次首有"一梦五年"之语。王案谓公过淮上，正待问官楚州时，改编是词于甲子。从之。王文诰曰：待问字仲宣。

【笺】

迁客　通鉴后晋纪：池州多迁客。注：以罢迁降外州者，其州人谓之迁客。

眊矂　唐国史补：进士不捷而饮，谓之打眊矂。

虞美人

波声拍枕长淮晓，隙月窥人小。无情汴水自东流，只载一船离恨向西州。　　竹溪花浦曾同醉，酒味多于泪。谁教风鉴在尘埃，酝造一场烦恼送人来。　傅注本卷八

【校】

傅注本题作"冷斋夜话云，东坡与秦少游维扬饮别，作此词。世传以为贺方回所作，非也。山谷亦云。大观中，于金陵见其亲笔，醉墨超逸，诗压王子敬，盖实东坡词也"。毛本题作"东坡与少游维扬饮别，作此词"。

【朱注】

王案：甲子十一月，与秦观淮上饮别作。此词作于淮上，词意甚明，而冷斋夜话以为维扬饮别者，误。公与少游未尝遇于维扬，且少游见公金山而归，有公竹西所寄书为据。

【笺】

长淮三句　注见卷一清平乐"清淮浊汴"阕。

西州　傅注：扬州廨，王敦所创，开东西南三门，俗谓之西州也。

风鉴　傅注：晋王衍字夷甫，神情朗秀，风姿详雅，又有重名于世，时人许以人伦风鉴。　案：晋书王衍传无"人伦风鉴"之说，惟其从兄戎传称戎有人伦鉴，尝目衍神姿高彻，如瑶林琼树，自然是风尘表物云云。傅注误混为一耳。

【附录】

能改斋漫录：东坡长短句云："无情汴水自东流，只载一船离恨向西州。"张文潜用其意以为诗云："亭亭画舸系东潭，只待行人酒半酣。不管烟波与风雨，载将离恨过江南。"王平甫尝爱而诵之，彼不知其出于东坡也。

行香子

与泗守过南山晚归作。

北望平川，野水荒湾，共寻春、飞步孱颜。和风弄袖，香雾萦鬟。正酒酣时，人语笑，白云间。　　飞鸿落照，相将归去。淡娟娟、玉宇清闲。何人无事，宴坐空山。望长桥上，灯火乱，使君还。

【校】

傅注本无。　元本无题。从毛本。　毛本“时”作“适”。

【朱注】

纪年录：甲子十二月作。王案：甲子，与刘士彦山行晚归作。　挥麈后录：东坡自黄州移汝州，舟次泗上，偶作词云：“何人无事，宴坐空山。望长桥上，灯火闹，使君还。”太守刘士彦，本出法家，山东木强人也。闻之，亟谒东坡，曰：“知有新词。学士名满天下，京师便传。在法，泗州夜过长桥者徒二年，况知州耶？”切告收起，勿以示人。

【笺】

南山　诗集查注：苕溪渔隐丛话：淮北之地平夷，自京师至汴口并无山，惟隔淮方有南山，米元章谓为第一山。太平寰宇记：盱眙县在泗州南五里，都梁山在县南六十里。又公自注：“南山名都梁山，山出都梁香故也。”

孱颜　汉书司马相如大人赋：“放散畔岸，骧以孱颜。注：孱颜，不齐也。”

香雾　注见卷一江城子“玉人家在凤凰山”阕。

鸿飞　周易：鸿飞冥冥，弋人何篡焉。（按：此非周易中文，语出扬雄法言问明。）

玉宇　云笈七签（卷八释三十九章经第五章）：太微之所馆，天帝之玉宇也。

【评】

郑文焯曰：人外之游，淡然仙趣。

如梦令

元丰七年十二月十八日，浴泗州雍熙塔下，戏作如梦令两阕。此曲本唐庄宗制，名忆仙姿，嫌其名不雅，故改为如梦令。庄宗作此词，卒章云："如梦，如梦，和泪出门相送。"因取以为名云。

水垢何曾相受，细看两俱无有。寄语揩背人，尽日劳君挥肘。轻手，轻手，居士本来无垢。　傅注本卷九

【校】

毛本题无"两"字。

【笺】

泗州塔　中山诗话：泗州塔，人传下藏真身，后阁上碑道兴国中塑僧伽事甚详。塔本喻都料造，极工巧，俗谓塔顶为天门。桯史：余至泗，亲至僧伽塔下。中为大殿，两旁皆荆榛瓦砾之区。塔院在东厢，无塔而有院。

忆仙姿　后唐庄宗如梦令词："曾宴桃源深洞，一曲舞鸾歌凤。长记别伊时，和泪出门相送。如梦，如梦，残月落花烟重。"词林纪事：棣按东坡词注：此曲本唐庄宗制，名忆仙姿，嫌其名不雅，故改为如梦令。古今词话乃云：庄宗修内苑，得断碑，中有三十二字，令乐工入律歌之。一名忆仙姿者，非。

无垢　维摩诘经：八解之浴池，定水湛然满。布以七净华，浴于无垢人。

又

自净方能净彼，我自汗流呀气。寄语澡浴人，且共肉身游戏。但洗，但洗，俯为人间一切。　同前

【校】

傅注本“净彼”作“洗彼”,“人间”作“世间”。　毛本“净彼”作“洗彼”。

【朱注】

纪年录:甲子作。

【笺】

汗流呀气　呀,许加切。说文:张口貌。韩愈诗(月蚀诗效玉川子作):“汝口开呀呀。”淮南子(精神):“盐汗交流,喘息薄喉。”

肉身游戏　傅注:释氏有“游戏三昧”之语。卢仝月蚀诗:“臣有血肉身,无由飞上天。”

人间一切　傅注:本行经云:太子至泥连河侧,思维一切众生根缘,六年后方可度之。乃求修苦行,亦以自试。后悟此非真修,乃受美食,洗浴于河也。

浣溪沙

元丰七年十二月二十四日,从泗州刘倩叔游南山。

细雨斜风作小寒,淡烟疏柳媚晴滩。入淮清洛渐漫漫。　雪沫乳花浮午盏,蓼茸蒿笋试春盘。人间有味是清欢。

【校】

傅注本阙。　毛本“小”作“晓”,“茸”作“芽”。

【朱注】

纪年录:甲子作。王案:甲子同刘倩叔游都梁山作。

【笺】

乳花　茶寮记:云脚渐垂,乳花浮面。余详本卷西江月(龙焙今年绝品)注。

蓼茸蒿笋　说文：蓼，辛菜。礼记月令注：蒿亦蓬萧之属。

满庭芳

余年十七，始与刘仲达往来于眉山。今年四十九，相逢于泗上。淮水浅冻，久留郡中。晦日同游南山，话旧感叹，因作满庭芳云。

三十三年，飘流江海，万里烟浪云帆。故人惊怪，憔悴老青衫。我自疏狂异趣，君何事、奔走尘凡。流年尽，穷途坐守，船尾冻相衔。　巉巉，淮浦外，层楼翠壁，古寺空岩。步携手林间，笑挽攕攕。莫上孤峰尽处，萦望眼、云海相搀。家何在，因君问我，归梦绕松杉。　傅注本卷一

【校】

傅注本题"淮水"作"洛水"，末注作"因作此词"，"攕攕"作"纤纤"。　毛本题"淮"作"洛"，"云海"作"云水"，"梦"作"步"。

【朱注】

纪年录：甲子作。案刘仲达名巨，年谱作元达。

【笺】

烟浪云帆　白居易乐府（海漫漫）："云涛烟浪最深处，人传中有三神山。"李白诗（行路难三首）："长风破浪会有时，直挂云帆济沧海。"

青衫　白居易琵琶行："座中泣下谁最多，江州司马青衫湿。"

疏狂　白居易诗（代书诗一百韵寄微之）："疏狂属年少，闲散为官卑。"

穷途　晋书阮籍传：时率意独驾，不由径路，车迹所穷，辄恸哭而返。

相衔　傅注：相衔，所谓舳舻衔尾是也。

巉巉　诗小雅(渐渐之石):“渐渐之石,维其高矣。”注:渐,土衔反,高峻貌。俗作“巉”。

攕攕　注见本卷菩萨蛮“碧纱微露纤掺玉”阕。

家何在　韩愈诗(左迁至蓝关示侄孙湘):“云横秦岭家何在,雪拥蓝关马不前。”

水龙吟

昔谢自然欲过海求师蓬莱,至海中,或谓自然:“蓬莱隔弱水三十万里,不可到。天台有司马子微,身居赤城,名在绛阙,可往从之。”自然乃还,受道于子微,白日仙去。子微著坐忘论七篇,枢一篇。年百余,将终,谓弟子曰:“吾居玉霄峰,东望蓬莱,尝有真灵降焉。今为东海青童君所召。”乃蝉脱而去。其后李太白作大鹏赋云:“尝见子微于江陵,谓余有仙风道骨,可与神游八极之表。”元丰七年冬,余过临淮,而湛然先生梁公在焉,童颜清彻,如二三十许人,然人亦有自少见之者。善吹铁笛,嘹然有穿云裂石之声。乃作水龙吟一首,记子微、太白之事,倚其声而歌之。

古来云海茫茫,道山绛阙知何处?人间自有,赤城居士,龙蟠凤翥。清净无为,坐忘遗照,八篇奇语。向玉霄东望,蓬莱晻霭,有云驾,骖风驭。　　行尽九州四海,笑纷纷、落花飞絮。临江一见,谪仙风采,无言心许。八表神游,浩然相对,酒酣箕踞。待垂天赋就,骑鲸路稳,约相将去。　傅注本卷一

【校】

傅注本题文在前半阕注内,上冠“杨元素本事曲集载公自序云”十二字,“或谓自然”下有“曰”字,“身居”作“自居”,“年百余”上无“著坐忘论七篇枢一篇”九字,

"弟子"二字误倒,"青童"下无"君"字,"蝉脱"作"蝉蜕","湛然"上无"而"字,"梁公"作"梁君","清彻"作"清澈","如二"下无"三"字,"然人"下无"亦"字,"见之"下无"者"字,"善"作"喜","嘹然"作"辽然","记"作"寄","凤翥"作"凤举"。 元本无题。从毛本。 毛本"道"作"蓬","翥"作"举"。

【朱注】

年谱:甲子作。纪年录:甲子冬作。

【笺】

谢自然 韩愈谢自然诗:"果州南充县,寒女谢自然。童騃无所识,但闻有神仙。轻生学其术,乃在金泉山。繁华荣慕绝,父母慈爱捐。凝心感魑魅,慌惚难具言。一朝坐空室,云雾生其间。如聆笙竽韵,来自冥冥天。白日变幽晦,萧萧风景寒。檐楹暂明灭,五色光属联。观者徒倾骇,踯躅讵敢前。须臾自轻举,飘若风中烟。茫茫八弦大,影响无由缘。"注:果州谢真人上升,在金泉山。贞元十年十一月十二日辰时,白昼轻举。时郡守李坚以闻,有赐诏褒谕,谓所部之中,灵仙表异,玄风益振,至道弥彰。其诏今尚有石刻在焉。

蓬莱 注见卷一南歌子"苒苒中秋过"阕。

弱水 十洲记:凤麟洲在西海之中央,洲四面有弱水绕之,鸿毛不浮,不可越也。

天台 会稽记:赤城山内,则有天台灵岳,玉室璇台。孙绰游天台山赋序:天台山者,盖山岳之神秀者也。涉海则有方丈、蓬莱,登陆则有四明、天台,皆玄圣之所游化,神仙之所窟宅。文选注引支遁天台山铭序曰:余览内经山记云:剡县东南有天台山。

赤城 文选(游天台山赋)注:支遁天台山铭序曰:往天台,常由赤城山为道径。孔灵符会稽记曰:赤城,山名。色皆赤,状似云霞。悬霤千仞,谓之瀑布,飞流洒散,冬夏不竭。天台山图曰:赤城山,天台之南门也。

司马子微　傅注：司马子微隐居天台之赤城，自号赤城居士。尝著坐忘论八篇，云：神宅于内，遗照于外，自然而异于俗人，则谓之仙也。大唐新语：司马承祯字子微，隐于天台山，自号白云子，有服饵之术。则天、中宗朝，频征不起。睿宗雅尚道教，稍加尊异，承祯方赴召。无何，苦辞归，乃赐宝琴花帔以遣之。

绛阙　云笈七签(卷九十八云林右英夫人喓杨真人许长史诗)："绛阙排广霄，披丹登景房。"

玉霄峰　一统志：玉霄峰在天台山，司马子微隐处。有蜀女谢自然，将诣蓬莱求师，遇一叟，指言司马承祯者，名在赤台，身居赤城，真良师也。遂从承祯得道，白日冲举。

青童君　真诰(稽神枢第一)：茅山天师坛，昔东海青童君曾乘独轮飞飙之车按行此山，埋宝金白玉。

大鹏赋　李白大鹏赋序：余昔于江陵见天台司马子微，谓余有仙风道骨，可与神游八极之表。因著大鹏遇希有鸟赋以自广。此赋已传于世，往往人间见之。悔其少作，未穷宏达之旨，中年弃之。及读晋书，睹阮宣子大鹏赞，鄙心陋之，遂更记忆，多将旧本不同，今复存手集。岂敢传诸作者，庶可示之子弟而已。

八极　淮南子(地形)：八纮之外，乃有八极。

临淮　唐书地理志：泗州临淮郡，本下邳郡，治宿县。开元二十三年，徙治临淮，天宝元年，更郡名。

湛然先生　未详。

道山　傅注：道山、绛阙，皆神仙所居。

龙蟠凤翥　龙蟠，注见本卷渔家傲"千古龙蟠并虎踞"阕。禽经：凤翥鸾举，百羽从之。

清净无为　史记老庄申韩列传：李耳无为自化，清净自正。

坐忘　庄子(大宗师)：颜回曰："回坐忘矣。"仲尼曰："何谓坐忘？"回曰："堕肢体，黜聪明，离形去知，同于大通，此谓坐忘。”

晻霭　离骚：“扬云霓之晻霭兮，鸣玉鸾之啾啾。”五臣注：晻霭，旌旗蔽日貌。

风驭　庄子逍遥游：夫列子御风而行，泠然善也。

九州　禹贡：冀、兖、青、徐、扬、荆、豫、梁、雍为九州。夏书：九州既同，四隩既宅。

谪仙　傅注：李太白初至长安，贺知章见之，叹曰：“子谪仙人也。”余详卷一满江红（江汉西来）注。“临江一见”，谓子微见太白于江陵。

八表　八方之外也。陶潜停云诗：“霭霭停云，濛濛时雨。八表同昏，平路伊阻。”

酒酣箕踞　汉书颜师古注：箕踞者，谓曲两脚，其形如箕。刘伶酒德颂：棒罂承槽，衔杯嗽醪。奋髯箕踞，枕曲藉糟。

垂天　傅注：庄子言鹏翼若垂天之云。“垂天赋”，谓大鹏也。

骑鲸　注见卷一南歌子“苒苒中秋过”阕。

乙　丑

年谱：元丰八年乙丑，先生年五十。正月四日，离泗州，表请常州居住。五月内，复朝奉郎，知登州，再过密州、海州。到郡五日，以礼部郎官召。到省半月，除起居舍人。

满庭芳

余谪居黄州五年，将赴临汝，作满庭芳一篇别黄人。既至南都，蒙恩放归阳羡，复作一篇。

归去来兮，清溪无底，上有千仞嵯峨。画楼东畔，天远夕阳多。老去君恩未报，空回首、弹铗悲歌。船头转，长风万里，归马驻平坡。　　无何，何处有，银潢尽处，天女停梭。问何事人间，久戏风波。顾谓同来稚子，应烂汝、腰下长柯。青衫破，群仙笑我，千缕挂烟蓑。

【校】

傅注本无。　毛本题无"谪"字、"州"字，"别"上有"以"字，"楼"作"桥"，"东"作"西"，"何处有"作"何处是"，"何事人间"作"人间何事"，"谓"作"问"。

【朱注】

纪年录：乙丑作。王案：乙丑二月，告下，仍以检校尚书水部员外郎、团练副使，不得签书公事，常州居住，再作满庭芳词。

【笺】

临汝　唐置郡，属汝州，宋升陆海军节度，即今河南临汝县。

阳羡　风土记：阳羡县东有大湖，中有包山。山下有洞穴，潜行地中，云无所不通，谓之洞庭地脉。

嵯峨　淮南小山招隐士："山气巃嵸兮石嵯峨。"

弹铗　史记孟尝君列传：初冯驩闻孟尝君好客，蹑屩而见之，置传舍十日。孟尝君问传舍长曰："客何所为？"答曰："冯先生甚贫，犹有一剑耳，又蒯缑，弹其剑而歌曰：'长铗归来乎，食无鱼。'"孟尝君迁之幸舍，食有鱼矣。五日，又问传舍长，答曰："客又弹剑而歌曰：'长铗归来乎，出无舆。'"孟尝君迁之代舍，出入乘舆车矣。五日，孟尝君复问传舍长，舍长答曰："先生又尝弹剑而歌曰：'长铗归来乎，无以为家。'"孟尝君不悦。

无何　注见本卷十拍子"白酒新开九酝"阕。

银潢　史记天官书：王良旁有八星，绝汉曰天潢。

停梭　邢邵七夕诗："秋期忽云至，停梭理容色。"

烂柯　水经注：晋中朝时，有民王质伐木至石室中，见童子四人，弹琴而歌，质倚柯听之。童子以一物如枣核与质，质含之，不复饥。俄顷，童子曰："其归。"承声而去，斧柯漼然烂尽。既归，质去家已数十年，亲戚凋落，无复向时比矣。

【附录】

郑文焯曰：桃溪客语载：阳羡邵氏因东坡此词，遂名所居曰天远堂。余曾于吴市见一古砂壶，底有篆文，即此堂名，乃知为宋制邵家故物。惜未购致为憾耳。

南乡子　宿州上元

千骑试春游，小雨如酥落便收。能使江东归老客，迟留，白酒无声滑泻油。　　飞火乱星球，浅黛横波翠欲流。不似白云乡外冷，温柔，此去淮南第一州。

【校】

傅注本、毛本俱无。

【朱注】

案本集泗岸喜题云：谪居黄州五年，今日离泗州北行，岸上闻骡驮铎声空笼，意亦欣然。元丰八年正月四日书。据此则上元至宿州，情事适合，编乙丑。

【笺】

宿州　唐置，即今安徽宿县。

上元　见卷一蝶恋花“灯火钱塘三五夜”阕题注。

如酥　玉篇：酥，酪也。韩愈早春呈水部张十八员外诗：“天街小雨润如酥，草色遥看近却无。”

白云乡　飞燕外传：后进合德，帝大悦，以辅属体，无所不靡，谓为温柔乡，曰：“吾老是乡矣，不能效武皇帝求白云乡也。”

淮南　注见卷一水龙吟“楚山修竹如云”阕。

又

用前韵，赠田叔通舞鬟。

绣鞅玉镮游，灯晃帘疏笑却收。久立香车催欲上，还留，更且檀唇点杏油。　　花遍六幺球，面旋回风带雪流。春入腰肢金缕细，轻柔，种柳应须柳柳州。

【校】

傅注本、元本俱无。

【朱注】

王案：乙丑四月作。

【笺】

田叔通　未详。

杏油　齐民要术：杏可以为油。

六幺　琵琶录：乐工进曲，录出要者名录要，误为绿腰、六幺。

金缕　杜秋娘诗(金缕衣)："劝君莫惜金缕衣，劝君须惜少年时。"

柳州　柳宗元诗(种柳戏题)："柳州柳刺史，种柳柳江边。"

又　用韵和道辅

未倦长卿游，漫舞夭歌烂不收。不是使君能□世，谁留，教有琼梳脱麝油。　　香粉缕金球，花艳红笺笔欲流。从此丹唇并皓齿，清柔，唱遍山东一百州。

【校】

傅注本、元本俱无。　毛本□作"娇"，"球"作"裘"，据前二阕韵改。

【朱注】

案调、韵俱同前词，一时之作。

【笺】

道辅　未详。

长卿　注见卷一河满子"见说岷峨凄怆"阕。

漫舞　白居易长恨歌："缓歌漫舞凝丝竹，尽日君王看不足。"

麝油　谓以麝香合香油也。云仙杂记：周光禄诸妓，掠鬓用郁金油，傅面用龙消粉，染衣以沉水香。

花艳　晋书卫恒传：恒为四体书势曰：处篇籍之首目，粲斌斌其可观。摛华艳于纨素，为学艺之范先。

丹唇皓齿　成公绥啸赋："发妙声于丹唇，激哀音于皓齿。"

渔父

渔父饮，谁家去，鱼蟹一时分付。酒无多少醉为期，彼此不论钱数。

【笺】

醉为期　南史陶潜传：或置酒招之，造饮辄尽，期在必醉。

又

渔父醉，蓑衣舞，醉里却寻归路。轻舟短棹任横斜，醒后不知何处。

【笺】

蓑衣舞　孟郊送澹公诗："短蓑不怕雨，白鹭相争飞。短楫画菰蒲，斗作豪横归。笑伊水健儿，浪战求光辉。不如竹枝弓，射鸭无是非。"余详卷一瑞鹧鸪(碧山影里小红旗)注。

又

渔父醒，春江午，梦断落花飞絮。酒醒还醉醉还醒，一笑人间今古。

【笺】

酒醒　白居易诗(自问行何迟)："酒醒夜深后，睡足日高时。"

又

渔父笑，轻鸥举，漠漠一江风雨。江边骑马是官人，借我孤舟南渡。

【校】

以上四首，傅注本、元本、毛本俱无，从诗集补。

【朱注】

案张志和、戴复古皆有渔父词，字句各异。恭案三希堂帖，公书此词前二首，题作渔父破子，是确为长短句，而词律未收，前人亦无之，或公自度曲也。从诗集编乙丑。

【笺】

漠漠　杜甫诗(滟滪)："江天漠漠鸟双去，风雨时时龙一吟。"

官人　韩愈王君墓志：高处士曰："吾以龃龉穷，一女，怜之，必嫁官人，不以与凡子。"刘禹锡插田歌："君看二三年，我作官人去。"

菩萨蛮

买田阳羡吾将老，从来不为溪山好。来往一虚舟，聊从造物游。　有书仍懒著，且漫歌归去。筋力不辞诗，要须风雨时。

傅注本卷七

【校】

傅注本“不为”作“只为”，“造物”作“物外”，“且漫”作“水调”。　毛本“聊从”作“聊随”，余同傅本。

【朱注】

王案：乙丑五月，归宜兴作。

【笺】

阳羡　傅注：阳羡，毗陵之宜兴也。公爱其有荆溪西山之乐，而将老于是。见本卷满庭芳（归去来兮）注。

将老　左传（隐公十一年）：公子翚请杀桓公以求太宰，隐公曰：“为其少故也，吾将授之矣。使营菟裘，吾将老焉。”杜预注：老，致仕也。

虚舟　庄子（列御寇）：泛若不系之虚舟，而遨游者也。

著书　史记（虞卿列传）：虞卿去赵，困于梁，乃著书，上采春秋，下观近世，曰节义、称号、揣摩、政谋，凡八篇，以讥刺国家得失。世传之，曰虞氏春秋。

归去　傅注：公在彭城，尝和子由水调歌头，其意以不早退为戒，以退而相从为乐云。

风雨　傅注：韦苏州诗：“那知风雨夜，复此对床眠。”子由尝感是语，遂与公相约，有早休之意，情见于诗。见卷一水调歌头（安石在东海）附考。

蝶恋花

云水萦回溪上路。叠叠青山，环绕溪东注。月白沙汀翘宿鹭，更无一点尘来处。　　溪叟相看私自语。底事区区，苦要为官去。尊酒不空田百亩，归来分取闲中趣。

【校】

傅注本阙。　毛本题作“述怀”，“取”作“得”。

【朱注】

王案：乙丑五月，起知登州，将行，有怀荆溪作。六月，告下，复朝奉郎，起知登州军州事。

【笺】

尊酒不空　后汉书孔融传：坐上客常满，尊中酒不空。

又

过涟水军赠赵晦之。

自古涟漪佳绝地。绕郭荷花，欲把吴兴比。倦客尘埃何处洗，真君堂下寒泉水。　　左海门前鱼酒市。夜半潮来，月下孤舟起。倾盖相逢拚一醉，双凫飞去人千里。

【校】

傅注本阙。　毛本题无“军”字，“绝”作“丽”，“鱼”作“酤”。

【朱注】

王案：乙丑十月作。以吴兴比涟水，故有“绕郭荷花”之句，非十月见荷花也。

【笺】

涟水　故城在今江苏涟水县东。

涟漪　诗魏风(伐檀):"河水清且涟漪。"毛传:涟,风行水成文也。

真君　庄子(齐物论):百骸、九窍、六藏,赅而存焉,其递相为君臣乎?其有真君存焉?注:真君,真宰也。案:此所称真君堂当在涟水,待考。

左海　东海一称左海。

倾盖　邹阳狱中上梁王书:白头如新,倾盖如故。

双凫　注见卷一瑞鹧鸪"城头月落尚啼乌"阕。

丙　寅

年谱：哲宗元祐元年丙寅，先生年五十一。以七品服入侍延和，改赐银绯，寻除中书舍人。　案先生是年所作词无考。

丁　卯

年谱：元祐二年丁卯，先生年五十二。为翰林学士，复除侍讲。

水调歌头

欧阳文忠公尝问余："琴诗何者最善？"答以退之听颖师琴诗。公曰："此诗固奇丽，然非听琴，乃听琵琶诗也。"余深然之。建安章质夫家善琵琶者乞为歌词，余久不作，特取退之词稍加檃栝，使就声律，以遗之云。

昵昵儿女语，灯火夜微明。恩怨尔汝来去，弹指泪和声。忽变轩昂勇士，一鼓填然作气，千里不留行。回首暮云远，飞絮搅青冥。　众禽里，真彩凤，独不鸣。跻攀寸步千险，一落百寻轻。烦子指间风雨，置我肠中冰炭，起坐不能平。推手从归去，无泪与

君倾。　傅注本卷一

【校】

傅注本题首有“公旧序云”四字，“公曰”上有“最善”二字，“固”作“最”，“听琴”下有“也”字，“琵琶”下无“诗”字，“声律”作“音律”，“恩怨”作“恩冤”，“寸步”作“分寸”。　毛本题无“听”字，“公曰”上有“最善”二字，“固”作“最”，“怨”作“冤”。

【朱注】

王案：乙丑十月，告下，以礼部郎中召还。丙寅，迁中书舍人、翰林学士。此词无年月可考，据续通鉴长编，元祐二年正月，章楶为吏部郎中，四月，出知越州。时楶正在京也，因附载于此。今从其说，编丁卯。　诗集查注：楶字质夫，浦城人。仕至资政殿学士，谥庄简。

【笺】

听颍师琴诗　韩昌黎集听颖师琴诗：“昵昵儿女语，恩怨相尔汝。划然变轩昂，勇士赴敌场。浮云柳絮无根蒂，天地阔远随飞扬。喧啾百鸟群，忽见孤凤凰。跻攀分寸不可上，失势一落千丈强。嗟予有两耳，未省听丝簧。自闻颖师琴，起坐在一旁。推手遽止之，湿衣泪滂滂。颖乎尔诚能，无以冰炭置我肠。”

昵昵　尚书疏（说命下）：昵，亲近也。

尔汝　世说（排调）：晋武帝谓孙浩曰：“闻南人好作尔汝歌，能否？”浩曰：“昔与汝为邻，今与汝为臣。上汝一杯酒，愿汝寿万春。”帝悔之。杜甫诗（醉时歌）：“忘形到尔汝。”

填然作气　孟子（梁惠王上）：填然鼓之，或百步而后止，或五十步而后止。左传（庄公十年）：曹刿论战，一鼓作气，再而衰，三而竭。

千里不留行　庄子说剑：臣之剑，十步一人，千里不留行。

彩凤　谢朓乐府（永明乐十首）：“彩凤鸣朝阳，玄鹤舞清商。”

冰炭　盐铁论（刺复）：冰炭不同器，日月不并明。淮南子说山：天下莫相憎于胶漆，而莫相爱于冰炭。注：冰得炭则解，水复其性，炭得冰则保其炭，故曰相爱。

水龙吟

次韵章质夫杨花词。

似花还似非花，也无人惜从教坠。抛家傍路，思量却是，无情有思。萦损柔肠，困酣娇眼，欲开还闭。梦随风万里，寻郎去处，又还被，莺呼起。　不恨此花飞尽，恨西园、落红难缀。晓来雨过，遗踪何在，一池萍碎。春色三分，二分尘土，一分流水。细看来，不是杨花，点点是离人泪。　傅注本卷一

【校】

傅注本"又还"作"依前"。　毛本"家"作"街"。

【朱注】

案是词和章楶作，仍依王说编丁卯。

【笺】

非花　白居易词(花非花)："花非花，雾非雾。"

莺呼　唐诗(金昌绪春怨)："打起黄莺儿，莫教枝上啼。啼时惊妾梦，不得到辽西。"

萍碎　公旧注云：杨花落水为浮萍，验之信然。

尘土　唐陆龟蒙惜花诗："人寿期满百，花开惟一春。其间风雨至，旦夕旋为尘。"

【评】

郑文焯曰：煞拍画龙点睛，此亦词中一格。

王国维曰：东坡水龙吟咏杨花，和韵而似原唱，章质夫词原唱而似和韵，才之不可强也如是。又曰：咏物之词，自以东坡水龙吟为最工。

【附录】

章质夫水龙吟杨花词：燕忙莺懒芳残，正堤上柳花飘坠。轻飞乱舞，点画青林，全无才思。闲趁游丝，静临深院，日长门闭。傍珠帘散漫，垂垂欲下，依前被，风扶起。　兰帐玉人睡觉，怪春衣、雪沾琼缀。绣床渐满，香球无数，才圆却碎。时见蜂儿，仰粘轻粉，鱼吞池水。望章台路杳，金鞍游荡，有盈盈泪。

曲洧旧闻：章楶质夫作水龙吟咏杨花，其命意用事，清丽可喜。东坡和之，若豪放不入律吕，徐而视之，声韵谐婉，便觉质夫词有织绣工夫。晁叔用云："东坡如毛嫱、西施，净洗却面，与天下妇人斗好，质夫岂可比耶？"

艇斋诗话：东坡和章质夫杨花词云"思量却是，无情有思"，用老杜"落絮游丝亦有情"也。"梦随风万里，寻郎去处，依前被，莺呼起"，即唐人诗云："打起黄莺儿，莫教枝上啼。几回惊妾梦，不得到辽西。""细看来，不是杨花，点点是离人泪"，即唐人诗云："时人有酒送张八，惟我无酒送张八。君看陌上梅花红，尽是离人眼中血。"皆夺胎换骨手。

词源：词不宜强和人韵。若倡者之曲韵宽平，庶可赓歌；倘韵险，又为人所先，则必牵强赓和，句意安能融贯。徒费苦思，未见有全章妥溜者。东坡次章质夫杨花水龙吟韵，机锋相摩，起句便合让东坡出一头地。后片愈出愈奇，真是压倒今古。

艺概：邻人之笛，怀旧者感之；斜谷之铃，溺爱者悲之。东坡水龙吟和章质夫咏杨花云"细看来，不是杨花，点点是离人泪"，亦同此意。又东坡水龙吟起调云"似花还似非花"，此句可作全词评语，盖不离不即也。

厉鹗手批词律：东坡此词虽和质夫作，而结句确不同章词读法。此十三字一气，大抵用一五两四句法者居多，而作一七两三者，亦非绝无之事也。苏词句法本是如此，语意何等明快。若依红友一定铁板，则既云“细看来不是”矣，下文当直云“点点是离人泪”耳，何复赘“杨花”二字也。且秃然于“是”字断句，语气亦拦拉不住。

满庭芳

香叆雕盘，寒生冰箸，画堂别是风光。主人情重，开宴出红妆。腻玉圆搓素颈，藕丝嫩、新织仙裳。歌声罢，虚檐转月，余韵尚悠扬。　　人间何处有，司空见惯，应谓寻常。坐中有狂客，恼乱愁肠。报道金钗坠也，十指露、春笋纤长。亲曾见，全胜宋玉，想像赋高唐。　傅注本卷一

【校】

傅注本“叆”作“叆”，“搓”作“瑳”，“歌声”作“双歌”，“檐”作“櫩”。　毛本题作“佳人”，“歌声”作“双歌”。

【朱注】

王案：丁卯五月，集于王诜西园。张宗橚曰：案西园雅集图跋，此阕当在王都尉晋卿席上为啭春莺作也。

【笺】

香叆雕盘　叆，乌代切。玉篇：叆叇，云貌。昭明太子七契：“瑶俎既已丽奇，雕盘复为美玩。”

素颈　曹植洛神赋：“延颈秀项，皓质呈露。”柳耆卿词（昼夜乐）亦云：“腻玉圆搓素颈。”

藕丝　李贺诗（天上谣）：“粉霞红绶藕丝裙。”

余韵　列子(汤问)：昔韩娥东之齐，匮粮，过雍门，鬻歌假食。既去而余音绕梁欐，三日不绝，左右以其人弗去。过逆旅，逆旅人辱之，韩娥因曼声哀哭，一里老幼悲愁，垂涕相对，三日不食。遽而追之，娥还，复为曼声长歌，一里老幼喜跃抃舞，弗能自禁，忘向之悲也。乃厚赂发之。故雍门之人至今善歌哭，仿娥之遗声。

司空见惯　傅注：唐杜鸿渐司空镇洛时，刘禹锡为苏州刺史，过洛，杜出二妓为宴。酒酣，命妓乞诗于刘。刘醉甚，就寝。中夜酒醒，见二妇人侍侧，惊问其故，对以席上作诗，司空因命侍寝。令诵其诗曰："高髻云鬟宫样妆，秋风一曲杜韦娘。司空见惯浑闲事，断尽苏州刺史肠。"或云是韦应物也。别详卷一殢人娇(满院桃花)注，与傅注微异。

金钗坠也　韩愈酒中留上襄阳李相公诗："银烛未消窗送曙，金钗半坠座添春。"余见本卷菩萨蛮"碧纱微露纤掺玉"阕。

亲曾见　孟子(万章上)：岂若吾身亲见之哉？

高唐　傅注：楚襄王梦与巫山神女接，且以告宋玉，且言其神女之妙丽，宋玉因为高唐赋云。余详卷一祝英台近(挂轻帆)注。

【附考】

梁溪漫志程子山敦厚跋坡词满庭芳云：予闻苏仲虎云，有传此词以为先生作，东坡笑曰："吾文章肯以藻绘一香篆槃乎？"其间如"画堂别是风光"及"十指露"之语，诚非先生肯云。子山之说，固人所共晓。

戊　辰

年谱：元祐三年戊辰，先生年五十三。任翰林学士。是年省试，先生知贡举，又充馆伴北使。

西江月　送钱待制穆父

莫叹平齐落落，且应去鲁迟迟。与君各记少年时，须信人生如寄。　白发千茎相送，深杯百罚休辞。拍浮何用酒为池，我已为君德醉。　傅注本卷二

【校】

傅注本"平齐"作"平原"。　毛本题无"穆父"二字，余同傅本。

【朱注】

案诗集施注：钱勰字穆父，以龙图阁待制知开封府。坐奏狱空不实，出知越州，时元祐三年九月。词有"去鲁"语，当为是年作。编戊辰。

【笺】

落落　后汉书耿弇传：弇讨张步，步平散去。车驾至临淄劳军，群臣大会，帝谓弇曰："将军前在南阳，建此大策，常以为落落难合，有志者事竟成也。"

迟迟　孟子（万章下）：孔子去鲁，迟迟吾行。

如寄　魏武帝短歌行："人生如寄，多忧何为。"（按：此承傅注。此二句出自魏文帝曹丕善哉行，见文选卷二十七。）

白发二句　杜甫诗（乐游园歌）："数茎白发那抛得，百罚深杯亦不辞。"

拍浮　晋书毕卓传：卓尝谓人曰："得酒满数百斛船，四时甘味置两头，右手持酒杯，左手持蟹螯，拍浮酒船中，便足了一生矣。"

酒池　史记大宛传：于是大觳抵，出奇器诸怪物，多聚观者。行赏赐，酒池肉林，令外国客遍观各仓库府藏之积，见汉之广大，倾骇之。

德醉　诗小雅宾之初筵："既醉而出，并受其福。醉而不出，是谓伐德。"大雅既醉："既醉以酒，既饱以德。君子万年，介尔景福。"

己　巳

年谱：元祐四年己巳，先生年五十四。任翰林学士。三月内，累章请郡，除龙图阁学士，知杭州。以七月三日到杭州任。是年过吴兴，又作定风波为六客词。

定风波

余昔与张子野、刘孝叔、李公择、陈令举、杨元素会于吴兴，时子野作六客词，其卒章云："见说贤人聚吴分，试问，也应旁有老人星。"凡十五年，再过吴兴，而五人者皆已亡矣。时张仲谋与曹子方、刘景文、苏伯固、张秉道为坐客，仲谋请作后六客词云。

月满苕溪照夜堂，五星一老斗光芒。十五年间真梦里，何事，长庚配月独凄凉。　绿发苍颜同一醉，还是，六人吟笑水云乡。宾主谈锋谁得似，看取，曹刘今对两苏张。　傅注本卷四

【校】

傅注本题首有"公自序云"四字，"元素"作"公素"，"卒章"下无"云"字，"见说"作"尽道"，"配月"作"对月"，"还是"作"谁是"。　毛本"配"作"对"。

【朱注】

王案：己巳三月，告下，除龙图阁学士，充浙西路兵马钤辖，知杭州军州事。年谱：己巳过吴兴作。案纪年录编此入甲寅，误据张子野作词年也。　诗集王

注：次公曰：刘述，吴兴人。施注：刘孝叔名述。东坡倅杭，与孝叔会虎丘。吴兴六客堂，孝叔其一人也。曹辅字子方，海陵人，元祐三年自太仆丞为福建转运判官。刘景文名季孙，开封祥符人，以左藏副使为两浙兵马都监。东坡为守，一见遇以国士，表荐之。宋诗纪事：曹辅字子方，华州人，号静常先生。王文诰曰：张秉道名弼，杭人，公屡称髯张者也。张仲谋，徐君猷妻舅。

【笺】

苕溪　注见卷一南歌子"山雨萧萧过"阕。

五星一老　傅注：汉书：高祖元年，五星聚于东井。又孝武元朔中，用邓平所造历，故日月如合璧，五星如连珠。晋志：老人一星，在弧南，见则治平，主寿昌。常以秋分候之南郊。

长庚配月　傅注：长庚，太白星也。韩退之诗云："东方未明大星没，独有太白配残月。"　案：诗经(小雅大东)："东有启明，西有长庚。"马融广成颂："曳长庚之飞髾，载日月之太常。"注：长庚即太白星。

水云乡　注见卷一南歌子"欲执河梁手"阕。

曹刘苏张　傅注：即后六客也。　案：世称曹植、刘祯为曹刘，苏秦、张仪为苏张。杜甫寄高常侍诗："总戎楚蜀应全未，方驾曹刘不啻过。"班固答宾戏序：感东方朔、扬雄自喻，以不遭苏、张、范、蔡之时，曾不折之以正道，明君子之所守，故聊复应焉。

点绛唇

己巳重九和苏坚。

我辈情钟，古来谁似龙山宴。而今楚甸，戏马余飞观。　顾

谓佳人，不觉秋强半。筝声远，鬓云撩乱，愁入参差雁。 傅注本卷八

【校】

傅注本“撩乱”作“吹乱”。 元本题“己”作“乙”。从傅本。 毛本“筝”作“箫”。

【朱注】

年谱：己巳，和苏伯固。纪年录：己巳作。

【笺】

苏坚 诗集施注：苏伯固名坚，博学能诗，东坡与讲宗盟。自黄徙汝，同游庐山，有归朝欢词，以刘梦得比之。坡自翰林守杭，道吴兴，伯固以临濮县主簿、监杭州在城商税，自杭来会，作后六客词，伯固与焉。方经理开西湖，伯固建议，谓当参酌古今而用中策。湖成，其力为多。后一岁，又相从于广陵，有和伯固韵送李学博诗。坡归自海南，伯固在南华相待，有诗。黄鲁直谪死宜州，至大观间，伯固在岭外，护其丧归葬双井，其风义如此。

情钟 晋书王衍传：衍尝丧幼子，山简吊之，衍悲不自胜。简曰：“孩抱中物，何至如此？”衍曰：“圣人忘情，最下不及情。然则情之所钟，正在我辈。”简闻其言，更为之恸。

龙山 晋书孟嘉传：嘉为桓温参军，九月九日，温宴龙山，时佐吏并着戎服，有风至，吹嘉帽落，嘉不之觉。温命孙盛作文嘲嘉，嘉即答之，其文甚美，四坐嗟叹。余详本卷醉蓬莱(笑劳生一梦)注。

楚甸 傅注：彭城楚地，今为甸服。

戏马 傅注：戏马台在彭城，项羽所作。余详卷一浣溪沙(缥缈红妆照浅溪)注。飞观，楼观也。曹子建诗：“飞观百余尺。”

参差雁 傅注：雁，筝雁也。筝柱斜列，参差如雁，故贯休诗云：“刻成筝柱雁相挨。”

庚　午

年谱：元祐五年庚午，先生年五十五。在杭州任。是年用监税苏坚之议，浚盐桥、茅山二河。又用钱塘尉许敦仁之议，开西湖，以壅土作堤，筑桥其上，从北山直抵南屏，后人号为苏公堤。

临江仙

疾愈登望湖楼，赠项长官。

多病休文都瘦损，不堪金带垂腰。望湖楼上暗香飘。和风春弄袖，明月夜闻箫。　　酒醒梦回清漏永，隐床无限更潮。佳人不见董娇娆。徘徊花上月，空度可怜宵。　傅注本卷二

【校】

傅注本"娆"作"饶"。

【朱注】

王案：庚午正月作。　诗集王注：洪朋曰：望湖楼一名看经楼，乾德七年忠懿王钱氏建。查注：西湖游览志：楼在昭庆寺前，一名先德楼。

【笺】

项长官　未详。

多病休文　宋书(沈约传)：沈约字休文。武帝立，累迁光禄大夫。初，约久

处端揆，有志台司，而帝终不用。乃求外出，遂以书陈情于徐勉，言己老病，百日数旬，革带常应移孔，以手握臂，率计月小半分。欲谢事求归老之秩。

董娇娆　玉台新咏有汉宋子侯董娇娆诗。杜甫诗(春日戏题恼郝使君兄)：“细马时鸣金腰袅，佳人屡出董娇娆。”注：娇娆，名姬也。

可怜宵　沈玄机感异记：玄机名警，因奉使秦陇上，过张女郎庙，酌水献花以祝云：“酌彼寒泉水，红芳掇岩谷。虽致之非远，而荐之异俗。丹诚在此，神其感录。”既而日暮，短亭税驾，望月弹琴，作凤将雏雏衔娇曲。其词曰：“命啸无人啸，含娇何处娇。徘徊花上月，空度可怜宵。”

南歌子　杭州端午

山与歌眉敛，波同醉眼流。游人都上十三楼，不羡竹西歌吹古扬州。　　菰黍连昌歜，琼彝倒玉舟。谁家水调唱歌头，声绕碧山飞去晚云留。　傅注本卷五

【校】

傅注本“杭州”作“钱塘”。毛本题作“游赏”。

【朱注】

西湖志：十三间楼在石佛院，东坡守杭日，每治事于此。

【笺】

歌眉二句　梁谢堰(偃)听歌赋：“低翠蛾而敛色，睇横波而流光。”

竹西歌吹　傅注：扬州有蜀冈，有竹西亭。杜牧诗：“斜阳竹西路，歌吹是扬州。”

菰黍昌歜　风土记：五月五日，以菰叶裹黏米，楚祭屈原之遗风。又俗饮菖

蒲酒。左传：飨有昌歜。注云：菖蒲也。

琼彝玉舟　傅注：周礼司尊彝：有鸡、虎等六彝之名，所以纳五齐三酒也。而彝皆有舟，则舟者彝下之台，所以承载彝，若今承盘然。世俗或用琼玉为之。

水调歌头　明皇杂录：明皇好水调歌。及胡羯犯京，上欲迁幸，犹登花萼楼，置酒，四顾凄怆。有进水调歌者，上闻之，潸然曰："谁为此词？"左右对曰："宰相李峤。"上曰："真才子也。"傅注：水调曲颇广，谓之歌头，岂非首章之一解乎？白居易诗(柳枝词八首)："六幺水调家家唱。"余详卷一虞美人(湖山信是东南美)注。

云留　注见本卷水龙吟"小舟横截春江"阕。

又

古岸开青葑，新渠走碧流。会看光满万家楼，记取他年扶病入西州。　　佳节连梅雨，余生寄叶舟。只将菱角与鸡头，更有月明千顷一时留。　傅注本卷五

【校】

毛本题作"湖景和前韵"，"病"作"路"。

【朱注】

案公于元祐五年五月五日申三省起请开湖六条状。本传云：取葑田，积湖中为长堤。词赋此事，韵同前首，一时作也。

【笺】

青葑　傅注：广韵：葑，菰根也。今江东有葑田。公时请修西湖，大开水利。葑，方用切。

碧流　柳宗元诗(酬曹侍御过象县见寄)："破额山前碧玉流。"

西州　晋书谢安传：安还都，闻当舆入西州门，自以本志不遂，深自慨失。羊昙者，太山人，知名士也，为安所爱重。安薨后，辍乐弥年，行不由西州路。尝游石头大醉，扶路唱乐，不觉至州门，左右白曰："此西州门。"昙悲感不已，以马策扣扉，诵曹子建诗曰："生存华屋处，零落归山丘。"恸哭而去。余详卷一水调歌头（安石在东海）注。

梅雨　周处风俗记：梅熟时雨，谓之梅雨。

叶舟　古诗："生涯一叶舟。"韩愈诗（湘中酬张十一功曹）："清湘一叶舟。"

菱角鸡头　周礼（天官冢宰笾人）：菱芡栗脯。注：菱，芰也。芡，鸡头也。

减字木兰花

钱塘西湖有诗僧清顺，所居藏春坞，门前有二古松，各有凌霄花络其上，顺常昼卧其下。时余为郡，一日屏骑从过之，松风骚然。顺指落花求韵，余为赋此。

双龙对起，白甲苍髯烟雨里。疏影微香，下有幽人昼梦长。

湖风清软，双鹊飞来争噪晚。翠飐红轻，时上凌霄百尺英。　傅注本卷九

【校】

傅注本题文入注，前有"本事集云"四字，"所居藏春坞"作"居其上，自名藏春坞"，"时余"作"子瞻"，"求韵"作"觅句"，"余为"作"子瞻为"。"红轻"作"红倾"，"时上"作"时下"。　毛本题小异，"上"作"下"。

【朱注】

王案：庚午五月作。　冷斋夜话：西湖僧清顺字怡然，清苦多佳句，东坡亦与

游，多唱和。

【笺】

藏春坞　长编：刁约作藏春坞，日游其中。

凌霄花　诗苕之华笺：陵苕，今谓之陵霄花。一作“凌”。本草图经：凌霄花多生山中，人家园圃亦或种莳。初作藤依大木，至其颠而有花，色黄赤，夏中乃盛如锦绣。不可仰望，露滴目中，有失明者。

鹊桥仙　七夕和苏坚

乘槎归去，成都何在，万里江沱汉漾。与君各赋一篇诗，留织女、鸳鸯机上。　还将旧曲，重赓新韵，须信吾侪天放。人生何处不儿嬉，看乞巧、朱楼彩舫。　傅注本卷六

【校】

傅注本题无“和苏坚”三字。元本“沱”作“涛”。从傅本。

【朱注】

王案：庚午七月七日和苏坚。

【笺】

乘槎　注见卷一南歌子“海上乘槎侣”阕。

江沱汉漾　傅注：江、汉二水，源皆在蜀。江水出岷山，故书称“岷山导江，东别为沱”。汉水出嶓冢，故书称“嶓冢导漾，东流为汉”。

织女　诗(小雅大东)：“跂彼织女，终日七襄。”

鸳机　李商隐诗(即日)：“几家缘锦字，含泪坐鸳机。”

天放　庄子(马蹄)：“一而不党，命曰天放。”

乞巧　傅注：荆楚岁时记：七夕，妇人结彩楼，穿七孔针，陈瓜果于中庭以乞巧。有蟢子网于瓜上，则以为得。今世七夕作小彩舫以乞巧。

点绛唇　庚午重九

不用悲秋，今年身健还高宴。江村海甸，总作空花观。　尚想横汾，兰菊纷相半。楼船远，白云飞乱，空有年年雁。　傅注本卷八

【校】

元本"村"字下注云："一作'封'。"毛本题末有"再用前韵"四字。

【朱注】

纪年录：庚午，再和苏坚前年韵。王案：庚午九月九日，和去岁重九。

【笺】

悲秋　宋玉九辩："悲哉秋之为气也。"

今年身健　注见卷一浣溪沙"白雪清词出坐间"阕。

空花　傅注：释氏以圆明达观，视世界如空中花耳。　圆觉经：用此思维，辨于佛镜，犹如空华，复结空果。

横汾　汉武帝秋风辞序：上行幸河东，祠后土，顾视帝京欣然。中流与群臣饮燕，上欢甚，乃自作秋风辞曰："秋风起兮白云飞，草木黄落兮雁南归。兰有秀兮菊有芳，携佳人兮不能忘。泛楼舡兮济汾河，横中流兮扬素波。箫鼓鸣兮发棹歌，欢乐极兮哀情多。少壮几时兮奈老何。"李白诗（九日登巴陵置酒望洞庭水军）："忆昔传游豫，楼船壮横汾。"

年年雁　李峤汾阴行："不见只今汾水上，惟有年年秋雁飞。"见卷一虞美人

(湖山信是东南美)注。

又 再和送钱公永

莫唱阳关,风流公子方终宴。秦山禹甸,缥缈真奇观。　北望平原,落日山衔半。孤帆远,我歌君乱,一送西飞雁。　傅注本卷八

【校】

傅注本"秦"作"泰",元本同。从毛本。

【朱注】

案仍和前韵,附编。

【笺】

阳关　傅注:唐王维诗"西出阳关无故人",今人多画为图,谓之阳关图,即此曲也。见卷一江城子(翠蛾羞黛怯人看)注。

禹甸　诗(大雅韩奕):"奕奕梁山,维禹甸之。"

山衔半　李白诗(乌栖曲):"吴歌楚舞欢未毕,青山犹衔半边日。"

我歌君乱　傅注:言之不足故歌,歌之不足则乱。乱者理也,重理一篇之义。故古之词赋,多著乱词于末章,如楚词之类是也。

好事近 西湖夜归

湖上雨晴时,秋水半篙初没。朱槛俯窥寒鉴,照衰颜华发。　醉中吹堕白纶巾,溪风漾流月。独棹小舟归去,任烟波摇兀。　傅

注本卷五

【校】

傅注本“吹”作“欲”，“摇”作“飘”。毛本题作“湖上”，余同傅本。

【朱注】

王案：庚午九月泛湖作。

【笺】

白纶巾　傅注：纶，青丝也。白纶巾，则有青白织纹矣。见本卷念奴娇(大江东去)注。

辛　未

年谱：元祐六年辛未，先生年五十六，在杭州任。三月九日，被旨赴阙。寒食去郡，过润州，别张秉道。既到京师，除翰林承旨，复侍迩英。数月，以弟嫌请郡，复以旧职知颍州。是年颍州灾伤，先生奏乞罢黄河夫万人，开本州沟渎，从之。

渔家傲　送吉守江郎中

送客归来灯火尽，西楼淡月凉生晕。明日潮来无定准。潮来稳，舟横渡口重城近。　江水似知孤客恨，南风为解佳人愠。莫学时流轻久困。频寄问，钱塘江上须忠信。　傅注本卷三

【校】

傅注本、元本、毛本题"吉"俱作"台"。　毛本"潮来稳"作"风未稳"。

【朱注】

王案：庚午五月，送江公著赴台州作。案诗集辛未有送江公著知吉州诗。施注：公著字晦叔，元祐初以近臣荐通判陈州，入为太学太常博士。出守庐陵，元符间知泉州，建中靖国初，知虔州。未几，除广东转运判官、提点湖南刑狱、京西转运判官。据此，公著未为台守，"台"当作"吉"，形近而误。今从诗编辛未。

【笺】

吉守江郎中　宋诗纪事：江公著字晦叔，睦州建德人，治平四年进士。元和

郡县志：吉州本秦庐陵，属九江郡。兴平二年，分豫章于此，置庐陵郡，隋改吉州。太平寰宇记：吉州以界内吉阳水为郡名，南至虔州五百三十里。

月晕　周王褒诗(关山月)："风多晕欲生。"正韵：晕，禹愠切，音运。日旁气也。释名：晕，卷也。气在外卷结之也。日月俱然。

潮来　李白诗(新林浦阻风寄友人)："潮水宁可信，大风难与期。"

南风　注见本卷瑶池燕"飞花成阵春心困"阕。

久困　史记苏张列传：苏秦出游，大困而归，兄弟嫂妹妻妾窃皆笑之，曰："周人之俗，治产业，力工商，逐十一以为务。今子释本而事口舌，困，不亦宜乎？"

忠信　傅注：列子：孔子自卫至鲁，息驾于河梁而观焉。有悬水三十仞，圜流九千里，鱼鳖弗能游，鼋鼍弗能居。有一丈夫，方将游之，孔子使人并涯止之曰："此悬水三十仞，圜流九千里，鱼鳖弗能游，鼋鼍弗能居也，意者难可以济乎。"丈夫不以措意，遂渡而出。孔子从而问之："巧乎？有道术乎？所以能入而出者，何也？"对曰："始吾之入也，先以忠信；及吾之出也，又从以忠信。忠信错吾躯于彼流，而吾不敢用私，所以能入而出者此也。"孔子谓弟子曰："二三子识之。水者犹可以忠信诚身亲之，而况人乎？"钱塘江险恶，多覆行舟，故云。　案傅注所引列子，与今本列子黄帝篇(按：当为说符篇。)所载丈夫游水事大有出入，疑所见古本如此也。

浣溪沙

雪颔霜髯不自惊，更将翦彩发春荣。羞颜未醉已先赪。莫唱黄鸡并白发，且呼张丈唤殷兄。有人归去欲卿卿。　傅注本卷十

【校】

傅注本题作“公守湖，辛未上元日，作会于伽蓝中。时长老法惠在坐，人有献翦彩花者，甚奇，谓有初春之兴。作浣溪沙二首，因寄袁公济”。　元本同傅本。

毛本“丈”作“友”。

【笺】

翦彩　荆楚岁时记：正月人日，翦彩为人，或缕金箔为之，以贴屏风。梁简文帝雪里觅梅花诗：“定须还翦彩，学作两三枝。”

黄鸡白发　注见本卷浣溪沙“山下兰芽短浸溪”阕。

张丈殷兄　白居易元日内宴呈张侍御二十八丈殷判官二十三兄：“犹有夸张少年处，笑呼张丈唤殷兄。”

卿卿　世说：王浑妻钟夫人言尝卿浑，浑曰：“讵可？”妻曰：“怜卿爱卿，是以卿卿。我不卿卿，谁当卿卿？”（按：此承傅注。检今本世说新语溺惑所载为王戎（安丰）与其妇之事。傅注将王戎妇与王浑妻误混，龙笺承误。）

又

料峭东风翠幕惊，云何不饮对公荣。水晶盘莹玉鳞赪。

花影莫孤三夜月，朱颜未称五年兄。翰林子墨主人卿。　同前

【校】

傅注本“孤”作“辜”。

【朱注】

年谱：辛未作。王案：辛未游伽蓝院，寄袁毂。　诗集施注：袁公济名毂，四明人。时倅杭，后知处州。

【笺】

公荣　晋书王戎传：戎尝与阮籍饮，时兖州刺史刘昶字公荣在坐，籍以酒少，酌不及昶，昶无恨色。戎异之，他日问籍曰："彼何如人也？"答曰："胜公荣，不可不与饮；若减公荣，则不敢不共饮；惟公荣可不与饮。"

水晶盘　杜甫丽人行："紫驼之峰出翠釜，水精之盘行素鳞。"

三夜月　傅注：元宵三夕。

五年兄　礼记曲礼：年长以倍，则父事之。十年以长，则兄事之。五年以长，则肩随之。

翰林子墨　扬雄长杨赋序：雄从至射熊馆，还，上长杨赋。聊因笔墨成文章，故借翰林以为主人，子墨为客卿以风。

又　送叶淳老

阳羡姑苏已买田，相逢谁信是前缘。莫教便唱水如天。　　我作洞霄君作守，白头相对故依然。西湖知有几同年？

【校】

傅注本、毛本俱无。

【朱注】

案诗集辛未正月，有与叶淳老侯敦夫张秉道同相视新河次韵诗，词当亦是时作。施注：淳老，温叟字。

【笺】

叶淳老　冯应榴曰：续通鉴长编：元祐六年正月，两浙路转运副使叶温叟为主客郎中。先生作诗时，尚在浙也。又温叟为先生同年，见避暑录话。

水如天　赵嘏江楼感旧："独上江楼思渺然，月光如水水如天。同来望月人何处，风景依稀似去年。"

洞霄　唐书地理志：真源县有洞霄宫，先天太后祠也。先生诗(和张子野见寄三绝句过旧游)："更欲洞霄为隐吏，一庵闲地且相留。"

西江月　宝云真觉院赏瑞香

公子眼花乱发，老夫鼻观先通。领巾飘下瑞香风，惊起谪仙春梦。　后土祠中玉蕊，蓬莱殿后鞓红。此花清绝更纤秾，把酒何人心动。　傅注本卷二

【校】

傅注本题作"真觉赏瑞香三首"。　元本"清绝"作"青色"，从傅本。　毛本题无"宝云院"三字。

【朱注】

王案：辛未二月，诏下，以翰林学士承旨召还，罢杭州任。三月，和曹辅龙山真觉院瑞香花诗，再作西江月词。　诗集查注：咸淳临安志：北山宝云寺，乾德二年钱氏建，旧名千光王寺，雍熙二年改今额。武林梵志：宝云寺在宝云山下，即玛瑙寺东空园也。西湖游览志：龙山稍北为玉厨山，有真觉院。

【笺】

瑞香　庐山记：一比丘昼寝盘石上，梦中闻花香酷烈，及觉，求得之，因名睡香。四方奇之，谓为花中祥瑞，遂名瑞香。诗集查注：桑乔庐山纪事：瑞香产山中，南唐中主爱之，移植于含风殿，名曰紫蓬莱。咸淳临安志：今东西马塍，瑞香最多，大者名锦薰笼。见卷一浣溪沙(惭愧今年二麦丰)注。

眼花　杜甫饮中八仙歌:"知章骑马似乘船,眼花落井水底眠。"

鼻观　傅注:鼻观,见圆觉经。先生烧香诗:"不是闻思所及,且令鼻观先参。"

领巾　杨太真外传:乾元元年,贺怀智又上言曰:"昔上夏日与亲王棋,令臣独弹琵琶,贵妃立于局前观之。上数枰子将输,贵妃放康国猧子上局乱之,上大悦。时风吹贵妃领巾于臣巾上,良久回身,方落。及反归,觉满身香气,乃卸头帻贮于锦囊中。今辄进所贮幞头。"上皇发囊,且曰:"此瑞龙脑香,吾曾施于暖池玉莲朵,再幸尚有香气宛然,况乎丝缕润腻之物哉!"遂凄怆不已。

谪仙　唐书文艺传:李白字太白,天宝初,南入会稽,与吴筠善。筠被召,故白亦至长安。往见贺知章,知章见其文,叹曰:"子谪仙人也。"言于玄宗,召见金銮殿,论当世事,奏颂一篇。帝赐食,亲为调羹,有诏供奉翰林。白犹与饮徒醉于市,帝坐沉香亭子,意有所感,欲得白为乐章。召入而白已醉,左右以水颒面,稍解。援笔成文,婉丽精切无留意。帝爱其才,数宴见。白尝侍帝,醉,使高力士脱靴。力士素贵,耻之,摘其诗以激杨贵妃。帝欲官白,妃辄沮止。余详卷一满江红(江汉西来)注。

玉蕊　傅注:扬州后土夫人祠有琼花一本,天下所无。　案扬州府志及朱显祖琼花志,昔惟扬州后土祠有琼花一株,世传为唐人所植,叶柔平莹泽,花大瓣厚,色淡黄,清馥异常。后土祠在宋为蕃釐观,曾筑无双亭于花旁。仁宗时,尝从观中移植禁苑,逾年而枯,载还扬州,复活。元至正中,枯死。

鞓红　傅注:欧阳文忠公禁中见鞓红牡丹诗:"盛游西洛方年少,晚落南谯号醉翁。白首归来玉堂上,君王殿后见鞓红。"又陈充诗:"蓬莱殿后花如锦。"又牡丹记云:鞓红者,单叶,青红花,出青州,亦曰青州红。故张仆射齐贤有第西京贤相坊,自青州以馲驼驮其种,遂传洛中。其色类腰带鞓,故谓之鞓红。

又

坐客见和，复次韵。

小院朱阑几曲，重城画鼓三通。更看微月转光风，归去香云入梦。　　翠袖争浮大白，皂罗半插斜红。灯花零落酒花秾，妙语一时飞动。　傅注本卷二

【朱注】

王案：辛未三月，又次韵。

【笺】

三通　傅注：三通，三叠鼓声也。

光风　宋玉招魂："光风转蕙，泛崇兰些。"

浮白　汉书（叙传）注：师古曰：谓引取满觞而饮，饮讫，举觞告白尽不也。一说白者，罚爵之名也。饮有不尽者，则以此爵罚之。魏文侯与大夫饮酒，令曰："不酹者浮以大白。"于是公乘不仁举白浮君是也。

皂罗　傅注：皂罗特髻也。　宋史舆服志：重戴，唐士人多尚之，盖古大裁帽之遗制，以皂罗为之。先生诗（李钤辖坐上分题戴花）："绿珠吹笛何时见，欲把斜红插皂罗。"

酒花　孟郊诗（送殷秀才南游）："酒花薰别颜。"李群玉诗（望月怀友）："酒花荡漾金尊里。"

又

再用前韵，戏曹子方。坐客云瑞香为紫丁香，遂以此曲辨证之。

怪此花枝怨泣，托君诗句名通。凭将草木记吴风，继取相如云

梦。　　点笔袖沾醉墨，谤花面有惭红。知君却是为情秾，怕见此花撩动。　傅注本卷二

【校】

傅注本题作"真觉府瑞香一本，曹子方不知，以为紫丁香，戏用前韵"。"坐客"下十六字移作小注置词后，而冠以"公旧注云"四字。"秾"作"浓"。　元本题无"坐客"下十六字，从毛本。

【朱注】

王案：辛未三月，又用前韵。

【笺】

曹子方　诗集施注：曹辅字子方，海陵人。元祐三年九月，自太仆丞为福建转运判官。东坡继出守钱塘，同过吴兴，作后六客词，子方其一也。子方自闽归，道钱塘，有真觉院瑞香花、雪中同游西湖二诗。后提点广西刑狱，先生在惠，数有往来书帖。元祐党祸，诸贤皆在巡内，子方不阿时好，周恤备至，士论与之。绍圣二年，移至衢州。

丁香　本草：丁香一名丁子香，生东海及昆仑国。二月三月，花开紫白色，至七月方始成实，小者为丁香，大者如巴豆，为母丁香。杜牧诗（代人寄远二首）："绣领任垂蓬髻，丁香自结春梢。"

相如云梦　傅注：汉司马相如为子虚赋，而载云梦之饶，故山泉土石、草木禽鱼，无不毕究。　案子虚赋：臣闻楚有七泽，尝见其一，未睹其余也。臣之所见，盖特其小小者耳，名曰云梦。别详卷一水龙吟（楚山修竹如云）注。

醉墨　陆龟蒙诗（奉和袭美醉中偶作见寄次韵）："怜君醉墨风流甚，几度题诗小谢斋。"

木兰花令　次马中玉韵

知君仙骨无寒暑，千载相逢犹旦暮。故将别语恼佳人，欲看梨花枝上雨。　　落花已逐回风去，花本无心莺自诉。明朝归路下塘西，不见莺啼花落处。　傅注本卷十一

【校】

傅注本"欲"作"要"，毛本同。　元本题"中"误作"仲"，"回风"作"风回"，从傅本。

【朱注】

王案：辛未三月，马瑊赋木兰花令送别，再和瑊词。　诗集查注：黄山谷年谱：马瑊茌平人。玉照新志：东坡先生知杭州，马中玉瑊为浙漕。东坡被召赴阙，中玉席间作词曰："来时吴会犹残暑，去日武林春已暮。欲知遗爱感人深，洒泪多于江上雨。　　欢情未举眉先聚，别酒多斟君莫诉。从今宁忍看西湖，抬眼尽成肠断处。"东坡和之。

【笺】

仙骨　傅注：得仙道者，深冬不寒，盛夏不热。

梨花雨　白居易长恨歌："玉容寂寞泪阑干，梨花一枝春带雨。"

虞美人　送马中玉

归心正似三春草，试着莱衣小。橘怀几日向翁开，怀祖已瞋文度不归来。　　禅心已断人间爱，只有平交在。笑论瓜葛一枰同，看取灵光新赋有家风。　傅注本卷八

【校】

傅注本题送下有“浙宪”二字。“瞋”作“嗔”。　元本无题,从毛本。

【朱注】

案中玉,元祐五年改两浙路提刑。是时或去官宁亲,故词有“橘怀”、“怀祖”等语。公答中玉诗云“灵运子孙俱得凤”,亦谓其父也。

【笺】

三春草　孟郊游子吟:“慈母手中线,游子身上衣。临行密密缝,意恐迟迟归。谁言寸草心,报得三春晖。”

莱衣　高士传:老莱子孝奉二亲,行年七十,常身着五色斑斓之衣,为小儿戏啼,欲亲之喜也。

橘怀　吴志陆绩传:绩字公纪,吴人也。父康,汉末为庐江太守。绩年六岁,于九江见袁术,术出橘,绩怀三枚去,拜辞堕地。术谓曰:“陆郎作宾客而怀橘乎?”绩跪答曰:“欲归遗母。”术大奇之。

怀祖　晋书王湛传:湛孙述,字怀祖。子坦之,为桓温长史,温欲为子求婚于坦之。及还家省父,而述爱坦之,虽长大,犹抱置膝上。坦之因言温意,述大怒,遽排下曰:“汝竟痴耶?讵可畏温面而以女妻兵也。”坦之乃辞以他故。温曰:“此尊君不肯耳。”遂止。坦之字文度。

人间爱　傅注:法镜经曰:凡夫贪着六尘,不知厌足,今圣人断除贪爱,除六情饥馑也。

瓜葛　晋书王导传:导子悦,字长豫。弱冠有高名,事亲色养,导甚爱之。导尝共悦弈棋,争道,导笑曰:“相与有瓜葛,那得为尔耶?”

灵光新赋　傅注:后汉王逸工词赋,尝欲作鲁灵光殿赋,命其子延寿往录其状。延寿因韵之,以简其父。父曰:“吾无以加。”遂不复作。　文选鲁灵光殿赋注:范晔后汉书曰,王逸字叔师,南郡宜城人也。子延寿,字文考,有隽才,游鲁,作灵光殿赋。后蔡邕亦造此赋，未成，及见延寿所为，甚奇之，遂辍翰而止。后溺水死，时年二十余。

临江仙　送钱穆父

一别都门三改火，天涯踏尽红尘。依然一笑作春温。无波真古井，有节是秋筠。　惆怅孤帆连夜发，送行淡月微云。尊前不用翠眉颦。人生如逆旅，我亦是行人。　傅注本卷三

【校】

毛本无题。

【朱注】

诗集施注：钱穆父，元祐初拜中书舍人，迁给事中，知开封。出守越州，归从班，再知开封。　案穆父罢越守北归，在辛未春，是词当送之于过杭时也。

【笺】

改火　傅注：论语：钻燧改火。周官司爟：季春出火。然则出火为改新火也。见卷一望江南(春未老)注。

红尘　汉书：红尘四合。(按：此承傅注。此句出自班固西都赋，载后汉书中。)祖咏诗："停车傍明月，走马入红尘。"(按：此二句非祖咏诗，出自王諲十五夜观灯诗，见全唐诗卷一四五。)

春温　庄子(大宗师)：暖然似春，凄然似秋。史记田齐世家：驺忌子以鼓琴见威王，威王悦而舍之右室。须臾，王鼓琴，驺忌子推户入曰："善哉，鼓琴。"王勃然不悦，曰："夫子见容未察，何以知其善也？"驺忌子曰："夫大弦浊以春温者，君也；小弦廉折以清者，相也；攫之深，醳之愉者，政令也；均谐以鸣，大小相益，回邪

而不相害者，四时也。吾是以知其善也。”

古井秋筠　孟郊列女操：“波澜誓不起，妾心井中水。”白居易诗(赠元稹)：“无波古井水，有节青竹竿。”

逆旅　李白春夜宴桃李园诗序：“夫天地者，万物之逆旅。光阴者，百代之过客。而浮生若梦，为欢几何？”

八声甘州　寄参寥子

有情风万里卷潮来，无情送潮归。问钱塘江上，西兴浦口，几度斜晖。不用思量今古，俯仰昔人非。谁似东坡老，白首忘机。　记取西湖西畔，正春山好处，空翠烟霏。算诗人相得，如我与君稀。约他年、东还海道，愿谢公、雅志莫相违。西州路，不应回首、为我沾衣。　傅注本卷五

【校】

傅注本题下有“时在巽亭”四字。“春山”作“暮山”。　毛本“春”作“暮”。

【朱注】

案渔隐丛话：东坡别参寥长短句，“有情风万里卷潮来”云云，其词石刻后东坡自题云：“元祐六年三月三日。”余以东坡年谱考之，元祐四年知杭州，六年召为翰林学士承旨，则长短句盖此时作也。据编辛未。　诗集施注：僧道潜字参寥，於潜人。能文章，尤喜为诗。坡守钱塘，卜智果精舍居之。坡南迁，当路亦捃其诗语，谓有刺讥，得罪，反初服。

【笺】

参寥子　诗集施注：僧道潜字参寥，於潜人。能文章，尤喜为诗，尝有句云：

“风蒲猎猎弄轻柔，欲立蜻蜓不自由。五月临平山下路，藕花无数满汀洲。”过东坡于彭城，甚爱之，以书告文与可，谓其诗句清绝，与林逋上下，而通了道义，见之令人萧然。苏黄门每称其体制绝类储光羲，非近时诗僧所能及。坡守吴兴，会于松江。坡既谪居，不远二千里，相从于齐安。留期年，遇移汝海，同游庐山，有次韵留别诗。坡守钱塘，卜智果精舍居之，入院分韵赋诗，又作参寥泉铭。坡南迁，遂欲转海访之，以书力戒勿萌此意，自揣余生必须相见。当路亦捃其诗语，谓有刺讥，得罪，反初服。建中靖国初，曾子开在翰苑，言其非罪，诏复𥿄发。咸淳临安志：参寥本姓何。幼不茹荤，以童子诵法华经为比邱，于内外典无所不窥。崇宁末示寂，赐号妙总大师。

钱塘西兴 傅注：钱塘、西兴，并吴中之绝景。 唐书地理志：杭州余杭郡，县钱塘。钱塘记：大海在县东一里(符)[许]，郡议曹华信家议立此塘，以防海水。始开募，有能致一斛土者，即与钱一千。旬月之间，来者云集。塘未成而不复取，于是载土石者皆弃而去，塘以之成。故改名钱塘焉。水经注：浙江又东北流至钱塘县，縠水入焉。余详卷一卜算子(蜀客到江南)注。会稽志：西陵在萧山县，吴越改为西兴。郎士元送李遂之越诗：“西兴待潮信，落日满孤舟。”余详卷一瑞鹧鸪(碧山影里小红旗)注。

俯仰人非 注见卷一满江红“东武南城”阕。

谢公雅志 注见卷一水调歌头“安石在东海”阕。

西州 傅注：西州者，晋志：扬州廨，王敦所创。开东、南、西三门，俗谓之西州。今润州是也。见本卷南歌子(古岸开青葑)注。

【评】

郑文焯曰：突兀雪山，卷地而来，真似泉塘江上看潮时，添得此老胸中数万甲兵，是何气象雄且桀。妙在无一字豪宕，无一语险怪，又出之以闲逸感喟之情，所谓骨重神寒，不食人间烟火气者。词境至此观止矣。又曰：云锦成章，天衣无缝，是作从至情流出，不假熨贴之工。

西江月

苏州交代，林子中席上作。

昨夜扁舟京口，今朝马首长安。旧官何物对新官，只有湖山公案。　此景百年几变，个中下语千难。使君才气卷波澜，与把新诗判断。　傅注本卷二

【校】

傅注本、元本俱无题，从毛本。　傅本"对"作"与"，毛本同。　毛本"夜"作"日"。

【朱注】

咸淳临安志：元祐六年二月，召轼为翰林承旨。是月癸巳，天章阁待制林希自润州移知杭州。案题云"交代"，当作于是时。苏州疑杭州之误。东都事略：林希字子中，元祐初为秘书少监，改集贤修撰，知苏州。久之，以天章阁待制知杭州。

【笺】

京口　傅注：京口，今丹阳。润州志：扬子江一名京江。江从蜀来，数千里至京口，北距广陵，东注大海。通鉴胡三省注：大江径京口城北，谓之京口。余详卷一醉落魄（轻云微月）注。

新官旧官　注见卷一诉衷情"钱塘风景古今奇"阕。

湖山公案　傅注：公倅杭日作诗，后下狱，令供诗帐。此言"湖山公案"，亦谓诗也。禅家以言语为公案。

下语　傅注：禅家有下语之说。

波澜　杜甫诗(追酬故人高蜀州人日见寄):“文章曹植波澜阔。”公尝有诗(元祐六年六月自杭州召还……次诸公韵三首)云:“文章曹植今堪笑,却卷波澜入小诗。”

判断　羯鼓录:上洞晓音律,尤爱羯鼓玉笛,常云:“八音之领袖,不可无也。”尝遇二月初,诘旦,巾栉方毕,时当宿雨初晴,景物明丽,小殿内庭柳杏将吐,睹而叹曰:“对此景物,岂得不与他判断之乎?”左右相目,将命备酒,独高力士遣取羯鼓。上旋命之临轩纵击一曲,名春光好,神思自得。及顾柳杏,皆已发坼。上指而笑谓嫔御曰:“此一事不唤我作天公可乎!”嫔御侍官皆呼万岁。

临江仙

辛未离杭至润,别张弼秉道。

我劝髯张归去好,从来自己忘情。尘心消尽道心平。江南与塞北,何处不堪行。　　俎豆庚桑真过矣,凭君说与南荣。愿闻吴越报丰登。君王如有问,结袜赖王生。　傅注本卷三

【朱注】

王案:辛未四月作。

【笺】

张弼　见本卷定风波“月满苕溪照夜堂”阕朱注。

髯张　杜甫洗兵马:“张公一生江海客,身长七尺须眉苍。”又送张参军诗:“好去张公子,通家别恨添。”

尘心　王维桃源行:“不疑灵境难闻见,尘心未尽思乡县。”

道心　虞书:人心惟危,道心惟微。惟精惟一,允执厥中。

庚桑　庄子庚桑楚篇：老聃之役，有庚桑楚者，偏得老聃之道，以北居畏垒之山。其臣之画然知者去之，其妾之挈然仁者远之。拥肿之与居，鞅掌之为使。居三年，畏垒大壤，畏垒之民相与言曰："庚桑子之始来，吾洒然异之。今吾日计之而不足，岁计之而有余，庶几其圣人乎。子胡不相与尸而祝之，社而稷之乎？"庚桑子闻之，南面而不释然。弟子异之，庚桑子曰："弟子何异于予？夫春气发而百草生，正得秋而万宝成。夫春与秋，岂无得而然哉？天道已行矣。吾闻至人尸居环堵之室，而百姓倡狂，不知所如往。今以畏垒之细民，而窃窃焉欲俎豆予于贤人之间，我其杓之人邪？吾是以不释于老聃之言。"南荣趎蹴然正坐曰："若趎之年者已长矣，将恶乎托业，以及此言耶？"庚桑子曰："全汝形，抱汝生，无使汝思虑营营。若此三年，则可以及此言也。"

结袜王生　汉书张释之传：释之为公车令，太子与梁王共车入朝，释之劾不下公门，不敬。文帝崩，景帝立，释之恐，称疾欲免去，惧大诛至；欲见[谢]，则未知何如。用王生计，卒见谢，景帝不过也。王生者，善为黄老言，处士。尝召居廷中，公卿尽会立，王生老人曰："吾袜解。"顾谓释之："为我结袜。"释之跪而结之。既已，人或让王生："独奈何廷辱张廷尉如此？"王生曰："吾老且贱，自度终亡益于张廷尉。廷尉方天下名臣，吾故聊使结袜，欲以重之。"诸公闻之，贤王生而重释之。释之事景帝岁余，为淮南相，犹尚以前过也。年老，病卒。

木兰花令　次欧公西湖韵

霜余已失长淮阔，空听潺潺清颍咽。佳人犹唱醉翁词，四十三年如电抹。　　草头秋露流珠滑，三五盈盈还二八。与余同是识翁人，惟有西湖波底月。　傅注本卷十一

【校】

傅注本、元本俱无题,从毛本。　毛本"颍"作"濑"。

【朱注】

王案:辛未五月到阙,八月告下,除龙图阁学士,知颍州军州事。到颍州,游西湖,闻唱木兰花令词,欧阳修所遗也,和韵。　六一词:"西湖南北烟波阔,风里丝簧声韵咽。舞余裙带绿双垂,酒入香腮红一抹。　杯深不觉琉璃滑,贪看六幺花十八。明朝车马各东西,惆怅画桥风与月。"

【笺】

清颍　傅注:颍州有颍河、汝水。　案颍水出河南登封西境颍谷,东南流经禹县、临颍、西华、商水,与沙河合而东流,是为沙河。东至淮阳之周家口,会贾鲁河,东南流经沈丘,是为大沙河。又东南流入安徽,经太和、阜阳、颍上,至西正阳关,入于淮。

醉翁　傅注:本事曲集云:汝阴西湖胜绝名天下,盖自欧阳永叔始。往岁子瞻自禁林出守,赏咏尤多,而去欧阳公时已久,故其继和木兰花有"四十三年如电抹"之句。二词俱奇峭雅丽,如出一人,此所以中间歌咏寂寥无闻也。文忠公自号醉翁。见卷一西江月(三过平山堂下)注。

三五二八　古诗(鲍照玩月城西门廨中):"三五二八时,千里与君同。"

西湖　诗集查注:名胜志:颍州西二里有湖,袤十里,广二里,翳然林木,为一邦之胜。欧阳公自扬移汝,有"都将二十四桥月,换得西湖十顷秋"之句。秦少游亦有诗云:"十里荷花菡萏初,我公所至有西湖。"

壬　申

年谱：元祐七年壬申，先生年五十七，在颍州任。与赵德麟同治西湖，三月十六日，湖成。未几，有维扬之命。已而以兵部尚书召，复兼侍读。是年南郊，先生为卤簿使，寻迁礼部尚书，迁端明侍读学士。

减字木兰花

二月十五日夜与赵德麟小酌聚星堂。

春庭月午，摇荡香醪光欲舞。步转回廊，半落梅花婉娩香。轻烟薄雾，总是少年行乐处。不是秋光，只与离人照断肠。　傅注本卷九

【校】

傅注本题作"按赵德麟侯鲭录云，元祐七年正月，东坡在汝阴州，堂前梅花大开，月色鲜霁，王夫人曰，春月色胜如秋月色，秋月令人凄惨，春月令人和悦。何如召赵德麟辈来，饮此花下。先生大喜曰，吾不知子亦能诗耶，此真诗家语耳。遂召德麟饮，因作此词"。"轻烟"作"轻风"。　元本题作"春月"。"烟"作"风"。

【朱注】

年谱：壬申正月作。纪年录：壬申二月作。　侯鲭录：元祐七年正月，东坡

先生在汝阴州，堂前梅花大开，月色轩霁。先生王夫人曰："春月色胜如秋月色，秋月色令人凄惨，春月色令人和悦。何不召赵德麟辈来，饮此花下？"先生大喜曰："吾不知子能诗耶，此真诗家语耳。"遂相召，与二欧饮，用是语作减字木兰花。诗集施注：赵景贶字令畤，以承议郎签书判官，在东坡颍州幕府。公谓其吏事通敏，文采俊丽，志节端亮，议论英发。既力荐于朝，又为著说，改字德麟。

【笺】

婉娩　礼记(内则)：姆教婉娩听从。正义：按"九嫔"注云：妇德贞顺，妇言辞令，妇容婉娩，妇功丝枲。

聚星堂　名胜志：欧阳文忠公守颍时，于州治起聚星堂，与僚官王回深父、临江刘攽贡父、州人常秩夷甫、六安焦千之伯强，为日夕燕游之所。

满江红　怀子由作

清颍东流，愁来送、征鸿去翮。情乱处、青山白浪，万重千叠。孤负当年林下语，对床夜雨听萧瑟。恨此生、长向别离中，彫华发。　一尊酒，黄河侧。无限事，从头说。相看恍如昨，许多年月。衣上旧痕余苦泪，眉间喜气占黄色。便与君、池上觅残春，花如雪。　傅注本卷二

【校】

傅注本题下无"作"字。"来送"作"目断"，"征鸿去翮"作"孤帆明灭"，"情乱"作"宦游"，"万重千叠"作"万里重叠"，"孤"作"辜"，"语"作"意"，"彫"作"添"，"如昨"作"如梦"，"占黄"作"添黄"。　元本无题。"恍如"下脱"昨"字。并从毛本。　毛本次句及"情"、"乱"、"彫"、"占"四字并同傅本，"语"误作"忆"。

【朱注】

王案：壬申二月作。

【笺】

子由　案年谱，元祐四年，先生出牧余杭，子由代先生为学士。六年，先生自杭州召还，寓居子由东府数月。八年九月十四日，先生有东府雨中别子由诗，是此时子由当在京师也。

对床夜雨　傅注：子由幼从子瞻读书，未尝一日相舍。既仕，将游宦四方。子由尝读韦苏州诗，有"那知风雨夜，复此对床眠"，恻然感之，乃相约早退，为闲居之乐。见卷一水调歌头(安石在东海)附考。

黄色　傅注：玉管照神书曰：气青黄色喜重重。韩退之诗："眉间黄色见归期。"

花如雪　傅注：落花纷纷如雪也。

浣溪沙

芍药樱桃两斗新，名园高会送芳辰。洛阳初夏广陵春。　红玉半开菩萨面，丹砂秾点柳枝唇。尊前还有个中人。

【校】

傅注本阙。　毛本题作"扬州赏芍药樱桃"。

【朱注】

王案：壬申二月，告下，以龙图阁学士充淮南东路兵马钤辖，知扬州军州事。四月，赏芍药樱桃作。

【笺】

芍药　诗郑风(溱洧)："惟士与女，伊其相谑，赠之以勺药。"古今注：勺药一名将离，故将别而赠之。摭异记：开元中，禁中初重木勺药，得四本，植于兴庆池东沉香亭前。

樱桃　礼记(月令)：仲夏之月，天子乃以雏尝黍羞，以含桃先荐寝庙。注：含桃，樱桃也。

广陵　汉书地理志：广陵国，景帝四年，更名江都，武帝元狩三年，更名广陵。韩琦诗(和袁陟节推龙兴寺芍药)："广陵芍药真奇美，名与洛花相上下。"

菩萨面　朝野佥载：裴谈崇奉释氏，妻悍妒，谈畏如严君。尝谓妻有可畏者三，少妙之时，视之如生菩萨，安有人不畏生菩萨耶？

柳枝唇　唐语林：退之二侍妾，名柳枝、绛桃。

减字木兰花

五月二十四日，会于无咎之随斋。主人汲泉置大盆中，渍白芙蓉，坐客翛然，无复有病暑意。

回风落景，散乱东墙疏竹影。满座清微，入袖寒泉不湿衣。　　梦回酒醒，百尺飞澜鸣碧井。雪洒冰麾，散落佳人白玉肌。

【校】

傅注本、毛本俱无。

【朱注】

纪年录壬申作。

【笺】

无咎　诗集施注：晁无咎名补之，济州钜野人。年十七，从父官新城，后通判扬州。东坡来为守，无咎以诗相迎。坡和陶靖节饮酒诗，其一篇为无咎作，有"晁子天麒麟,结交及未仕"之句。章子厚当国,由著作郎出守齐州。徽宗立,还为郎。党论再起,出守泗州。忘情仕进,葺归来园,自号归来子。出籍,知达州,改泗州。卒年五十八。无咎文章温润典缛,其凌厉奇卓,出于天成,与黄、张、秦并驱联镳,世号"元祐四学士"。

白芙蓉　尔雅疏:江东人呼荷华为芙蓉。说文:芙之言敷也,蓉之言动容也。孟郊诗(古意):"手持未染彩,绣为白芙蓉。"

玉肌　韦庄诗(伤灼灼):"玉肌香腻透红纱。"

生查子　送苏伯固

三度别君来,此别真迟暮。白尽老髭须,明日淮南去。　酒罢月随人,泪湿花如雾。后月送君时,梦绕湖边路。　傅注本卷十二

【校】

傅注本无题。"真"作"应","后月"五字作"后夜逐君还"。　毛本题作"诉别"。"后月"句同傅本。　诗集题作"古别离送苏伯固"。第七句亦作"后夜逐君还"。

【朱注】

案诗集并载此词,编壬申。

【笺】

迟暮　杜甫诗(寄刘峡州伯华使君四十韵):"迟暮嗟为客。"

淮南　注见卷一水龙吟"楚山修竹如云"阕。

花如雾　杜甫诗(小寒食舟中作):"春水船如天上坐,老年花似雾中看。"

青玉案

和贺方回韵，送伯固还吴中。

三年枕上吴中路，遣黄犬、随君去。若到松江呼小渡，莫惊鸳鹭。四桥尽是，老子经行处。　　辋川图上看春暮，常记高人右丞句。作个归期天已许。春衫犹是，小蛮针线，曾湿西湖雨。　傅注本卷十二

【校】

阳春白雪作姚志道词。　傅注本题“还”作“归”。“犬”作“耳”，“鸳”作“鸥”，“尽”作“都”。　毛本题末有“故居”二字。“犬”字、“鸳”字同傅本。

【朱注】

案伯固于己巳年从公杭州，至壬申三年未归，故首句云然。王案：壬申八月，诏以兵部尚书召还。

【笺】

贺方回　叶梦得贺铸传：方回名铸，卫州人。自言唐谏议大夫知章后，故号鉴湖遗老。长七尺，眉目耸拔，面铁色。喜剧谈天下事，可否不略少假借，人以为近侠。然博学强记，工语言，深婉丽密，如比组绣。尤长于度曲，掇拾人所遗弃，少加檃括，皆为新奇。尝言：“吾笔端驱使李商隐、温庭筠，当奔命不暇。”初仕监太原工作。建中靖国间，黄庭坚鲁直自黔中还，得其“江南梅子”之句，以为似谢玄晖。然以尚气使酒，终不得美官。后为泗州通判，悒悒不得志，食宫祠禄，退居吴下。自裒其生平所为歌词，名东山乐府。方回青玉案词：“凌波不过横塘路，但目送、芳尘去。锦瑟华年谁与度？月桥花院，琐窗朱户，惟有春知处。　　飞云冉冉蘅皋暮，彩笔新题断肠句。若问闲情都几许？一川烟草，满城风絮，梅子黄时雨。”

黄犬　晋书陆机传：机有犬曰黄耳，甚爱之。既而羁寓京师，久无家问，笑语

犬曰:"我家绝无书信,汝能赍书取消息否?"犬摇尾作声。机乃为书,以竹筒盛书而系其颈。犬寻路南走,遂至其家,得报还洛。其后因以为常。

松江　注见卷一菩萨蛮"天怜豪俊腰金晚"阕。

四桥　傅注:姑苏有四桥,长为绝景。

辋川图　傅注:王维字摩诘,肃宗朝为尚书右丞。有别墅在辋川,地奇胜。维尝于蓝田清凉寺壁上画辋川图,笔力雄壮。　王维辋川集序:余别业在辋川山谷,其游止有孟城坳、华子冈、文杏馆、斤竹岭、鹿柴、木兰柴、茱萸沜、宫槐陌、临湖亭、南垞、欹湖、柳浪、栾家濑、金屑泉、白石滩、北垞、竹里馆、辛夷坞、漆园、椒园等,与裴迪闲暇各赋绝句云。

高人　唐书文艺传:王维工草隶,善画,名盛于开元、天宝间。笃志奉佛,食不荤,衣不文彩,丧妻不娶,孤居三十年。母亡,表辋川第为寺,终葬其西。杜甫诗(解闷十二首):"不见高人王右丞,蓝田丘壑蔓寒藤。"

小蛮　本事诗:白尚书姬人樊素善歌,妓人小蛮善舞。尝为诗曰:"樱桃樊素口,杨柳小蛮腰。"

【评】

况周颐餐樱庑词话:东坡词青玉案用贺方回韵送伯固归吴中歇拍云:"作个归期天已许。春衫犹是,小蛮针线,曾湿西湖雨。"上三句未为甚艳,"曾湿西湖雨"是清语,非艳语,与上三句相连属,遂成奇艳绝艳,令人爱不忍释。坡公天仙化人,此等词犹为非其至者,后学已未易模昉其万一。

【附考】

彊村先生曰:桐江诗话谓此词乃姚进道作,见苕溪渔隐丛话。

癸　酉

年谱：元祐八年癸酉，先生年五十八。任端明、侍读二学士。是年先生继室同安郡君王氏卒于京师。寻以二学士出知定州。九月二十七日出都门，十月到定州任。本年所作词无考。

甲　戌

年谱：绍圣元年甲戌，先生年五十九。知定州。就任落两职，追一官，知英州，未到任间，再贬宁远军节度副使，惠州安置。八月二十一日，过虔州。九月，过广州，访道士何德顺。以十月三日到惠州，寓居嘉祐寺。

戚氏

玉龟山，东皇灵姥统群仙。绛阙岧峣，翠房深迥倚霏烟。幽闲，志萧然，金城千里锁婵娟。当时穆满巡狩，翠华曾到海西边。风露明霁，鲸波极目，势浮舆盖方圆。正迢迢丽日，玄圃清寂，琼草芊绵。　争解绣勒香鞯，鸾辂驻跸，八马戏芝田。瑶池近、画楼隐隐，翠鸟翩翩。肆华筵，间作脆管鸣弦，宛若帝所钧天。稚颜皓齿，绿发方瞳圆极，恬淡高妍。　尽倒琼壶酒，献金鼎药，固大椿年。缥缈飞琼妙舞，命双成、奏曲醉留连，云璈韵响泻寒泉。浩歌畅饮，斜月低河汉。渐绮霞、天际红深浅。动归思、回首尘寰，烂漫游、玉辇东还。杏花风、数里响鸣鞭。望长安路，依稀柳色，翠点春妍。

【校】

傅注本存目阙词。　毛本调下注云："此词详叙穆天子、西王母事，世不知所谓，遂谓非东坡作。李端叔跋云：东坡在中山，宴席间有歌戚氏调者，坐客言调美而词不典，以请于公。公方观山海经，即叙其事为题，使妓再歌之，随其声填写，歌竟篇就，才点定五六字而已。"　元本"姥"作"熜"，毛本作"媲"，从历代诗余。"岧嶤"作"苕荛"，从毛本。毛本"脆"字脱，"颜"作"头"，元本并误，今从历代诗余。毛本"绮"作"倚"，"回首""首"误"兮"。　郑文焯曰：案毛本所注，实出于陈振孙直斋书录解题，此当据补。能改斋漫录引此词，"灵姥"作"灵媲"，"萧然"作"悄然"，"鸾"作"銮"，"脆"作"翠"，"春妍"作"秦川"。

【朱注】

王案：癸酉八月，告下，公以两学士充河北西路安抚使，兼马步军都总管，出知定州军州事。甲戌正月，闻歌者歌戚氏，方论穆天子事，因依其声成戚氏词。老学庵笔记：东坡先生在中山，作戚氏乐府词，最得意。幕客李端叔跋三百四十余字，叙述甚备，愿刻石传后，为定武盛事，会谪去不果。今乃不载集中，至有立论排诋，以为非公作者。识真之难如此哉！

【笺】

戚氏　钦定词谱：戚氏，柳永乐章集注中吕调，丘处机词名梦游仙。

玉龟山　古乐府玉龟曲："玉龟山，真长仙，九光耀，五云生。"

东皇灵姥　尚书纬：春为东皇，又为青帝。灵姥，谓西王姥也。淮南子(览冥训)：西姥折胜，黄神吟啸。飞鸟铩翼，走兽废脚。

绛阙　傅休奕云中白子高行："阊阖辟见，紫微绛阙。"

翠房　孙逖诗(寻龙湍)："渔父歌金洞，江妃舞翠房。"李白诗(留别曹南群官之江南)："闭剑琉璃匣，炼丹紫翠房。"

金城　墉城集仙录：王母所居，有金城千里，玉楼十二。

穆满巡狩　荀勖穆天子传序：其书言周穆王游行之事。春秋左氏传曰：穆王欲肆其心，周行于天下，将皆使有车辙马迹焉。此书所载，则其事也。王好巡守，得骅骝騄耳之乘，造父为御，以观四荒。北绝流沙，西登昆仑，见西王母。与太史公记同。

翠华　谓车驾也。上林赋注：以翠羽为旗上葆也。

鲸波　江总诗(秋日游昆明池)："蝉噪金堤柳，鹭饮石鲸波。"骆宾王诗(和孙长史秋日卧病)："决胜鲸波静，腾谋鸟谷开。"

舆盖　周礼冬官考工记：轮人为盖以象天，崇十尺。

玄圃　淮南子(墬形训)：昆仑去地一万一千里，上有层城九重。或上倍之，是为阆风。或上倍之，是谓玄圃。以次相及。

琼草芊绵　山海经：梁地有香炉峰，神仙所居之迹。瑶草乃珊瑚之类，仙家用以合丹药服饵。又：姑瑶之山，帝女死焉，名曰女尸，化为瑶草。李白送族弟襄归桂阳诗："春潭琼草绿可折，西寄长安明月楼。"说文：芊芊，草盛貌。谢灵运山居赋："孤岸竦秀，长洲芊绵。"

绣勒香鞯　说文：勒，马头络衔也。从革，力声。一说马辔也。有衔曰勒，无曰羁。任询诗(庚辰十二月十九日雪)："绣勒锦鞯生羽翮。"说文：鞯，马鞁具也。韩偓马上见诗："自怜输厩吏，余暖在香鞯。"

鸾辂驻跸　释名：天子所乘曰玉辂，谓之辂者，言行于道路也。礼记(月令)：孟春之月，天子居青阳左个，乘鸾辂，驾苍龙。汉官仪注：皇帝辇左右侍帷幄者称警，出殿则传跸，止行人清道也。古今注：警跸，所以戒行徒。周礼跸而不警。秦制出警入跸，谓出军者皆警戒，入国者皆跸止也。又：跸，路也，所行者皆警于涂路。

八马芝田　拾遗记：穆王八骏，一名绝地，二名翻羽，三名奔宵，四名超影，五名逾辉，六名超光，七名腾雾，八名挟翼。王融曲水诗序：夏后两龙，载驱璇台之上；穆满八骏，如舞瑶水之阴。十洲记：祖洲有不死之草，生琼田中，或名为养神芝。其叶似菰苗丛生，一株可活一人。

瑶池　穆天子传：吉日甲子，天子宾于西王母，乃执白圭玄璧，以见西王母，好献锦组百纯，䋲组三百纯。西王母再拜受之䋲。乙丑，天子觞西王母于瑶池之上。西王母为天子谣曰："白云在天，山陵自出。道里悠远，山川间之。将子无死，尚能复来。"

翠鸟　竹书纪年：穆王十三年，西征，至于青鸟之所憩。汉武故事：七月七日，忽有青鸟飞集殿前。东方朔曰："此西王母欲来。"有顷，王母至，三青鸟夹侍王母旁。陶潜诗(读山海经十三首)："翩翩三青鸟，毛色奇可怜。"

脆管　白居易诗(霓裳羽衣舞歌)："清弦脆管纤纤手。"

帝所钧天　穆天子传：觞天子于磐石之上，天子乃奏广乐。郭璞注：史记云，赵简子疾不知人，七日而寤，曰："我之帝所，甚乐，与百神游于钧天，广乐九奏万舞，不类三代之乐，其声动心。""广乐"义见此。

方瞳　南史(陶弘景传)：眼方寿千岁。陶弘景末年，眼有时而方。拾遗记：老聃居山，有父老五人，方瞳，握青筠杖，共谈天地五方五行之精。

金鼎　江淹别赋："守丹灶而不顾，炼金鼎而方坚。"陈子昂诗(感遇诗三十八首)："金鼎合神丹，世人将见欺。"

大椿　庄子逍遥游：上古有大椿者，以八千岁为春，八千岁为秋。

飞琼　汉武内传：王母乃命侍女许飞琼鼓震灵之簧。本事诗(事感)：诗人许浑尝梦登山，有宫室凌云，人云："此昆仑也。"既入，见数人方饮酒，招之，至暮而罢。赋诗云："晓入瑶台露气清，坐中惟有许飞琼。尘心未断俗缘在，十里下山空月明。"他日复梦至其处，飞琼曰："子何故显余姓名于人间？"座上即改为"天风吹下步虚声"，曰："善。"

双成　汉武内传：王母命侍女王子登弹八琅之璈，董双成吹云和之笙。项斯送宫人入道诗："愿随仙女董双成，王母前头结伴行。"

云璈　汉武内传：上元夫人自弹云林之璈，歌步玄之曲。名山记：太微玄清左夫人曲："西庭命长歌，云璈乘虚弹。"

绮霞　谢灵运诗(按：此为谢朓晚登三山还望京邑诗)："余霞散成绮，澄江静如练。"

烂漫游　白居易诗(代人赠王员外)："静接殷勤语，狂随烂漫游。"

玉辇　丘迟诗(侍宴乐游苑送徐州应诏)："轻荑承玉辇，细草借龙骑。"

【附录】

能改斋漫录：东坡元祐末自礼部尚书帅定州日，官妓因宴，索公为戚氏。公方坐与客论穆天子事，颇讶其虚诞，遂资以应之，随声随写，歌竟篇就，才点定五六字。坐中随声击节，终席不间他词，亦不容别进一语。且曰："足为中山一时盛事。"

梁溪漫志：予尝怪李端叔谓坡在山中，歌者欲试坡仓卒之才，于其侧歌戚氏，坡笑而颔之。邂逅方论穆天子事，颇摘其虚诞，遂资以应之，随声随写，竟篇才点定五六字。坐中随声击节，终席不间他辞，亦不容别进一语。临分曰："足以为中山一时盛事。"然其词有曰"玉龟山，东皇灵姥统群仙"，又"争解绣勒香鞯"，又"銮辂驻跸"，又"肆华筵，间作脆管鸣弦，宛若帝所钧天"，又"尽倒琼壶酒，献金鼎药，固大椿年"，又"浩歌畅饮"，"回首尘寰，烂漫游、玉辇东还"。东坡御风骑气，下笔真神仙语。此等鄙俚猥俗之词，殆是教坊倡优所为，虽东坡灶下婢亦不为之，而顾称誉若此，岂果端叔之言耶？恐疑误后人，不可不辨。

归朝欢　和苏坚伯固

我梦扁舟浮震泽，雪浪摇空千顷白。觉来满眼是庐山，倚天无数开青壁。此生长接淅，与君同是江南客。梦中游，觉来清赏，同作飞梭掷。　　明日西风还挂席，唱我新词泪沾臆。灵均去后楚山空，澧阳兰芷无颜色。君才如梦得，武陵更在西南极。竹枝词，莫傜新唱，谁谓古今隔。　傅注本卷二

【校】

傅注本题作"公尝有诗与苏伯固，其序曰：昔在九江，与苏伯固唱和，其略曰我梦扁舟浮震泽，雪浪横江千顷白。觉来满眼是庐山，倚天无数开青壁。盖实梦也。然公诗复云扁舟震泽定何时，满眼庐山觉又非"。"傜"误作"摇"。　毛本"傜"误同傅本。

【朱注】

王案：甲戌闰四月，告下，落端明殿学士，兼翰林侍读学士，依前左朝奉郎，知英州军州事。又告下，降充左承议郎，仍知英州。又告下合叙，复曰不得与叙，仍知英州。六月告下，落左承议郎，责授建昌军司马，惠州安置。七月，达九江，与苏坚别作。

【笺】

震泽　尔雅：吴越之间有具区。郭璞注：今吴县南太湖，即震泽是也。扬州记：太湖一名震泽。

庐山　傅注：庐山记曰：周威王时，有匡俗者，生而神灵，隐沦潜景，庐于此

山，时人谓之匡君庐，故山因以取号。

倚天　沈彬庐山诗："约破云霞独倚天。"

接淅　孟子（万章下）：接淅而行。注：淅，渍米也，不及炊，乃反接之而去。

飞梭　寇准诗（和倩桃）："将相功名终若何，不堪急景似奔梭。人间万事君休问，且向樽前听艳歌。"

挂席　李白江上诗（金陵江上遇蓬池隐者）："明晨挂帆席，离恨满沧波。"孟浩然诗（晚泊浔阳望庐山）："挂席几千里，名山都未逢。泊舟浔阳郭，始见香炉峰。"

泪沾臆　杜甫哀江头："人生有情泪沾臆，江草江花岂终极。"

灵均　离骚："名余曰正则兮，字余曰灵均。"

兰芷　离骚："兰芷变而不芳兮，荃蕙化而为茅。"九歌："沅有芷兮澧有兰，思公子兮未敢言。"

梦得　旧唐书刘禹锡传：禹锡字梦得，彭城人。贞元九年，擢进士第。精于古文，善五言诗。官监察御史，坐王叔文党，贬连州刺史，在道贬朗州司马。地居西南夷，土风僻陋，举目殊俗，无可与言者。禹锡在朗州十年，唯以文章吟咏，陶冶情性。蛮俗好巫，每淫祠鼓舞，必歌俚辞。禹锡或从事于其间，乃依骚人之作，为新辞以教巫祝。故武陵溪洞间夷歌，率多禹锡之辞也。禹锡晚年与少傅白居易友善，诗笔文章，时无出其右者，时号刘白。

竹枝　乐府诗集：竹枝本出于巴渝。唐贞元中，刘禹锡在沅湘，以俚歌鄙陋，乃依骚人九歌作竹枝新辞九章，教里中儿歌之，由是盛于贞元、元和之间。禹锡曰："竹枝，巴歈也。巴儿联歌，吹短笛击鼓以赴节，歌者扬袂睢舞，其音协黄钟羽，末如吴声，含思宛转，有淇濮之艳焉。"

莫徭　隋书地理志：长沙郡有夷蜑，名莫徭，自言其先祖有功，常免征役，故以为名。杜甫诗（岁晏行）："莫徭射雁鸣桑弓。"

古今隔　谢灵运诗（七里濑）："谁谓古今殊，异代可同调。"

【校律】

郑文焯曰：此与柳词同一体，其平侧微异处，正是音律之清浊相和，匪若万红友所注可平可仄之例也。

【附考】

艇斋诗话：东坡词中归朝欢送苏伯固者，为送伯固往澧阳，故用灵均、梦得等事。今词中但云"和伯固"，而不言往澧阳也。

木兰花令

宿造口，闻夜雨，寄子由、才叔。

梧桐叶上三更雨，惊破梦魂无觅处。夜凉枕簟已知秋，更听寒蛩促机杼。　梦中历历来时路，犹在江亭醉歌舞。尊前必有问君人，为道别来心与绪。　傅注本卷十一

【校】

元本无题，从傅、毛二本。

【朱注】

案辛弃疾书江西造口壁词有"郁孤台下清江水"语，地当在赣州。词为南迁时作。

【笺】

梧桐雨　温庭筠更漏子词："梧桐树，三更雨，不道离情正苦。一叶叶，一声声，空阶滴到明。"

寒蛩　蛩，通作"蛬"。尔雅释虫：蟋蟀，蛬。郭璞注：今促织也。

【附考】

彊村先生曰：杨诚斋有宿皂口驿及晓过皂口岭二诗，亦由江西之岭南时作。

疑“造”亦作“皂”。

浣溪沙

绍圣元年十月二十三日，与程乡令侯晋叔、归善簿谭汲同游大云寺，野饮松下，仍设松黄汤，作此阕。余近酿酒，名之曰“万家春”，盖岭南万户酒也。

罗袜空飞洛浦尘，锦袍不见谪仙人。携壶借草亦天真。　玉粉轻黄千岁药，雪花浮动万家春。醉归江路野梅新。　傅注本卷十一

【校】

傅注本题首有“公旧序云”四字，“月”字下无“二”字，“设”字上无“仍”字。“药”作“蕊”，元本同。从毛本。　毛本题亦小讹，“人”作“神”。

【朱注】

纪年录：甲戌，游大云作。王案：八月告下，落建昌军司马，贬宁远军节度副使，仍惠州安置。十月到贬所，游大云寺作。　本集与程正辅书：侯晋叔实佳士，颇有文采气节，恐兄归阙，此人不当遗也。归善县志：大云寺在邑治西八十里。

【笺】

松黄　本草：松花名松黄，服之轻身。

罗袜　曹植洛神赋：“凌波微步，罗袜生尘。”

锦袍　傅注：李白初至长安，贺知章见其文，叹曰：“子谪仙人也。”后供奉翰林，恳求还山，帝赐金放还。白浮游四方，尝乘月与崔宗之自采石至金陵，着宫锦袍，坐舟中，旁若无人。余详卷一满江红（江汉西来）注。

千岁药　傅注：广志曰：千岁老松子，色黄白，味似栗，可食，久服轻身。

乙　亥

年谱：绍圣二年乙亥，先生年六十，在惠州。自嘉祐寺迁居合江楼。三月四日，同太守詹范器之、柯常、林抃、王原、赖仙芝同游白水山。有与徐得之书云：到惠已半年，凡百粗遣，既习其水土风气。绝欲息念之外，浩然无疑，殊觉安健也。

临江仙　惠州改前韵

九十日春都过了，贪忙何处追游。三分春色一分愁。雨翻榆荚阵，风转柳花球。　我与使君皆白首，休夸年少风流。佳人斜倚合江楼。水光都眼净，山色总眉愁。　傅注本卷三

【校】

傅注本题作"熙宁九年四月一日，同成伯公谨辈赏藏春馆残花，密州邵家园也"。后阕作"阆苑先生须自责，蟠桃动是千秋。不知人世苦厌求。东皇不拘束，肯为使君留"。附注："公在惠州，改前词云：我与使君皆白首，休夸年少风流。佳人斜倚合江楼。水光都眼净，山色总眉愁。"毛本无题，后阕同傅本。

【朱注】

案公以绍圣元年十月至惠州，此词当是次年乙亥春作。毛本异文，所谓前韵者也。

【笺】

惠州　诗集查注：元和郡县志：秦南海郡，隋分立循州。舆地广记：五代时，

南汉改曰祯州，而别立循州于北境。太平寰宇记：祯州本循州旧理，伪汉刘龚移循州于雷乡县，于归善县置祯州。天禧中避仁宗讳，改惠州，西至广州四百二里。

三分春色　杨元素本事曲集：叶道卿贺圣朝词："三分春色，一分愁闷，一分风雨。"

榆荚　傅注：榆钱也。　李商隐（和人题）真娘墓诗："榆荚还飞买笑钱。"

柳花　傅注：柳絮风衮如球。

使君　当指惠守。诗集查注：惠州志：詹范字器之，建安人，绍圣间知惠州。时兵荒之后，野多暴骨，范取而掩之，为从冢焉。　先生答徐得之书云：詹使君，仁厚君子也。极蒙他照管，仍不辍携具来相就。

合江楼　诗集查注：名胜志：东江源自江西赣州，经龙川县来绕白鹤峰之阴，至惠州城东，亦谓之龙川江。西江自九龙山西流一百二十里，亦至城东，与龙江合流，至石湾西南，经虎头门入海。其沥流处有合江楼，即府城之东门楼也。危太朴东坡书院记：公初至惠州，寓居合江楼，数日，迁嘉祐寺。

眼净眉愁　先生诗（次韵送张山人归彭城）："水洗禅心都眼净，山供诗笔总眉愁。"

殢人娇　赠朝云

白发苍颜，正是维摩境界。空方丈、散花何碍。朱唇箸点，更髻鬟生采。这些个、千生万生只在。　好事心肠，著人情态。闲窗下、敛云凝黛。明朝端午，待学纫兰为佩。寻一首好诗，要书裙带。　傅注本卷八

【校】

傅注本题前有"或云"二字。"彩"作"菜"。　元本无题，"采"误作"菜"，从毛

本。　毛本“待”字脱。

【朱注】

王案：乙亥五月作。

【笺】

朝云　诗集朝云诗序：世谓乐天有“鬻骆马放杨柳枝”词，嘉其主老病不忍去也。然梦得有诗云：“春尽絮飞留不得，随风好去落谁家。”乐天亦云：“病与乐天相伴住，春随樊子一时归。”则是樊素竟去也。予家有数妾，四五年相继辞去，独朝云者随予南迁。因读乐天集，戏作此诗。朝云姓王氏，钱唐人。尝有子曰干儿，未期而夭云。艺苑雌黄：东坡尝令朝云乞词于少游，少游作南歌子赠之云：“靄靄迷春态，溶溶媚晓光。不应容易下巫阳，只恐翰林前世是襄王。　暂为清歌住，还因春雨忙。瞥然归去断人肠，空使兰台公子赋高唐。”

维摩　维摩诘经：毗耶离城中，有长者名维摩诘，虽为白衣，持奉沙门清净律行，虽处居家，不着三界，亦有妻子，常修梵行。翻译名义集：维摩罗诘，什曰“秦言净名”，生曰“此云无垢称”。其晦迹五欲，超然无染，清名遐布，故致斯号。旧曰维摩诘者，讹也。

方丈　傅注：维摩诘以一丈之室，能容三万二千师子座，无所妨碍。室中有一天女，每闻说法，便现其身，即以天花散诸菩萨大弟子上。

散花　维摩诘经：天女以天花散诸菩萨，即皆堕落。至大弟子，便著不堕。天女曰：“结习未尽，故花著身。结习尽者，花不著身。”

箸点　傅注：箸点，言最小也。

生采　傅本作“生菜”，注云：白乐天苏家女子简简吟：“玲珑云髻生菜样，飘飖风袖蔷薇花。”

端午　详卷一少年游（银塘朱槛曲尘波）注。

纫兰　离骚：“纫秋兰以为佩。”

丙　子

年谱：绍圣三年丙子，先生年六十一，在惠州。惠州修东西新桥，先生助以犀带。七月，朝云卒，先生有诗悼之。又于惠州栖禅寺大圣塔葬处作亭覆之，名之六如亭。冬，营白鹤峰新居。

西江月

玉骨那愁瘴雾，冰姿自有仙风。海仙时遣探芳丛，倒挂绿毛么凤。　　素面常嫌粉涴，洗妆不褪唇红。高情已逐晓云空，不与梨花同梦。　傅注本卷二

【校】

傅注本题作"梅"。"姿"作"肌"。　毛本题作"梅花"。"常"作"翻"。词注曰：惠州梅花上珍禽曰倒挂子，似绿毛凤而小。　冷斋夜话"骨"作"质"，"仙"作"山"。　鸡肋编引此词，"瘴雾"作"烟瘴"，"涴"作"汗"，"褪"作"退"，"已"作"易"，"晓"作"海"。

【朱注】

王案：丙子十月，梅开作。　渔隐丛话：冷斋夜话云，东坡在惠州，作梅词，时侍儿朝云新亡，其寓意为朝云作也。

【笺】

冰姿　注见卷一减字木兰花"郑庄好客"阕。

绿毛么凤　鸡肋编：东坡在惠州作梅词云云。广南有绿羽丹觜禽，其大如雀，状类鹦鹉，栖集皆倒悬于枝上，土人呼为“倒挂子”。而梅花叶四周皆红，故有“洗妆”之句。二事皆北人所未知者。古今词话：么凤，惠州梅花上珍禽，名倒挂子，似绿毛凤而小，其矢亦香，俗人蓄之帐中。东坡西江月云“倒挂绿毛么凤”是也。

素面　杨太真外传：封三姨为虢国夫人。虢国不施妆粉，自衒美艳，常素面朝天。当时张祜有诗云：“虢国夫人承主恩，平明骑马入宫门。却嫌脂粉污颜色，淡扫蛾眉朝至尊。”

唇红　冷斋夜话：岭外梅花与中国异，其花几类桃花之色，而唇红香著。

梨花同梦　傅注：公自跋云：诗人王昌龄梦中作梅花诗。南海有珍禽，名倒挂子，绿毛，如鹦鹉而小。惠州多梅花，故作此词。诗话云：王昌龄梅诗曰：“落落寞寞路不分，梦中唤作梨花云。”方知公引用此诗。

【附考】

冷斋夜话：东坡蝶恋花词云：“花褪残红青杏小。燕子飞时，绿水人家绕。枝上柳绵吹又少，天涯何处无芳草。　墙里秋千墙外道。墙外行人，墙里佳人笑。笑渐不闻声渐悄，多情却被无情恼。”东坡渡海，惟朝云王氏随行，日诵“枝上柳绵”二句，为之流泪，病极犹不释口。东坡作西江月悼之。　案先生悼朝云诗引：绍圣元年十一月，戏作朝云诗。三年七月五日，朝云病亡于惠州，葬之栖禅寺松林中，东南直大圣塔。予既铭其墓，且和前诗以自解。朝云始不识字，晚忽学书，粗有楷法，盖尝从泗上比邱尼义冲学佛，亦略闻大义。且死，诵金刚经四句偈而绝。

古今词话：太平乐府曰：东坡贬惠州归，晁以道见公“海山时遣探芳丛，倒挂绿毛么凤”，便道：“此老须得过海，只为古今人不能道及，应教罚去。”

丁 丑

年谱：绍圣四年丁丑，先生年六十二，在惠州。二月十四日，白鹤峰新居成。闰二月，先生长子挈家至。五月，先生责授琼州别驾，昌化军安置，遂寄家于惠州，独与幼子过渡海。时子由亦谪雷州。五月十一日，相遇于藤，同行至雷。六月十一日，相别渡海。七月十三日，至儋州，初僦官屋以庇风雨，有司犹谓不可，则买地筑室，昌化士人畚土运甓以助之，为屋三间。　案先生是年所作词无考。

戊 寅

年谱：元符元年戊寅，先生年六十三，在儋州。　案先生是年所作词无考。

己 卯

年谱：元符二年己卯，先生年六十四，在儋州。正月十三日，录卢仝、杜子美诗遣懑。是时久旱无雨，阴翳未快，至上元夜，老书生数人相过曰："良月佳夜，先生能一出乎？"先生欣然从之，步城西，入僧舍，历小巷，民夷杂糅，屠沽纷然，归舍已三鼓矣。是岁闰九月，有琼州进士姜君弼唐佐自琼州来儋耳，从先生学。

减字木兰花 己卯儋耳春词

春牛春杖，无限春风来海上。便丐春工，染得桃红似肉红。春幡春胜，一阵春风吹酒醒。不似天涯，卷起杨花似雪花。 傅注本卷九

【校】

傅注本"丐"作"与"。 毛本题作"立春"。"丐"作"与"。

【朱注】

纪年录：己卯立春日作。王案：丁丑四月，责授琼州别驾，昌化军安置。戊寅立春日，作减字木兰花词。案王说即谓此词，云戊寅者误也。

【笺】

儋耳 元和郡县志：汉武帝始置珠崖、儋耳二郡。唐贞观五年，以崖州之琼山县置琼州。贞元五年，升都督府，以儋、崖、振、万四州隶焉。琼州府志：儋州城西高麻都，有儋耳城遗址。唐平萧铣，置儋州，始迁治城东。天宝元年，改昌化郡。宋改昌化军，南渡后废为宜伦县。

春牛春杖 傅注：今立春前五日，郡邑并造土牛、耕夫、犁具于门外之东。是日质明，有司为坛以祭先农，而官吏各具缕杖环击牛者三，所以示劝耕之意。 隋书礼仪志：立春前五日，于州大门外之东造青土牛两头，耕夫犁具。立春，有司迎春于东郊，登青幡于青牛之傍焉。

春幡春胜 续汉礼仪志：立春之日，立青旛于门外。贾充典戒：人日造华胜相遗，象瑞图金胜之形，又象西王母戴胜。

杨花 傅注：桃红杨花，每见仲春之时，南海地暖，方春已盛。

庚　辰

年谱：元符三年庚辰，先生年六十五，在儋州。三月，张君弼还琼州。五月，大赦，量移廉州安置。在廉州，有廉州龙眼质味殊绝可敌荔枝诗。是岁又自廉州移舒州节度副使，永州居住。行至英州，复朝奉郎，提举成都府玉局观，任便居住。经由广州过韶州，度岭北归。

鹧鸪天

陈公密出侍儿素娘，歌紫玉箫曲劝老人酒，老人饮尽，为赋此词。

笑撚红梅亸翠翘，扬州十里最妖娆。夜来绮席亲曾见，撮得精神滴滴娇。　娇后眼，舞时腰，刘郎几度欲魂消。明朝酒醒知何处，肠断云间紫玉箫。　傅注本卷十一

【校】

傅注本题首有"公自序云"四字。　元本鹧鸪天有"西塞山边"一首，毛注："考是黄山谷作，删去。"　元本题"素娘"作"素姐"，从毛本。　毛本"梅"作"牙"。

【朱注】

王案：元符三年庚辰五月，告下，仍以琼州别驾廉州安置。七月，迁舒州团练副使，永州居住。十一月，复朝奉郎，提举成都玉局观，在外州军任便居住。十二月，抵韶州，陈公密出素娘佐酒，为赋鹧鸪天词。

【笺】

陈公密　未详。

翠翘　宋玉招魂:"砥室翠翘,挂曲琼些。"注:翠,鸟名。翘,羽也。言内卧之室,以砥石为壁,平而滑泽,以翠鸟之羽雕饰玉钩,以悬衣物也。

扬州十里　注见卷一江城子"玉人家在凤凰山"阕。

妖娆　曹植感婚赋:"顾有怀兮妖娆,用搔首兮屏营。"

娇后眼　傅注:旧注:东坡书此词,至"娇"字下误笔再点,因续作下语。

刘郎　李郢诗(张郎中宅戏赠二首):"一声歌罢刘郎醉,脱取明金压绣鞋。"

东坡乐府笺卷三

不编年

水龙吟

小沟东接长江，柳堤苇岸连云际。烟村潇洒，人间一哄，渔樵早市。永昼端居，寸阴虚度，了成何事。但丝莼玉藕，珠粳锦鲤，相留恋，又经岁。　　因念浮丘旧侣，惯瑶池、羽觞沉醉。青鸾歌舞，铢衣摇曳，壶中天地。飘堕人间，步虚声断，露寒风细。抱素琴独向，银蟾影里，此怀难寄。

【校】

傅注本、元本俱无。　毛本“蟾”误作“蝉”。

【笺】

珠粳　广韵：粳，古行切。玉篇：秈稻也。韩愈孟郊(城南)联句：“庖霜脍玄鲫，淅玉炊香粳。”

浮丘　郭璞诗(游仙诗)：“左挹浮丘袖，右拍洪崖肩。”余详卷一菩萨蛮(玉童西迓浮丘伯)注。

瑶池　神仙传：昆仑阆风苑有玉楼十二，玄台九层，左瑶池，右翠水，有弱水九重，盖不可到。余详卷二戚氏(玉龟山)注。

羽觞　注见卷二醉蓬莱“笑劳生一梦”阕。

青鸾　汉武内传：神仙次药，有灵丘苍鸾。山海经：轩辕之国，诸沃之野，鸾鸟自歌。

铢衣　博异志：贞观中，岑文本于山顶避暑，有叩门云上清童子。岑问曰：“衣服皆轻细，何土所出?”答云：“此上清五铢服。”又问曰：“比闻六铢者天人衣，何五铢之异?”答云：“尤细者则五铢也。”出门忽不见，惟见古钱一枚。李商隐重过圣女祠诗：“无质易迷三里雾，不寒长着五铢衣。”

壶中天地　后汉书费长房传：长房曾为市掾，市中有老翁卖药，悬一壶于肆头，及市罢，辄跳入壶中，市人莫之见。唯长房于楼上睹之，异焉，因往，再拜奉酒脯。翁知长房之意其神也，谓之曰："子明日可更来。"长房旦日复诣翁，翁乃与俱入壶中，唯见玉堂严丽，旨酒甘肴盈衍其中。共饮毕而出，翁约不听与人言之。

步虚　注见卷二戚氏"玉龟山"阕。

【评】

郑文焯曰：有声画，无声诗，胥在其中。

又

露寒烟冷蒹葭老，天外征鸿寥唳。银河秋晚，长门灯悄，一声初至。应念潇湘，岸遥人静，水多菰米。□望极平田，徘徊欲下，依前被，风惊起。　　须信衡阳万里，有谁家、锦书遥寄。万重云外，斜行横阵，才疏又缀。仙掌月明，石头城下，影摇寒水。念征衣未捣，佳人拂杵，有盈盈泪。

【校】

傅注本、元本俱无。　毛本题作"咏雁"。"重"作"里"。　郑文焯曰：此题当作"雁"一字。

【笺】

蒹葭　诗秦风(蒹葭)："蒹葭苍苍，白露为霜。"

银河　白帖：天河谓之银汉，亦曰银河。江总歌(内殿赋新诗)："织女今夕渡银河，当见新秋停玉梭。"

长门　文选长门赋序：孝武皇帝陈皇后时得幸，颇妒，别在长门宫，愁闷悲思。闻司马相如天下工为文,奉黄金百斤,为相如、文君取酒,因于解悲愁之辞。而相如为文以悟主上,陈皇后复得亲幸。杜牧早雁诗:“金河秋半虏弦开,云外惊飞四散哀。仙掌月明孤影过,长门灯暗数声来。须知胡骑纷纷在,岂逐春风一一回。莫厌潇湘少人处,水多菰米岸莓苔。”

衡阳　卢思道孤鸿赋序:南寓衡阳,避祁寒也。

锦书　汉书苏武传:常惠教使者言,天子射上林中,得雁,足有系帛书,言武等在某泽中。

万重云外　杜甫孤雁诗:“谁怜一片影,相失万重云。”

仙掌　史记武帝纪:作柏梁、铜柱承露仙人掌之属。

石头　吴志孙权传:建安十六年,权徙治秣陵。明年,城石头。高适诗奉酬睢阳李太守:“郡邑连京口,山城望石头。”

捣衣　张籍诗(宿临江驿):“离家久无信,又听捣衣声。”又谢惠连有捣衣诗。

满庭芳

蜗角虚名,蝇头微利,算来着甚干忙。事皆前定,谁弱又谁强。且趁闲身未老,须放我、些子疏狂。百年里,浑教是醉,三万六千场。　　思量,能几许,忧愁风雨,一半相妨。又何须抵死,说短论长。幸对清风皓月,苔茵展、云幕高张。江南好,千钟美酒,一曲满庭芳。　傅注本卷一

【校】

傅注本“算”作“筭”。　毛本题作“或注警悟”。“须”作“尽”。

【笺】

蜗角　庄子(则阳)：有国于蜗之左角者，曰触氏，有国于蜗之右角者，曰蛮氏。时相与战，伏尸数万，逐北旬有五日而后反。

蝇头　南史(衡阳元王道度传)：齐衡阳王子钧尝手自细书五经，贺玠曰："殿下家自有坟索，何用蝇头细书？"　傅注：蜗角、蝇头，言其细尔。

干忙　犹言空忙也。杜甫诗(寄邛州崔录事)："终朝有底忙。"

三万六千　注见卷一南乡子"东武望余杭"阕。

忧愁风雨　叶道卿贺圣朝词："二分春色，一分愁闷，一分风雨。"

苔茵　顾况诗(送友人失意南归)："屋古布苔茵。"

云幕　傅注引归藏曰：昔女娲筮张云幕，而枚占神明。

千钟美酒　孔丛子(儒服)：昔平原君与子高饮，强子高酒，曰："昔有遗谚：'尧舜千钟，孔子百觚。子路嗑嗑，尚饮十榼。'古之圣贤，无不能饮也。"

永遇乐

天末山横，半空箫鼓，楼观高起。指点裁成，东风满院，总是新桃李。纶巾羽扇，一尊饮罢，目送断鸿千里。揽清歌、余音不断，缥缈尚萦流水。　　年来自笑无情，何事犹有，多情遗思。绿鬓朱颜，匆匆拼了，却记花前醉。明年春到，重寻幽梦，应在乱莺声里。拍阑干、斜阳转处，有谁共倚。

【校】

傅注本、元本俱无。毛本题作"眺望"。　郑文焯曰：按此词又见石林词，元刻既无之，毛本又以意题作"眺望"，当据元刻及叶梦得词删去此阕。　榆生案：

石林词题作"蔡州移守颍昌，与客会别临芳观席上"。闻之彊村先生云："东坡词境超绝，千年来惟一叶梦得差能仿佛一二。"然则此词果为谁作，终成悬案矣。

【笺】

纶巾羽扇　注见卷二念奴娇"大江东去"阕。

尚萦流水　韩诗外传：伯牙鼓琴，钟子期听之，方鼓琴，志在山，钟子期曰："善哉鼓琴，巍巍乎如太山。"志在流水，钟子期曰："善哉鼓琴，洋洋乎若江河。"

雨中花慢

邃院重帘何处，惹得多情，愁对风光。睡起酒阑花谢，蝶乱蜂忙。今夜何人，吹笙北岭，待月西厢。空怅望处，一株红杏，斜倚低墙。　羞颜易变，傍人先觉，到处被著猜防。谁信道、些儿恩爱，无限凄凉。好事若无间阻，幽欢却是寻常。一般滋味，就中香美，除是偷尝。

【校】

傅注本、元本俱无。

【笺】

吹笙北岭　许浑诗(送萧处士归缑岭别业)："缑山住近吹笙庙，湘水行逢鼓瑟祠。"余详卷一鹊桥仙(缑山仙子)注。

待月西厢　丽情集：莺莺与张生诗："待月西厢下，迎风户半开。拂墙花影动，疑是玉人来。"

红杏　孟郊城南联句："竞墅碾砯砰，醉结红满杏。"

又

嫩脸羞蛾因甚，化作行云，却返巫阳。但有寒灯孤枕，皓月空床。长记当初，乍谐云雨，便学鸾凰。又岂料正好，三春桃李，一夜风霜。　　丹青□画，无言无笑，看了漫结愁肠。襟袖上、犹存残黛，渐减余香。一自醉中忘了，奈何酒后思量。算应负你，枕前珠泪，万点千行。

【校】

傅注本、元本俱无。

【笺】

羞蛾　刘孝绰(同武陵王)看妓诗："回羞出曼脸，送态表嚬蛾。"

行云　注见卷一祝英台近"挂轻帆"阕。

巫阳　宋玉招魂：帝告巫阳曰："有人在下，我欲辅之。魂魄离散，汝筮予之。"王逸注：女曰巫，阳其名也。

鸾凰　祢衡鹦鹉赋："配鸾凰而等美，焉比德于众禽。"

丹青　周礼秋官职金：掌凡金、玉、锡、石、丹、青之戒令，受其入征者。杜甫丹青引："丹青不知老将至，富贵于我如浮云。"

一丛花　初春病起

今年春浅腊侵年，冰雪破春妍。东风有信无人见，露微意、柳际花边。寒夜纵长，孤衾易暖，钟鼓渐清圆。　　朝来初日半衔山，楼阁淡疏烟。游人便作寻芳计，小桃杏、应已争先。衰病少悰，

疏慵自放，惟爱日高眠。 傅注本卷十一

【校】

傅注本"衔"作"含"，"悰"作"情"。 毛本无题，"含"、"情"二字同傅本。

三部乐

美人如月，乍见掩暮云，更增妍绝。算应无恨，安用阴晴圆缺。娇甚空只成愁，待下床又懒，未语先咽。数日不来，落尽一庭红叶。

今朝置酒强起，问为谁减动，一分香雪。何事散花却病，维摩无疾，却低眉、惨然不答。唱金缕、一声怨切。堪折便折，且惜取、年少花发。 傅注本卷五

【校】

傅注本"落尽"作"落成"。 毛本题作"清景"。"年少"作"少年"。

【笺】

如月 梁简文帝释迦文佛像铭：满月为面，青莲在眸。

无恨 唐诗（按此为宋石曼卿句）："月如无恨月长圆。"

娇甚成愁 刘禹锡三阁诗："不应有恨事，娇甚却成愁。"

下床又懒 傅注引会真记崔氏与张籍诗："自从别后减容光，万转千回懒下床。"

香雪 李商隐小桃园诗："啼久艳粉薄，舞多香雪翻。"

散花却病 维摩诘尝以方便现身有疾，以其疾故，无数千人，皆往问疾。余详卷二殢人娇（白发苍颜）注。

金缕 唐李锜妾杜秋娘诗（金缕衣）："劝君莫惜金缕衣，劝君须惜少年时。花

开堪折君须折，莫待无花空折枝。”

无愁可解

国工花日新作越调解愁，洛阳刘幾伯寿闻而悦之，戏作俚语之词，天下传咏，以为几于达者。龙丘子犹笑之：“此虽免乎愁，犹有所解也。若夫游于自然而托于不得已，人乐亦乐，人愁亦愁，彼且恶乎解哉？”乃反其词，作无愁可解云。

光景百年，看便一世，生来不识愁味。问愁何处来，更开解个甚底。万事从来风过耳，何用不着心里。你唤做、展却眉头，便是达者，也则恐未。　此理，本不通言，何曾道、欢游胜如名利。道即浑是错，不道如何即是。这里元无我与你，甚唤做、物情之外？若须待醉了，方开解时，问无酒、怎生醉。　傅注本卷六

【校】

傅注本存目阙词。　毛本题小有讹异。“头”字脱，“即”作“则”。

【朱注】

风月堂诗话：刘伯寿，洛阳九老之一也。筑室嵩山玉华峰下，号玉华庵主。避暑录话：刘幾在神宗时，与范蜀公重定大乐。洛阳花品曰状元红，为一时之冠。乐工花日新能为新声，汴妓郜懿以色著，秘监致仕刘伯寿精音律。熙宁中，幾携花日新就郜懿家赏花欢咏，乃撰此曲。

【笺】

龙丘子　见卷一临江仙“细马远驮双侍女”阕题注。

贺新郎

乳燕飞华屋，悄无人、桐阴转午，晚凉新浴。手弄生绡白团扇，扇手一时似玉。渐困倚、孤眠清熟。帘外谁来推绣户，枉教人梦断瑶台曲。又却是，风敲竹。　　石榴半吐红巾蹙。待浮花、浪蕊都尽，伴君幽独。秾艳一枝细看取，芳心千重似束。又恐被、秋风惊绿。若待得君来向此，花前对酒不忍触。共粉泪，两簌簌。　傅注本卷三

【校】

毛本题作“余倅杭日，府僚湖中高会，群妓毕集，惟秀兰不来，营将督之再三乃来。仆问其故，答曰：沐浴倦卧，忽有扣门声，急起询之，乃营将催督也。整妆趋命，不觉稍迟。时府僚有属意于兰者，见其不来，恚恨不已，云必有私事。秀兰含泪力辩，而仆亦从旁冷语阴为之解，府僚终不释然也。适榴花开盛，秀兰以一枝借手献坐中。府僚愈怒，责其不恭。秀兰进退无据，但低首垂泪而已。仆乃作一曲名贺新凉，令秀兰歌以侑觞。声容妙绝，府僚大悦，剧饮而罢”。案此说出古今词话。　词话“芳心”作“芳意”。

【笺】

乳燕飞华屋　杜甫诗(题省中壁)：“落絮游丝白日静，鸣鸠乳燕青春深。”曹植诗(野田黄雀行)：“生存华屋处，零落归山丘。”

白团扇　晋书乐志：团扇歌者，中书令王珉与嫂婢有情，爱好甚笃。嫂捶挞婢过苦，婢素善歌，而珉好捉白团扇，故制此歌。乐府团扇郎歌：“白团扇，憔悴非昔容，羞与郎相见。”

似玉　世说新语(容止)：王夷甫容貌整丽，妙于谈玄，恒捉白玉柄麈尾，与手都无分别。

瑶台 注见卷二西江月“别梦已随流水”阕。

风敲竹 唐李益诗(竹窗闻风寄苗发司空曙):“开门风动竹,疑是故人来。”

石榴红巾 白居易石榴诗(题孤山寺石榴花示众僧):“山榴花似结红巾,容艳新妍占断春。”又:“泪痕裛损胭脂脸,翦刀裁破红绡巾。”

浮花浪蕊 韩愈诗(杏花):“浮花浪蕊镇长有,才开还落瘴雾中。” 傅注:石榴繁盛时,百花零落尽矣。

秋风惊绿 皮日休石榴诗:“蝉噪秋枝槐叶黄,石榴香老愁寒霜。”

簌簌 注见卷一蝶恋花“簌簌无风花自堕”阕。

【附录】

苕溪渔隐丛话:古今词话云:苏子瞻守钱唐,有官妓秀兰天性黠慧,善于应对。湖中有宴会,群妓毕至,惟秀兰不来,遣人督之,须臾方至。子瞻问其故,具以发结沐浴,不觉困睡,忽有人叩门声,急起而问之,乃乐营将催督之。非敢怠忽,谨以实告。子瞻亦恕之。坐中倅车属意于兰,见其晚来,恚恨未已,责之曰:“必有他事,以此晚至。”秀兰力辩,不能止倅之怒。是时榴花盛开,秀兰以一枝借手告倅,其怒愈甚,秀兰收泪无言。子瞻作贺新凉以解之,其怒始息。其词云云。子瞻之作,皆目前事,盖取其沐浴新凉,曲名贺新凉也。后人不知之,误为贺新郎,盖不得子瞻之意也。子瞻真所谓风流太守也,岂可与俗吏同日语哉?苕溪渔隐曰:野哉,杨湜之言,真可入笑林矣。东坡此词,冠绝古今,托意高远,宁为一娼而发耶?“帘外谁来推绣户,枉教人梦断瑶台曲。又却是,风敲竹”,用古诗“卷帘风动竹,疑是故人来”之意。今乃云忽有人叩门声,急起而问之,乃乐营将催督。此可笑者一也。“石榴半吐红巾蹙。待浮花、浪蕊都尽,伴君幽独。秾艳一枝细看取,芳意千重似束”,盖初夏之时,千花事退,榴花独芳,因以申写幽闺之情。今乃云是时榴花盛开,秀兰以一枝借手告倅,其怒愈甚,此可笑者二也。此词腔调寄贺新郎,乃古曲名也。今乃云取其沐浴新凉,曲名贺新凉,后人不知之,误为贺新郎。此可笑者三也。词话中可笑者甚众，姑举其尤者。第东坡此词深为不幸，横遭点污，吾不可无一言雪其耻。宋子京云：江左有文拙而好刻石者，谓之詅嗤符。今杨湜之言俚甚，而锓板行世，殆类是也。

艇斋诗话：东坡贺新郎，在杭州万顷寺作。寺有榴花树，故词中云石榴。又是日有歌者昼寝，故词中云"渐困倚、孤眠清熟"。其真本云"乳燕栖华屋"，今本作"飞"字，非是。

吴礼部诗话：东坡贺新郎词"乳燕飞华屋"云云，后段"石榴半吐红巾蹙"以下皆咏榴，别一格也。

哨遍

睡起画堂，银蒜押帘，珠幕云垂地。初雨歇，洗出碧罗天，正溶溶养花天气。一霎暖风回芳草，荣光浮动，卷皱银塘水。方杏靥匀酥，花须吐绣，园林排比红翠。见乳燕捎蝶过繁枝，忽一线炉香逐游丝。昼永人闲，独立斜阳，晚来情味。　　便乘兴携将佳丽，深入芳菲里。拨胡琴语，轻拢漫撚总伶俐。看紧约罗裙，急趣檀板，霓裳入破惊鸿起。颦月临眉，醉霞横脸，歌声悠扬云际。任满头红雨落花飞。渐鳷鹊楼西玉蟾低，尚徘徊、未尽欢意。君看今古悠悠，浮幻人间世。这些百岁光阴几日，三万六千而已。醉乡路稳不妨行，但人生、要适情耳。　傅注本卷八

【校】

傅注本"总伶俐"作"总利"，"浮幻"作"浮宦"。　元本"总伶俐"作"总利"，"浮

幻”作“浮宦”。　毛本题作“春词”。“排比红翠”作“翠红排比”，“落花飞”下衍“坠”字。　彊村老人曰：醉翁琴趣外篇减字木兰花有云：“拨头总利，怨日愁花无限意。”此词元本“总利”二字似不误，但上句按谱当五字耳。

【笺】

银蒜　庾信诗(梦入堂内)：“幔绳金麦穗，帘钩银蒜条。”

珠幕　汉武故事：上起押屋，以真珠为帘箔，玳瑁押之。

养花　傅注：今乐府啄木儿曲有“洗出养花天气”之句。

皱水　傅注：南唐李国主尝戏其臣曰：“风乍起，吹皱一池春水，干卿甚事?”盖其臣赵公所作谒金门词，此最为警策。　案此词见阳春集，世传为冯延巳事，傅注当别有所本。

杏靥　杜甫诗(琴台)：“野花留宝靥。”

捎蝶　杜甫诗(重过何氏五首)：“花妥莺捎蝶，溪喧獭趁鱼。”

游丝　杜甫(宣政殿退朝晚出左掖)诗：“炉烟细细驻游丝。”

胡琴　傅注：胡琴，琵琶也。杜牧诗：“黄金捍拨紫檀槽。”

轻拢慢撚　注见卷一南乡子“裙带石榴红”阕。

檀板　太真外传：李龟年以歌擅一时，手捧檀板，押众乐而前。

霓裳入破　碧鸡漫志：霓裳羽衣曲，说者多异，予断之曰：西凉创作，明皇润色，又为易美名。其他饰以神怪者，皆不足信也。唐史云河西节度使杨敬述献，凡十二遍。　傅注：今乐府拍谓之乐句，故舞者取此以为应。诸大曲擷遍之后谓之入破，故舞者每以此为入舞之节。则霓裳羽衣之曲亦莫不然。

惊鸿　谢偃舞赋：“纡修袂而将举，似惊鸿之欲翔。”

悠扬云际　傅注：秦青之歌，响遏行云。戚夫人之歌，声入云霄。

红雨　李贺诗(将进酒)：“况是青春日将暮，桃花乱落如红雨。”

鳷鹊　三辅黄图：甘泉宫，秦始皇作，汉武帝建元中，作石阙、封峦、鳷鹊观于苑垣内。谢朓诗(暂使下都夜发新林至京邑赠西府同僚):“金波丽鳷鹊,玉绳低建章。”

三万六千　注见卷一南乡子“东武望余杭”阕。

醉乡　傅注:唐王无功作醉乡记。

木兰花令

元宵似是欢游好,何况公庭民讼少。万家游赏上春台,十里神仙迷海岛。　平原不似高阳傲,促席雍容陪语笑。坐中有客最多情,不惜玉山拼醉倒。

【校】

傅注本、元本俱无。

【笺】

春台　老子:众人熙熙,如登春台。

平原　史记平原君列传:平原君赵胜者,赵之诸公子也。诸子中胜最贤,喜宾客,盖至者数千人。

高阳　史记郦生传:沛公引兵过陈留,郦生踵军门上谒,使者入通,沛公曰:“为我谢之,言我方以天下为事,未暇见儒人也。”使者出谢,郦生瞋目按剑叱曰:“走!复入言而公,吾高阳酒徒也,非儒人也。”

玉山　李白襄阳歌:“清风明月不用一钱买,玉山自倒非人推。”

又

经旬未识东君信,一夕薰风来解愠。红绡衣薄麦秋寒,绿绮韵低梅雨润。　　瓜头绿染山光嫩，弄色金桃新傅粉。日高慵卷水晶帘，犹带春醪红玉困。

【校】

傅注本、元本俱无。

【笺】

薰风　注见卷二瑶池燕"飞花成阵春心困"阕。

红绡　薛涛试新服诗："紫阳宫里赐红绡，仙雾朦胧隔海遥。"

麦秋　礼记(月令)：孟夏之月，靡草死，麦秋至。

绿绮　傅休奕琴赋序：楚王有琴曰绕梁，司马相如有绿绮，蔡邕有焦尾，皆名器也。张载诗(拟四愁)："佳人遗我绿绮琴，何以报之双南金。"

梅雨　埤雅：江南三月为迎梅雨，五月为送梅雨。扪虱新话：江湖二浙，四五月间梅欲黄而雨，谓之梅雨。

金桃　汉书西域传：康国致金桃、银桃，诏令植苑中。(按：汉书西域传中不载此语，查见新唐书西域传中。)杜甫山寺诗："麝香眠石竹，鹦鹉啄金桃。"

傅粉　注见卷二蝶恋花"别酒劝君君一醉"阕。

水晶帘　宋之问明河篇："云母帐前初泛滥，水精帘外转逶迤。"

红玉　西京杂记：赵飞燕与女弟昭仪，皆色如红玉，为当时第一，并宠擅后宫。李贺贵主征行乐："春营骑将如红玉，走马梢鞭上空绿。"

又

高平四面开雄垒，三月风光初觉媚。园中桃李使君家，城上亭台游客醉。　　歌翻杨柳金尊沸，饮散凭阑无限意。云深不见玉关遥，草细山重残照里。

【校】

傅注本、元本俱无。

【笺】

高平　汉书地理志：临淮郡高平县。

杨柳　白居易诗(杨柳枝词)："古歌旧曲君休听，听取新翻杨柳枝。"

玉关　后汉书班超传：臣不敢望到酒泉郡，但愿生入玉门关。注：玉门关属燉煌郡，今沙州也。去长安三千六百里。李白诗(子夜吴歌)："春风吹不尽，总是玉关情。"

西江月

闻道双衔凤带，不妨单著鲛绡。夜香知与阿谁烧，怅望水沉烟袅。　　云鬓风前绿卷，玉颜醉里红潮。莫教空度可怜宵，月与佳人共僚。　傅注本卷二

【校】

毛本"僚"误作"撩"，从傅本。

【笺】

双衔凤带　李商隐代离筵伎作(饮席代官妓赠两从事)："新人桥上着春衫，旧主江边侧帽檐。愿得化为红绶带，许教双凤一时衔。"

鲛绡　搜神记：南海之外有鲛人，水居，亦谓之泉客。织轻绡于泉室，出以卖之，价千金。

水沉　南史林邑国传：沉水香者，土人斫断，积以岁年，朽烂而心节独在，置

水中则沉,故名曰沉香。次浮者栈香。

云鬓二句　傅注:旧注:此二句梦中得之。李群玉赠美人诗:"鬓耸巫山一朵云。"又:"眼底桃花酒半醺。"

可怜宵　注见卷二临江仙"多病休文都瘦损"阕。

月僚　诗陈风(月出):"月出皎兮,佼人僚兮。"毛传:僚,好貌。释文:僚本亦作"嫽",同音了。

华清引

平时十月幸莲汤,玉甃琼梁。五家车马如水,珠玑满路旁。　　翠华一去掩方床,独留烟树苍苍。至今清夜月,依前过缭墙。　傅注本卷十二

【校】

元本调作"华胥引"。"莲"作"兰",从傅、毛二本。　毛本题作"感旧"。"前"作"旧"。

【笺】

莲汤　杨妃外传:华清宫有莲华汤,即贵妃沐浴之室也。以玉石为之。明皇杂录:上于华清宫新广一汤泉,制度宏丽。禄山于范阳,以玉为鱼龙凫雁、石渠石莲华进献,雕镌巧妙,殆非人工。上大悦,命陈于汤中,仍以石梁横于其上,而莲华才出于水际。上因幸华清宫,至泉所,解衣将入汤,而鱼龙凫雁皆若奋鳞举翼,状若飞动。上恐,遽命去之。　傅注:莲华石至今犹在。

五家　杨妃外传:每十月,帝幸华清宫,五宅车骑皆从。家别为队,队一色,俄五家队合,烂若万花川谷,团成锦绣。国忠导以剑南旌节,遗钿堕舄,琴瑟玑琲,

狼籍于道,香闻数十里。 傅注:五家谓铦、锜、国忠、韩、虢是也。时秦国已早亡矣。

车马如水 后汉书(明德马皇后纪):马太后曰:"前过濯龙门上,见外家门起居者,车如流水,马如游龙。顾视御者,不及远矣。虽不加谴怒,但绝岁用,冀以默愧其心耳。"

翠华 傅注:翠华,天子之旗,以象华盖也。相如赋:"建翠华之旗。"注:以翠羽为旗上葆耳。禄山之乱,明皇西幸,华清宫无复至矣。

烟树 杜牧华清宫诗:"秦树远微茫。"

缭墙 杜牧华清宫诗:"绣岭明珠殿,层峦下缭墙。"

苏幕遮 咏选仙图

暑笼晴,风解愠,雨后余清,暗袭衣裾润。一局选仙逃暑困,笑指尊前,谁向青霄近。 整金盆,轮玉笋。凤驾鸾车,谁敢争先进。重五休言升最紧。纵有碧油,到了输堂印。 傅注本卷十二

【朱注】

湘烟录:郑氏书目有骰子选格、汉官仪彩选、新彩选、文武彩选、元丰官制彩选、庆历彩选图、寻仙彩选、选仙格、选佛图。

【笺】

解愠 注见卷二瑶池燕"飞花成阵春心困"阕。

选仙 牧猪闲话:宋时有选仙图,用骰子比色,先为散仙,次为上洞,以渐至蓬莱、大罗。亦重绯色,有过者谪作采樵思凡之人。王珪宫词"尽日窗间赌选仙"即此。

金盆　南史扶南国传：国王坐则偏踞翘膝，以白毡敷前，设金盆，置香炉于其上。

玉笋　韩偓咏手诗："腕白肤红玉笋芽，调琴抽线露尖斜。"

凤驾鸾车　扬雄赋(河东赋)："乃抚翠凤之驾。"礼记月令：孟春之月，天子乘鸾路，驾苍龙。注：鸾路，有虞氏之车，有鸾和之节，而饰之以青，取其名耳。

重五　傅注：重五、碧油、堂印，皆选仙彩名，若六博之枭卢。

乌夜啼

莫怪归心速，西湖自有蛾眉。若见故人须细说，白发倍当时。　小郑非常强记，二南依旧能诗。更有鲈鱼堪切脍，儿辈莫教知。　傅注本卷十二

【校】

傅注本"脍"作"鲙"。　毛本题作"寄远"。"速"上有"甚"字。

【笺】

蛾眉　谢朓诗(夜听妓)："蛾眉已共笑。"

小郑　南史(按：事不载南史，载北史郑述祖传中)：郑述祖仕齐，与父皆为兖州刺史。歌曰："大郑公，小郑公，相去五十载，风教犹尚同。"

二南　傅注：旧注：湖妓有周、召者，号二南。

鲈脍　晋书张翰传：齐王辟为大司马东曹掾，因秋风起，思吴中菰菜、莼羹、鲈鱼脍，曰："人生贵得适意，何为羁宦数千里，以要名爵乎？"遂命驾归。春渚纪闻：吴兴溪鱼之美，甲于他郡。郡人会集，必以斫鲙为劝，其操刀者名鲙匠。

儿辈　注见卷一水调歌头“安石在东海”阕。

临江仙

诗句端来磨我钝，钝锥不解生铓。欢颜为我解冰霜。酒阑清梦觉，春草满池塘。　　应念雪堂坡下老，昔年共采芸香。功成名遂早还乡。回车来过我，乔木拥千章。　傅注本卷三

【校】

毛本题作“赠送”。“端”作“揣”。

【笺】

钝锥　晋书祖纳传：梅陶及钟雅好谈辩，纳辄困之，因谓曰：“君汝颍之士，利如锥，我幽冀之士，钝如槌。持我钝槌，捶君利锥，皆当摧矣。”陶、雅并称有神锥，不可得捶。纳曰：“假有神锥，必有神槌。”雅无以对。

池塘　注见卷一渔家傲“皎皎牵牛河汉女”阕。

雪堂　见卷二江城子“梦中了了醉中醒”阕题注。

芸香　傅注：谓同在书职也。鱼豢典略曰：芸香辟纸鱼蠹，故藏书台称芸台。

千章　傅注：史记：居千章之材。又曰：木千章。注：章，材也。旧将作大匠掌材曰章曹掾。

又　送王缄

忘却成都来十载，因君未免思量。凭将清泪洒江阳。故山知

好在，孤客自悲凉。　坐上别愁君未见，归来欲断无肠。殷勤且更尽离觞。此身如传舍，何处是吾乡？　傅注本卷三

【笺】

王缄　彊村先生曰：按本集仲天贶王元直自眉山来见余钱塘既行送之诗，施注：王箴字元直，东坡夫人同安君之弟也。王缄未知即箴否。

江阳　傅注：江阳，江北也。水北为阳。

无肠　广记：祖价遇鬼，鬼作思家诗云："佳人应有梦，远客已无肠。"

传舍　汉书盖宽饶传：平恩侯许伯入第，盖宽饶贺之。酒酣，宽饶仰视屋而叹曰："美哉！然富贵无常，忽则易人。此如传舍，所阅多矣，惟谨慎为能得久。君侯可不戒哉？"

又

夜到扬州，席上作。

尊酒何人怀李白，草堂遥指江东。珠帘十里卷香风。花开花谢，离恨几千重。　轻舸渡江连夜到，一时惊笑衰容。语音犹自带吴侬。夜阑对酒，依旧梦魂中。　傅注本卷三

【校】

傅注本题"夜"误作"衣"。　毛本"花谢"作"花又谢"，"对酒"作"相对处"。

【笺】

尊酒　杜甫天末怀李白诗(春日忆李白)："何时一尊酒，重与细论文。"

江东　傅注：太白自翰林赐归，遂放浪江东，往来金陵、采石之间。见卷二浣溪沙(罗袜空飞洛浦尘)注。

珠帘　注见卷一江城子"玉人家在凤凰山"阕。

吴语　傅注：杜子美："贺公雅吴语，在位常清狂。"盖谓贺知章也。知章虽贵为秘书监，而吴音不改。后告老归吴中，玄宗加重之。将行，涕泣辞上。上曰："何所欲？"知章曰："臣有男未定名，幸陛下赐之，归为乡里荣。"上曰："为道之要，莫若于信。孚者，信也，履信思乎顺。卿子必信顺之人也，宜名曰孚。"知章再拜而受命。久而谓人曰："上何谑我耶？且实矣。孚字乃瓜下为子，岂非呼我为瓜子耶？"

夜阑　注见卷一浣溪沙"一别姑苏已四年"阕。

又

冬夜夜寒冰合井，画堂明月侵帏。青缸明灭照悲啼。青缸挑欲尽，粉泪裹还垂。　　未尽一尊先掩泪，歌声半带清悲。情声两尽莫相违。欲知肠断处，梁上暗尘飞。　傅注本卷三

【笺】

冰合井　傅注：井泉温，非盛寒则不冰。汉书五行志：光和间，瑯琊井冰厚丈余。所以记异。

肠断　傅注：唐武宗疾笃，迁便殿，孟才人以笙歌获宠者，密侍其右。上目之曰："吾当不讳，尔何为哉？"指笙囊泣曰："请以此就缢。"上恻然。复曰："妾尝艺歌，愿对上歌一曲，以泄其愤。"上以其恳，许之。乃歌一声河满子，气亟立殒。上令医候之，曰："脉尚温而肠已断。"

梁尘　七略：昔善歌者有虞公，发声动梁上尘。李白夜坐吟："冬夜夜寒觉夜长，沉吟久坐坐北堂。冰合井，月入闺，青缸明灭照悲啼。青缸灭，啼转多，掩妾泪，听君歌。歌有声，妾有情，情声相合两无违。一语不入意，从君万曲梁尘飞。"

又 赠王友道

谁道东阳都瘦损，凝然点漆精神。瑶林终自隔风尘。试看披鹤氅，仍是谪仙人。　　省可清言挥玉麈，真须保器全真。风流何似道家纯。不应同蜀客，惟爱卓文君。

【校】

傅注本、元本俱无。

【笺】

王友道　未详。

东阳　南史沈约传：隆昌元年，除吏部郎，出为东阳太守。李商隐诗（韩冬郎即席为诗相送……因成二绝寄酬兼呈畏之员外）："为凭何逊休联句，瘦尽东阳姓沈人。"

点漆　晋书杜乂传：王羲之见而目之曰："肤若凝脂，眼如点漆，此神仙人也。"刘孝绰文（司空安成王碑）：卫子之朗月映山，杜生之凝脂点漆。

瑶林　世说（赏誉）：王戎云："太尉神姿高彻，如瑶林琼树，自然是风尘外物。"

鹤氅　晋书王恭传：尝披鹤氅裘，涉雪而行，孟昶窥见之，叹曰："此真神仙中人也。"

谪仙　注见卷一满江红"江汉西来"阕。

玉麈　卢照邻行路难："金貂有时须换酒，玉麈恒摇莫计钱。"别详本卷贺新郎（乳燕飞华屋）注。

保器全真　易（系辞下）：君子藏器于身，待时而动。汉书艺文志：神仙者，所以保性命之真，而游求于外者也。高适诗（答侯少府）："浮沉各异宜，老大贵全真。"

卓文君　杜甫诗(琴台):“茂陵多病后,尚爱卓文君。”余详卷一河满子(见说岷峨凄怆)注。

又

昨夜渡江何处宿,望中疑是秦淮。月明谁起笛中哀。多情王谢女,相逐过江来。　　云雨未成还又散,思量好事难谐。凭陵急桨两相催。想伊归去后,应似我情怀。

【校】

傅注本、毛本俱无。

【笺】

秦淮　晋阳秋:秦始皇东游,望气者云:“五百年后,金陵有天子气。”于是始皇于方山掘流,西入江,亦曰淮,土俗号曰秦淮。

王谢　南史侯景传:景请娶于王谢,帝曰:“王谢门高非偶,可于朱张以下访之。”

渔家傲　送张元康省亲秦州

一曲阳关情几许,知君欲向秦川去。白马皂貂留不住。回首处,孤城不见天霏雾。　　到日长安花似雨,故关杨柳初飞絮。渐见靴刀迎夹路。谁得似,风流膝上王文度。　傅注本卷三

【校】

元本题末有“或作秦亭”四字。　毛本题“康”作“唐”。“霏”作“霖”。

【笺】

张元康　未详。

阳关　注见卷一江城子“翠蛾羞黛怯人看”阕。

秦川　卢照邻诗(于时春也慨然有江湖之思寄赠柳九陇):“关山悲蜀道,花鸟忆秦川。”

白马皂貂　杜甫至后诗:“青袍白马有何意,金谷铜驼非故乡。”武元衡送张谏议回朝诗:“诏书前日下丹霄,头戴儒冠脱皂貂。”　傅注:皂貂,黑貂裘也。

孤城　杜甫野望诗:“孤城隐雾深。”

靴刀　傅注:唐制,诸府帅见大府帅,皆戎服,左握刀,右属弓矢,帕首袴靴,迎于道左。见卷一南乡子(旌旆满江湖)注。

王文度　注见卷二虞美人“归心正似三春草”阕。

又

临水纵横回晚鞚,归来转觉情怀动。梅笛烟中闻几弄。秋阴重,西山雪淡云凝冻。　　美酒一杯谁与共,尊前舞雪狂歌送。腰跨金鱼旌旆拥。将何用,只堪妆点浮生梦。

【校】

傅注本、元本俱无。

【笺】

梅笛　乐府诗集:梅花落,本笛中曲也。李白黄鹤楼闻笛诗(听黄鹤楼上吹笛):“黄鹤楼中吹玉笛,江城五月落梅花。”

舞雪　张衡观舞赋:“裾似飞鸾,袖如回雪。”李商隐歌舞诗:“遏云歌响清,回雪舞腰轻。”

金鱼　杜甫陪郑广文游何将军山林诗：“银甲弹筝用，金鱼换酒来。”

定风波　**重阳括杜牧之诗**

与客携壶上翠微，江涵秋影雁初飞。尘世难逢开口笑，年少，菊花须插满头归。　　酩酊但酬佳节了，云峤，登临不用怨斜晖。古往今来谁不老，多少，牛山何必更沾衣。　傅注本卷四

【校】

傅注本、元本并题作“重阳”，从毛本。

【朱注】

杜牧九日齐安登高诗：“江涵秋影雁初飞，与客携壶上翠微。尘世难逢开口笑，菊花须插满头归。但将酩酊酬佳节，不用登临怨落晖。古往今来只如此，牛山何必泪沾衣。”

【笺】

翠微　尔雅：山未半曰翠微。

牛山　晏子（内篇谏上）：齐景公游于牛山，北临其国城而流涕，曰：“美哉国乎！郁郁芊芊，若何滴滴去此国而死乎？使古无死者，寡人将去斯而之何？”史孔、梁丘据从之泣，晏子独笑于旁。公雪涕而顾晏子曰：“寡人今日之游悲，孔与据皆从而泣，子之独笑何也？”晏子对曰：“使贤者常守之，则太公、桓公将常守之矣。使有勇者而常守之，则庄公、灵公将常守之矣。数君者将守之，吾君方将被蓑笠而立乎畎亩之中，惟事之恤，何暇念死乎？此臣之所以独窃笑也。”景公惭焉。

又

莫怪鸳鸯绣带长，腰轻不胜舞衣裳。薄幸只贪游冶去，何处，垂杨系马恣轻狂。　　花谢絮飞春又尽，堪恨，断弦尘管伴啼妆。不信归来但自看，怕见，为郎憔悴却羞郎。　傅注本卷四

【校】

毛本题作“感旧”。

【笺】

鸳鸯带　徐彦伯诗（拟古三首）：“赠君鸳鸯带，因以鹔鹴裘。”

腰轻　傅注：梁简文舞赋：“信身轻而钗重，亦腰羸而带急。”诗话：唐元载末年，纳薛瑶英，处以金丝帐、却尘褥，衣以龙绡衣，一袭无一两。载以瑶英体轻，不胜重衣，于异国求此服也。惟贾至、杨公南与载交善，往往得见其歌舞。贾至赠诗云：“舞怯铢衣重，笑疑桃脸开。方知汉成帝，虚筑避风台。”

系马　傅注：王维少年行：“新丰美酒斗十千，洛阳游侠多少年。相逢意气为君饮，系马高楼柳树边。”又苏少卿答双渐诗：“青骢马系绿杨阴，低鬟便与迎相见。”

断弦　庾信怨歌行：“为君能歌此曲，不觉心随断弦。”后汉书五行志：桓帝元嘉中，妇女作愁眉啼妆。啼妆者，薄拭目下若啼处。李峤桃诗：“山风凝笑脸，朝露泫啼妆。”

为郎　傅注：传奇崔氏与张籍诗：“自从别后减容光，万转千回懒下床。不为旁人羞不起，为郎憔悴却羞郎。”

又　咏红梅

好睡慵开莫厌迟，自怜冰脸不时宜。偶作小红桃杏色，闲雅，

尚余孤瘦雪霜姿。　　休把闲心随物态，何事，酒生微晕沁瑶肌。诗老不知梅格在，吟咏，更看绿叶与青枝。　傅注本卷四

【校】

傅注本“冰”误作“水”。

【笺】

咏红梅　诗集红梅：“怕愁贪睡独开迟，自恐冰容不入时。故作小红桃杏色，尚余孤瘦雪霜姿。寒心未肯随春态，酒晕无端上玉肌。诗老不知梅格在，更看绿叶与青枝。”公自注：石曼卿红梅诗云：“认桃无绿叶，辨杏有青枝。”

好睡　太真外传：上皇登沉香亭，召妃子，妃子卯酒未醒，命力士、侍儿持掖而至。妃子醉韵残妆，鬓乱钗横，不能再拜。上皇笑曰：“是岂妃子醉，直海棠睡未足耳。”　傅注：红梅微类海棠，因用此事。

绿叶青枝　傅注：石曼卿红梅诗云：“认桃无绿叶，辨杏有青枝。”公尝讥其浅近。

南乡子

冰雪透香肌，姑射仙人不似伊。濯锦江头新样锦，非宜，故着寻常淡薄衣。　　暖日下重帏，春睡香凝索起迟。曼倩风流缘底事，当时，爱被西真唤作儿。　傅注本卷四

【校】

毛本题作有感。

【笺】

冰雪　注见卷一减字木兰花“郑庄好客”阕。

濯锦江　成都记：濯锦江，秦相张仪所作。土人言此水濯锦则鲜明，他水则否。

淡薄衣　张籍倡女词："画罗金缕难相见，故着寻常淡薄衣。"

春睡香凝　白居易诗（江州赴忠州至江陵已来舟中示舍弟五十韵）："卧稳贪春睡。"韦应物诗（郡斋雨中与诸文士燕集）："宴寝凝清香。"

曼倩西真　汉武帝故事：西王母尝见帝于承华殿，东方朔从青琐窃窥之，王母笑指朔曰："仙桃三熟，此儿已三偷之矣。"　傅注：曼倩，方朔字。西真，西王母。

又　双荔支

天与化工知，赐得衣裳总是绯。每向华堂深处见，怜伊，两个心肠一片儿。　　自小便相随，绮席歌筵不暂离。苦恨人人分拆破，东西，怎得成双似旧时。　傅注本卷四

【校】

毛本"拆"作"析"。

【笺】

荔支　后汉书和帝纪：旧南海献龙眼荔支，十里一置，五里一候，奔腾险阻，死者继路。临武长唐羌上书言状，帝敕太官勿复受献。嵇含草木状。荔支如桂树，冬夏荣茂，青华朱实，大如鸡子，白如肪，甘而多汁。一树下子百斛。白居易荔支图序：荔支生巴峡间，树形如帷盖，叶如冬青，花如橘而春荣，实如丹而夏熟，朵如蒲桃，核如枇杷，壳如红缯，膜如紫绡，肉洁白如冰雪，浆液甘酸如醴酪。

化工　贾谊鹏鸟赋："天地为炉兮造化为工，阴阳为炭兮万物为铜。"李商隐诗

（今月二日不自量度以诗一首……咏叹不足之义也）："固是符真宰，徒劳让化工。"

衣绯 说文新附字：绯，赤字。唐书车服志：裤褶之制，五品以上绯。

又 集句

寒玉细凝肤吴融，清歌一曲倒金壶郑谷。冶叶倡条遍相识李商隐，争如，豆蔻花梢二月初杜牧。 年少即须臾白居易，芳时偷得醉工夫白居易。罗帐细垂银烛背韩偓，欢娱，豁得平生俊气无杜牧。

又

怅望送春杯杜牧，渐老逢春能几回杜甫。花满楚城愁远别许浑，伤怀，何况清丝急管催刘禹锡。 吟断望乡台李商隐，万里归心独上来许浑。景物登临闲始见杜牧，徘徊，一寸相思一寸灰李商隐。

又

何处倚阑干杜牧，弦管高楼月正圆杜牧。胡蝶梦中家万里崔涂，依然，老去愁来强自宽杜甫。 明镜借红颜李商隐，须著人间比梦间韩愈。蜡烛半笼金翡翠李商隐，更阑，绣被焚香独自眠李

商隐。　傅注本卷四

【校】

上三首元本无注，从傅、毛二本。　傅本“愁来”作“悲秋”。

菩萨蛮

七夕黄州朝天门上二首。

画檐初挂弯弯月，孤光未满先忧缺。遥认玉帘钩，天孙梳洗楼。　佳人言语好，不愿求新巧。此恨固应知，愿人无别离。

傅注本卷七

【校】

元本题作“七夕朝天门上作”，毛本题作“新月”，从傅注本。　傅注本“遥”作“还”，毛本同。

【笺】

玉钩　鲍明远月诗（玩月城西门廨中）：“始出西南楼，纤纤如玉钩。”

天孙　史记天官书：织女者，天孙女也。吴兢诗（永泰公主挽歌二首）：“河汉天孙合，潇湘帝子游。”

梳洗楼　傅注：唐连昌宫有梳洗楼，乃天宝中为杨贵妃所建也。元稹连昌宫词：“寝殿相连端正楼，太真梳洗楼上头。”

求巧　注见卷二鹊桥仙“乘槎归去”阕。

又

风回仙驭云开扇，更阑月堕星河转。枕上梦魂惊，晓来疏雨零。　　相逢虽草草，长共天难老。终不羡人间，人间日似年。

傅注本卷七

【校】

傅注本"堕"作"坠"。　元本题作"七夕"，从傅本。　毛本"驭云"二字阙。"堕"作"坠"，"来"作"檐"，"日"作"夜"。

【笺】

仙驭　唐太宗秋日悬清光诗："仙驭随轮转，灵乌带影飞。"

雨零　傅注：世俗以牛女相见之夕必有微雨，以明会遇之征。

草草　诗小雅巷伯："骄人好好，劳人草草。"毛传：草草，劳心也。

又

城隅静女何人见，先生日夜歌彤管。谁识蔡姬贤，江南顾彦先。　　先生那久困，汤沐须名郡。惟有谢夫人，从来是拟伦。

傅注本卷七

【校】

毛本题作"有寄"。"是"作"见"。

【笺】

静女　诗邶风（静女）："静女其姝，俟我于城隅。爱而不见，搔首踟蹰。静女其娈，贻我彤管。彤管有炜，悦怿女美。"

蔡姬　后汉书列女传：陈留董祀妻者，同郡蔡邕之女也，名琰，字文姬。博学有才辩，又妙于音律。适河东卫仲道，夫亡无子，归宁于家。兴平中，天下丧乱，文姬为胡骑所获，没于南匈奴左贤王。在胡中十二年，生二子。曹操素与邕善，痛其无嗣，乃遣使者以金璧赎之，而重嫁于祀。

顾彦先　晋书顾荣传：荣字彦先，吴国吴人也，为南土著姓。机神朗悟，弱冠仕吴为黄门侍郎。吴平，与陆机兄弟同入洛，时人号为"三俊"。荣素好琴，及卒，家人常置琴于灵座。吴郡张翰哭之恸，既而上床，鼓琴数曲，抚琴而叹曰："顾彦先，复能赏此不?"因又恸哭，不吊丧主而去。

汤沐　汉书外戚传：邓皇后母新野君，汤沐邑万户。颜师古注：凡言汤沐邑者，谓以其赋税供汤沐之具也。

谢夫人　晋书列女传：王凝之妻谢氏字道蕴，安西将军奕之女也，聪识有才辩。初，同郡张玄妹亦有才质，适于顾氏，玄每称之，以敌道蕴。有济尼者，游于二家，或问之，济尼答曰："王夫人神情散朗，故有林下风气。顾家妇清心玉映，自是闺房之秀。"

又

绣帘高卷倾城出，灯前潋滟横波溢。皓齿发清歌，春愁入翠蛾。　凄音休怨乱，我已无肠断。遗响下清虚，累累一串珠。

傅注本卷七

【校】

毛本题作"歌妓"。"愁"作"山"，"我已"二句作"我已先偷玩，梅萼月窗虚"。

【笺】

倾城　柳宗元浑鸿胪宅闻歌诗："翠帷双卷出倾城。"别详卷一江城子(老夫聊发少年狂)注。

皓齿　注见卷二定风波"常羡人间琢玉郎"阕。

翠蛾　刘禹锡冬夜宴诗:"翠蛾发清响,曲尽有余思。"

肠断　注见卷一殢人娇"满院桃花"阕。

清虚　杜甫诗(听杨氏歌):"响下清虚里。"

串珠　礼记乐记:歌者上如抗,下如坠,曲如折,止如槁木,倨中矩,句中钩,累累乎端如贯珠。

又　回文

落花闲院春衫薄,薄衫春院闲花落。迟日恨依依,依依恨日迟。　梦回莺舌弄,弄舌莺回梦。邮便问人羞,羞人问便邮。

傅注本卷七

又

火云凝汗挥珠颗,颗珠挥汗凝云火。琼暖碧纱轻,轻纱碧暖琼。　晕腮嫌枕印,印枕嫌腮晕。闲照晚妆残,残妆晚照闲。

傅注本卷七

【校】

毛本题作"夏景回文"。

又

峤南江浅红梅小，小梅红浅江南峤。窥我向疏篱，篱疏向我窥。　老人行即到，到即行人老。离别惜残枝，枝残惜别离。

傅注本卷七

【校】

傅注本题作“红梅赠别”。　毛本题作“回文”。

又　回文四时闺怨

翠鬟斜幔云垂耳，耳垂云幔斜鬟翠。春晚睡昏昏，昏昏睡晚春。　细花梨雪坠，坠雪梨花细。颦浅念谁人，人谁念浅颦。

傅注本卷七

【校】

傅注本题作“四时闺怨回文，效刘十五贡父体”。　毛本题作“回文春闺怨”。

又

柳庭风静人眠昼，昼眠人静风庭柳。香汗薄衫凉，凉衫薄汗香。　手红冰碗藕，藕碗冰红手。郎笑藕丝长，长丝藕笑郎。

同前

【校】

毛本题作“回文夏闺怨”。二“碗”字俱作“腕”。

又

井桐双照新妆冷，冷妆新照双桐井。羞对井花愁，愁花井对羞。　影孤怜夜永，永夜怜孤影。楼上不宜秋，秋宜不上楼。

同前

【校】

毛本题作“回文秋闺怨”。“桐”作“梧”，“秋”作“愁”。

又

雪花飞暖融香颊，颊香融暖飞花雪。欺雪任单衣，衣单任雪欺。　别时梅子结，结子梅时别。归不恨开迟，迟开恨不归。

同前

【校】

傅注本末二句作“归恨不开迟，迟开不恨归”。　毛本题作“回文冬闺怨”。

又

娟娟侵鬓妆痕浅，双颦相媚弯如翦。一瞬百般宜，无论笑与啼。　酒阑思翠被，特故腾腾地。生怕促归轮，微波先泥人。

【校】

傅注本、元本俱无。

又 咏足

涂香莫惜莲承步，长愁罗袜凌波去。只见舞回风，都无行处踪。　偷穿宫样稳，并立双趺困。纤妙说应难，须从掌上看。

【校】

傅注本、元本俱无。

【笺】

莲步　南史(齐本纪下)：东昏侯凿金为莲花以贴地，令潘妃行其上，曰："此步步生莲花也。"

回风　杜甫诗对雪："急雪舞回风。"

宫样　韩偓忍笑诗："宫样衣裳浅画眉，晓来梳洗更相宜。"

双趺　广韵：跗，足趾也。与"趺"同。

又

玉镮坠耳黄金饰，轻衫罩体香罗碧。缓步困春醪，春融脸上桃。　花钿从委地，谁与郎为意。长爱月华清，此时憎月明。

【校】

傅注本、元本俱无。

【笺】

玉镮　张载拟四愁诗："佳人遗我双角端，何以赠之雕玉镮。"

花钿　旧唐书舆服志：内外命妇服花钿，翟衣青质。白居易长恨歌："花钿委地无人收。"

浣溪沙　重九

珠桧丝杉冷欲霜，山城歌舞助凄凉。且餐山色饮湖光。共挽朱幡留半日，强揉青蕊作重阳。不知明日为谁黄。　傅注本卷十

【校】

傅注本题作“九月九日二首”，毛本同。

【笺】

珠桧丝杉　傅注：桧柏叶端雪，炯然如珠。松柏叶条，纤细如丝。

且餐　傅注：山秀可餐，湖清可饮。

朱幡　汉志（后汉书舆服志）：中二千石、二千石，皆皂盖朱两幡。

青蕊　杜甫叹庭前甘菊花诗：“檐前甘菊移时晚，青蕊重阳不堪摘。明日萧条尽醉醒，残花烂熳开何益。”

又

霜鬓真堪插拒霜，哀弦危柱作伊凉。暂时流转为风光。未遣清尊空北海，莫因长笛赋山阳。金钗玉腕泻鹅黄。　傅注本卷十

【校】

元本“哀”作“衰”，从傅、毛二本。　毛本题作“和前韵”。

【笺】

拒霜　见卷一定风波“两两轻红半晕腮”阕题注。

伊凉　傅注：唐开元二十四年，升胡部乐于堂上。而天宝乐曲，皆以边地名，

凉州、伊州、甘州之类是也。然凉州曲本开元中西凉州所献，时宁王审音，闻之，且知其后有播迁之祸。

流转　杜甫曲江诗："传语风光共流转，暂时相赏莫相违。"

清尊北海　注见卷二蝶恋花"云水萦回溪上路"阕。

长笛山阳　向秀思旧赋序：余与嵇康、吕安居止接近，其人并有不羁之才，然嵇志远而疏，吕心旷而放，其后各以事见法。余逝将西迈，经其旧庐，邻人有吹笛者，发声寥亮。追思曩昔游宴之好，感音而叹。赋云："济黄河以泛舟兮，经山阳之旧居。"马融长笛赋："近世双笛从羌起，羌人伐竹未及已。龙鸣水中不见已，截竹吹之声相似。剡其上孔通洞之，裁以当笯便易持。"李善注：笯，马策也。竹瓜切。

鹅黄　傅注：鹅黄，酒色也。杜甫诗："鹅儿黄似酒，对酒爱新鹅。"

又

傅粉郎君又粉奴，莫教施粉与施朱。自然冰玉照香酥。有客能为神女赋，凭君送与雪儿书。梦魂东去觅桑榆。　傅注本卷十

【校】

毛本题作"有感"。

【笺】

傅粉　注见卷二蝶恋花"别酒劝君君一醉"阕。

施朱　注见卷二浣溪沙"学画鸦儿正妙年"阕。

神女赋　傅注：楚宋玉尝作神女赋。

雪儿书　傅注：韩定辞，不知何许人。为镇州王镕书记，聘燕帅刘仁裕女，舍

于宾馆，命幕客马郁延接。一日燕会，韩即席有诗赠郁曰："崇霞台上神仙客，学辨痴龙艺最多。盛德好将银管述，丽词堪与雪儿歌。"坐中诸宾靡不钦讶，称为妙句。他日郁从容问韩以雪儿之事，韩曰："雪儿，孝密之爱姬(或云孝齐)，能歌舞，每见宾僚文章有奇丽中意者，即付雪儿协音律以歌之。"见诗话总龟。

桑榆　唐玄宗题薛令之诗："若嫌松柏寒，任逐桑榆暖。"

又　咏橘

菊暗荷枯一夜霜，新苞绿叶照林光。竹篱茅舍出青黄。
香雾噀人惊半破，清泉流齿怯初尝。吴姬三日手犹香。　傅注本卷十

【笺】

新苞绿叶　沈约橘诗："绿叶迎露滋，朱苞待霜润。"

青黄　韦应物答郑骑曹求青橘诗："知君独卧思新橘，始摘犹酸亦未黄。书后欲题三百颗，洞庭须待满林霜。"

香雾二句　傅注：郑云诗："擘开金粉腻，嚼破玉浆寒。"

又

道字娇讹语未成，未应春阁梦多情。朝来何事绿鬟倾。
彩索身轻长趁燕，红窗睡重不闻莺。困人天气近清明。　傅注本卷十

【校】

傅注本"语"作"苦"，"阁"误"回"。　毛本题作"春情"。"语"作"苦"。

【笺】

道字　李白诗(对酒):"道字不正娇唱歌。"

趁燕　傅注:戏秋千也。妇女体轻,高低往来如飞燕。

闻莺　李益莺诗(奉和武相公春晓闻莺):"蜀道山川意不平,绿窗残梦晓闻莺。分明似把文君恨,万怨千愁弦上声。"

【评】

皱水轩词筌:苏子瞻有"铜琶铁板"之讥,然其浣溪沙春闺曰:"彩索身轻常趁燕,红窗睡重不闻莺。"如此风调,令十七八女郎歌之,岂在"晓风残月"之下?

又

桃李溪边驻画轮,鹧鸪声里倒清尊。夕阳虽好近黄昏。香在衣裳妆在臂,水连芳草月连云。几时归去不销魂。　傅注本卷十

【校】

毛本题作"春情"。"时"作"人"。

【笺】

画轮　魏武帝与杨彪书:今赠足下画轮四望通幰七香车二乘。

鹧鸪　韦应物鹧鸪诗:"客思乡愁动晚春,那堪路入鹧鸪群。管弦声里愁难听,烟雨村中争合闻。"郑谷诗席上贻歌者:"花月楼台近九衢,笙歌一曲倒金壶。坐中亦有江南客,莫向春风唱鹧鸪。"

夕阳　李商隐诗(乐游原):"夕阳无限好,只是近黄昏。"

香在　傅注:传奇:张生与崔氏谐遇,张生飘飘然,且疑神仙之徒,不为从人

间至矣。有顷，寺钟鸣，红娘促起，崔氏娇啼宛转，红娘拥之而去。张生辨色而兴，自疑于心曰："岂其梦耶？"所可明者，妆在臂，香在衣，泪光荧荧然，犹莹于茵席而已。

销魂　江淹别赋："黯然销魂者，惟别而已矣。"

又

四面垂杨十里荷，问云何处最花多？画楼南畔夕阳过。
天气乍凉人寂寞，光阴须得酒消磨。且来花里听笙歌。　傅注本卷十

【校】

傅注本"里"作"顷"，"云"作"言"，"过"作"和"。　毛本题作"荷花"。"过"作"和"。

【笺】

花多　韩愈奉酬卢给事云夫四兄曲江荷花行见寄诗："我今官闲得婆娑，问言何处芙蓉多？撑舟昆明渡云锦，脚敲两舷叫吴歌。"

消磨　郑谷诗（梓潼岁暮）："酒美消磨日。"

又　彭门送梁左藏

怪见眉间一点黄，诏书催发羽书忙。从教娇泪洗红妆。
上殿云霄生羽翼，论兵齿颊带风霜。归来衫袖有天香。　傅注本卷十

【校】

元本无题，从傅本。 傅本“风”作“冰”。 毛本题作“有赠”。“怪”作“惟”。

【笺】

眉黄 注见卷二满江红“清颍东流”阕。

诏书羽书 傅注：诏书，天子之召命也。羽书，兵檄，必插羽以示其急。 汉书高帝纪注：檄者以木简为书，长尺二寸，用征召也。有急事则加以鸟羽插之，名曰羽书。

羽翼 唐太宗赐马周飞白书：“鸾凤冲霄，必假羽翼。”

风霜 先生诗（寄高令）：“论极冰霜生齿牙。”

天香 杜甫和贾至舍人早朝诗：“朝罢香烟携满袖，诗成珠玉待挥毫。”李郢诗（赠羽林将军）：“雕没夜云知御苑，马随仙仗识天香。”

又 送梅庭老赴上党学官

门外东风雪洒裾，山头回首望三吴。不应弹铗为无鱼。 上党从来天下脊，先生元是古之儒。时平不用鲁连书。

【校】

傅注本阙。 毛本题“上党”作“潞州”。

【笺】

梅庭老 未详。

三吴 指掌图：以苏、常、湖为三吴。图经：汉高祖得天下，分会稽为吴郡，与吴兴、丹阳为三吴。

弹铗 注见卷二满庭芳“归去来兮”阕。

上党　汉书地理志：上党郡，秦置，属并州。有上党关。史记张仪传：仪说楚王曰："秦主严以明，将智以武，虽无出甲，席卷常山之险，必折天下之脊。"索隐：常山于天下在北，有若人之背脊也。

鲁连　史记鲁仲连传：燕将攻下聊城，聊城人或谗之燕，燕将惧诛，因保守聊城，不敢归。齐田单攻聊城，岁余，士卒多死而聊城不下。鲁连乃为书，约之矢以射城中，遗燕将。

又　端午

轻汗微微透碧纨，明朝端午浴芳兰。流香涨腻满晴川。　彩线轻缠红玉臂，小符斜挂绿云鬟。佳人相见一千年。　傅注本卷十一

【校】

傅注本略有残阙。

【笺】

浴兰　楚辞九歌："浴兰汤兮沐芳。"别详卷一少年游（玉肌铅粉傲秋霜）注。

流香涨腻　傅注：杜牧阿房宫赋云："明星荧荧，开妆镜也。绿云扰扰，梳晓鬟也。渭流涨腻，弃脂水也。烟斜雾横，焚椒兰也。"又诗话：吴故宫有香水溪，俗云西施浴处，人呼为脂粉塘，吴王宫人濯妆于此。溪上源至今犹香。古诗云："安得香水泉，濯郎衣上尘。"

彩线　风俗通：五月五日，以五彩丝系臂，名之曰长命缕也。

小符　抱朴子（内篇杂应）：或问辟五兵之道，答以五月五日，作赤灵符着心前。傅注：今世俗或为之，多篸于髻鬟之上。

又

徐邈能中酒圣贤，刘伶席地幕青天。潘郎白璧为谁连？　无可奈何新白发，不如归去旧青山。恨无人借买山钱。　傅注本卷十一

【校】

毛本题作“感旧”。

【笺】

徐邈　魏志徐邈传：邈字景山，燕国蓟人。魏国初建，为尚书郎。时科禁酒，而邈私饮，至于沉醉。校事赵达问以曹事，邈曰：“中圣人。”达白之太祖，太祖甚怒。度辽将军鲜于辅进曰：“平日醉客，谓酒清者为圣人，浊者为贤人。邈性修慎，偶醉言耳。”竟坐得免刑。文帝践阼，历官至中郎将，所在著称。车驾幸许昌，问邈曰：“颇复中圣人不？”邈对曰：“昔子反毙于谷阳，御叔罚于饮酒。臣嗜同二子，不能自惩，时复中之。然宿瘤以丑见传，而臣以醉见识。”帝大笑，顾左右曰：“名不虚立。”迁抚军大将军军师。

刘伶　晋书刘伶传：伶字伯伦，沛国人。尝著酒德颂云：幕天席地，纵意所如。

潘郎　晋书夏侯湛传：湛幼有盛才，文章宏富，善构新词，而美容观。与潘岳友善，每行止同舆接茵，京都谓之连璧。

买山　傅注：支遁字道林，晚年入会稽剡山沃洲小岭，买山为嘉遁之乡。又世说：支公因人就深公买印山，深公曰：“未闻巢、由买山而隐。”

又

倾盖相逢胜白头，故山空复梦松楸。此心安处是菟裘。　卖剑

买牛吾欲老，乞浆得酒更何求。愿为同社宴春秋。 傅注本卷十一

【校】

傅注本"逢"作"看"，"吾"作"真"。 元本"社"作"舍"，毛本同，从傅本。 毛本题作"自适"，"吾"作"真"，"同"作"辞"。

【笺】

倾盖 邹阳狱中上梁王书：语有"白头如新，倾盖如故"，何则？知与不知也。

菟裘 注见卷二菩萨蛮"买田阳羡吾将老"阕。

卖剑买牛 汉书龚遂传：遂为渤海太守，民有带持刀剑者，使卖剑买牛，卖刀买犊。曰："何为带牛佩犊？"

乞浆得酒 傅注：阴阳书云：太岁在酉，乞浆得酒。

同社 韩愈诗（南溪始泛三首）："愿为同社人，鸡豚燕春秋。"

又

炙手无人傍屋头，萧萧晚雨脱梧楸。谁怜季子敝貂裘。 顾我已无当世望，似君须向古人求。岁寒松柏肯惊秋。 傅注本卷十一

【校】

毛本题作"寓意和前韵"。

【笺】

炙手 白居易诗（放言五首）："昨日屋头堪炙手，今朝门外好张罗。"

敝貂裘 战国策（秦策）：苏秦说李兑，抵掌而谈。李兑送苏子明月之珠、和氏之璧、黑貂之裘、黄金百镒。又：苏秦始将连横说秦王，书十上而说不行，黑貂之裘敝，黄金百斤尽。杜甫暮秋将归秦留别湖南幕中亲友诗："北归冲雨雪，谁悯

敝貂裘。”

当世望　傅注：晋周颉以雅望获当世盛名。　案晋书周颉传：王敦问导曰：“周颉、戴若思南北之望，当登三司，无所疑也。”导不答。傅注未知所本。

古人求　晋书王衍传：衍字夷甫，幼而俊悟。武帝闻其名，问王戎曰：“夷甫当世谁比？”戎曰：“未见其比，当从古人中求耳。”

岁寒　论语（子罕）：岁寒然后知松柏之后凋也。

又

画隼横江喜再游，老鱼跳槛识清讴。流年未肯付东流。　黄菊篱边无怅望，白云乡里有温柔。挽回霜鬓莫教休。　傅注本卷十一

【校】

毛本题作“即事”。

【笺】

画隼　傅注：画隼，盖画鸟隼之旗也。周官司常：九旗名物，曰鸟隼为旟。又曰州里建旟。则今之为州者，建隼旟宜矣。柳耆卿上杭守词云“隼旟前后”，盖用此事。

老鱼　韩诗外传：昔伯牙鼓琴，而渊鱼出听。

黄菊　续晋阳秋：陶潜九日无酒，乃于宅篱边菊丛中，摘菊盈把而坐。怅望久之，见白衣人至，乃太守王弘送酒使也。即便就酌，醉而后归。

白云乡　注见卷二南乡子“千骑试春游”阕。

又

入袂轻风不破尘，玉簪犀璧醉佳辰。一番红粉为谁新？　团扇不堪题往事，柳丝那解系行人。酒阑滋味似残春。　傅注本卷十一

【校】

傅注本题作“端午”，毛本同，从元本。　傅本“风”作“飘”，元本同，从毛本。　元本“柳”作“新”，毛本同，从傅本。　毛本“不堪”作“只堪”。

【笺】

玉簪犀璧　西京杂记：武帝过李夫人，就取玉簪搔头，自此宫人搔头皆用玉，玉价倍贵焉。先生得辩才歙砚歌（偶于龙井辩才处得歙砚甚奇作小诗）：“罗细无纹角浪平，半丸犀璧浦云泓。”

团扇　王献之桃叶团扇歌：“七宝画团扇，灿烂明月光。为郎却暄暑，相忆莫相忘。”

柳丝　傅注：昔人赠别必折柳者，以取丝条留系之意。魏野柳诗：“映渡临桥绕客亭，丝丝能系别离情。”罗隐柳诗：“自家飞絮犹无定，争把长条系得人。”

又

风卷珠帘自上钩，萧萧乱叶报新秋。独携纤手上高楼。　缺月向人舒窈窕，三星当户照绸缪。香生雾縠见纤柔。

【校】

傅注本阙。　毛本题作“新秋”。

【笺】

缺月　诗陈风（月出）：“月出皎兮，佼人僚兮。舒窈纠兮，劳心悄兮。”毛传：

宛纠，舒之姿也。

三星　诗唐风(绸缪)："绸缪束楚，三星在户。今夕何夕，见此粲者。"毛传：绸缪，犹缠绵也。三星，一参也。郑笺：三星在户，谓五月之末，六月之中。

雾縠　汉书礼乐志：被华文，厕雾縠，曳阿锡，佩珠玉。注：厕，杂也。雾縠，言轻细若云雾也。

又

玄真子渔父词极清丽，恨其曲度不传，故加数语，令以浣溪沙歌之。

西塞山边白鹭飞，散花洲外片帆微。桃花流水鳜鱼肥。　自庇一身青箬笠，相随到处绿蓑衣。斜风细雨不须归。　傅注本卷十

【校】

元本无题，从傅本。　毛本题作"玄真子渔父云，西塞山边白鸟飞，桃花流水鳜鱼肥。青蒻笠，绿蓑衣，斜风细雨不须归。此语妙绝，恨莫能歌者，故增数语，令以浣溪沙歌之"。注云："或刻黄山谷。"

【笺】

玄真子　唐书张志和传：志和居江湖，自称烟波钓叟。著玄真子，亦以自号。

西塞二句　傅注：旧注云，西塞山、散花洲皆在豫章。按西塞山乃唐张志和渔父词首句，若散花洲，乃在伍洲之下。公集中有与王齐万诗，且云寓居武昌刘郎洑，正与伍洲相对。齐万蜀人，公尝往来其家，尝为王氏作门符对云："湖外秋风聚萤苑，门前春浪散花洲。"谓此也。

桃花流水　傅注：汉沟洫志：杜钦云：来春桃花水盛，必羡溢。注云：月令：

仲春之月，始雨水，桃始华。盖桃方华时，既有雨水，川谷冰泮，众流猥集，波澜盛长，故谓之桃花水。见卷二好事近（红粉莫悲啼）注。

斜风细雨　傅注：唐开元间，隐者张志和为颜鲁公门下诗酒客，鲁公为豫章太守。一日宴集，坐客皆作渔父词，志和词曰："西塞山边白鹭飞，桃花流水鳜鱼肥。青箬笠，绿蓑衣，斜风细雨不须归。"

【附录】

黄庭坚山谷琴趣外篇浣溪沙云："新妇滩头眉黛愁，女儿浦口眼波秋。惊鱼错认月沉钩。　青箬笠前无限事，绿蓑衣底一时休。斜风吹雨转船头。"又鹧鸪天序云：表弟李如篪云，玄真子渔父语，以鹧鸪天歌之，极入律，但少数句耳。因以玄真子遗事足之。宪宗时画玄真子像，访之江湖，不可得，因令集其歌诗上之。玄真之兄松龄惧玄真放浪而不返也，和答其渔父云："乐在风波钓是闲，草堂松桂已胜攀。太湖水，洞庭山，狂风浪起且须还。"此余续成之意也。其词云："西塞山边白鹭飞，桃花流水鳜鱼肥。朝廷尚觅玄真子，何处如今更有诗。　青箬笠，绿蓑衣，斜风细雨不须归。人间底是无波处，一日风波十二时。"

向子諲酒边词浣溪沙序：渔父词，张志和之兄松龄所作也，有招玄真子归隐之意。居士为姑苏郡守，浩然有归志，因广其声为浣溪沙，示姑苏诸友。其词云："乐在烟波钓是闲，草堂松桂已胜攀。梢梢新月几回弯。　一碧太湖三万顷，屹然相对洞庭山。狂风浪起且须还。"

又　**方响**

花满银塘水漫流，犀槌玉板奏凉州。顺风环佩过秦楼。　远汉碧云轻漠漠，今宵人在鹊桥头。一声敲彻绛河秋。

【校】

傅注本、元本俱无。

【笺】

方响　唐书礼乐志：木有拍板方响，以体金应石，而备八音。明皇杂录：胡部无方响，以直板声不应诸调。惟太宗内库片铁方响，应二十八调。乐府杂录：乐吏廉郊尝宿平泉，携琵琶池上弹蕤宾调。忽闻一物铿然，跃出池岸之上，视乃方响一片。盖蕤宾铁，以指拨精妙，律吕相应也。

犀槌　杜阳杂(俎)〔编〕：有宫人沈阿翘，为上舞河满子，调声风态，率皆宛畅。曲罢，上问其所从来，曰："妾本吴元济妓女。"俄遂进白玉方响，云本吴元济所与也，光明皎洁，可照十数步。言其犀槌即响犀也，凡物有声，乃响应其中焉。

凉州　碧鸡漫志引开元传信记：西凉州献此曲，宁王宪曰："音始于宫，散于商，成于角征羽。斯曲也，宫离而不属，商乱而加暴，君卑逼下，臣僭犯上，臣恐一日有播迁之祸。"及安史之乱，世颇思宪审音。张祜诗："春风南内百花时，道调凉州急遍吹。揭手便拈金碗舞，上皇惊笑悖拏儿。"余详本卷浣溪沙(霜鬓真堪插拒霜)注。

秦楼　李白忆秦娥词："箫声咽，秦娥梦断秦楼月。"

鹊桥　白帖：乌鹊填河成桥而渡织女。宋之问明河篇："鸳鸯机上疏萤度，乌鹊桥边一雁来。"

绛河　武帝内传：上元夫人遣一侍女〔答〕问云："上问起居，远隔绛河，扰以官事，遂替颜色。"拾遗记：绛河去日南十万里，波如绛色。

又

几共查梨到雪霜，一经题品便生光。木奴何处避雌黄。　北客有来初未识，南金无价喜新尝。含滋嚼句齿牙香。

【校】

傅注本、元本俱无。

【笺】

查梨　庄子(天运)：三王五帝之礼义法度不同，譬其犹楂梨橘柚耶，其味相反，而皆可于口。楂亦作查。

木奴　襄阳耆旧传：李衡作宅于武陵龙阳氾洲上，种橘千株，敕其子曰："吾有千头木奴，不责汝衣食。岁上一匹绢，可以不贫矣。"本草：柑一名木奴。柳宗元柳州城西北隅种柑树诗："方同楚客怜皇树，不学荆州利木奴。"

雌黄　晋阳秋：王衍能言，于意有不安者辄更易之，时号"口中雌黄"。

南金　诗鲁颂泮水："大赂南金。"毛传：南谓荆、扬也。

又

山色横侵蘸晕霞，湘川风静吐寒花。远林屋散尚啼鸦。　梦到故园多少路，酒醒南望隔天涯。月明千里照平沙。

【校】

傅注本、元本俱无。

又

晚菊花前敛翠蛾，挼花传酒缓声歌。柳枝团扇别离多。　拥髻凄凉论旧事，曾随织女度银梭。当年今夕奈愁何。

【校】

傅注本、元本俱无。 毛本题作“重阳”。

【笺】

挼花 冯延巳谒金门词:“闲引鸳鸯香径里,手挼红杏蕊。”

缓声歌 杜甫诗:“绿杨垂手舞,啼鸟缓声歌。”(按:此二句不见杜集。查苕溪渔隐丛话卷二十五引洪驹甫诗话,云是宋人丁谓诗句。)古乐府有小垂手舞、大垂手舞、前缓声歌、后缓声歌。

柳枝团扇 乐府诗集:杨柳枝,汉铙歌鼓吹曲。本作折杨柳,至隋时始为宫词。张祜诗(折杨柳枝二首):“莫折宫中杨柳枝,当时曾向笛中吹”是也。团扇,注见本卷贺新郎“乳燕飞华屋”阕。

拥髻 拾遗记:伶玄买妾樊通德,谈道赵飞燕姊妹事,以手拥髻,凄然泣下。

织女梭 鲍照诗(代堂上歌行):“晖晖朱颜酡,纷纷织女梭。”

又

风压轻云贴水飞,乍晴池馆燕争泥。沈郎多病不胜衣。 沙上不闻鸿雁信,竹间时有鹧鸪啼。此情惟有落花知。 傅注本卷十

【校】

元本、毛本俱无此阕。世共传为南唐中主词,或为傅氏误收,录以备考。

南歌子

日薄花房绽,风和麦浪轻。夜来微雨洗郊垧,正是一年春好近

清明。　　已改煎茶火，犹调入粥饧。使君高会有余清，此乐无声无味最难名。　傅注本卷五

【校】

毛本题作“晚春”。

【笺】

花房　韩愈感春诗：“辛夷花房忽全开，将衰正盛频频来。”

麦浪　柳宗元诗（闻黄鹂）：“麦芒涨天摇青波。”

改火　傅注：荆楚岁时记曰：寒食风俗，以介子推之故则禁火。按周官司烜氏：仲春以木铎修火禁于国中。注云：为季春将出火也。然则今寒食禁火为近季春之时，盖断故火而改新火。魏野诗曰：“殷勤旋乞新钻火，为我亲煎岳麓茶。”别详卷二临江仙（一别都门三改火）注。

调饧　玉烛宝典：今人以寒食悉为大麦粥，研杏仁为酪，煮饧以沃之。

此乐　李白赠褚司马诗：“此堂千万寿，侍奉有光辉。人间无此乐，此乐世中稀。”

又

师唱谁家曲，宗风嗣阿谁？借君拍板与门槌，我也逢场作戏莫相疑。　　溪女方偷眼，山僧莫皱眉。却愁弥勒下生迟，不见老婆三五少年时。　傅注本卷五

【校】

傅注本题作“冷斋夜话：东坡镇钱塘，无日不在西湖。尝携妓谒大通禅师，大通愠形于色，东坡作长短句，令妓歌之”。元本、毛本同，“愠”下无“形”字。　毛本“皱”作“贬”。　冷斋夜话“莫相”作“不须”，“愁”作“嫌”，“老婆”作“阿婆”。

【朱注】

诗集查注：杭州净慈寺善本禅师，赐号大通禅师。冷斋夜话：仲殊和词曰："解舞清平乐，如今说向谁？红炉片雪上钳锤，打就金毛狮子也堪疑。 木女明开眼，泥人暗皱眉。蟠桃已是著花迟，不向东风一笑待何时。"

【笺】

师唱二句 传灯录：关南道吾和尚，因见巫师乐神，打鼓作舞，云："还识神也。"师于此大悟。后往德山，申其悟旨。德山乃印可。师往后每至升座时，着绯衣，执木简作礼。僧问："师唱谁家曲，宗风嗣阿谁？"师云："打动关南鼓，唱起德山歌。"问："如何是和尚家风？"师云："禅床作女人。"拜云："谢子远来，无可相待。"

拍板门槌 傅注：梁武帝请志公和尚讲经，志公对曰："自有大士，见在渔行，善能讲唱。"帝乃召大士入内，问曰："用何高座？"大士对曰："不用高座，只用拍板一具。"大士得板，遂乃唱经，并四十九颂，唱毕而去。大士乃傅大士也。又武帝尝一夕焚章而召诸法师斋，人莫有知之者。大士诘朝即手持一铁槌，径往以叩梁之端门，而先赴召。时若娄约法师者犹或后至，若云先法师等，终不知所召矣。

逢场作戏 传灯录：僧邓隐峰云："竿木随身，逢场作戏。"

弥勒下生 傅注：释氏有当来下生弥勒佛，言百千万亿劫后，阎浮世界复散为虚空，则弥勒佛乃当下生时也。

老婆三五 傅注：摭言集：唐薛逢尝策羸以赴朝，值新进士榜下缀行，导曰："回避新郎君。"逢輾然，即遣一介语之曰："报道莫贫相，阿婆三五少年时，也曾东涂西抹来。"又黄鲁直文集载僧偈亦云。

又

紫陌寻春去，红尘拂面来。无人不道看花回，惟见石榴新蕊一

枝开。　　冰簟堆云髻，金尊滟玉醅。绿阴青子莫相催，留取红巾千点照池台。　傅注本卷五

【校】

毛本题作“暮春”。

【笺】

紫陌三句　注见卷一阮郎归“一年三度过苏台”阕。

石榴新蕊　傅注：唐明皇幸蜀，至扶风，路旁见一石榴树团团，爱玩之，因呼为“端正树”，盖有所思也。

冰簟　李商隐诗(可叹)：“冰簟且眠金镂枕，琼筵不醉玉交杯。”

玉醅　酒名记：金波磁州风曲，法酒深州玉醅。

红巾　注见本卷贺新郎“乳燕飞华屋”阕。

又

笑怕蔷薇罥，行忧宝瑟僵。美人依约在西厢，只恐暗中迷路认余香。　　午夜风翻幔，三更月到床。簟纹如水玉肌凉，何物与侬归去有残妆。　傅注本卷五

【校】

傅注本“罥”误作“骨”。　毛本题作“有感”。

【笺】

蔷薇罥　傅注：酉阳杂俎云：江南地本无棘，或固墙隙，但植蔷薇枝而已。白乐天蔷薇诗：“留妓罥罗裳。”蔷薇罥乃隋炀帝宫中事，备见南部烟花记。　容斋续笔：绍兴初，有傅洪秀才注坡词，镂板钱塘。至于“不知天上宫阙，今夕是何年”，不

能引“共道人间惆怅事,不知今夕是何年”之句;“笑怕蔷薇罥”,“学画鸦黄未就”,不能引南部烟花录。如此甚多。段克己游青阳峡诗:“葛屦偏宜苔径滑,行襟时被蔷薇罥。”

宝瑟僵　汉书金日磾传:莽何罗谋为逆,袖白刃从东箱上,见日磾,色变,走趋卧内,欲入,行触宝瑟,僵。日磾得抱何罗,因传曰:“莽何罗反!”上惊起,左右拔刃欲格之。上恐并中日磾,止勿格。日磾捽胡投何罗殿下,得禽缚之。穷治,皆伏辜。

西厢　注见本卷雨中花慢“邃院重帘何处”阕。

残妆　注见本卷浣溪沙“桃李溪边驻画轮”阕。

又

寸恨谁云短,绵绵岂易裁。半年眉绿未曾开,明月好风闲处是人猜。　　春雨消残冻,温风到冷灰。尊前一曲为谁回,留取曲中一拍待君来。　傅注本卷五

【校】

傅注本“谁回”误作“谁开”。　元本“一曲”作“舞雪”。　毛本题作“感旧”。“回”作“哉”。

【笺】

温风　礼记月令:温风始至。

又　楚守周豫出舞鬟

绀绾双蟠髻,云欹小偃巾。轻盈红脸小腰身,叠鼓忽催花拍斗精神。　　空阔轻红歇,风和约柳春。蓬山才调更清新,胜似缠头

千锦共藏珍。 傅注本卷五

【校】

傅注本无题。 毛本题“舞鬟”下有“因作二首赠之”六字。

【笺】

周豫 未详。

绀绾 广韵：绀，古暗切，音赣。说文：帛深青扬赤色。广韵：绾，乌患切，音畹，钩系也。

叠鼓花拍 傅注：今乐府大鼓则有叠奏之声，曲拍则有花十八花九之数，盖舞曲至于叠鼓花拍之际，其妙在此，故曰斗精神。 谢朓鼓吹曲：“凝笳翼高盖，叠鼓送华辀。”碧鸡漫志：六么前后十八拍，又四花拍，共二十二拍。乐家者流所谓花拍，盖非正也。

蓬山 傅注：汉之图书，悉聚东观，是时文学之士称东观为老氏藏道来蓬莱山。盖蓬莱海中神山，而仙府幽径，秘录皆在焉。 李商隐诗(贾生)：“刘郎已恨蓬山远，更隔蓬山一万重。”

缠头 杜甫诗(即事)：“笑时花近眼，舞罢锦缠头。”

又

琥珀装腰佩，龙香入领巾。只应飞燕是前身，共看剥葱纤手舞凝神。 柳絮风前转，梅花雪里春。鸳鸯翡翠两争新，但得周郎一顾胜珠珍。 同前

【校】

毛本题作“同前”。

【笺】

琥珀腰佩　博物志：松脂沦入地，千年化为茯苓，茯苓千岁化为虎魄。虎魄同琥珀。　傅注：汉武内传：上元夫人带六山火五兵佩。搜神记：元康中，妇人饰五兵佩。盖古者妇人未始不佩也。此言琥珀，则以琥珀装饰之耳。

龙香领巾　注见卷二西江月“公子眼花乱发”阕。

飞燕　傅注：飞燕，汉成帝赵后也。体轻，能为掌上之舞。　汉书外戚传：孝成赵皇后，本长安宫人。及壮，属阳阿主家，学歌舞，号曰飞燕。

剥葱　白居易诗（筝）：“双眸翦秋水，十指剥春葱。”

柳絮梅花　傅注：柳絮梅花，言舞态轻飞若此。

周郎　三国吴志周瑜传：瑜字公瑾，少精意于音乐，虽三爵之后，其有缺误，瑜必知之，知之必顾。人曰：“曲有误，周郎顾。”

又

云鬟裁新绿，霞衣曳晓红。待歌凝立翠筵中，一朵彩云何事下巫峰。　趁拍鸾飞镜，回身燕漾空。莫翻红袖过帘栊，怕被杨花勾引嫁东风。

【校】

傅注本、元本俱无。　毛本题作“舞妓”。

【笺】

霞衣　杜阳杂编：元和五年，给事张惟则自新罗使回，云于海上泊舟洲岛间，忽闻鸡犬鸣吠，似有烟火，遂乘月闲步。约及一二里，则见花木台殿，金户银阙，其中有数公子，戴章甫冠，着紫霞衣，吟啸自若。惟则知其异，遂请谒见。公子曰：

“汝何所从来?”惟则具言其故。公子曰:“唐皇帝乃我友也。”惟则达京师,具以事进,上曰:“朕前生岂非仙人乎?”

彩云　李白诗(宫中行乐词八首):“只愁歌舞散,化作彩云飞。”

巫峰　天中记:巫山十二峰,曰望霞、翠屏、朝云、松峦、集仙、聚鹤、净坛、上升、起云、飞凤、登龙、圣泉。李端诗(巫山高):“巫山十二峰,皆在碧虚中。”

鸾镜　异苑:罽宾王一鸾,三年不鸣。夫人曰:“闻见影则鸣。”悬镜照之,鸾睹影悲鸣,中宵一奋而绝。

又

见说东园好,能消北客愁。虽非吾土且登楼,行尽江南南岸此淹留。　　短日明枫缬,清霜暗菊球。流年回首付东流,凭仗挽回潘鬓莫教秋。

【校】

傅注本、元本俱无。

【笺】

登楼　王粲登楼赋:“虽信美而非吾土兮,曾何足以少留。”杜甫长沙送李十一诗:“竟非吾土倦登楼。”

潘鬓　潘岳秋兴赋序:余春秋三十有二,始见二毛。赵嘏春游慈恩寺诗:“秦城马上少年客,潘鬓水边今日愁。”

江城子

银涛无际卷蓬瀛。落霞明,暮云平。曾见青鸾,紫凤下层城。

二十五弦弹不尽，空感慨，惜离情。　　苍梧烟水断归程。卷霓旌，为谁迎？空有千行，流泪寄幽贞。舞罢鱼龙云海晚，千古恨，入江声。

【校】

傅注本、元本俱无。案是阕又见石林词，题作“湘灵鼓瑟”。西清诗话谓江城子“银涛”云云，乃叶少蕴所作，见苕溪渔隐丛话。

【笺】

蓬瀛　拾遗记：昆台之山有垂白之叟，宛若少童，貌若冰雪，肤实肠轻，历蓬瀛而超碧海。

青鸾紫凤　李商隐诗(相思)：“相思树上合欢枝，紫凤青鸾并羽仪。”

二十五弦　汉书郊祀志：泰帝使素女鼓五十弦瑟，悲，帝禁不止，故破其瑟为二十五弦。钱起归雁诗：“二十五弦弹夜月，不胜清怨却飞来。”

苍梧　史记五帝纪：舜南巡，崩于苍梧之野。钱起湘灵鼓瑟诗：“苍梧来怨慕，白芷动芳馨。”

霓旌　上林赋：“拖霓旌，靡云旗。”注：折羽毛，染以五采，缀以缕为旌，有似虹蜺之气也。一作“霓”。

幽贞　注见卷二卜算子“缺月挂疏桐”阕。

鱼龙　汉书西域传赞：作曼衍鱼龙角觝之戏，以观视之。注：鱼龙者，为舍利兽，先戏于庭。及毕，乃入殿前激水，化成比目鱼，跳跃嗽水作雾障日，化成黄龙八丈，遨戏于庭，炫曜日光。杜甫秋兴诗：“鱼龙寂寞秋江冷，故国平居有所思。”案此所谓“舞罢鱼龙”，犹赤壁赋云“舞幽壑之潜蛟”也。

又

墨云拖雨过西楼。水东流，晚烟收。柳外残阳，回照动帘钩。今夜巫山真个好，花未落，酒新笃。　　美人微笑转星眸。月华羞，捧金瓯。歌扇萦风，吹散一春愁。试问江南诸伴侣，谁似我，醉扬州。

【校】

傅注本、元本俱无。　毛本"笃"作"刍"。

【笺】

帘钩　杜甫诗(落日)："落日在帘钩，溪边春事幽。"

巫山　李白清平调："一枝秾艳露凝香，云雨巫山枉断肠。"

新笃　正韵：笃，楚蒐切，音搊。酒笼漉取酒也。

星眸　崔生诗："误到蓬莱顶上游，明珰玉女动星眸。"

又

腻红匀脸衬檀唇。晚妆新，暗伤春。手撚花枝，谁会两眉颦。连理带头双□□，留待与，个中人。　　淡烟笼月绣帘阴。画堂深，夜沉沉。谁道□□□系得人心。一自绿窗偷见后，便憔悴，到如今。

【校】

傅注本、元本俱无。

【笺】

腻红　韩偓落花诗："皱白离情高处切，腻红愁态静中深。"

檀唇　李后主词(一斛珠):“沉檀轻注些儿个。向人微露丁香颗。一曲清歌,暂引樱桃破。”

连理　白居易长恨歌:“在天愿作比翼鸟,在地愿为连理枝。”

蝶恋花

花褪残红青杏小。燕子飞时,绿水人家绕。枝上柳绵吹又少,天涯何处无芳草。　墙里秋千墙外道。墙外行人,墙里佳人笑。笑渐不闻声渐悄,多情却被无情恼。

【校】

傅注本阙。　毛本题作“春景”。“子”作“小”。

【评】

王士禛花草蒙拾曰:“枝上柳绵”,恐屯田缘情绮靡,未必能过。孰谓坡但解作“大江东去”耶? 髯直是超伦绝群。

【附录】

冷斋夜话:东坡蝶恋花词云云。东坡渡海,惟朝云 王氏随行,日诵“枝上柳绵”二句,为之流泪。病极,犹不释口。东坡作西江月悼之。

林下词谈:子瞻在惠州,与朝云闲坐,时青女初至,落木萧萧,凄然有悲秋之意,命朝云把大白,唱“花褪残红”。朝云歌喉将啭,泪满衣襟。子瞻诘其故,答曰:“奴所不能歌,是‘枝上柳绵吹又少,天涯何处无芳草’也。”子瞻翻然大笑曰:“是吾政悲秋,而汝又伤春矣。”遂罢。朝云不久抱疾而亡,子瞻终身不复听此词。

又 代人赠别

一颗樱桃樊素口。不要黄金，只要人长久。学画鸦儿犹未就，眉间已作伤春皱。　扑蝶西园随伴走。花落花开，渐解相思瘦。破镜重来人在否，章台折尽青青柳。

【校】

傅注本阙。　毛本题作“佳人”。二“要”字俱作“爱”，“间”作“尖”，“来”作“圆”。

【笺】

樱桃　注见卷二青玉案“三年枕上吴中路”阕。

学画鸦儿　注见卷二浣溪沙“学画鸦儿正妙年”阕。

破镜　注见卷一诉衷情“钱塘风景古今奇”阕。

章台柳　全唐诗话：韩翃有宠姬柳氏，从辟淄青置之都下。数岁，寄诗曰：“章台柳，章台柳，昔日青青今在否。纵使长条似旧垂，也应攀折他人手。”柳答曰：“杨柳枝，芳菲节，可恨年年赠离别。一叶随风忽报秋，纵使君来岂堪折。”

又

春事阑珊芳草歇。客里风光，又过清明节。小院黄昏人忆别，落红处处闻啼鴂。　咫尺江山分楚越。目断魂销，应是音尘绝。梦破五更心欲折，角声吹落梅花月。

【校】

傅注本、元本俱无。　毛本题作“离别”。

【笺】

芳草歇 香海棠馆词话：东坡词“春事阑珊芳草歇”，升庵词品引唐刘瑶诗“瑶草歇芳心耿耿”，传奇女郎玉贞诗“燕折莺离芳草歇”，谓是坡词出处。不知谢灵运有“芳草亦未歇”句也。

啼鴂 离骚：“恐鹈鴂之先鸣兮，使夫众草为之不芳。”汉书扬雄传注：鹎鴂鸟一名买鸙，一名子规，一名杜鹃。常以立夏鸣，鸣则众芳皆歇。鹎鴂同鹈鴂。

楚越 陈子昂诗（合州津口别舍弟至东阳峡步趁不及眷然有忆作以示之）：“同衾成楚越，别岛类胡秦。”

音尘绝 李白忆秦娥词：“乐游原上清秋节，咸阳古道音尘绝。”

落梅 注见本卷渔家傲“临水纵横回晚鞚”阕。

【评】

花草蒙拾：“春事阑珊芳草歇”一首，凡六十字，字字惊心动魄。“只为一声河满子，下泉须吊孟才人”，恐无此魂消也。

又

同安君生日放鱼，取金光明经救鱼事。

泛泛东风初破五。江柳微黄，万万千千缕。佳气郁葱来绣户，当年江上生奇女。 一盏寿觞谁与举。三个明珠，膝上王文度。放尽穷鳞看圉圉，天公为下曼陀雨。

【校】

傅注本、元本俱无。

【朱注】

本集金光明经跋云：同安郡君王氏讳闰之，字季章。又祭文云：致奠于亡妻同安郡君王氏二十七娘之灵。呜呼！昔通义君，没不待年，嗣为兄弟，莫如君贤。王文诰曰：君生于庆历八年戊子，乃通义君堂妹也。

【笺】

金光明经　隋书经籍志：天竺沙门昙摩罗谶又译金光明等经。金光明经：尔时流水长者子至大王所，作如是言："我为大王国土人民，治种种病。渐渐游行，至彼空泽，见有一池，其水枯涸，有十千鱼为日所曝，今日困厄，将死不久。惟愿大王借二十大象，令得负水，济彼鱼命，如我与诸病人寿命。"又：时长者子复作是念：是鱼何缘随我而行，是鱼必为饥火所恼，复欲从我求索饮食。我今当与。又：我今当入池水之中，为是诸鱼说深妙法。

郁葱　后汉书光武帝纪：望气者至南阳，曰："气佳哉，郁郁葱葱。"

明珠　北齐书陆印传：少善属文，甚为河间邢邵所赏。邵又与印父子彰交游，尝谓子彰曰："吾以卿老蚌，遂出明珠。"

王文度　注见卷二虞美人"归心正似三春草"阕。

圉圉　孟子（万章上）：始舍之，圉圉焉，少则洋洋焉，悠然而逝。

曼陀　翻译名义集：曼陀罗，此云适意，又云白华。金光明经：时长者子在楼屋上露卧眠睡，是大千天子以十千真珠、天妙璎珞置其头边，复以十千置其足边，复以十千置右胁边，复以十千置左胁边，雨曼陀罗华、摩诃曼陀罗华，积至于膝，作种种天乐，出妙音声。阎浮提中有睡眠者，皆悉觉寤。

又

记得画屏初会遇。好梦惊回，望断高唐路。燕子双飞来又去，纱窗几度春光暮。　　那日绣帘相见处。低眼佯行，笑整香云缕。敛尽春山羞不语，人前深意难轻诉。

【校】

傅注本、元本俱无。

【笺】

高唐　注见卷一祝英台近“挂轻帆”阕。

香云春山　香云喻发，春山喻眉也。诗（鄘风君子偕老）：“鬒发如云，不屑髢也。”西京杂记：文君姣好，眉色如望远山，脸际常若芙蓉。为人放诞风流，故悦长卿之才而越礼焉。

又

昨夜秋风来万里。月上屏帏，冷透人衣袂。有客抱衾愁不寐，那堪玉漏长如岁。　　羁舍留连归计未。梦断魂消，一枕相思泪。衣带渐宽无别意，新书报我添憔悴。

【校】

傅注本、元本俱无。

【笺】

抱衾　诗召南小星：“抱衾与裯，实命不犹。”

相思泪　常建诗（岭猿）：“相思岭上相思泪，不到三声合断肠。”

衣带宽　梁简文帝当垆曲：“欲知心恨急，翻令衣带宽。”

又

玉枕冰寒消暑气。碧簟纱厨，向午朦胧睡。莺舌惺忪如会意，无端画扇惊飞起。　　雨后初凉生水际。人面桃花，的的遥相似。眼看红芳犹抱蕊，丛中已结新莲子。

【校】

傅注本、元本俱无。

【笺】

惺忪　动摇不定也。

人面桃花　本事诗（情感）：“去年今日此门中，人面桃花相映红。人面不知何处去，桃花依旧笑春风。”

又

雨霰疏疏经泼火。巷陌秋千，犹未清明过。杏子梢头香蕾破，淡红褪白胭脂涴。　　苦被多情相折挫。病绪厌厌，浑似年时个。绕遍回廊还独坐，月笼云暗重门锁。

【校】

傅注本、元本俱无。

【笺】

雨霰　注见卷一蝶恋花“帘外东风交雨霰”阕。

又

蝶懒莺慵春过半。花落狂风，小院残红满。午醉未醒红日晚，黄昏帘幕无人卷。　　云鬟鬅松眉黛浅。总是愁媒，欲诉谁消遣。未信此情难系绊，杨花犹有东风管。

【校】

傅注本、元本俱无。

【笺】

鬅松　广韵：鬅松，发乱貌。

减字木兰花

云鬟倾倒，醉倚阑干风月好。凭仗相扶，误入仙家碧玉壶。　　连天衰草，下走湖南西去道。一舸姑苏，便逐鸱夷去得无。　傅注本卷九

【校】

毛本题作"寓意"。"下"作"不"。

【笺】

碧玉壶　注见本卷水龙吟"小沟东接长江"阕。

连天衰草　胡曾诗(黄金台)："黄金台上草连天。"

下走　傅注：走音奏。汉文帝曰"北走邯郸道"是也。

一舸姑苏　注见卷一菩萨蛮"玉童西迓浮丘伯"阕。

又 西湖食荔支

闽溪珍献，过海云帆来似箭。玉坐金盘，不贡奇葩四百年。轻红酽白，雅称佳人纤手擘。骨细肌香，恰是当年十八娘。　傅注本卷九

【校】

傅注本"荔支"作"荔子"，"坐"作"座"，"恰是"作"恰似"。　毛本"酽"作"酿"。

【朱注】

本集次韵曾仲锡承议食蜜渍生荔支诗："攀条与立新名字，儿女称呼恐不经。"自注："俗有十八娘荔芰。"

【笺】

荔支　蔡襄荔枝谱：荔枝之于天下也，惟闽粤、南粤、巴蜀有之。汉初，南粤王尉佗以之备方物，于是始通中国。司马相如赋上林云"答遝离支"，盖夸言之，无有是也。东京交趾七郡，贡生荔枝，十里一置，五里一堠，昼夜奔腾，有毒蛇猛兽之害。临武长唐羌上书言状，和帝诏大官省之。魏文帝有西域蒲萄之比，世讥其谬论，岂当时南北断隔，所拟出于传闻耶？唐天宝中，妃子尤爱嗜，涪州岁命驿致，时之词人多所称咏，张九龄赋之以托意。白居易刺忠州，既形于诗，又图而叙之，虽仿佛颜色，而甘滋之胜莫能著也。洛阳取于岭南，长安来于巴蜀，虽曰鲜献，而传致之速，腐烂之余，色香味之存者亡几矣。是生荔枝中国未始见之也。九龄、居易虽见新实，验今之广南州郡，夔、梓之间所出，大率早熟，肌肉薄而味甘酸，其精好者仅比东闽之下等耳。是二人者，亦未始遇夫真荔枝也。闽中惟四郡有之，福州最多，而兴化军最为奇特，漳、泉时亦知名。列品虽高而寂寥无纪，将尤异之物，昔所未有乎？盖亦有之而未始遇乎人也。余详本卷南乡子(天与化工知)注。

云帆　傅注：荔枝经日则色香味俱变。必由海道以进者，欲速致也。　李白

诗(行路难):“长风破浪会有时,欲挂云帆济沧海。”

玉坐金盘　杜甫诗(解闷):“京中旧见君颜色,红颗酸甜只自知。”又:“先帝贵妃今寂寞,荔枝还复入长安。炎方每续朱樱献,玉座应悲白露汚。”

不贡　隋炀帝海山记:大业中,闽地贡五种荔枝。

轻红酽白　傅注:壳轻红而肉酽白也。　荔枝谱:今列陈紫之所长,以例众品。其树晚熟,其实广上而圆下,大可径寸有五分。香气清远,色泽鲜紫。壳薄而平,瓤厚而莹。膜如桃花红,核如丁香母。剥之凝如水晶,食之消如绛雪。其味之至,不可得而状也。

纤手擘　杜甫诗(宴戎州杨使君东楼):“轻红擘荔枝。”

十八娘　荔枝谱:十八娘荔枝,色深红而细长,时人以少女比之。俚传闽王王氏有女第十八娘,好噉此品,因而得名。其冢在城东报国院,冢旁今犹有此树云。

又　送赵令晦之

春光亭下,流水如今何在也。岁月如梭,白首相看拟奈何。

故人重见,世事年来千万变。官况阑珊,惭愧青松守岁寒。　傅注本卷九

【校】

元本、毛本题俱无“晦之”二字,从傅本。

【笺】

赵令　见卷一水龙吟“楚山修竹如云”阕朱注。

流水何在　杜牧诗(题安州浮云寺楼寄湖州张郎中):“当时楼下水,今日知

何处?”

岁寒 注见本卷浣溪沙“炙手无人傍屋头”阕。

又

晓来风细,不会鹊声来报喜。却羡寒梅,先觉春风一夜来。香笺一纸,写尽回纹机上意。欲卷重开,读遍千回与万回。 傅注本卷九

【校】

傅注本“回纹”作“回文”。 毛本题作“得书”。

【笺】

鹊喜 西京杂记:干鹊噪而行人至。杜甫诗(得舍弟消息):“浪传乌鹊喜。”

寒梅 李白早春诗:“闻道春还未相识,走傍寒梅访消息。”

回纹 晋书列女传:窦滔妻苏氏,始平人也。名蕙,字若兰,善属文。滔,苻坚时为秦州刺史,被徙流沙。苏氏思之,织锦为回文璇玑图诗以赠滔。宛转循环以读之,词甚凄惋,凡八百四十字。

又

天台旧路,应恨刘郎来又去。别酒频倾,忍听阳关第四声。刘郎未老,怀恋仙乡重得到。只恐因循,不见而今劝酒人。 傅注本卷九

【校】

毛本题作"送别"。"而"作"如"。

【笺】

天台　注见卷一殢人娇"满院桃花"阕。

阳关第四声　傅注引公杂书云：旧传阳关三叠，然今世歌者，每句再叠而已，若通一首言之，又是四叠，皆非是。或每句三唱，以应三叠之说，则丛然无复旧节奏。予在密州有文勋长官者，以事至密，自云得古本阳关，其声宛转凄断，不类向之所闻。每句皆再唱，而第一句不叠，乃知唐有三叠皆如此。及在黄州，偶得白居易对酒诗云："相逢且莫推辞醉，听唱阳关第四声。"注云："劝君更尽一杯酒。"以此验之，若第一句再叠则此句为第五声。今为第四声，则第一句不叠审矣。

又

琵琶绝艺，年纪都来十一二。拨弄幺弦，未解将心指下传。主人瞋小，欲向春风先醉倒。已属君家，且更从容等待他。　傅注本卷九

【校】

傅注本"十一二"作"才十二"，"拨弄"作"试抹"，"欲向"句作"拟向樽前拚醉倒"，"他"作"些"。　毛本题作"赠小鬟琵琶"。"纪"作"记"，"春"作"东"。

【笺】

琵琶　隋书音乐志：今曲项琵琶，竖头箜篌之类，并出自西域，非华夏旧器。白居易琵琶行："十三学得琵琶成，名属教坊第一部。"

幺弦　傅注：幺弦，第四弦也。　唐诗纪事：刘梦得曰："诗僧多出江左，如幺

弦孤韵，瞥入人耳，非大音之乐。”

将心 琵琶行：“低眉信手续续弹，说尽心中无限事。”

又 雪

云容皓白，破晓玉英纷似织。风力无端，欲学杨花更耐寒。相如未老，梁苑犹能陪俊少。莫惹闲愁，且折江梅上小楼。 傅注本卷九

【校】

毛本题作“雪词”。“云”作“雪”。

【笺】

玉英 韩诗外传：雪花白英，谓之玉英。

杨花 摭言载唐诗云：“杨花满地如飞雪。”

相如 谢惠连雪赋：“岁将暮，时既昏，寒风积，愁云繁。梁王不悦，游于兔园。迺置旨酒，命宾友，召邹氏，延枚叟。相如末至，居客之右。俄而微霰零，密雪下，王迺歌北风于卫诗，咏南山于周雅。授简于司马大夫曰：抽子秘思，骋子妍辞，侔色揣称，为寡人赋之。”

又

玉房金蕊，宜在玉人纤手里。淡月朦胧，更有微微弄袖风。温香熟美，醉慢云鬟垂两耳。多谢春工，不是花红是玉红。 傅注本卷九

【校】

傅注本"慢"作"幔"。

【笺】

玉房金蕊　白居易诗(牡丹芳):"牡丹芳,牡丹芳,黄金蕊绽红玉房。"

玉红　注见本卷木兰花令"经旬未识东君信"阕。

又　以大琉璃杯劝王仲翁

海南奇宝,铸出团团如栲栳。曾到昆仑,乞得山头玉女盆。绛州王老,百岁痴顽推不倒。海口如门,一派黄流已电奔。

【校】

傅注本、毛本俱无。

【笺】

琉璃　前汉书西域传师古注:大秦出赤、白、黑、黄、青、绿、缥、绀十种流离,此自然之物,今所用皆销冶石汁,加以众药灌而为之。始于元魏月氏人,商贩至京,采矿铸之。

王仲翁　未详。

奇宝　世说(排调):王公与朝士共饮酒,举琉璃碗谓伯仁曰:"此碗腹殊空,为之宝器何耶?"答曰:"此碗英英,诚为清彻,所以可贵耳。"

栲栳　广韵:栲栳,柳器也。卢延让樊川寒食诗:"五陵年少粗于事,栲栳量金买断春。"

昆仑　山海经:赤水之后,黑水之前,有大山,名曰昆仑之丘。

玉女盆　集仙录:玉女庙前有五石臼,号曰玉女洗头盆。杜甫望岳诗:"安得仙人九节杖,挂倒玉女洗头盆。”

绛州 春秋左氏传注:绛,晋所都也,今平阳绛邑县。案汉临汾县,北周改绛州。

电奔 李商隐诗(魏侯第东北楼堂郢叔言别聊书所见成篇):“旧欢尘自积,新岁电犹奔。”

又 琴

神闲意定,万籁收声天地静。玉指冰弦,未动宫商意已传。
悲风流水,写出寥寥千古意。归去无眠,一夜余音在耳边。

【校】

傅注本、元本俱无。

【笺】

琴 说文:琴,禁也,神农所作。洞越练朱,五弦,周加二弦。三礼图:琴第一弦为宫,次商、角、羽、徵,次少宫,次少商。

万籁 常建破山寺后禅院诗:“万籁此俱寂,惟闻钟磬音。”

悲风流水 李陵答苏武书:但闻悲风萧条之声。流水,注见本卷永遇乐“天末山横”阕。

又

银筝旋品,不用缠头千尺锦。妙思如泉,一洗闲愁十五年。
为公少止,起舞属公公莫起。风里银山,摆撼鱼龙我自闲。

【校】

傅注本、元本俱无。

【笺】

银筝 宋书乐志：筝，秦声也，世以为蒙恬所造。今观其体合法度，节究哀乐，乃仁智之器，岂亡国之臣所能关思哉？南史何承天传：承天好弈棋，颇用废事。又善弹筝。文帝赐以局子及银装筝。

缠头 白居易琵琶行："五陵年少争缠头，一曲红绡不知数。"

起舞 晋书乐志：公莫舞，今之巾舞也。相传云项庄剑舞，项伯以袖隔之，使不得害汉高祖，且语项庄云："公莫。"古人相呼曰公，言公莫害汉王也。

银山 神异经：西南有银山，长五十余里，高百余丈，皆白金。

鱼龙 注见本卷江城子"银涛无际卷蓬瀛"阕。

又

莺初解语，最是一年春好处。微雨如酥，草色遥看近却无。休辞醉倒，花不看开人易老。莫待春回，颠倒红英间绿苔。

【校】

傅注本、元本俱无。

【笺】

微雨二句 韩愈早春呈水部张十八员外诗："天街小雨润如酥，草色遥看近却无。最是一年春好处，绝胜花柳满皇都。"

又

江南游女，问我何年归得去。雨细风微，两足如霜挽纻衣。江亭夜语，喜见京华新样舞。莲步轻飞，迁客今朝始是归。

【校】

傅注本、元本俱无。

【笺】

纻衣　左传（襄公二十九年）：吴公子札聘于郑，见子产如旧相识，与之缟带，子产献纻衣焉。韩偓卜隐诗："世间华美无心问，藜藿充肠纻作衣。"

行香子　茶词

绮席才终，欢意犹浓。酒阑时、高兴无穷。共夸君赐，初拆臣封。看分香饼，黄金缕，密云龙。　斗赢一水，功敌千钟。觉凉生、两腋清风。暂留红袖，少却纱笼。放笙歌散，庭馆静，略从容。　傅注本卷七

【校】

毛本题下注云："密云龙，茶名，极为甘馨。宋廖正一字明略，晚登苏东坡之门，公大奇之。时黄、秦、晁、张号'苏门四学士'，东坡待之厚，每来必令侍妾朝云取密云龙，家人以此知之。一日，又命取密云龙，家人谓是四学士，窥之，乃廖明略也。"

【笺】

君赐　傅注：杨大年谈苑：贡茶凡十品，曰龙茶、凤茶、京挺、的乳、石乳、白

乳、头金、蜡面、头骨、次骨。龙茶以贡乘舆，及赐执政亲王长主。余皇族、学士、将帅，皆得凤茶。又：近臣赐京挺、的乳，馆阁赐白乳。

臣封　傅注：御茶分赐，御封犹在。曹邺茶诗："剑外九华英，衔封下玉京。开时微月上，碾处乱泉声。"

香饼三句　傅注：供御茶品曰龙茶，为云龙之象，以金缕之。　欧阳修归田录：庆历中，蔡君谟始造小片龙茶以进，谓之小团，价真金二两。每因南郊致斋，中书枢密院各赐一饼，四人分之。宫人往往缕金花于上，以贵重之。

一水　蔡君谟茶录：建安人斗茶，试以水痕先者为负，耐久者为胜。故较胜负之说，曰相去一水两水。

千钟　傅注：孔丛子曰：遗谚："尧舜千钟。"茶能消酒，故曰"功敌千钟"。

两腋清风　注见卷一临江仙"四大从来都遍满"阕。

红袖纱笼　注见卷一行香子"携手江村"阕。

【附考】

古今词话：东坡有二韵事，见于行香子。秦、黄、张、晁为苏门四学士，每来必命取密云龙供茶，家人以此记之。廖明略晚登东坡之门，公大奇之。一日，又命取密云龙，家人谓是四学士，窥之，则廖明略也。坡为赋行香子一阕。又尝约刘器之参玉版和尚，至帘泉寺，烧笋而食。刘问之，东坡指笋曰："此玉版僧最善说法，使人得禅悦味。"遂有"曲生禅，玉版局，一时参"之句，亦行香子也。　案后阕各本俱失载。

又

三入承明，四至九卿，问儒生、何辱何荣？金张七叶，纨绮貂缨。无汗马事，不献赋，不明经。　成都卜肆，寂寞君平。郑子

真、岩谷躬耕。寒灰炙手，人重人轻。除竺乾学，得无念，得无名。　傅注本卷七

【校】

毛本题作“寓意”。“儒”作“书”。

【笺】

三入承明　汉书严助传：君厌承明之庐。注：承明庐在石渠阁外。直宿所止曰庐。应璩百一诗：“问我何功德，三入承明庐。”

四至九卿　汉书汲黯传：黯姊子司马安文深巧善宦，四至九卿。又儒林传：长安许商，四至九卿。

金张七叶　汉书盖宽饶传：宽饶上无许史之属，下无金张之托。注：许伯，宣帝皇后父。史高，宣帝外家也。金，金日磾也。张，张安世也。许氏、史氏，有外属之恩，金氏、张氏，自托在于近狎也。左思诗(咏史八首)：“金张藉旧业，七叶珥汉貂。”

纨绮貂缨　傅注：绮襦纨袴，贵者之服。貂蝉，侍中常侍之冠。江淹诗：“金貂服玄缨。”

汗马　汉书公孙弘传：臣愚驽，无汗马之劳。

献赋　西京杂记：相如将献赋，梦一黄衣翁谓之曰：“可为大人赋。”遂言神仙之事以献之，赐锦百匹。

明经　汉书平当传：以明经为博士，公卿荐当议论通明，给事中。每有灾异，当辄傅经术，言得失。子晏以明经历位大司徒，封防乡侯。汉兴，惟韦、平父子至宰相。

君平子真　汉书王贡传序：谷口有郑子真，蜀有严君平，皆修身自保，非其服弗服，非其食弗食。成帝时，大将军王凤以礼聘子真，子真遂不诎而终。君平卜筮于成都市，以为卜筮者贱业，而可以惠众人。有邪恶非正之问，则依蓍龟为言利

害，与人子言依于孝，与人弟言依于顺，与人臣言依于忠，各因势导之以善。从吾言者已过半矣。裁日阅数人，得百钱，足以自养，则闭肆下帘而授老子，遂以其业终。及扬雄著书，称此二人，其论曰：谷口郑子真，不诎其志，耕于岩石之下，名震于京师，岂其卿，岂其卿！蜀严湛冥，不作苟见，不治苟得，久幽而不改其操，虽随和何以加诸。

寒灰炙手　傅注：李太白诗："寒灰重暖生阳春。"唐崔铉，宣宗时为宰相，所善者郑鲁、杨绍复、段瑰、薛蒙，颇参议论，时语云："郑杨段薛，炙手可热。欲得命通，鲁绍瑰蒙。"帝闻之，题于扆。　史记韩长孺列传：安国坐法抵罪，蒙狱吏田甲辱安国，安国曰："死灰独不复然乎？"田甲曰："然即溺之。"杜甫丽人行："炙手可热势绝伦。"

竺乾　傅注：佛教本自西竺乾天。

无念无名　傅注：释氏以灭五欲，故无念；以存四谛，故无名。

又

清夜无尘，月色如银。酒斟时、须满十分。浮名浮利，虚苦劳神。叹隙中驹，石中火，梦中身。　　虽抱文章，开口谁亲。且陶陶、乐尽天真。几时归去，作个闲人。对一张琴，一壶酒，一溪云。　傅注本卷七

【校】

毛本题作"述怀"。"虚"作"休"。

【笺】

如银　梁戴暠月诗："浮川疑让璧，入户类烧银。"

十分　白居易诗(早饮湖州酒寄崔使君):“十分蘸甲酌。”

隙中驹　庄子(知北游):人生天地间,如白驹之过隙,忽然而已。

石中火　李白诗(拟古十二首):“石火无烟光,还如世中人。”传灯录:如击石火,似闪电光。

梦中身　关尹子(四符):知此身如梦中身,随情所见,可以飞神。

陶陶　刘伶酒德颂:无思无虑,其乐陶陶。

又　病起小集

昨夜霜风,先入梧桐。浑无处、回避衰容。问公何事,不语书空。但一回醉,一回病,一回慵。　　朝来庭下,飞英如霰。似无言、有意催侬。都将万事,付与千钟。任酒花白,眼花乱,烛花红。　傅注本卷七

【校】

傅注本“昨”作“凉”,“朝”作“秋”,“飞英如霰”作“光阴如箭”。　毛本题作“秋兴”。“催”作“伤”,余同傅本。

【笺】

梧桐　韩愈秋怀诗:“霜风侵梧桐,众叶着树干。”

书空　晋书殷浩传:浩被黜放,口无怨言,但终日书空,作“咄咄怪事”四字而已。

如霰　注见卷一减字木兰花“玉觞无味”阕。

万事　韩愈诗(赠郑兵曹):“破除万事无过酒。”

千钟　注见本卷满庭芳“蜗角虚名”阕。

酒花　孟郊诗(送殷秀才南游):“酒花薰别颜。”

烛花红　李后主玉楼春词："归时休照烛花红，待放马蹄清夜月。"

点绛唇

闲倚胡床，庾公楼外峰千朵。与谁同坐，明月清风我。　　别乘一来，有唱应须和。还知么，自从添个，风月平分破。

【校】

傅注本、元本俱无。　毛本题作"杭州"。

【笺】

胡床　晋书庾亮传：亮在武昌，诸佐吏乘秋夜往，共登南楼。俄而亮至，便据胡床，谈咏竟日。

庾公楼　杜甫诗(秋日寄题郑监湖上亭三首)："池要山简马，月静庾公楼。"

别乘　犹称别驾也。

又

红杏飘香，柳含烟翠拖金缕。水边朱户，门掩黄昏雨。　　烛影摇风，一枕伤春绪。归不去，凤楼何处，芳草迷归路。

【校】

傅注本、元本俱无。　毛本注云："或刻贺方回。"

【笺】

凤楼　梁武帝凤笙曲："飞且停，在凤楼。弄娇响，间清讴。"

又

醉漾轻舟，信流引到花深处。尘缘相误，无计花间住。　烟水茫茫，千里斜阳暮。山无数，乱红如雨，不记来时路。　傅注本卷八

【校】

傅注：此后二词，洪甫云亲见东坡手迹于潮阳吴子野家。毛本注云：俱秦淮海作，依宋本删。彊村丛书本亦依毛说删去。今从傅注及元本补录。

【笺】

醉漾　郑獬渔父诗："醉漾轻丝信慢流。"　傅注：此词全用刘晨事。见卷一殢人娇"满院桃花"阕注。

又

月转乌啼，画堂宫徵生离恨。美人愁闷，不管罗衣褪。　清泪斑斑，挥断柔肠寸。瞋人问，背灯偷揾，拭尽残妆粉。　傅注本卷八

【笺】

宫徵　汉书律历志：声者，宫、商、角、徵、羽也，所以为乐者。

皂罗特髻

采菱拾翠，算似此佳名，阿谁消得。采菱拾翠，称使君知客。

千金买、采菱拾翠，更罗裙、满把珍珠结。采菱拾翠，正髻鬟初合。　　真个采菱拾翠，但深怜轻拍。一双子、采菱拾翠，绣衾下、抱著俱香滑。采菱拾翠，待到京寻觅。　傅注本卷十二

【校】

傅注本“珍”作“真”，无下半阕。　毛本题作“采菱拾翠”。“子”作“手”。

【笺】

皂罗特髻　词律：词谱注云：此调无别词可按，想其体例应然。按此为一时游戏之作，与阮郎归等之福唐体等耳。易大厂云：皂罗特髻为宋代村姑髻名。录以待考。

采菱拾翠　楚辞：涉江采菱，发阳阿些。洛神赋：“或采明珠，或拾翠羽。”

虞美人

定场贺老今何在，几度新声改。怨声坐使旧声阑，俗耳只知繁手不须弹。　　断弦试问谁能晓，七岁文姬小。试教弹作辊雷声，应有开元遗老泪纵横。　傅注本卷八

【校】

傅注本“怨声”作“新声”。毛本题作“琵琶”。余同傅本。

【笺】

贺老　明皇杂录：贺老即贺怀智，开元时乐工也。元稹连昌宫词：“夜半月高弦索鸣，贺老琵琶定场屋。”

新声　孟郊薄命妾诗：“不惜十指弦，为君千万弹。常恐新声至，坐使旧声残。”

繁手　赵飞燕外传：飞燕祖马大力，工理乐器。事江都王，为协律舍人。父万金，不肯传家业，偏习乐声。亡章曲，任为繁手哀声，自号凡靡之乐，闻者莫不心动焉。

文姬　蔡琰别传：琰六岁，父邕夜鼓琴，弦绝，琰闻曰："第二弦。"邕故断一弦，问之，曰："第四弦。"

辊雷　杨妃外传：开元中，有贺怀智善琵琶，用鹍鸡筋为弦，铁为捍拨。辊雷，其声如之也。别详卷一南歌子（海上乘槎侣）注。

开元遗老　白居易江南遇乐叟诗："白头病叟泣且言，禄山未乱入梨园。能弹琵琶和法曲，多在华清随至尊。"

又

落花已作风前舞，又送黄昏雨。晓来庭院半残红，惟有游丝千丈袅晴空。　　殷勤花下重携手，更尽杯中酒。美人不用敛歌眉，我亦多情无奈酒阑时。

【校】

傅注本、元本俱无。是阕又见石林词。

又

冰肌自是生来瘦，那更分飞后。日长帘幕望黄昏，及至黄昏时候转消魂。　　君还知道相思苦，怎忍抛奴去？不辞迢递过关山，只恐别郎容易见郎难。

【校】

傅注本、元本俱无。

【笺】

分飞 孟浩然送从弟邕下第后寻会稽诗："落羽更分飞，谁能不惊骨。"

又

深深庭院清明过，桃李初红破。柳丝搭在玉阑干，帘外潇潇微雨做轻寒。 晚晴台榭增明媚，已拚花前醉。更阑人静月侵廊，独自行来行去好思量。

【校】

傅注本、元本俱无。

又

持杯遥劝天边月，愿月圆无缺。持杯更复劝花枝，且愿花枝长在莫离披。 持杯月下花前醉，休问荣枯事。此欢能有几人知，对酒逢花不饮待何时。

【校】

傅注本、元本俱无。

如梦令

为向东坡传语，人在玉堂深处。别后有谁来，雪压小桥无路。归去，归去，江上一犁春雨。　傅注本卷九

【校】

傅注本题作“寄黄州杨使君二首公时在翰苑”。　毛本题作“有寄”。“玉”作“画”。　案此二首，据傅本可移编卷二元祐丁卯、戊辰间公官翰林学士时。

【笺】

玉堂　梦溪笔谈：唐翰林院在禁中，乃人主燕居之所，玉堂、承明、金銮殿皆在其间。又：学士院玉堂，太宗皇帝曾亲幸，至今惟学士上日许正坐，他日皆不敢独坐。玉堂东承旨阁子窗格上有火然处。太宗尝夜幸玉堂，苏易简为学士，已寝，遽起，无烛具衣冠，宫嫔自窗格引烛入照之。至今不欲更易，以为玉堂一盛事。案公居翰苑，故称“玉堂”。傅注云“公于东坡筑雪堂”，违词旨矣。

又

手种堂前桃李，无限绿阴青子。帘外百舌儿，惊起五更春睡。居士，居士，莫忘小桥流水。　傅注本卷九

【校】

傅注本“惊”作“唤”。毛本题作“春思”。

【笺】

百舌　礼记月令：仲夏之月，小暑至，螳螂生，鵙始鸣，反舌无声。注：反舌，

百舌鸟。严郾百舌诗："星未没河先报曙，玉楼还有晏眠人。"余详卷一望江南(春已老)注。

居士 傅注：维摩诘虽处居家，常修梵行，故号居士。后人因袭此名，若庞居士、香山居士之类是也。

小桥流水 见卷二西江月"照野弥弥浅浪"阕题。

又 题淮山楼

城上层楼叠巘，城下清淮古汴。举手揖吴云，人与暮天俱远。魂断，魂断，后夜松江月满。

【校】

傅注本、元本俱无。

【笺】

淮山楼 舆地纪胜：淮山楼在泗州郡治。其治即旧都梁台也。

清淮古汴 注见卷一清平乐"清淮浊汴"阕。

松江 注见卷一菩萨蛮"天怜豪俊腰金晚"阕。

阮郎归

绿槐高柳咽新蝉，薰风初入弦。碧纱窗下水沉烟，棋声惊昼眠。　微雨过，小荷翻，榴花开欲然。玉盆纤手弄清泉，琼珠碎却圆。　傅注本卷六

【校】

毛本题作“初夏”。“却”作“又”。

【笺】

高柳　陆机诗(拟明月何皎皎):“寒蝉鸣高柳。”

薰风　注见卷二瑶池燕“飞花成阵春心困”阕。

水沉　注见本卷西江月“闻道双衔凤带”阕。

榴花　梁孝元榴花诗:“然灯疑夜火。”杜甫诗(绝句二首):“山青花欲然。”李白诗(寄韦南陵冰余江上乘兴访之遇寻颜尚书笑有此赠):“月色醉远客,山花开欲然。”

却圆　杜甫诗(宇文晁尚书之甥崔彧司业之孙尚书之子重泛郑监审前湖):“櫂拂荷珠碎却圆。”

又　梅花

暗香浮动月黄昏,堂前一树春。东风何事入西邻,儿家常闭门。　　雪肌冷,玉容真,香腮粉未匀。折花欲寄岭头人,江南日暮春。　傅注本卷六

【校】

毛本末一字注云:“一作云。”彊村本以“春”韵复,据改。　毛本题作“集句梅花”。“岭”作“陇”。

【笺】

暗香　林逋诗(山园小梅):“疏影横斜水清浅,暗香浮动月黄昏。”

儿家　傅注引唐诗:“白玉堂前一树梅,今朝忽见数枝开。儿家门户重重闭,春色因何得入来?”

雪肌　注见卷一减字木兰花“郑庄好客”阕。

玉容　白居易长恨歌：“玉容寂寞泪阑干。”

岭头　开州记：陆凯与范晔相善，自江南寄梅花一枝诣长安与晔，赠诗曰：“折花逢驿使，寄与陇头人。江南无所有，聊寄一枝春。”

江南　柳恽诗（江南曲）：“汀洲采白蘋，日暮江南春。”

诉衷情

海棠珠缀一重重，清晓近帘栊。胭脂谁与匀淡，偏向脸边浓。　看叶嫩，惜花红，意无穷。如花似叶，岁岁年年，共占春风。　傅注本卷八

【校】

傅注本“共占”作“占取”。　毛本题作“海棠”，注云：“或刻晏同叔。”

【笺】

匀淡　郑谷海棠诗：“春风用意匀颜色，消得携觞与赋诗。”

岁岁年年　刘希夷诗（代悲白头翁）：“年年岁岁花相似，岁岁年年人不同。”

又

小莲初上琵琶弦，弹破碧云天。分明绣阁幽恨，都向曲中传。　肤莹玉，鬓梳蝉，绮窗前。素娥今夜，故故随人，似斗婵娟。　傅注本卷八

【校】

毛本题作“琵琶女”。

【笺】

小莲　杜牧朱坡诗：“小莲娃欲语，幽笋稚相携。”

碧云　傅注引诗话：柳还古赠柳将军家妓诗：“眼看白纻曲，欲上碧云天。”

曲中　杜甫咏怀古迹诗：“千载琵琶作胡语，分明怨恨曲中论。”

莹玉　宋玉神女赋：“温乎如莹。”又曰：“苞温润之玉颜。”

梳蝉　古今注：魏文帝宫人慕琼树始制为蝉鬓，望之缥缈如蝉翼，故号为蝉鬓。

素娥　傅注：素娥，月也。婵娟，姿好貌。唐人诗：“姮娥若没怀春思，因甚随人不奈何。”　李商隐诗（霜月）：“青女素娥俱耐冷，月中霜里斗婵娟。”

谒金门

秋帷里，长漏伴人无寐。低玉枕凉轻绣被，一番秋气味。　　晓色又侵窗纸，窗外鸡声初起。声断几声还到耳，已明声未已。　傅注本卷九

【校】

傅注本“起”上夺“初”字，元本同，从毛本。　毛本题作“秋夜”。

【笺】

玉枕　晏元献诗“老觉腰金重，慵便枕玉凉。”（按：此龙笺承傅注。据苕溪渔隐丛话前集卷二十六引归田录，此二句为晏殊所评论之他人诗句，非晏氏诗。）

窗纸　白居易诗（晓寝）：“纸窗明觉晓。”

鸡声　李白诗(代别情人):“哀哀长鸡鸣,夜夜达五晓。”

又

秋池阁,风傍晓庭帘幕。霜叶未衰吹未落,半惊鸦喜鹊。　自笑浮名情薄,似与世人疏略。一片懒心双懒脚,好教闲处著。　傅注本卷九

【校】

傅注本、元本俱无“似”字,从毛本。　毛本题作“秋兴”。

【笺】

霜叶　李白诗(江上寄元六林宗):“霜落江始寒,枫叶绿未脱。”

疏略　杜甫诗(壮游):“脱略小时辈。”

闲处　傅注:司空图作耐辱居士歌曰:“休休莫莫,伎俩虽多性灵恶,懒足长教闲处著。”

又

今夜雨,断送一年残暑。坐听潮声来别浦,月明何处去?　孤负金尊绿醑,来岁今宵圆否?酒醒梦回愁几许,夜阑还独语。　傅注本卷九

【校】

毛本题作“秋感”。“月明”作“明朝”。

好事近

烟外倚危楼，初见远灯明灭。却跨玉虹归去，看洞天星月。　　当时张范风流在，况一尊浮雪。莫问世间何事，与剑头微吷。

【校】

傅注本、元本俱无。

【笺】

玉虹　搜神记：孔子修春秋，制孝经，既成，斋戒，向北辰而拜，告备于天。忽有赤虹自上而下，化为黄玉，长三尺，上有刻文。孔子受之。

洞天　茅君内传：大天之内，有地之洞天三十六所，乃真仙所居。

张范　后汉书范式传：式与汝南张劭为友，式曰："后二年，当过拜尊亲，视孺子焉。"至期，劭白母，请杀鸡为黍待之。母曰："二年之别，千里约言，尔何相信之审耶？"至日，果至。

浮雪　虞世南诗(飞来双白鹤)："映海疑浮雪。"

剑吷　庄子则阳篇：吹剑者，吷而已矣。注：司马彪曰：剑环头小孔，吹之吷过，如风过也。

天仙子

走马探花花发未，人与化工俱不易。千回来绕百回看，蜂作婢，莺为使，谷雨清明空屈指。　　白发卢郎情未已，一夜翦刀收玉蕊。尊前还对断肠红，人有泪，花无意，明日酒醒应满地。　傅注本卷十二

【校】

傅注本“探”作“采”。　毛本无。

【笺】

谷雨　傅注：二十四气，清明之后谷雨。盖谷雨三月之候，正花发之时，故牡丹记云：洛花以谷雨为开候。

卢郎　唐诗（崔氏述怀）：“不恨卢郎年纪大，不恨卢郎官职卑。自恨妾身生太晚，不见卢郎年少时。”

玉蕊　庾阐诗（游仙诗）：“朝餐云英玉蕊，夕挹玉膏石髓。”

翻香令

金炉犹暖麝煤残，惜香更把宝钗翻。重闻处，余熏在，这一番、气味胜从前。　背人偷盖小蓬山，更将沉水暗同然。且图得，氤氲久，为情深、嫌怕断头烟。　傅本注卷十二

【校】

傅注本调下注云：“此词苏次言传于伯固家，云老人自制腔名。”元本同。傅本“久”作“又”。

【笺】

麝煤　韩偓诗（横塘）：“蜀纸麝煤添笔媚，越瓯犀液发茶香。”

小蓬山　傅注：蓬山，金博山香炉也。镂作蓬瀛之状，故谓之“蓬山”。

沉水　注见本卷西江月“闻道双衔凤带”阕。

断头烟　今苏、皖、赣各地，谓情好中断，犹有“烧断头香”之语，未知所出。

桃源忆故人

华胥梦断人何处，听得莺啼红树。几点蔷薇香雨，寂莫闲庭户。　　暖风不解留花住，片片著人无数。楼上望春归去，芳草迷归路。　傅注本卷十二

【校】

毛本调名作虞美人影，题作“暮春”。

【笺】

华胥　列子（黄帝）：黄帝昼寝，而梦游于华胥氏之国。既寤，怡然自得，曰：“今知至道不可以情求矣。”

片片　杜甫诗（城上）：“风吹花片片。”

调笑令　效韦应物体

渔父，渔父，江上微风细雨。青蓑黄翦裳衣，红酒白鱼暮归。归暮，归暮，长笛一声何处？

【校】

傅注本存目阙词。　元本、毛本二首俱误合为一。案韦词亦作二首，据改。　元本“暮归”作“归暮”，从毛本。

又

归雁，归雁，饮啄江南南岸。将飞却下盘桓，塞外春来苦寒。

寒苦,寒苦,藻荇欲生且住。

【校】

元本"苦寒"作"寒苦",从毛本。　毛本"桓"作"旋"。

【笺】

韦应物体　韦江州集调笑令:"胡马,胡马,远放燕支山下。跑沙跑雪独嘶,东望西望路迷。迷路,迷路,边草无穷日暮。""河汉,河汉,晓挂秋城漫漫。愁人起望相思,塞北江南别离。离别,离别,河汉虽同路绝。"

荷花媚

霞苞电荷碧,天然地、别是风流标格。重重青盖下。千娇照水,好红红白白。　每怅望、明月清风夜,甚低迷不语,夭邪无力。终须放、船儿去,清香深处住,看伊颜色。

【校】

傅注本存目阙词。　元本题作"湖州贾耘老小妓号双荷叶",盖涉双荷叶词误衍。　毛本题作"荷花"。"电"作"霓","怅"作"恨"。

【笺】

荷碧　李白诗(古风):"碧荷生幽泉,朝日艳且鲜。"

标格　高适诗(送蔡少府赴登州推事):"标格谁尝见,风谣信可听。"

占春芳

红杏了,夭桃尽,独自占春芳。不比人间兰麝,自然透骨生香。　　对酒莫相忘，似佳人兼合明光。只忧长笛吹花落，除是宁王。

【校】

傅注本、元本俱无。

【笺】

夭桃　诗周南(桃夭)："桃之夭夭，灼灼其华。"

兰麝　晋书石崇传：崇婢妾数十人，皆蕴兰麝，被罗縠。梁武帝游女曲："氛氲兰麝体芳滑，容光玉耀眉如月。"

明光　王褒日出东南隅行："银镂明光带，金地织成襦。"

宁王　唐书礼乐志：明皇好羯鼓，而宁王善吹笛，达官大臣慕之，皆喜言音律。

一斛珠

洛城春晚，垂杨乱掩红楼半。小池轻浪纹如篆，烛下花前，曾醉离歌宴。　　自惜风流云雨散，关山有限情无限。待君重见寻芳伴，为说相思，目断西楼燕。

【校】

傅注本、元本俱无。　案一斛珠即醉落魄，毛本分列，仍之。

意难忘

花拥鸳房，记驼肩髻小，约鬓眉长。轻身翻燕舞，低语啭莺簧。

相见处，便难忘，肯亲度瑶觞？向夜阑、歌翻郢曲，带换韩香。
别来音信难将，似云收楚峡，雨散巫阳。相逢情有在，不语意难量。
些个事，断人肠，怎禁得恓惶？待与伊、移根换叶，试又何妨。

【校】

傅注本、元本俱无。　毛本题作“妓馆”。

【笺】

莺簧　皮日休诗（闻鲁望游颜家林园病中有寄）：“蝶欲试飞犹护粉，莺初学啭尚羞簧。”

瑶觞　曹唐游仙诗：“怨入清尘愁锦思，酒倾玄露醉瑶觞。”

郢曲　宋玉对楚王问：客有歌于郢中者，其始曰下里巴人，国中属而和者数千人。

韩香　晋书贾充传：韩寿美姿貌，充女见而悦焉，潜通音好。时西域贡奇香，一著人则经月不歇，帝惟赐充，充女密盗以遗寿。

楚峡　武元衡诗（送兄归洛使谒严公）：“楚峡饶云雨，巴江足梦思。”

巫阳　注见卷一祝英台近“挂轻帆”阕。

恓惶　骆宾王诗（在江南赠宋五之问）：“谋已谬观光，牵迹强凄惶。”

移根　李商隐诗（临发崇让宅紫薇）：“天涯地角同荣谢，岂要移根上苑栽。”

后 记

曩从上虞罗子经先生假得南陵徐氏藏旧钞傅幹注坡词残本，取校毛氏汲古阁本、王氏四印斋影元延祐本、朱氏彊村丛书编年本，时有胜义，而所注典实多不标出原书。因为博稽群籍，更依朱本编年，作为此笺，以便读者。其原注可用者仍之，并于每阕之下别标傅本卷目，以存其旧。案直斋书录解题："注坡词二卷，仙溪傅幹撰。"今所见钞本则为十二卷，卷首有竹溪散人傅共序，称幹字子立，为其族子。考元人黄真仲重订仙溪志：共，傅权子，绍兴二年张九成榜特奏名。洪迈容斋随笔则言绍兴中，有傅洪秀才注苏词版行，颇讥其纰谬。疑其书即此本，殆以卷首有共序，共字洪甫，牵涉而率诋之欤？苏学大盛于金源，据元遗山文集，知当世选注苏词者不止一家，而代远年湮，遗编莫睹，仅此傅氏残本犹得流传于天壤间，亦一大幸事。予既加以采录，又从徐积余先生假得郑叔问手评东坡乐府，于本笺不少补助，特并附著于此。至于校订之役，则得力于扬州丁宁女士为多云。一九三五年七月，龙榆生附记。

篇目索引

一　画

二　画

三　画

四　画

五　画

六　画

七　画

八　画

九　画

十　画

十一画

十二画

十三画

十四画

十五画

十六画

十七画

十八画

十九画

廿二画

中国古典文学丛书(简体版)

诗经今注	高亨注
楚辞今注	汤炳正、李大明、李诚、熊良智注
韩昌黎文集校注	[唐]韩愈著　钱仲联集释
李璟李煜词校注	[南唐]李璟、李煜著　詹安泰校注
东坡乐府笺	[宋]苏轼著　[清]朱孝臧编年　龙榆生校笺
李清照集笺注	[宋]李清照著　徐培均笺注
放翁词编年笺注	[宋]陆游著　夏承焘、吴熊和笺注　陶然订补
稼轩词编年笺注	[宋]辛弃疾著　邓广铭笺注
张岱诗文集	[明]张岱著　夏咸淳辑校
纳兰词笺注	[清]纳兰性德著　张草纫笺注